云南省传承发展中华优秀传统文化丛书

云南文库

大家文丛

《传承发展中华优秀传统文化
云南文库·大家文丛》编委会

主　　任：曾　艳
副 主 任：马志刚　张昌山
学术顾问（按出生年月排序）：
　　　　　张文勋　殷光熹　杨文瀚　谢本书　何耀华
　　　　　赵浩如　余嘉华　伍雄武　林超民　吴宝璋
委　　员（按姓氏笔画排序）：
　　　　　王文成　王文光　王维真　方　铁　石丽康
　　　　　刘　旭　朱端强　和少英　周学斌　范建华
　　　　　杨福泉　赵增昆
主　　编：张昌山　段炳昌
副 主 编：李银和　杨和祥

云南文库

大家文丛

中共云南省委宣传部　编

文学概论讲述

姜亮夫◎著

云南人民出版社

图书在版编目（CIP）数据

文学概论讲述 / 姜亮夫著．-- 昆明：云南人民出版社，2023.12
（云南文库．大家文丛）
ISBN 978-7-222-22379-0

Ⅰ．①文… Ⅱ．①姜… Ⅲ．①文学理论 Ⅳ．① I0

中国国家版本馆CIP数据核字（2024）第 006786 号

项目指导：殷筱钏　尚　语
统筹编辑：马维聪
责任编辑：欧　燕
责任校对：梁　爽　董　毅
责任印制：代隆参
装帧设计：陶汝昌　刘　雨

文学概论讲述
WENXUE GAILUN JIANGSHU
姜亮夫　著

出　版	云南人民出版社
发　行	云南人民出版社
社　址	昆明市环城西路 609 号
邮　编	650034
网　址	www.ynpph.com.cn
E-mail	ynrms@sina.com
开　本	720mm×1010mm　1/16
印　张	22.25
字　数	320 千
版　次	2023 年 12 月第 1 版
印　次	2023 年 12 月第 1 次印刷
印　刷	云南出版印刷集团有限责任公司华印分公司
书　号	ISBN 978-7-222-22379-0
定　价	98.00 元

如需购买图书、反馈意见，请与我社联系

总编室：0871-64109126　发行部：0871-64108507
审校部：0871-64164626　印制部：0871-64191534

版权所有　侵权必究　印装差错　负责调换

云南人民出版社微信公众号

前　言

习近平总书记指出："文化是一个国家、一个民族的灵魂。""只有全面深入了解中华文明的历史，才能更有效地推动中华优秀传统文化创造性转化、创新性发展，更有力地推进中国特色社会主义文化建设，建设中华民族现代文明。"习近平文化思想，明体达用，体用贯通，博大精深，为我们在新的起点上继续推进文化繁荣、建设文化强国、建设中华民族现代文明指明了前进方向。

中华文明延续着我们国家和民族的精神血脉。在中华文化版图上，地方文化各具特色，丰富多彩。云南是人类最早的发祥地之一，历史悠久，文化富集。千百年来，云南人民用自己的辛劳和智慧，守护祖国边疆，建设美丽家园，创造了丰富多样的地方文化。历经社会变迁、民族融合、文化认同，云岭大地钟灵毓秀，星光灿烂，诞生了无数杰出人物，涌现了诸多名家大师，产出了大批传世经典，为云南文化发展做出了卓越贡献。

云南有优良的学术文化传统。中原文化很早就在这里传播，大量的汉文典籍源源不断传入并积淀，成为云南文化的根基与传统。而地方、民族与边疆文化的诸多特色亦在云南文献中得以彰显。就地方特色而言，编史修志从来都是文化盛业，成绩斐然。文献、专著、文集不断被创制和保存，民国时期辑刻的《云南丛书》，"初编""二编"即达205种1631卷及不分卷的50册。其后更有数以万计的图书文献问世。从民族特色来说，云南民族众多，"三交"历史悠久，民族文化丰富多彩，傣族的贝叶文献、彝族的毕摩文献、纳西族的东巴文献、藏族文献、白族文献等，早已产生了广泛影响，是中华民族共同的文化财富。就边疆特色来看，记载或论述边地、边境、边界、边民、边防及边贸等内容丰富的边疆文献，种类多、价值高，历来都受到重视。

文化关乎国本、国运。盛世兴文，赓续文脉。习近平总书记两次考察云南，都对文化建设作出重要指示。云南省组织编辑出版一套具有文化保存与传承价值的大型学术文献丛书——《云南文库》，旨在传承中华典籍，弘扬滇云文化，砥砺三迤后人，昌明云岭学术。《云南文库》分为三个系列：一是《当代云南社会科学百人百部优秀学术著作丛书》，收录中华人民共和国成立后出生的年轻一代云南学者的优秀作品。二是《学术名家文丛》，收录辛亥革命至中华人民共和国成立前出生的云南学术名家的代表之作。三是《大家文丛》，收录辛亥革命以前出生的云南学术大家的传世著作。前面两个系列业已出版发行。

当前，在新的历史起点上，以习近平文化思想和习近平总书记关于铸牢中华民族共同体意识等重要论述为根本遵循，组织实施《传承发展中华优秀传统文化　云南文库·大家文丛》编纂出版，是站位中华现代文明、践行新时代文化使命、推进文化强省建设、深入实施"文化兴滇"行动的积极探索，对于坚定文化自信、建设中华民族现代文明，具有重大现实意义。

编纂《传承发展中华优秀传统文化　云南文库·大家文

前 言

丛》，是承传云南学术文化，保存云南记忆的基础性文化工程。从古至今，云岭大地孕育了诸多硕学鸿儒、名家大师、文化先贤，可谓星光灿烂。长久以来，红土高原产生了大批思想深邃、智慧非凡的传世经典，蔚为大观，逐渐形成了具有云南自身特点的学术特色与知识谱系。今天，我们拾起历史长河中的明珠，拂去历史典籍的蒙尘，重新整理和展示云南学术史上的高峰之作，就是为了重构云南地方知识与文化，增强传统文化区域性叙事中存在的精神感召力，传承和弘扬地方优秀民族文化，以滇云文化和云南记忆，填充中华民族共同体的文化版图。

编纂《传承发展中华优秀传统文化 云南文库·大家文丛》，是打造云南文化品牌、增强文化自信的重要举措。云南悠久的历史文化、光荣的红色文化、多彩的民族文化、独特的生态文化，是中华文化百花园的重要组成部分。以云南学术大家及其皇皇巨著为承载的云南文化，是云南社会发展的文化源泉，是云南人民的智慧结晶。编纂本丛书，是为了回归滇云文化的本源，筑牢文化自信的根基，为更多的人了解云南搭建平台，为研究云南构筑载体，为发展云南提供借鉴，在更高层次和更宽领域传扬云南文化精神，打造云南文化品牌。

编纂《传承发展中华优秀传统文化 云南文库·大家文丛》，是弘扬优秀传统文化，促进文化繁荣兴盛的根本保证。2023年6月，习近平总书记在中国国家版本馆考察调研时叮嘱大家："我最关心的就是中华民族历尽沧桑留下的最宝贵的东西。中华民族的一些典籍在岁月侵蚀中已经失去了不少，留下来的这些瑰宝一定要千方百计呵护好、珍惜好，把我们这个世界上唯一没有中断的文明继续传承下去。"这是

· 3 ·

全体中华儿女光荣而神圣的责任。我们将努力以编纂《传承发展中华优秀传统文化　云南文库·大家文丛》等文化精品为契机，继承中华优秀文化传统，发挥地域优势，突出地方特色，提高格局站位，积极推动学术创新，努力创造更多优秀学术成果和文化精品，整理出版经典文献，让典籍里的文字活起来，用优秀传统文化及滇云文化涵养各族人民，助力云南跨越式发展。

《传承发展中华优秀传统文化　云南文库·大家文丛》的编纂出版，凝聚着先哲大家的心血和智慧，离不开今贤同仁的奉献与付出。省委宣传部精心组织，省社科联、省文史馆、云南大学、省图书馆、云南人民出版社等相关单位和参与整理编校的专家学者不辞辛劳，通力协作，玉成丛书。翰墨流芳，文化永续。在此，向所有的参与者表示崇高的敬意和衷心的感谢。《传承发展中华优秀传统文化　云南文库·大家文丛》是《云南文库》的压轴之作，从构思到付梓，离不开广大读者和社会各界人士的支持，在此谨致谢忱。

文化建设没有终点。希望社会各界继续支持《传承发展中华优秀传统文化　云南文库·大家文丛》的编纂出版工作，欢迎各方有识之士积极参与到云南文化建设的伟业中来。

《传承发展中华优秀传统文化
云南文库·大家文丛》编委会
2023年12月

目　　录

自　序 ……………………………………………………（1）
补　序 ……………………………………………………（4）
小　言 ……………………………………………………（5）

第一编　通论之部

第一章　文学的定义 ……………………………………（9）
　　第一节　文学与科学（这单指自然科学说）…………（9）
　　第二节　文学与社会科学 ………………………………（10）
　　第三节　文学与哲学 ……………………………………（11）
　　第四节　文学与艺术 ……………………………………（11）
　　第五节　文学定义 ………………………………………（11）

第二章　内　质 …………………………………………（15）
　　第一节　文学的生成 ……………………………………（15）
　　第二节　心理学观的文学 ………………………………（20）
　　第三节　社会学观的文学 ………………………………（31）
　　第四节　文学的特性 ……………………………………（46）
　　第五节　文学的材料 ……………………………………（69）

第三章　文学形式 ………………………………………（79）
第一节　形式意义 ………………………………………（79）
第二节　形式源变 ………………………………………（87）
第三节　形式分类 ………………………………………（105）
第四节　形式各论 ………………………………………（161）

第二编　中国文学各论之部

第四章　绪　说 …………………………………………（179）
第一节　华　夏 …………………………………………（180）
第二节　中国文化之鸟瞰 ………………………………（184）
第三节　中国学术大要 …………………………………（197）
第四节　中国文学的价值与特点 ………………………（202）

第五章　诗 ………………………………………………（206）
第一节　诗总说 …………………………………………（206）
第二节　声　韵 …………………………………………（213）
第三节　辨　体 …………………………………………（224）
第四节　概　说 …………………………………………（273）

第六章　词 ………………………………………………（287）
第一节　词总说 …………………………………………（287）
第二节　词　史 …………………………………………（290）
第三节　词　体 …………………………………………（311）
第四节　词　律 …………………………………………（316）
第五节　概　说 …………………………………………（330）
第六节　乐府说 …………………………………………（338）

自 序

压根儿我便没有一点点文学天才！所以我从来不想在文学上有所企图；虽然在情怀抑郁的时候，也弄弄诗、词，甚至于曲。

不过，我却是个好用思想的人，在平常对于文学也有些瞎三话四的解释，胡乱地看些文学理论书籍。某年当着"饥来驱我"的时候，去到沪宁路一个校风比较好而学生更能读书的大学区立中学教书。"文学概论"这门近于无聊的功课便勉强地这样要我"承乏"。但是功课是这样的麻烦，生性是这样的懒，用人家现成的书又是这样的不高兴。在这几个条件之下，便只得随口乱说。却不知道有许多同学都有很好的笔记，印成讲义，大家散发了。后来我觉得讲义上时时有误会我叙述的地方，只得抽出时间，不敢偷懒，在每课下堂之后，随便要了两个同学的笔记，修正一些，补充一些，再让他们去印行。此后便这样地下去。到了要离开学校，已成了十余万字的讲义。好友北新书局老板李小峯先生以为可以印成册子。我也因许多朋友向我函索，便又稍稍修补一下，便不辞"汗颜"地让它与世人相见。

这本书的成功，虽是这样的随便，可是在我开始着手讲的时候，也有一些斟酌，现在稍为分析一点，写在下面：

我实在不明白中等学校所要的"文学概论"的内容是怎样？是"述旧"呢，还是"说新"？（述旧是将中国古代人的说法说说，说新是用现代人的解释）是一般地说呢（即文学原理），还是限制地说（单讲中国文学）？在政府既无明白的规定，在我也觉得难于驱策。"述旧"罢？只不过是"自古有之"的囫囵吞枣的杂说。于人实在没有好处！"说新"或"普遍"的说文学原理罢？非乞灵于欧西不为功。这不仅是学生无承受之力，我也无授与之才。待我看看现在出版的一切《文学概论》本子也都出不了上述两弊。如章锡琛译的本间久雄的《新文学概论》，以至于温彻斯特（C. T. Winchester）的《文学评论之原理》（Priciples of Literary Criticism）、厨川白村的《苦闷的象征》诸书，纯粹用外国材料以作例证，不仅离开普通的要求太远；而使学生不得利用他那已经浅尝的中国文学知识以为例证，也未免是领人走绕道呢！在我虽然也可以翻翻《百科全书》，显示我无人知道的浅薄。实在是自欺欺人之事！用中国人自己编的书罢，除了一部分与上述情形相同者外，大都是："述旧则嫌笼统，翻新便是好异。"也是使学生得些不明晰、不正确的观念！

因了上面的两种理由，我便这样地想：

用中国的普通材料为材料，而用比较近于科学的方法分析说明。不过因为要使人了解，不妨采到陈旧一点的学说。譬如说科学与文学，仍用托尔斯泰、培尔讷尔的理论，而不取左拉一派的主张——虽然全书里不免因之而小有矛盾。这部书的编辑态度，便是这样。

不过因为时间的分配便利起见，分作四部来说。第一部只是通论文学各方面的情形，仅仅说到它的组织之成立，便算完事，可以作一部《文学原理》读。第二部用"述而论"的态度，把中国各种重要文学，分别叙说，可以作《中国文学概论》读。第三部差不多是第一部的附篇，第一部只说到文学组织成立，这部是说组织成立后的衍变交流，可作第一部的参考。第四部是《赏鉴论》，以为上三部篇的实用。这四部合起来是一贯的，分开来可以各自独立，看我们讲授的需要而可自由择别。这是这部书编辑方法上的一点意思。

不过在学校里讲授时，只把第一二两篇讲完。第三四篇只有个拟目。续成的功作，要稍稍让生活安定后才提笔。还有，在文中加按语、用文言的地方，这纯粹是我在学生笔记后面补充上的，不过想与原稿稍稍有点区别，好让他们去看，并无更深的意思。

自 序

我这书的错误，一定不少，希望我自己再多读点书、再多用点思想以后，再来改正。好在我根本没有以这书算是著作的心意，并且我还觉得：

此后要建设真的文学的理论，与其说是文学家或感情的哲学家的事；毋宁说是语言学家、考古学家、社会学家，或许更是自然科学家的事，更为彻底一点。理由很长，不是这短短的序言所可尽！对于"以他的很好的笔记，常常借作本书的底稿的"几个同学——朱庆云女士、储祐、庞翔勋、蒋志达诸君，及好意为我印行的李小峯兄，敬致谢意。

一九二九最有文学意味的农历七夕夜十时许亮夫在上海俭德会屋顶花园的月下序

补　序

这本书算是复活了。

记得写稿是五年前，交稿是四年前，排好是二年前。

听说排字的印刷所，遭了"国难"。这部稿子，似乎还幸运，抢了出来。北新闹"猪"的问题，它似乎又随着许多的同伴，搬去又搬回，更觉命大。但我仍是襁褓，仅仅问过一声小峯而已。

有一天夜里，月色很好，E问到这书，似乎很急切。突然令我想到五年前的一切。回忆毕竟是快乐，回忆也觉可纪念。于是第二天便来问小峯，催他快印，似乎有点说笑："三年多了，要你赔偿营业损失！"

他初初说怕没有销场，隔不了两天，把校稿交给我清理，接到手里，我想：

这本书算是复活了！

但翻开四年前的序，自己说堕落不成才，想想近来还是不曾不堕落，怎样办呢？既不能转变，也不曾回到农村去，也未去热辣辣的革命。为了"出路"，只好听他在人间荡着，也许还不仅这一本，还要继续着再来两本，只要有人光顾。

这本书的好处，一点也没有，但大错似乎还未发现。不过现在来重看，似乎有些话未说到十分，又有几处已与我现在的意见不十分合。如第四章《绪说》都不及改正。一呢，因了它刚刚复活，只求其能生，一切病症缓缓再医；一呢，保不定再过几年，又有变异。第三本以后呢？E已允许与我合编。

二十二年九月补记

小 言

当本书第一册出版后,我曾向我的朋友告罪,说:"还是我的堕落不成才!"现在第二册快要出版,想来真是个"重囚"。

朋友,我只能这样地为一个"生身"而努力。我堕落了,你看只是"如此而已"!但这不是鬼迷着,只是生了一张要吃饭的嘴。

夫复何言!夫复何言!

现在有几件要申明的事:

(一)关于《诗经》的问题,因为今年在中国公学讲古代文学,更详细地讨论到。想将来另成专书,故索性把本书上这一章简陋不成样的东西删去。

(二)这书在学生手中笔记时,与在手民手中排版时,其间相距,已是两年,但并无多少新的修改,因为我两年来一无进步。

至于本书的下半部,不知哪天才能整理。因为我现在每天似乎还可以"含铺而嘘乎淡泊,鼓腹而游乎混茫"!

亮夫

一月二十六日,是阴历的腊八。

时大夜弥天,寒珰溶。

第一编　通论之部

第一章　文学的定义

同是用笔墨写在纸上的东西，因了它"所表达的事象""所用的手段"，以及"为什么要用这样的手段，表达这样的事象"的不同，而生成个别不同体系的书。这便是一切科学（社会科学与自然科学）与艺术的质点的差异，我们要明白文学是什么，最好是消极地从这儿下刀。可是要我条分缕析一概无遗地来说，不仅是这短短的讲述所不能及，也是我浅薄的才力所不能任。

这儿便这样简单地叙述罢。

第一节　文学与科学（这单指自然科学说）

托尔斯泰（L. N. Tolstoy）说："艺术与科学，同是人类进步的两个机关。"这真不愧为近世的一个大思想家！权且单就纯粹科学说罢，我们人类的生活，除了居息的屋宇、身着的衣服、填满肚子的饭、行路代步的车马等等的物质享受与要求外，当着吃饱了、睡足了、穿暖了，而后要求的"消遣""快乐"；或者反过来说肚子不得饱、不得睡觉、衣服不暖时，所发出的"叫唤""悲哀""号哭"等等，都是精神上的感受不满足的自然要求。——"叫唤""悲哀"似乎是以不饱不暖时的物质的要求为出发点。其实当她叫、她哭的时候，早已离开物质的打算，不过是一种精神上的慰藉罢了。还比那既饱既暖后的想好吃好穿的事，离开物质的基础更要远点呢！其实所谓"精神作用"。并无绝对的存在。即以一般所认为形而上的精神现象说,也不过是以物质的"抽象"为其想象的对象,绝对没有那"离开了物质的具象或抽象的精神作用"。这在唯物论者,自然不会否认。便是中国道家之所谓"有,名天地之始无,名万物之母"也是一样的意思。至于人世一般所谓的"不可言喻""悠然神往"的话,这仅能表明我们语言不足,不能表达事象。绝不是更有所谓离开事象的东西。——实在呵,人们除了物质上的享受与要求外,尚需有精神上的享受与要求,然后生活才觉过得去。给我们物质上的享受与要求的是"科学的成功";给我们精神上的享受与要求的是"艺术的表"。文学即此中的一种。——或者更简括地说,科学是与人以物的满足,文学是与人以观念的快乐。

上面这段话,旨在说明文学在人类生活中的重要,是与吃饭睡觉相等的意思。现在要说它与科学的不同之点。

科学是以事物为解释的对象,是根据动地观察、实验,而判断我们旧有由经验得来的臆说。以获得事物之现象,而使之有规律,更依照这已得的规律,以推断将来。是"是非"的问题,是以客观的态度求客观的"真"。(此真为事实判断之真理的真。)文学不是以物之对象而为的实验的判断,只是由静的观察所得来的瞬间的臆说;是心灵现象的表显,毫无规律可说,并且是主观的。与其说是求物的"真",毋宁说是求物的"美"。

第二节 文学与社会科学

所谓社会科学,是以一切人世的事像为叙述(史)或推论的对象,而以客观的态度,把它很确切地、有规律有系统地记下来,以显现其自身的或自身以外的一切因果关系,而为将来的借鉴。是以"求价值判断的真"为其目的。文学不是推论的,是主观的,自身并不表现因果关系,也不为将来打算,并且不是一种判断。

第三节　文学与哲学

哲学！其一，以事物为理论的解释的对象；其二，求真的态度；其三，是一种判断，皆与科学同：乃是根据推理或推论，而为人间世一切问题的悬解。把一切事物，在于合理的关系之中，看作是被支配于一个大原理之下；其目的在总合一切现象，以发现其组织的次序，是人类"知"的活动，是事物与心的复合现象，是满足人类的"知识"的要求。文学！它并没有这样大的企图，它只是把人类心灵里感觉的或突然发出的秘奥，并用不到知的活动，也无须于规律体系，便是这样的自然地写下来的东西。

第四节　文学与艺术

文学是艺术的一种。我们只要看下面的说明，便可以明白，这儿不想多说了。

$$\text{艺术}\begin{cases}\text{时间——文学　音乐}\\ \text{空间——雕刻　绘画}\\ \text{综合——戏剧}\end{cases}$$

注意：上节只是就态度上说明文学与其他学科不同之点，并不是说文学与其他各科弗有关系，其实文学哪能离开一切学科呢？

第五节　文学定义

——从文学二字的原始说到文学定义。

社会学上有个普遍定理："人类生活越进步，分工也就越精密。"

在中国或西洋古代对于"文学"的范围很大，后来许多附属在这范围里的东西，渐渐独立成为一种学问，而文学的定义，才渐渐明了。就咱们中国的情形看看罢。

文学二字之见于我国载记者，当以《论语》为断，此后之散见于诸子百家者亦复不少，可是大概说来，在汉以前之所谓文学，它的范围很广，差不多是代表一切典章文物制度而言，简直是文化的代表，譬如：

《论语》："文学子游、子夏。"此文学系孔门四科之一，它所代表的就是学问。

《荀子·大略篇》云："子贡、子路，故鄙人也，被文学，服礼义，为天下列士。"此文学系指诗书而言。

《韩非子·六反篇》云："学道立方，离法之民也，而世尊之曰文学之士。"此文学系指方术道书而言。

《史记·自序》云："汉兴萧何次律令，韩信申军法，张苍为章程，叔孙通定礼仪，则文学彬彬稍进。"此以文学二字，作一切法制礼仪的总名。

《史记·蒙恬传》："秦蒙恬尝书狱典文学。"又《儒林传》："汉令通一艺以上，补文学掌故。"此文学二字作为官名用。

降至六朝时，文学这名词，分开了用而变为文笔。

《南史·颜延之传》："宋文帝问延之诸子才能延之曰：竣得臣笔，测得臣文。"他所谓文笔者，把文学分成二种：一有韵的文学（诗词歌）；二无韵的文学（散文）。

《文心雕龙》："有韵为文，无韵为笔。"

不能不说是文学定义的一大进步，也是中国文学成立的时期。唐以后又把一切有韵无韵的文学称为文章。

《进学解》"作为文章，其书满家"，又韩诗"李杜文章在"（按白居易与元九书"文章合为时而著，诗歌合为事而作"，文章诗歌显然分有韵无韵为二，但此乃白氏作文时调对之语，观其《读张籍古乐府》"业文三十春，尤工乐府诗"之语可知），从此以后，宋明二朝文人多是苟且因循，所以文学二字，更觉含糊终始没有人替我们下一个精确的定义，直到清代仪征阮元，复申六朝文笔之说，以为"必沉思翰藻，始名为文"。其子阮福作《文笔对》以申其意，而否认唐以来以"笔"为文之文，以为非有韵偶行者不足为文，要算是更为进步，但是这不免太重形式了。

自阮元起，上推二三千年，找不出一人为文学下一比较精确的定义，到了近代章太炎先生才说"文学者，以有文字着于竹帛，故谓之文，论其法式谓之文学气"。这个定义在中国文学界似乎可宝贵得很，但是他这个定义是否准当呢？我们试看头一句"文学者以有文学着于竹帛故谓之文"是以"文字"解"文学"不免太雏形了！其第二句"论其法式谓之文学"，是把一切学术都包括在内，未免太广泛了，颇有些复古的色彩。我们只能承认他是文学的广义的定义，不是我们所需要的定义。在这类事，西洋人比咱们中国人精明得多，可惜我不能广征博引，只引几家为人常常说道的：

美国伍斯特（Worcester）说道："文学者，是被保于文字上之学问，知识与想象的结果。"（The results of learning, knowledge and imagination, preserved in writing.）英国文学家布鲁克（S. Brooke）说："聪明的男女的思想感情的记录，用了一种要给与快感于读者的方法排着的。"（The written thoughts and feelings of intelligent men and women, arranged in a way which will give pleasure to the reader.）近代英国第一流批评家马修·阿诺德（Mathew Arnold）说："文学是一个广大的词，那是可解为用文字书写或印刷在书籍上的东西。"（Literature is a great word. It may mean everything written with letters or printed in a book.）这两个定义和我国章太炎先生所说的相仿佛，这种定义的范围，还是太大。比较好的，如波斯奈特（Posnett）说的："文学是包括散文或诗的一切着述，其目的与其反省宁在想象的结果，与其在教训与实际的效果，宁在给快乐于最大多国民，并且排斥特殊知识而诉于一般的知识。"（Literature consists of words, which whether in prose verse, are the handicraft of imagination rather than reflection; aim at the pleasure of the greatest possible number of the nation rather than at instruction and practical effects, and appeal general as against specialized knowledge.）美国波士顿大学教授韩德（Theodore W. Hunt）说："文学是思想的文字的表现，通过了想象感情及趣味，而在使一般人们对之容易理解，并且惹起兴味的那样非专门的形式中的。"（Literature is the written expression of thought, through the imagination, feelings and taste, in such an untechnical arm as to make it intelligible and interesting to the general mind.）这算是近代有力的文学定义，本书也便采取他的说法。

　　一切文字表演都是思想，倘若不通以想象感情，便是史家的记载，哲家的议论，科学家的论证……所以文学的特处，就是在通过想象感情，但是高大的文学是写一般人的感情想象的活跃，倘若为某阶级或特殊情况下的人而写的，便要失其永存、广播的效力，所以必得"在使一般人对之容易理解，并且惹起兴味的那样非专门的形式中的"，才是真真高而大的文学。所以亨德之言可算比较精密而无偏狭或广泛之失。这便是本书采取他的学说的原因。

　　我总觉"翻新不如述旧，我要自作聪明，另来一个也未尝不可，不过翻来覆去，总跳不出前人的范围，所以不再自为解说；虽然我对于这个定义，也不十分满意。

第二章 内 质

第一节 文学的生成

——中国历史上文学生成论之类述,为下两章的引子。

我想把文学的生成,分为两面来说,一是心理的活动,一是实际的社会生活。在这儿便发生一个问题:"这两种关系是相互的,抑是不相关的?"因有了这种不同的情形,所以各家便有不同的说法。在我们看来是互为因果的"两个",而不是绝对分立的"两个"。因为一个人是社会的人,而社会是人的社会呀!所以我们述说,不能不两面均到,才不至于偏废之虑。让下面的两章去详细地说。此处先说说中国历来讲文学生成的要论,作为下两章的引子。

《毛诗》子夏《大序》说:诗者志之所之也。在心者为志,发言为诗。情动于中而形于言,言之不足,故嗟叹之,嗟叹之不足,故永歌之,永歌之不足,不知手之舞之下足之蹈之也。

这段话的意思是说:心理的活跃,(志之所之)以言语表示出来;(发言)表的是什么心理的活跃呢?便是情;(情动于中而形于言)是怎样的言呢?要咏歌的言。(这是论诗的形式,也是诗与其他文学不同之点。)这段话岂不是与上面所说韩德的《文学定义》前半相符了吗?(他后面所谓不知手之舞之足之蹈之的一段话,同《吕氏春秋》所谓"掺牛尾投足而歌八阕"的话恰恰是一个意思,足以表明古代诗歌与舞蹈并时而生的道理。他下文"声成文谓之音"的意思与此处所谓嗟叹永歌亦相同）后来朱熹作《诗集传》时，更把这个意思发挥详尽。现在抄在下面作个参考。

朱熹《诗集传序》曰：或问于余曰："诗为何而作也。"余应之曰："人生而静，天之性也。感于物而动，性之欲也。夫既有欲矣，则不能无思。（在心为志）既有思矣，则不能无言。（情动于中而发言）既有言矣，则言，所不能尽而发于咨嗟咏叹之余者，必有自然之音响节族而不能已焉。此诗之所以作也。"诗是文学的一种，诗的起源也便是文学的起源，它与其他文学不同之处，仅在形式上不同的"水歌""永言"一点。

子夏这节话，在中国文学上，有很高的权威。虽然在他以前尚有《尚书》里的"诗言志，歌咏言，声依咏，律和声"的话——几千年的人，都不出其范围。后来他的传业弟子荀卿也说"诗言其志也"，实在因他是一个从心理上以观文学生成之言呀！再引几个后人的话作为参考。

《庄子·天下篇》说："诗以道志。"（这是承袭儒家之言与荀子所说同，而与子夏所说稍异，详后各论中。）

《汉书·翼奉传》说："诗之为学，性情而已。"（他接着这两句话之后，以阴阳五行律历来释诗。虽作用与子夏不同，而说诗之义则同。）

《典论》说："文以气为主。"（这点之所谓气，大概是指精神的活力，虽不能便说全指感情想象等，而感情想象等之为重要亦从可知，因为情感想象为精神活力之最高者。）

挚虞《文章流别志论》说："古之作诗者，发乎情，止乎礼义。……古诗之赋以情义为主。"（所谓礼义，盖指文学道德言，另详后面。又按此节录自《艺文类聚》五十六卷，及《太平御览》五百八十八卷，此书挚本传称为《文章志》四卷。《隋书·经籍志》称为《文章流别志论》二卷。今亡，氏尚有《文章流别集》四十一卷，与此非一书。）

范晔《狱中与诸甥侄书》说："尝谓情志之所托，故当以意为主，以文传意。"（他之所谓意，即是子夏《序》中之所谓志，与《典论》"文以气为主"的话也不差多少。不过中国古代各家论文，都含有道德标准在里面，这又当别论。）梁简文帝《与湘东王书》说："比见京师文体儒钝殊常，竞学浮疏，争为阐缓。玄冬修夜，思所不得；既殊比兴，正背风骚。"他所谓的"既殊比兴""正背风骚"，不是在排斥这不本于性情的作品吗？并且他尝诫其子当阳公说："立身之道与文章异，止身先须慎重，文章且须放荡。"

这即是说文章须极其任性，不可受任何事物之限制。他的记室钟嵘对于文学的主张也同他一样看重性情。

《诗品》上品序里说："气之动物，物之感人，故摇荡性情，形诸舞咏。照烛三才，晖丽万有，灵祇待之以致飨，幽微借之以昭告。动天地，感鬼神，莫近于诗。"又说："若乃春风春鸟，秋月秋蝉，夏云暑雨，冬月祁寒，斯四候之感诸诗者也。嘉会寄诗以亲，离群托诗以怨。至于楚臣去境，汉妾辞宫，或骨横朔野，或魂逐飞蓬，或负戈外戍，杀气雄边，塞客衣单，孀闺泪尽。或士有解佩出朝，一去忘返；女有扬蛾入宠，再盼倾国。凡斯种种，感荡心灵，非陈诗何以展其义，非长歌无以骋其情。故曰"诗可以群，可以怨"，使穷贱易安，幽居靡闷，莫肖于诗矣，故词人作者，罔不爱好"。

他用这种美妙的文章把人对于时季境遇种种所引起的情感，分别写出，而以表现这种感情以安慰自己的便是诗。比简文所言更为详尽而分析。这在咱们中国之论文学者，要算最透彻的了，所以不惮烦地抄下。还有南齐萧子显《自序》里边有一段话，也颇可彼此相发明。抄如下：

萧子显《自序》说："风动春朝，月明秋夜，早燕初莺，开花落叶，有来斯应，每不能已。"（《梁书》本传引）

这与《诗品》"若乃春风春鸟"一段是一样的意思。他又说："文章者，情性之风标。"更可见他于文学的见解了。

刘勰是中国的一个文学论专家，所以多精辟之说；虽然他的文底根本观念还是道德。

《文心雕龙·原道篇》："两仪既生矣，惟人参之，性灵所钟，是谓三才，为五行之秀，实天地之心，心生而言立，言立而文明，自然之道也。"

他这种以性情为本的议论，在《情采篇》《风骨篇》更可见到，文长不备录。现在再看看唐人以后比较重要的话：

白居易说："感人心者莫先乎情，莫始乎言，莫切乎声，莫深乎义，诗者根情，苗言，华声，实义。上自圣贤下至愚唉，微及豚鱼，幽及鬼神，群分而气同，形异而情一，未有声入而不应，情交而不感者。"（《白氏长庆集》二十八《与元稹论诗书》）

又说："大凡人之感于事，则动于情，然后兴于嗟叹，发于吟叹，而形于诗歌矣。"（《长庆集·策林》）这儿我也不多引了，请注意上面各例中有个奇异的现象，除了梁简文帝的话外，都是偏在"诗"的一方面。这实在是因为我国的他种文学，自来都脱不了伦理、道德等等的人生哲学，而独立地存在的缘故。

其实也不仅中国为然，凡世界各国较早的文学都如此。不过世界不论哪国的文学都是诗歌起源得最早，所以我们把诗歌当作一切文学的起源，也不至于太差，但是像上面所引诸例，要借以讲明文学的生成，实在太笼统，下文当另立一个专篇来详细分析，此处不多述了。

上文说过，文学生成不出心理与社会关系。心理方面的话，大半上文已说过了，至于社会方面的，则中国实在难得寻出"以社会学眼光分析文学的人"。勉强举几个例，申说如下：

《易经》上说："上古结绳而治，后世圣人易之以书契。"

由这一说看来，则书契是始于治世，这自然是一部分文学之所由起。许氏《说文序》更详为推阐曰："古者庖牺氏之王天下也，仰则观象于天，俯则观法于地，视兽鸟之文与地之宜，近取诸身，远取诸物，于是始作《易》八卦（原始文字）以垂宪象。及神农氏结绳为治而统其事，庶业其繁，饰伪萌生。黄帝之史苍颉见鸟兽蹄迒之迹，知分理之可相别异也，初造书契，百工以乂，万品以察。"

这虽是说书契之始，也即是文学之始，因为文学与文字同是表演人的思想感情等等心理的作用的东西，文学不能离开文字而独立。

由上面两种例子看来，我们中国的古先，很早很早已承认文学是起于社会的需要了，《管子·山权数》篇也说："诗者所以记物也。"又说："诗纪人无失辞。"

《周语》也说："为川者决之使道，为民者宣之使言，故天子听政使公卿至于列士献诗，瞽献曲。……"

《礼记·王制》也说："天子五年一巡狩，……命大师陈诗以观民风。"

这正是乂百工、察万品的方法呢！此处所引虽是就文学推演时的用处说，不是就文字生成时的用处说，但是它却承认文学不仅是作者方面的。

我们综合上面所述文学生成的各种不同的论调来看，——心理的、社会的——究竟哪一种论调更为合理呢？实则文学的生成，绝不是只有社会而无人的，也绝不是只有人而无社会的。因为人与社会根本上是一个不可分离的两个原子，不过因为某个原子分量上的多寡不同，而生成各种不同的学术。又因为人们有思想的方法不同，即同一样的学术，也有种种的说法。我们若以心理学的眼光来分析文学，则如下图（见图一）：

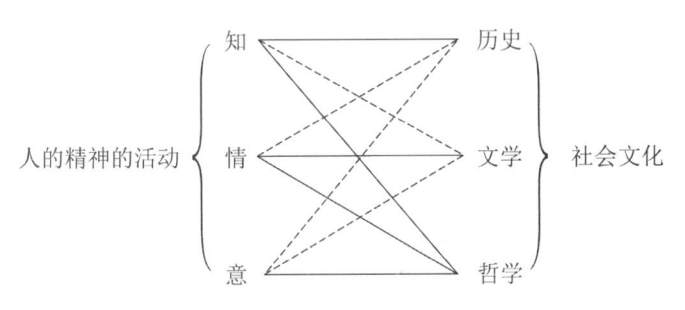

图一　心理学视角下的文学

倘若我们以社会学的眼光分析文学，则文学是（见图二）：

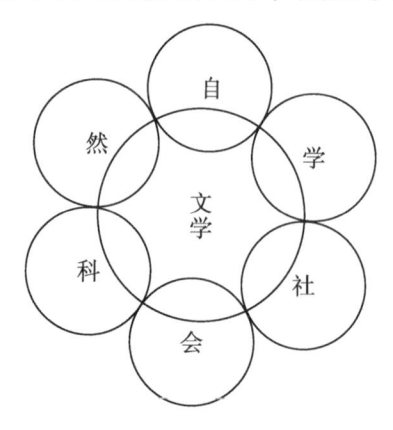

图二 社会学视角下的文学

如果更大点来看，则文学是（见图三）：

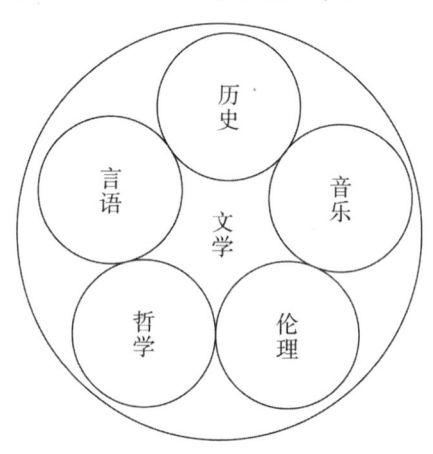

图三 多学科视角下的文学

欲得比较详细的了解，请看下两章。

第二节 心理学观的文学

——上章所举的中国历史上笼统的材料，不足以说明文学，兹杂取东西学说，而为分析一点，科学一点地说明。

一、文学起源的心理学观

前一节所引子夏诸人之说，都是从心理学以观文学。不过在这种含混文词里，尚不能使我们彻底地明了：究竟他所谓的"志"是个什么东西呢？慷爽地或许粗枝大叶地说罢："文学是人的一种生命力的表现。"

生命力的表现，有两种不同的方法。一是内心的自然要求，二是受了外界一切刺激而起的要求。为叙述方便起见，第二种另在《社会学观的文学》里去说。不过要请注意我绝不如历来论者单以心理或社会任一方面解释文学唯心或唯物论者——我完全地承认心理与社会之于文学，绝对不能分开，虽然我这种说法很大胆。

文学的发生，不过是人的一种本能的冲动了。这种冲动，有人说是"游戏本能的冲动"。意思是："人的各种本能中有'游戏本能'。当着精神活动有余力的时候，这种游戏的本能，即时呈现，文学即此发生。"这种说法，到近来的考古学家、人类学家证明："原始时代的艺术，不仅为游戏，实在是有实际用处的。"而稍稍摇动。又有人说："文学的起源是由于人的模仿的本能。"意思是："一切文学，都是人根据了他天生的本能，对于外界一切事物，加以回想或类化，用一定的方式表示出来的。"这个说法也不完全，因为他太重外形了。人的心理的活动，决不能按照一定方式来做，其结果也自然不能用一定的方式来表示。所以要把模仿说来作文学发生的学说，无异于以模仿说来说一切心理的活动。不过创始"模仿说"的亚里斯多德的意思，却不是这样，不过后人多误会了。

上面两种说法，都各有缺憾。虽然它们在"文学发生学"学说中，占的位置很高。倘若我们认定心理的文学生成说，是无甚谬戾的，则以其用"游戏冲动""模仿冲动"等等来解释，是尚有借助于其他的条件的不圆满处。不如干脆从作者自身着想：文学既是作者生命力的表现，则既是作者自己的表现。"自己表现"，也是本能冲动里的一种。这是文学生成的一个大因——也是主因。人自然也离不了外界的刺激,所以还有个"对他表现冲动",模仿说便可归在第二个原因里来说。——"对他表现"却是一个新定的名称。兹分述如下:

"自我表现的冲动"在人的感情的深处,有个"自我"在那儿支配一切。它认为比一切都高,它有无限的愿望,要想自己表现出来。以现时的人情来比罢,譬如一个人有一件秘密的事,自然不肯给任何人知道,可是有时不期然而然地告诉他的朋友,反滑稽地要求他的朋友为他守秘密,然而事情却因以传播了,这叫作公开秘密,就是自我表现的一个好例。原始的文学,原也不过想把"我自己"表暴出来。所以心里感觉苦了,"仰天而嘘";当着快乐时了,不觉"投足而歌"。——虽然苦乐也不免受了外界的刺激,但是自我表现的冲动,才是他的根本义。

"对他表现的冲动"(模仿说也算其中的一部分)这也可以说是自我的阔大。人和外界接触,生了一种很自然的反应,反应的大小,视与自我关系的大小而定。譬如我对待的"人"比其他接触——物——大,则觉着他的苦乐,也便是我的苦乐,而生了同情或嫉妒等情。因同情之情,发为悲欢离合的文学。因嫉妒之情,发为咒诅怨刺的文学。——文学赏鉴者的心情也基于此。又如伤花之凋谢、赞月光之美,甚至于原人之见火而骇、见山而惊、见牛而吼,也都可算是对物的表现,甚至于因花之谢而自伤身世等等,更可见自我表现扩大的情事。

综上面两事观之,"自我表现"是自发的冲动之情,"对他表现"是刺激的反应之情。大概在原始时代的人,因为所受的外的刺激少,而自我表现的机会多,所以古代的诗歌简短而"天趣"长;后代的人所受的刺激多,即对他表现的机会多,所以其声烦而多怨淫。其实这两种心理作用,在事实上万难得明白地分开来说。所以我们只能承认学理上有此说法,而事实上很难找证据。

除了上面两种之外,还有一种"求美"的冲动。仅有自我表现和对他表现两种冲动,则仅能进而为思想之一步,而所表现者尚不足以自慰慰人。要求其足以自慰慰人，自然还有更高的条件在，这便是"美"。美与食、色，同是人生来的三大欲。美的蒸发起点，是"自然界最先给我一点影像，人得了这个影像，便与自然界相融合，而发为一种情操"，这就是美的情操。其他一切"美"都由自然界先给的影像扩大来的。不过因为人的感情的激发，有方式之不同，而美的情操，也因而有内外的差别。即是凡由感觉而来的感情，是美的情操的内质。凡是由观念而来的感情，是美的情操的形式。凡是由联络而来的感情，是美的情操的内质与形式之混合。

人们执了自我表现，对他表现的两种本能，与"美欲本能"所生的"美的情操"结合，文学便于此生成，但其结合不一定三种都有。

关于文学的"美"的问题，在"文学特质"一章里再详讲。

二、文学要质的心理学观

（一）情绪

1. 生成文学的情绪

文学的起源，在心理学中寻到了根据——便是生命力的本能的冲动。不过当他运用这种本能而成为文学，其过程变化又是怎样呢？换言之，要怎样运用他的心理，才把这种本能表现出来。这便是本章所要讨论的。

在前面讲过"一切文学的生成，俱以情绪为要素"。现在要问："哪一种情绪是文学所要的呢？""怎么样的情绪，是文学所要的呢？"文学是要一种"不是原始情绪，而是加以回想，加以组织的客观化的情绪"。

2. 情绪的效果与不朽的价值

但是有了文学的情绪，还不尽文学的能事，也不是文学最要的目的，因为倘然只照文学的情绪走，则文学将脱离人间世——大多数的人——而成独自的东西。这当然不是文学的最了义，也不是我们所要的文学，这便不能不问：怎样的情绪是文学所要的呢？换言之，文学情绪的效果是怎样，是否有不朽的价值。兹采名家学说分五项言之：

纯正 我们读《关雎》之诗，觉得很感动我们高洁的情怀。他的动人，不仅是写"求之不得""辗转反侧"之感情的真，而也在写他感情的纯正。孔子说："《关雎》乐而不淫，哀而不伤。"所以他能为永世的名诗呀！因为纯正的感情是一种普遍性的感情，不是变态的偏倚之情。——本来文学的活动，是社会性的发挥。——但是这种纯正的情感是自然的内在的东西，并不是作者当时便存心"从头打算"做出来的。作者只把他不伪不饰的真正情感写出来，既不是无病呻吟，也不是借题发挥。不管他大小多少、利害如何，这便是纯正。——（朱竹宅当他作《风怀诗》的时候，并不想到后来入圣庙吃吃冷刀头。便是自定诗集时，也不愿意删去，他宁不入圣庙以保天下的真情。而后人之评论朱氏者，也不因他的行事，而有所贬损。注意这个例是证明作者当时并不存心打算一句。）当着我们选择情绪时，预先问问："这种作品的情绪，是否适当？"这适当与否，便是以纯正为标准。而评定一书者，也当先问是书所激起之感情，是否健全，是否适当。其起于一时之变态心理者，或粗暴，或险性，或淫毒，非人间所宜有，则其表现之情，为不健全，即或其感人之力甚大，亦不得谓为高尚的文学。

今请更为一简要之语曰："凡高贵永久之文学，必其情基乎人生之真理，而更以诚挚不伪之态度所表达者。若反乎此，则为虚伪的、变态的、无病呻吟的文学。"

活跃 活跃的意思，便是中国旧来所说的"气势"。它是怎样使读者感动兴奋受刺激的一种标准。文章的如何美、如何动人，但看它活跃的情形怎样。邵青门说："其气甚者其文畅以醇，其气舒者，其文疏以达。其气矜者，其文厉以纰。其气恶者，其文诐以刔。其气挠者，其文剽以瑕。"好的文学，自然是气势来得"盛""舒"，曾国藩说：为文全在气盛，奇辞大句，须得瑰玮飞腾之气，驱之以行。凡堆重处，皆为空虚，乃能为大篇。所谓气力有余于文之外也，否则气不能举其体矣。

所以我们请《上邪曲》：

> 上邪！我欲与君知，长命无绝衰！
> 山无棱，江水为竭，
> 冬雷震震夏雨雪，
> 天地合，乃敢与君绝！

读梁鸿《五噫》：

> 陟彼北芒兮，噫！
> 顾瞻帝京兮，噫！
> 宫阙崔巍兮，噫！
> 民之劬劳兮，噫！
> 辽辽未央兮，噫！

觉得气势嗙磕，又如读魏武帝的《乌鹊南飞》、苏东坡的《大江东去》、汉高祖的《大风歌》，觉得其气魄伟大而动荡，故其感人也深。又如贾谊的《过秦论》本来没有什么高深的道理，而我们读了，也觉得气势伟健，便是他的活跃之力甚大。所以读《刺客列传》不禁令人有侠义之概，读《项羽本纪》不觉令人油然起慕念之思，汉武帝读《大人赋》飘飘有临云之意，也是这种感情的活跃。

有气势一语，似若只偏于热烈的感情，然而沉默幽深之作，其动人不必不如热烈。如陶渊明《归田》六首，正所谓令人悠然神往者。所以"短短横墙，矮矮疏窗，一方儿小小池塘"其动人不见得比"长桥卧波，未云何龙"之《阿房宫赋》不如。"宝帘闲挂小银钩"，其动人也不见得弱于"雾失楼台，月迷津渡"。这两种相异的感情实在不易较量其高下。磊落可以动人，婀娜未尝不动人，有时婀娜更为动人呢！且因人的个性不同，其感情也有彼此之别。欲以感人之力，判其优劣，诚为不当。但倘若我们将这不同的动人之感情的种类，只单说其动人之力量若何，则还是以热情分子多的文章动人较多，所以尼采爱以血书的文章呢！

统一　这是问我们的作品所有的情绪，是不是前后在同一的基调上的标准。因为一个作者，都想"他的作品的感情，所给于人者，能持久不坠"。但是倘若他的感情是变化无方，则读者将如堕五里雾中，而莫名其妙。故在一篇之内，虽有千变万化的情势，而要有一致之情以贯之。这便是古人所谓"百变而不离其宗"的意思。如《离骚》一篇，所叙情事，其变化不可方物，然而其忧国之情，始终一贯。又如《孔雀东南飞》，其叙事之繁复，不可谓不多，而其中以"失志縻他""思爱不疑"的感情统一全篇，故读者但觉其情真事实。这都是感情统一性之所支配。

变化　这是问作品所给与的情绪之范围之大小，及其怎样的一个范围时所用的标准。大概天才的文章，其感情之错综变化力量，范围来得比常人大。（不过欣赏者不见得也有如此变化的感情，所以大文章往往为世埋没者，即在此一点。）但如果是个普通作家，其感情之狭隘，自不必说。即欲其"在经验上求扩充"，亦因才力所限，不能腾达。故长于此，必短于彼。（自古文人相轻，也是缘于此一点。）善为赋者，不必能为诗；善为诗者，不必善为文。王粲、徐干"长于词赋，然于他文，未能称是"。而刘勰之论孔融、祢衡亦曰："孔融气盛于为笔，祢衡思锐于为文，有偏美焉。"曾子固不能为诗而文却可观，都是实例。自然这些偏美的作家，就他所长的来说，自有其价值在。但是他之不足以称为大家，自然也是因为无"较大情感范围"故。作《游侠列传》的司马迁其感情变化之大，决不如作《水浒传》的施耐庵。——虽然太史公也另有他的好处。《西厢》作家的董解元以至于王实甫、关汉卿，其感情之变化，不如曹雪芹之大，所以也可以说董王诸人不如曹。而李白之诗之所以较逊杜甫者，也是杜甫所用的感情的范围大。谢灵运之不如陶渊明、黄山谷之不如苏东坡、元稹之不如白居易，都不过是此事的关系。

性质　这是问作品所给予的情绪，是属于怎样阶级的情绪时的标准——如道德的、宗教的与劣的、优的是。这实在是个难题，因为社会问题有若干的差别，道德宗教孰劣孰优，也便有许多差别。

第一编 通论之部

所以评论文学，当先了解作者环境、事实等等。不能以一人的好恶定文学的优劣。只看它所表现的是不是真的？美的？——真美的标准，虽然有普遍性的，但也有社会的限制——彻底与否？再定它的价值。不过文学是不是有道德性、宗教性，或当不当把道德性、宗教性加入进去，却是一个问题。但是最好的文学，绝不离开社会，也决不离开人的生活。换言之，文学是表同情于人生的。这无论谁也得承认，与人生最有密切的关系的物件，是感情。而最佳的文学，自然是最健全的感情。此所谓健全之感情者，即道德是也。——此道德云者，谓凡人之行为所引起之情，为表同情于大多数之人生者。——故情之发于道德性，或物之足以暗示道德者，较其发于感官或物质者为高。简言之，即道德感情之价值，较感官为高也。譬如我们读《杂事秘辛》（相传为汉人作，实则新都、杨慎所伪。）其写美人体态，虽为逼真，而所引起之感情只不过是感官作用多，而感情作用少。反不如《洛神赋》之动人，永而有味。也不如《西厢记·酬简》之幽美不尽。所以"烹羊炮羔，斗酒自劳"自然不如"采菊东篱下，悠然见南山"，"火腿蛋花摊薄饼，虾仁锅贴满盘装"自然不如"举杯邀明月，对影成三人"。不过也有读着感官的文章而趣味横生，较一切更为有趣者，是因欣赏者之阶级不同，而所了解的作品不同。不但此也，也因为读者阶级不同，而所了解于作品之深浅亦异。此评论文学之所以难也。如身为达官者，必不能知困穷诗人之诗。能了解《西游记》中唐僧者，不必能了解《高僧传》中之玄奘。能了解《红楼梦》中十二金钗者，不必即能了解宝玉幻游太虚境时所见正副册中所歌之十二金钗。但是读者虽因其阶级之性质之各别，而发为各别不同之了解感应，但天地间有个统治人间最高的物件，不论是贫富贵贱、东南西北之人，都莫不互相统一，这便是人的感情之素。所以贵为天子者，读《关雎》之诗，说他是文王后妃之德，自然可以；贱为乞丐，读《关雎》之诗，说他是昨天同某乞丐婆谈恋爱，也未尝不可。华兹华斯、白朗宁、莎士比亚、济慈的诗，英美说他好，我们读着也觉好；荷马、小仲马的作品，法国人以为好；屠格涅夫、托尔斯泰、柴霍甫的作品，俄国人以为好；芥川龙之介、厨川白村、武者小路实笃的作品，日本人以为好，我们中国人也同样承认他好。自然咱们的李白、杜甫、白香山、苏东坡、马东篱、王实甫、曹雪芹诸人，不论他是法国人、英美人、日本人、俄国人都要承认不错。所以说文学是世界的公物，一点也不错。

（二）想象

作者要把他的感情表达而出之时，必定要有一个表达的东西。要如何使用这个东西，才把我的感情更好地表达出来，这便有赖于想象了。但是想象力的本质，有点神妙莫测，我们可以知道的，仅仅是它一种效果。——其实也便是我们所要的。——虽然根据其效果，也未尝不可推及其本质。

想象是将许多旧经验溶化、抽象，加以新组织以后生出来的新局面。譬如我们旧的意识上有一张美丽的嘴、一双美丽的眼、一管美丽的鼻、一对美丽的颊，加以溶化，加以组织，而成一副美丽的脸，此谓之想象。或者把一双美丽的眼与一个厚唇、黑牙，两个鼻子，三支耳耿，一道娥眉，组织成一个奇脸，也是想象。但若心中构一人首马身之像，则仅为昔日在寺庙里目睹怪象的回忆，而不是想象。又如"冰轮乍涌""琼楼玉宇"都是想象。又如哥伦布之探陆，初必已知地圆，又知有所谓印度，然后才发现新大陆。新大陆之发现，可以说是哥伦布想象组织的成功。但是唐明皇梦游月殿，便成空想。所以想象与空想绝不相同，要言之，想象是以旧的经验为根据，把感情寄托在主观的意欲之上，使成为合于经验而有迹象可寻的一种心理作用。一个文学家将许多杂乱的经验加以组织，成为有系统而栩栩欲动的文章，这便是文学的想象作用。而所谓文学的美，即是我们的感情入于这种具体化的对象中所得的一种快感。想象为文学的要素，可以不言而喻了。所以一篇好的文章，不知有多少想象在里面。如读《阿房宫赋》，似乎可以看见许多宏丽壮观的殿阁，阿房宫真有如此其多的房子吗？读屈子的《离骚》，能够见屈子单身匹马，到处游览，时而崐昆山，时而扶桑，在现实界里恐怕找不出如此的壮游吧！《穆天子传》里西王母住的地方，"增城九重"，那样的宏大焕丽，现实界里，恐怕也找不到吧！便是《红楼梦》中的贾宝玉林黛玉之情痴癫乱，不近情理；刘姥姥之突梯滑稽，王凤姐之阴险淫荡，现实界里也不见得有如此的人。董解元、王实甫《西厢记》之硕艳、孔尚任《桃花扇》之凄婉、《史记·项羽本纪》之雄放、司马相如《大人赋》之恢阔、汤若望《临州四梦》之谲怪、白居易《长恨歌》之哀艳、元稹《连昌宫词》之凄惋、吴伟业《圆圆曲》之丽而壮、王静安师《颐和园宫词》之哀而曲、以至于《西游记》之神怪、《水浒》之奇放，都不过文人加了许多想象推断而为之，未必当日尽有此情。但是读其文者，并不觉得形之虚构，反悠然神往，这便是它的根据都是旧的经验，故能打动读者的心。扩大来说罢，便是柏拉图的乌托邦、佛家所说的极乐世界、老子所说的无为而治之世、孔子所说的大同世界，也不过是伟人的想象罢了！

上面笼统地把想象说了，但是想象也因应用思想的方法不同，而生各种的差别。据《文学评论之原理》的作者温彻斯特分为三类。兹略节其说如下：

创造的想象 创作的想象，是本经验中所得的各种分子，为自发的选择，而加以组合，造成新的东西。倘若这种结合无规律，或不合理，其作用便为幻想。(The creative imagination spontaneously selects among the elements given by experience and combines them into new wholes. If his combination be arbitrary or irritional, the faculty is called fancy.)

联想的想象 联想的想象是以事物的观念或情绪（新的）与情绪（旧有的）上类似于此的心相联结而生的东西。若此等联想不是情绪的类似为根据者，即成幻想。(The associative lmagination associates with an object, idea or emotion images emotion ably akin. If such association be not based on emotional kinship, process must be called fancy.)

解释的想象 解释的想象是已知一物精神上的价值与意义,而将此种精神的价值所存的部分或性质,表现而说明之。(The interpretative imagination percieves spiritual value or significance, and renders objectes by presenting those parts or qualities in which this spiritual value resides.)

(三) 思想

"文学要思想。"只要明白两件事,便自然地承认了。一是凡作者绝不能"遗世独立",不,即使"遗世独立"罢,也有他的原因。至小限与当时的环境及所在地的历史,或正或反都有关系。作家既根本不能不受些许影响,即是根本不能有他所在的环境与历史的或正或反的思想。二是文学最重要的情绪,与思想有最密切的关系。甚且可以说:"情绪不过是健全思想最高的冲动。"(所谓健全思想的最高冲动者,意谓最高的感情是隐在健全思想之下,不觉地通过思想而发为情绪。)或如一般人所谓"情感是思想之花"亦可。华贵的人不知民间的贫苦,不能写贫民生活的文章。未亡国时的李后主绝不能写《望江南》"多少恨,多少泪"两阕及"昨夜风兼雨"之《乌夜啼》、"人生愁恨何能免"之《子夜歌》、"往事只堪哀"之《浪淘沙》、"转烛飘蓬一梦归"之《浣溪纱》、"帘外雨潺潺"之《浪淘沙》诸词,这便是所感触者不同,所了解者不同,与他从前继立小周后前后的思想完全不同,而发为此凄婉之词。屈子本其忠臣爱国的思想,发为《离骚》;陶渊明本其恬淡的人生观,作为《归去来辞》《归田》六首;杜工部本其"身在江湖心存魏阙"的思想发为《秋兴》八首;庄子以其妙观世事、一齐万物的思想发为变化莫踪之文;孔子以其苦口婆心之思想发为干实透达之文。仲长统有俊逸之思,故为《乐志论》;刘孝标、汪容甫有不胜身世之感,故为《自序》。文学之贵于有历史感情,便是有思想,便是有人生观。儒家的文章,统不脱儒家的气味;道家的文章,统不脱道家的气味;共产主义者的文章、国家主义者之文章,亦各有其最深之思想隐于作者感情之下。而文学派别之所由生，也因于其思想方法之不同。叶适有言：为文之道，譬如人家觞客。虽或金银照座，然不免出于假借。唯自家罗列者，即仅瓷缶瓦杯，然都是自家物色。

这个比喻，虽然很浅，却很可玩味。总而言之，虽然在文学范围里不应说什么思想，但是事实绝不能有所谓不含思想的文学，不过用思想有显隐大小罢了！

但是有一点我们要留心。倘若我们创作被某种思想所束缚了，便没有好的作品。所以一个大作家的作品，他只"感得要如此写"他并不是"知道要如此写"。倘若屈子的《天问》是以古代神鬼的思想为其中心，则成为墨子的《明鬼》、汉以后人的《无鬼》或《疑鬼》论去了。所以易卜生的《玩偶之家》（*Doll's House*）出演以后，有许多贵妇人跑到他那里感谢他说："你实在是我们女界的解放者，我们应当感谢你。"易卜生却回答道："对不住！我只觉要如此写，并不如你们所期许这样。"便是感觉要写，不是知道要写的好例。我可以大胆地说："文学并不是思想主义的宣传。作者绝不当存为思想主义的宣传而为文学。"这几句话虽然太不时髦！

第三节 社会学观的文学

一、社会学观的文学生成

我们以前说过，"一个人的精神作用，受了刺激之后，往往要借一件事发泄出来"，子夏所谓"情动于中而形于言"者是也。于此我们说文学全是心理学上感情活动，在心理学上只能说文学生成的方法而不能说怎样会使文学生成，便因这所以动情的东西，多半离不了外界的刺激，而外界的刺激又多半是社会造成的，所以要求文学之彻底了解。除了心理学外，还有赖于社会学，这便是所以要讲这章的原因。

（一）历史——文字语言

吾们要彻底了解文学，要先了解文学所用的工具，——文字及其（文字）所代表的语言。文字之生，自然稍后于语言，皇古之人，其意识的交换，多赖姿势，而无明晰的语言。后来语言进步，至于明晰，社会的组织亦渐近于复杂，语言不足供需用，乃运用其"生来的模仿象征诸本能"以造文字。初而也不过"画地为识"，以纵横交错之不同，代表不同的意思。后来渐渐地进步，因人类思想进程之不同，而发生世界个别的文字，在咱们中国自纵横交错的笔画字——即八卦进步后的字，替代了"结绳而治"之后，根据更原始一点的"画形表意字"直接地推演而为象形指事字，更由此而孳乳成会意形声假借转注六体字。中国的文字，一以告功。

当语言成立后，原始人类思想的能力，渐渐地扩大，在其"遗传经验"的知识之外，增加了不少的新的活动的方法。口耳相传的古训，日益修改，而便于记忆。历世相传的奇说异闻，其范围亦日益扩大。但是仍然是口口相传，尚无定形。到文字成立以后，各种思想、知识、古训、异闻，不仅是愈益扩开，且能永传。但在这古初社会里，能识字的人很少，除了某一个特种阶级的人而外，一般人不必一定能有这种知识。而这种特种阶级的人，也自矜奇异，秘不示人。一方面又以文字为统治社会的工具，或将其奇伟的事实与思想，夸示于其后人。在这时候，还不有真真文学。社会的组织，渐渐复杂或完密。文字的用途，也渐渐地推及民间。——但这时候仍不过用为契约的符号。——一直要到了人民生活渐至安定、居处饮食都有一定的纪律以后，才把历来相传的谣歌式的古训写定，又渐近而利用文字来发表思想，抒写感情。到此时文学才算定局。——这大概是在游牧时代以后罢。——诗歌之始始于此，文学之始亦于此。——诗歌之始，应在此时之前，语言已明晰之后。因为从心理学来看，不容太迟。但其形式，确要到此才定。

文学与语言文字的关系，不是这样短短一节所能说了的。此处所说，不过推文学之始生的历史而及之，将来当有专篇论及。不过我们中国文字，与世界有大不同的地方，在此不能不略为讲讲。

中国文字不是"虚体的符号"（即本身无意义）。它的本身，便有意义，这是与世界各国大异之点。除了本身的义意外，然后才是语言的代表。（音）所以中国文字的本身，便有意想。譬如说"天字从一从大"，一大便是天字本身的思想。"天者颠也。"言其在颠顶之上，则天字同时又代表语言。（此从许氏说，然上推至龟甲中所解字义，亦莫不如是。）这便是上面所谓六书中以象形会意为文字之始的意思。因为言语的用途更广，而文字所表现的形义不能把人类思想上所有的事事物物，都画得出来，所以以形声为之推演，形声不足，更有会意假借转注诸例了。

上面所举的指事象形诸例是文字成立的方法，但是字音成立的方法又是怎么呢？在此不能不稍为说说，大概可以分三种：

自然的发音 这是只要有口舌的人，便能发的音。我们粗枝大叶地说："是生理的自然作用。"所有的感叹字，都属这一类。如《诗经》中的且、居、诸、思、胡、兮，《楚辞》中的只、些，《尚书》中的俞、粤、都、吁都是。至于后来所用的吓、唉、颗颐、唯、嘻，更不必说了。不过此等字多半是"依声托事"。除了这一类字而外，父、母、你、我等字，也可属于此类；——因为此等字有世界通性大概可说是人类自然之音。父字的推演则为爹、为耶、为江西的八八、伊耶（读如雅）。母字则演为妈妈、妈妈。

模拟事物的声音 如乌雅的雅，就是雅鸣。蛙字的音像蛙鸣。他如雀字、牛字、羊字、火字、水字等，都是模拟物件自发的声音。又如竹字像击竹之音，铜字像鼓铜之音，滴音像水滴之类也是。更推演之则转动圆物之声曰骨录敲，金属之声曰丁冬。在水则曰澎湃，也是一理。不过这些声不见得都有专字。后来多以同音之字相假借而成。

声转而衍义的字 譬如说凡表示消极的意思的字，多作 mb 音。如"弗"、"勿"、"不"、曰"没"、木"末"、尽"灭"。又如水小曰浅、小器曰盏、小纸曰笺、小竹曰籤，其音也都同在齿音，还有意义相反的字，也都是双声叠韵的变化，如老幼、今古、上下、出内、死生、阴阳，等是。

近人之说字音生成者，除此三种外，尚有"表德之音"一类。如羊者祥也，人者仁也，鬼者归也之类，其实此类也可归入转声衍义一类。故此处不另立。

（二）实用

1. 求生

在我们四周的事事物物都不过是为吾人之生而生的。文学的起源，也不过为人生而生罢！

掠取 在原始时代的人，只凭了自己的体力，去战胜外界的一切，来保存自己的生命。掠取的情事，便于此发生。掠取的方法，逐渐进步，初而只凭着一时的需求，继而知道把掠取的经验或掠取的对象保存下来。这个时候大概语言已经明晰，思想的力量也渐扩大，知道把这些对象图画在树木或石物之上，文字即由此生；又知道将这些经验，加以整理，便于记忆。成了稍为修饰的词句，更加以对于对象有神奇的描摹，或欢忭的咏叹，而歌谣以生。《吕氏春秋》所谓"三人掺牛尾，而歌八阕"者，大概即是二人同力打倒一个牛后，发出的欢忭之辞罢。这种意识之断续的复演，遗传于后世，其所及之范围，亦随之而扩大。"用以治人治世"的文字，也渐渐地由在上者普及于其仆从，甚而及于仆从的子孙。而用以为记某奇事，某奇想的"自夸的秘藏"，这些在上者的仆人，便是治人临人的"巫史"之官，他们的知识自然比其他的人高明得多，他们借着人民这种"惊奇的宗教性"为人民主持一切。而民间的歌谣谚语，才渐渐地由他们写定，但是人类交换意思之志愿甚强、文字之奥蕴，终不能秘，于是由巫史而传于民间，真真的"人的文学"才成立。这便是歌谣之所由生。

媚神 当原始人民思想知识未开之时，对于外界的一切，不，甚至于他自己的一切，都惊疑地莫名其妙。且于物之有生无生之别亦不甚清楚，觉一切物件，皆有不可思议之奇妙。但其冥思幻想，仅属个人，或暂时的。此时之社会统治者为长老，其威权甚大。初民但知敬忌，于此多畏多忌中觉一切事物，都有不祥的感想。到语言渐明，各种根本感想因之而有系统，可以记忆。对于事物，亦因之而能作反复的较量，鬼神的概念以起。因而从前所不能解决之问题，如生、死、疾、病、奇异之兽，日、月、星、山、川之变等，皆以神鬼为唯一之解释方法。为求其冥想中之鬼神保佑或悦怪，所以有种种媚神之事，而以巫祝为之邮便。此时粗陋的乐器，早已流行。所谓"婆娑乐神"之舞，也由此种执民教的巫祝渐传于人。有腔无词的自然歌调，被扩充为有词的谚歌。歌舞两合遂为齐民媚神之工具。而此等巫祝之人，实又为歌谣的写定兼保护者。他们在社会上的位置，既与平民不同，知识也较平民为高，一切学问，都由他们渐渐地发明，而至光大。而文学也在这乐神媚神之途，日益进步而美化。但其思想范围，仍不出神鬼开头。这便是祝祭赞美等类文学所由起。

避患 一个人同外界一切生物比较，要算个弱者。"倮虫三百，人最为劣！爪牙皮毛，不足自卫。"无爪牙之利不能抵抗外界一切侵略而自存。当着一切可恐怖的侵略或祸患到来时，初而或用他的本能以避患，其次因本能之避患不能得安全或在偶不留意时得了一次经验，他便用他那高出一切生物的记忆力，谨慎将它记起，或者刻在他自己发现可以刻画的物件之上，更由人类的一点同情心，而将这种经验，辗转告诉他人，或者他更将他那种遭遇，很自然地歌唱出来。——因为常时的人都有一种很自然的有声无词的歌调。大概是人在喜乐怨苦时，自然的一种写心的方法，这即是中国古人之所谓"永言"；此是音乐的发生问题，不能多说。——或者当他遭难时，求救于人或求救于他心里认为更奇更大的物或神的呼声，或者是遭难后自然诉出来的哀音，——也如喜乐时发出的欢乐之声一样。——都是文学生成的原因，这是后来一切诉告哀怜乞求叙述的文学之所由生。

上面所列的三种，并不是以此足以概文学的全面，不过是人类求生的方法里，比较普通而重要的条件罢了。至于要把文学上各种体裁的来源，详尽地叙述，当在各论中去讲，不是本章的范围，所以不详。

2. 生命之继续

人类自从"本能地冲动以求生"渐近于"知道要努力以求生"，对于周遭的一切认识，渐明渐大。初而知道自己保持现在的生命，自惊疑而了解产儿与己身有密切关系后，遂知道把自己的生命永续延长下去。模糊地知道有未来的自己；同时也想到他现在以前的自己，觉得在这生命之不可思议中，实在有努力以求生（广义）的必要。所以便把他亲自得来的经验，或他人传给他的经验，告诉他的生命继续者，此是后世的哲学社会学及一切用知识的学术所由起。甚或演述他某次如何战胜某物某人，或更述其所闻于他人之事迹，以示其子孙。这是后世历史小说及一切记叙文之所起。

原始人民，一面认子孙为他的继续者，一面又认为是天神之所赐，或其先人的再世，遂欲有所辅慰娱乐等的情事生出。当着祭祀乐神之时，子孙便成了祖先神人的对象，把子孙装饰成祖先，而向他膜拜——古人谓之曰尸。乐舞词颂，大甚于此时，这是后世祝告及一切感情文之所起。为之子孙者，根据他们所告诉的一切经验、经历，使其生活用节省的精力而得伟大的成功与安慰。这种告诉他的经验经历给后人的人，便是把他的生命永续的人，人之所以贵有文学者在此，而文学的价值也在此。呵！文学是伟大的生命的表现者，也是伟大的生命之继续者！

3. 维持社会

我们在上面引过一句话："上古结绳而治后世圣人易之以书契。"当社会的组织在很简单时，自然结绳可治。到言语明晰后，思想力渐大，人群互相往还帮助的事渐多，交通往还的地面也渐广，同时人类的自利心也渐扩张，结绳制度日渐不敷运用，社会的秩序以及一切，渐呈不安定而相争的现象，当时文字的雏形早由偶然的模拟冲动，而至于成立。遂为一般智力较高的长老所采用，用以指挥其臣属与宣布他的命令法规，以为社会安定的工具，至文字的流传渐广以后，人与人间便采为他们的往还契约工具。而文学的用途，日以益繁，故文学之所由生与此等法令之所由生，有密切的关系。

4. 余言

上面所讲的一节，——社会学观之文学发生——只把它如何的发生情形说了个大概。至于文学发生以后，因社会的不同而演为各式各样的文学，自然不是本章的范围。又所说的发生，也多是以中国一国所流传的古代社会情形而言，自然有许多偏颇的地方。

里面所说的各种生成，都似乎是各不相关的，倘若有人问我："文学生成究竟是一元的还是多元？——即是求生抑是生命之继续，抑是维持社会，或者还是三种都是？并无所统属？"我的答案是："人的思想感情的活动由所处的地位不同，对于文学的生成，自然有个别的差异，并且文学不过是观念、概念、情感的定形。你能说同出一源吗？不过外界的法则虽不同，而其为生命力的表现则一。"

还有一事必得申明者，即是：在《文学的定义》一节里所说的定义，是狭义的，在叙述时所用则大半是广义，尤其是这章。这自然要看用的地方而异，望读者不要误会。

二、社会学观的文学要质

（一）地理性

依上面所讲者，社会与文学之关系，不言而喻是一种确定的公式。但是这种公式不是独立着存在、进化、发展起来的。盖有决定它的条件之更为根本的要素在，即是"自然的要素"。——地理——人类因生在一定的自然环境支配之下，其根性决不能移易。譬如我是中国人，他是日本人，他是德国人，他是俄罗斯人，生为中国日本人者，生下来就是黄色，骨骼体力比欧洲人小而弱，这些自然条件，都是决定那人类以此为舞台而营着的社会生活本身与社会本身的。故国民的气质、体格、性格、思想等，与欧洲亦因之有异。即以中国同日本比较而论，虽是同种，但他所在的地面气候大概是温带，而寒暑变化甚剧，冬天空气干燥，夏天则温度溽热，又多火山、地震频起，四面包海，内地多山，所以他的国民性，也与中国不同。即以中国而论，也有南北气候地宜之分，故其学术、思想、文章，自来便有南北之分，虽然是在同一的历史条件支配之下。

上面诸种问题，和气候、地宜、山川等等，便是"人种"差异的第一个要素。世人因这素质之不同，遂有种种天然的差异。有刚猛聪明者，有胆怯而依赖心强者，有了解高尚之思想作为种种创造的能力者，有甚至不能具最低的观念、费极少的心机者，有某种本能特别发达者，都依了他所在地气候而成遗传上素质不同的倾向。这是一种很显著的势力，——虽然同时也受了时代和环境的影响。所以日本人虽受了不少的欧美洗礼，总脱不了日本的民族性。印度人虽受英国的绝大影响，也总脱不了印度人的民族性。俄国人生在寒带，有刚猛的性质，故其文学，也多刚猛之性。中国、法国因所在地的气候山川不无相同之处，故中法的文学，比较中国与任何国都相近。实在不论一种什么文学，莫不有其"以此为舞台而营着的社会生活本身的条件"。这是文学与其他学术大异之点，是文学所以为文学的要素，也是文学贵重的所在。这些问题，让我们在下面去说，此处只要明白其关系的重要性了。

（二）**历史性**

仅仅的有了地宜、气候的条件，尚不足以说明文学所以各异的理由。因为还有它的传演下来的不同的历史性在。今请略论一二：

种族、国民性等等，不仅是指在某一个时期内的同文同种的人民组成的某民族而言；即是只认定在某个时期内的同文同种的民族而言，乃是超出这种时间的永存的生物。

换言之，种族不仅是"地理的同性组织"，而是指一个有特殊的风俗、习惯、政治、经济，而有悠久的过去，与未来的民族而言。这种所谓特殊的风俗、习惯，与悠永的过去未来等等，乃是根据其已死的祖先的长久历验或经历而得的。我们所说的一切人生的知识，以至于伦理、道德，支配我们活动的范围和方面的东西，都是极多的死者，积了很久的岁月所造成的。所以我们要了解民族的真意义，不可不连着过去和现在来研究。过去的死者，不仅是数量上多于生者千万，便是他们的力量也大于生者千万。死者是支配着广大无边的意识界。一国的人民，受死者的指导；至小限不亚于受生者的指导。死者积岁屡月造成我们的思想、感情，因而造成我们行动的一切动机。而国民性的特质，一以完成。民族因了这种整个的历史组织的关系之不同，所以虽受了同化力最强的时代潮流所撼动。而其反应，也因其历史背景之不同，而各有其色彩，绝不因此等潮流之大力，而全灭绝其根性。因此遂组织成某个民族的某种特别的复杂感情。文学的社会学观便是立基于此。所以中国的文学，自然有中国民族性分子在里边；西欧文学，也各有其国民性，绝不能有所含混。就外形说，中国有中国的声色格律，西欧有西欧的声色格律。就内质说，中国的思想、学术、伦理、道德、法律，等等，都各有他的独立不依的性质，不能强西欧以同于我。我们要学西欧，也不见得自然如意。

各个国家的国民，因其所在地的不同，所负的历史重责不同，"燥湿沧热之异而理色变，牝牡接构之异而颅骨变，名位阶级之异而风教变，号令契约之异而言语变"而有各色各样的国民性，大概这种说法，不至太偏激罢！我们为明白解释起见，抄一些法国大批评家洛里哀（F. Loliee）所著的浩瀚的《比较文学史》（*A Short History of Comparative Literature*）中，论各国国民气质的话（据间本久雄《新文学概论》，章锡琛译）在下面：

> 法国的国民，具有了解文辞之美的特色。法国国民在修辞及散文，实在占第一流的位置。这当然因为他们法国人依了理性，理论，与其明快的思考法，以及在普通的用语也用美的字句，不拘内容怎样，都重词令的习惯等，都能使他们的散文达于最高的光辉的位置。而且法国人具有非常丰富的社交才能，一方面扩大本国文学，给影响于世界；一方面又能吸收外来的思想，使之法国化，而不吝啬。又法人往往依赖其历史的艺术

的过去，自负以前擅有威权时左右欧洲的事情，即以此过去的事来推现代，容易抱有现代自己国民还是最有力者的意见。法人的思想，缺乏北方文学中所见创意的能力及绘画的美观。又法人的思想，屡屡不得不努力与德人的夸大倾向及英人的优美的性质竞争，而逞幻想，但空想的思考，绝不是法国人的特色。

读过了上面的评语，我们便可知道法国文学作者，以至于柏格森（Bergson，1859—1941）、庞加莱（Poincare，1854—1912）等哲学者、科学者，他们对于言词都非常敏感，努力求其匀整调和等，都是本于他们的国民的气质了！而法国文学中多散文、少诗歌，戏剧多社会剧、问题剧，而少浪漫剧，也由此可知。

英国人大抵是没有现实的事实，——即说明的帮助，便不能思考事物，说明道理的国民。例如把华兹华斯（William Wordsworth，1770—1850）来和那被称最与他相近的法国罗曼派诗人拉马丁（A. M. L. de Lamartine，1790—1869）相比较，便可知道就是英国人无论怎样的抒情的，对于自然的爱好无论怎样的深，到底不能离开常识。又英国思想缺乏概括的观念，并理论上的高超的见解。一切的学问，都是如此。特别是关于政治的学问，涉及于纯理即哲学的，法德两国的研究，比英国更盛。然而关于伦理与道德的，尤其是后者，则英国特别发达。英国的思想家到底不能达到柏拉图、康德那样的高，但关人间的正确知识、义务的观念，及自由意志的指导等，在英国的思想家里，却可以看到完善的学说。就是完善的道德学者，可以在英国里去求得。在这意味上，英国人关心的心理、道德，及社会学的教义、主张等，保持着长期间的势力。

间本久雄对于上面所引的话的申义是：

代表十九世纪后半期的英国著名小说家狄更斯（Dickens，1812—1870）、萨克雷（W. M. Thackeray，1811—1863）等人，作品所潜伏着的道德的调子，诗人坦尼逊（Tennyson，1809—1892）作品伦理意识，与上述洛里哀所述的英国之民性看来，便可知道绝不是偶然的事了。

像王尔德（Oscar Wilde，1856—1900）那样的恶魔主义者、官能主义者、在英国的文学者中，可说完全是例外了，但和那法国的恶魔主义者波特莱尔、意大利的官能派巨匠达侬尔（D'Anunzio，1863—1938）及其他诸人比较起来，在那里很有极明了的国民性的不同。换一句话，王尔德有别国里同派的人们所没有的英国式道德观念的束缚。这是不可忽视的。一国的国民性，及国民的气质对于其国的作家及作品根底上，有显著的影响，可以从这里知道了。

洛里哀又论及德国的国民性，是："比别国最唯心论的、形而上学的、学者的、军国主义的。"勃朗台斯在他的《俄国印象记》（*The Impression of Russia*）中论的俄国的国民性说：

> 俄罗斯人一面是世界第一的压制主义者，在另一面却是最粗暴的自由主义者。又一面似乎是杀身以殉其宗派的信条的盲目的正教徒。在另一面却是企图杀人投掷炸弹的虚无党员。他们无论是信心与不信心，爱或恶，服从或反抗，不拘何事，都是极端派。

俄国近代的先驱者果戈理（Gogol，1809—1852）用有兴味的比喻说他本国的民性："譬如大海，在无风无雨之日，比晴朗普照的太阳还要静。但在狂飙一到、波翻浪倒之日，便是狂澜、轰天动地的怒号了！"

实在！俄国人的性质，是怎样地趋于极端而深刻的性质。近代的俄国文学，是在怎样相反的这两方面各走极端。如托尔斯泰、陀思妥耶夫斯基（Dostoevsky，1821—1881）、戈尔基（Gorky，1868—1936）等，都可以证明此说之不误。

芳贺矢一在他的《国民性十论》中，曾举出日本国民性的特质十种。即是："忠君爱国""崇拜祖先，尊崇家名""现世的，实际的""爱草木，喜自然""乐天洒落""淡泊潇洒""精细纤巧""清净洁白""礼仪周到""温和宽恕"。

五十岚力在他的《新国文学史》里所说日本国民性的基本特质在"明""净""直"三者。他说：世人所称为大和民族的特质的现实、光明、活动、向上、中庸、快活、忠孝、清廉、勇武、侠义、风雅等等性质，都可用这"明""净""直"三大性为基本而说明之。

在我看来，这不免是自夸之词罢！近人厨川白村，却能很公平地把劣点宣示于人，比较更光明一点。厨川白村的《出了象牙之塔》里说："为了'但愿平安'主义的德川氏三百年的政策之故，日本成为去骨泥鳅了！小聪明人愈加小聪明，而不许呆子存在的国度，于是成就了。单是擅长于笔端的技巧者，在艺术界称雄……无论怎样说，日本人的内生活的热，总不足。这也许是非一朝一夕之故罢！以和歌俳句为中心，以简单的故事为主要作品的文学，不就是这事的明证吗。我尝读东京大学的芳贺教授之所说，以乐天、洒脱、淡泊、潇洒、纤丽、巧致等为吾国的国民性，辄以为诚然。（芳贺教授著《国民性十论》一一七至一八二页）过去和现在的日本人，确有这样的特性。从这样的日本人里面，即使现在怎么嚷，是不会忽然生出托尔斯泰、尼采和易卜生来的，而况莎士比亚、但丁和弥尔顿，哪里会有呢？"

著者苛责他本国没有独创的文明、卓绝的人物，这是的确的。他们的文化，先取法于中国，后来便学了欧洲，所受的自己的历史的影响很少，自然也不会有孔、墨、达尔文、牛顿等人物。其"文学的社会"，自来也是依傍他人，而无大人物。但同时他们总也脱不了岛国民性的自然支配，虽然他们的一切，都是贩买自外国。

至于我国的国民性是怎样呢？因为大半的地面，都在温带之下，有三大河流灌注其间，自然的产物足以使人不忧生活。国民便少勇迈极进的精神。并且生活容易，又有余时让他们去空想，所以造成了笼统而不求精细的弊病，不论对于什么，都是曼曼胡胡的。又因为家族制度的严密，造成一种"柔不耐"的气质，而少"为民请命"的精神。更因被那缘着家族制度而起的礼教的约束，造成只知爱家人而不知爱他人的一种残酷少恩情的社会，造成一种"满口仁义道德，一肚子男盗女娼"的伪君子。便是要找个真真的小人都不容易，还想得一个爽剀热情的真君子吗？——不过这绝不能怪儒家的孔仲尼、孟轲、荀卿诸人，因为他们是大处落派的人，是真真躬行仁义的人，是运用礼教而不被礼教所用的人。（其实孔子还是个很权谲的人呢！）到了汉儒要讨"我皇上帝"的光宠的一班利禄之徒，披了孔家店的皮，招摇过市，做出种种伪孔子的学说，如董仲舒、刘向父子、马融、王肃以至白虎、石渠两案中诸先生，捣的乱子，都是冒牌的孔家货色。更得推波助澜的宋儒，换了儒服，着了袈裟，虽与汉儒研究的方法不同，而其目的却一点也不变。所以闹到大兵临城，还让我点《大学》三篇的腐儒。或许是闹成"名山自陶"道士化的懒人，上有所好下必甚焉，所以造成一般善如羔羊，不反不抗，所谓"听天安命""知足不辱"的懦夫。这种国粹真是孔家货色吗？我怕孔二先生听了，要哭不出眼泪，号啕而起，自己抱了"至圣先师"的牌位，蹈东海狂呼"冤枉"而死呢。——又因历来所有环绕着的四夷，其知识较低，时时都只在奴婢的地位，好一点的也不过是"夷宾"之位，无形中养成"我比一切人都要优越"的观念。"天之骄子"的中国人不觉狂喜自夸"惟我是人，你们都不是人，是禽兽"！正似孟子所谓"入则无法家拂士，出则无敌国外患者"的国家。所以犬戎一来，便赶快地向西方跑。金人来了，便赶快地向南方跑。到现在外国人四面来了，跑无可跑，便只有求上帝保佑。哈哈！滑稽，真是"天之骄子"等着！上帝马上来救你了！可怜的国度呀，能不至亡国吗？但是我们的祖先，绝不像现在的我们，《诗》三百篇的爽直而坦白、《屈原赋》的热情而真挚，太史公文学多悲壮之辞，《汉书》尚能委委地描写，汉人乐府能为壮发之语，都足以抗颜欧美，而不愧。自然为后人所不及，我们又当如何自勉呢！我们又当如何自勉呢！

这些自己苛责的话，权且不说。因为倘若我们今后能自己努力，未尝不可伐毛洗髓，把一切不好的在所雪尽。

中国人因受了自然条件的限制——气候温和——和历史的熏染，

所以他的文学，都有和平中正之气，所以作诗的人，都是"婉而多讽""乐而不淫"的；虽然是在诉苦告哀，或极乐快慰里。

（三）时代

上面所讲的"自然条件，历史熏陶"，对于文学的关系，是文学根性上不能脱去的条件。此节所讲的，是文学的"外感"上脱不去的条件。

无论哪一个作家，莫不与其时代有密切的关系。以文学的内质说，或以文学的外形说，都莫不皆然。子夏《诗序》说："治世之音安以乐，其政和。乱世之音怨以怒，其政乖。亡国之音哀以思，其民困。"这是因政治的治乱而文学生差别。读：

日出而作，日入而息，凿井而饮，耕田而食。帝力何有于我哉！

——《击壤歌》

卿云烂兮，纠缦缦兮，日月光华，旦复旦兮。

——《卿云歌》

民之质矣，日用饮食。

——《诗·天保》

自然觉得政事和合，有雍容之态。读：

三岁贯女，莫我肯顾，逝将去女，适彼乐土。

——《诗·硕鼠》

不稼不穑，胡取禾三百廛兮。

——《诗·伐檀》

三男邺城戍，一男附书至，二男新战死。

——杜工部《石壕吏》

父曰嗟，予子行役，夙夜无已。上慎旃哉！犹来无止。
母曰嗟，予季行役，夙夜无寐。上慎旃哉！犹来无弃。
兄曰嗟，予弟行役，夙夜必偕。上慎旃哉！犹来无死。

——《诗·陟岵》

自然觉得政事的慌乱。政治所给于文学的影响，实在不少，所以唐人以诗赋取士，而唐诗的兴盛，为空前之事。元人以其音南来，所以元曲也便是千古绝业。这是文学受政治的影响。时代思潮之于文学,也有绝大的关系。汉以儒术统一天下的思想,所以一切文章都带经生气味。甚于善作赋的扬子云也要以"小道壮夫不为"而要拟《论语》作《法言》、拟《易》作《太玄》。"固为艰深之辞,以文其浅陋",殊不知只是"终身雕虫,而独变其音节,便谓之经"呢!他何曾知道自己去干他自己的事——词赋——而偏偏要勉为孔家门墙。这便是被当时潮流所支配的一个好例。

汉朝有天才的文学家,送葬在这里面的,也不知有多少!至六朝时,尚庄老,所以那时的文章,不仅是说理文是玄之又玄,便是纯以表情为主的诗歌,也有点和尚道士气。总而言之,不有征伐不休、杀人无算的事,绝不会有《诗经》的《陟岵》、杜工部的《兵车行》;不有赋敛的事,绝不会有《诗经》的《硕鼠》、杜工部的《石壕吏》;不有残酷的礼教拘束,也不会有千古绝作的《孔雀东南飞》,也不会有陆放翁的《钗头凤》;没有五代外族的变乱,也不会有王实甫的《西厢》、马东篱的《秋夜梧桐雨》,以及后来《琵琶记》《拜月亭》《桃花扇》《燕子笺》《长生殿》等等。不在晋末,陶渊明也不能成为陶渊明。好比莎士比亚(W. Shakespeare,1564—1616)不因生在十六世纪英国的伊里沙白时代(Elizabethan Age)也不得发挥其文学的天禀一样。所以文学无论怎样都要受时代影响。它实在是时代精神的表现品,不,并且还是更为正确时代精神的解释。所以在近来文学研究的倾向,以文化史为立足点,以为观察,逐渐旺盛。例如要研究曲,必得先了解元代的礼乐制度及由元人所带来的北方乐器甚至于语言,再上推到它的祖先——词令——庶几可算明白元曲。又如要知道山水诗人陶谢之所由,也必得了解晋末的政治、学风,才能彻底了解。

作批评或赏鉴之人,能从作品与时代的关系上研究,则作家与其时代接触到若干程度,即作家捉住的时代思潮有若干,是其评骘的标准。不过作者因气质与天禀之不同,有的用意识捉到那时代思潮的中心,有的于无意识中捉住。

但批评者则不论其捉住的情形如何，总以其接触之多寡为标准。文学之可贵者，往往是时代精神表现得非常旺盛而明确。实在地讲，时代性对于文学的重要，不亚于文学根性上脱不了的"国民性"，不，还且过之。因为国民性是受支配于永久的一个条件下。倘若文学只有国民性，则千古文学，将无甚变化、演进，要成为一种永世不变、千篇一律的死东西，文学还足贵吗？文学之足贵、文学之能永存便是在此，到此我们应该明白：那些绝力模仿古人的"惟古训是式"的死文学之不足贵，也可以知道了。顾炎武《日知录》说得好："《三百篇》之不能不降而《楚辞》。《楚辞》之不能降为汉魏，汉魏之不能不降而六朝，六朝之不能不降而唐也，势也，用一代之体，则必似一代之文而后为合格。诗文之所以代变，有不得不变者。一代之文，沿袭已久，不容人人皆道此语。今且千数百年矣，而犹取古人之陈言，一一模仿之，以是为诗可乎。故不似则失其所以为诗，似则失其所以为吾。李杜之诗，所以犹高于唐人者，以其未尝不似，而未尝似也。知此者，可以言诗矣。"

"未尝不似而未尝似"，"似"似其根本的条件，"不似"不似其外感的条件。《曲礼》有句话，引在下面，以结吾文："毋剿说，毋雷同。"

（附言）上面所讲单说历史、地理、时代之足以影响于文学。但文学也可以影响于历史、时代。因为此章说的是文学要质，不是说文学的功用，故略而不言。

第四节　文学的特性

我们在第一章所引韩德的《文学定义》说："要通过了想象感情及趣味，而使一般人易于了解而感兴味，这才是文学。"到此我们要问："为什么要文学才会动人呢？用什么方法和意味去动人呢？"这个问题，虽然在《文学的心理学观》一章已讲述个大概，因为叙述方便起见，所以才另立此章来详述。

一、文学自身的特性

——诉于感情的瞬间性的：永久性、普遍性。

我们平常说感情一语本来含有三方面的意思：一是作者的感情，二是文中事物的感情，三是读者的感情。如谓读《离骚》《九歌》哀艳感人者，指读者所感也。但这种的感情要看读者心情是否与文情同感，自然不是文学上所谓感情的根本义。譬如《蓼莪》之诗，有人感其怨痛，有人全不觉得，便是一例。（这虽然也可以说是环境所支使着的人的感情不同，但也未尝没有"读者，与文心，所示的情感无二"，而不动情者。这便是前章所说的："思想支配着感情。"）又如吾人谓《红楼梦》述黛玉将死时，甚为感人，这是指文中的事物说。又如我们在《文学要质的心理学观》一章里所说的，纯正、继续等情之感人，便是指文学作者的感情言。我们普通说感情时，多是兼此三者而言。而三者的关系，也含混不分，不能明其义界。但即使是分析来说，也往往是举其一而可兼包其二。如曰动人，则必作者有动人之情，文中事物有动人之处。所以它们三者的关系，亲如夫妻，有不可分离的样子。虽然它们有这样不可分离的状态，但其主动仍是作者，倘若作者无"能成其为动人"之文，便也不能引人之情动。——但也不是作者的任何感情，都足为它们的"动"。倘若是稍有遍锜而无"永久性"与"普遍性"的价值者，也不能成其为远大的文学。为什么呢？请听我道来：

（一）永久性

所谓永久性与普遍性的价值者，在文学以外的东西多着呢！例如法律书籍、纯粹的纪事书，以至于天文学、历书、算术的演草、几何的定理与《马医歌括》《本草纲目》《达生要旨》等，大都含有永久普遍的价值的真理。倘若在社会未废除法律以前，法学书便有永久的价值。日、月未到尽头已不可走时，天文学、历书便算永久不可去的书。但是这些所以不能称为文学者,因为这些所谓永久价值的真理,是在事物的本身。不论你用什么方法、什么形式,都可以表达出来。即使不有这个书籍,其真理也长存天地间。譬如说"直角三角形,直角二边之平方和,等于直角对边之平方",我们用数学的方式、几何的方式、代数的方式,都可以证明。甚至于实实在在的用尺来量,也不会有丝毫的差异。又譬如要证牛顿运动的三定理,也可以用几种不同式的物理实验来证明。所以 2+3=5,永久是等于5,处处是等于5。直角三角形直角二边平方之和,永久是等于其对边之平方。我们要研究直角三角形直角二边平方之和,即使不再要这定理,也可知其为对边之平方。要研究引力的根本原理,不一定再要牛顿;要研究热力,也不一定还要瓦特等等。至于说到文学呢,便不是这样了。倘若不是他原来的面貌——一丝不改的面貌,纵然或者比原来的更详细、更精致,但总与原来的两样,总是不对的,所以读"醉醺醺尚寻芳酒,牧童遥指道,杏花深处!那里人家有!"虽然比"借问酒家何处有,牧童遥指杏花村。"更有情趣,但是却已各是各的了!"渭城朝雨浥轻尘,客舍青青柳色新。劝君更尽一杯酒,西出阳关无故人!"自然与"渭城朝雨,一霎浥轻尘!更洒遍客舍青青,弄柔凝碧,千缕柳色新。更洒偏客舍青青,千缕柳色新!休烦恼,劝君更尽一杯酒;人生会少!自古富贵功名有定分,莫遣容仪瘦损。休烦恼,劝君更尽一杯酒!只恐怕西出阳关,旧游如梦,眼前无故人!只恐怕西出阳关,眼前无故人!"绝不相同。自然《旧唐书·杨贵妃传》:"玄宗杨贵妃,父玄英,早孤,二十四年惠妃薨,后庭数千,无可意者。或奏:'玄英女姿色冠代,宜蒙召见。'时妃衣道士服,号曰太真。既进见,玄宗大悦,不期岁,礼遇如惠妃。太真姿质丰艳,善歌舞,通音律……每倩盼承迎,动移上意。宫中呼为娘子。……玄宗凡有游幸,贵妃无不随侍。乘马则高力士执辔授鞭……天宝九载,贵妃忤旨,送归外第。……妃附韬光泣奏曰:'妾忤圣颜,罪当死。衣服之外,皆圣恩所赐,无可遗留,然发肤是父母所有。'乃引刀剪发一缭附献。玄宗见之,惊惋。即使力士召还。……及潼关失守，从侍至马嵬。……既而四军不散。……玄宗不获已，与妃诏，遂缢死佛堂。时年三十八。瘗于驿西道侧……"也绝不是白居易的《长恨歌》，也不是陈鸿《长恨传》，也不是白朴《唐明皇秋夜梧桐雨》，也绝不是旧人某君的《唐玄宗的心理》，实在因为文学各自有各自的境界、各自有各自的真，绝不能如数学物理有一个共同的真理呀！因为它并不是传达与永续那真理的容器，乃是它本身有永续不灭的兴味的著作。

换言之："文学之所谓永久普遍等性，是诉于怎样动人的感情，而不是诉于事理的，不与其他事物之诉于事理者同。"

怎样的与其他事物不同呢？便是本节认为重要而要解决的问题。

怎样的感情，才是有永久价值的文学感情？是否即社会学观一章里所举的五种？但是所谓纯正、所谓活跃等等，在知识的学问也不可缺少。而纯正、活跃等，有时不免因环境之不同，——时与地——而有很大的差异，并且那是更近于评论家的标准，与作者不免还稍隔一层。所以那五种条件，是外界给它的条件。——或许是说评价——而不是文学本身的永久性、普遍性的条件与价格。

什么是文学的永久性与普遍性的价格呢？便是使人有不灭的感动和兴趣的那"诉于人的感情之力"。要怎样的引起那"诉于人的感情之力"，而成为文学的永久性与普遍性呢？——换言之，就是要怎样的永久性和普遍性，才是文学所有的。

先说永久性吧。

这实在是感情与其他心理现象分别的一点：感情是消失的，其他心理现象如知识是继续的。我们读了《孟子·告子》曰："性犹杞柳也。"我们便知道天地间有"性"这个东西。并且还有如《孟子·告子》各异的说法。又读了荀子的《性恶篇》、韩昌黎的《原性》，我们便具备了关于性的问题的各种知识。永久的存在，而且当我们完全了解此事物之后，也不想再读本文，这是因这文中所有的价值，已被摄为我有，故该书也便废去。所以这种知识的永久性，是可迁移到别处去，而不失原态的。至于感情，则大有异于是者，再譬如我们读：

> 悲歌可以当泣，还望可以当归，思念故乡，郁郁累累，欲归家无人，欲渡河无船！心思不能言！腹中车轮转！

——古辞

自然觉得离人之可悲，但是决不会因读了此诗，便永远地把这种感情，留在我们的心里。做一个离人，倘若读者是个不曾离家的人，大概觉得是好吧？动人吧？——莫名其妙的好与动人。就是一个在外的人，也不过引起一时或至一二日的思家，即使更因此而引起他归家的心肠，但总不能说他便算把这诗的全个情感永久得到。过了一定的情感周期，便也就忘了！但不能说当他再读三读以至于十读百读之时，便会生"厌恶之心"。当着他读时，也只是"迷惘地心有所得"；不读时，便也"迷惘地丧失"；重读时，也只是这个"迷惘地又得"。读一首诗，动一分情。读到第二首，仍是得一分情。而前一首的那一分，早又消失，绝不会把第二首的一分，加入第一首去。总之，他虽有"动天地，感鬼神"的能力，可是一动一感后，它便逝然长往，绝不留着。你要找它，除非你再去读它。它是一个无恨无毒的！只要你光顾它，它总使你不觉地来，使你不知不觉地高兴，也不知不觉地便去得影信无踪。

这因为"文学是诉于人类的感情的瞬间性"。感情之潮平息，则一无所有，欲其再见除非重读。而知识等，所诉的心理者，为"非瞬间性的意识知力"等。故其现象为永续的，便是文学与其他诸学术不同之点。

文学因了这种诉于瞬间性的感情而动人，但若这"具有瞬间性的感情的性质"，是消失而无永存性的。换言之，便是一经欣赏，便彻底地消灭，则文学也无永存的价值。所以文学之可贵者，即为是诉于瞬间性的感情，而有永久性者。——此处所谓永久性，与《文学要质的心理学观》一章里所说的"情绪的效力不朽的价值"不同。那章是就感情当有条件说。换言之，那章所说的不朽的感情，带有批评家的气味。此处之所谓永久，则就感情本身上说。举个例：

前一种譬如说千里马、驽马，后一种是牝马、牡马。其实感情这东西，便是"有永久性质的瞬间的心理现象"。——因其有了永久性，所以才能"此卷长留天地间"呢！所以屈原"放逐离别，中心愁思"（王逸《楚辞章句·离骚序》）而作《离骚》，而"凡百君子，莫不慕其清音，嘉其文采，哀其不遇，而慰其志"（同上）。贾谊感其文，过汨罗，为赋以吊。司马迁也是"余读《离骚》《天问》《招魂》《哀郢》，悲其志，未尝不垂涕，想见其为人"。扬雄也说："悲其文，读之未尝不流涕也。"他又作《反离骚》《畔牢愁》呢！便是我们二千年后的人读了，也还有不禁嘘唏之叹。实在，当屈子为文时的感情，永续到现在而不竭呀！茅鹿门说："今人读《游侠传》，即欲轻生。读《屈原贾生传》，即欲流涕。读《庄周鲁仲连传》，即欲遗世。读《李广传》，即欲力斗。读《石建传》，即欲俯躬。读《信陵平原君传》，即欲好士。"的确，千余年前的感情，永续至今而未断，不怪读《红楼梦》想做贾宝玉、林黛玉，读《西厢》想做张君瑞、崔莺莺。

（附言）请读者注意，作者的意思，旨在说明文学感情自身的永久性，并不是要在上面列举的例中证明文学的永久价值，它绝不受任何条件的批评！

（二）普遍性

但是伟大的文学的感情，不仅如上所陈的单有永久性，便算完事。还有一个"当文学诉于感情时，其根本特质当然发生的'普遍性'"在。这意思是："各个的感情，虽是瞬间的，而所谓一般人类的感情的性质，却是共通的。"——所谓共通者，就是超越时间、空间，人人都能共感共有的意思。——著《文学评论之原理》的温彻斯特有两句妙喻说："各感情的连续的波动，虽是生灭于各瞬间，而感情的大洋，却洋洋乎各时代不变。"

这实在是一个很好的比喻。人类一般的感情，根本上不会很大的差别。譬如母子之爱、男女之爱、离别之悲、外感之疑惧、喜乐等等，古今中外，莫不相同。虽然也曾因社会变化之差别、生物进化之歧异，以及种种环于人世周围的事物之转变，而人的感情，也未尝不因之而有些许差别。但是这些都是副有的条件，或者有色彩的感情，而非感情的真面目。欧洲人的夫妇，是直截了当的用情。所以 kiss 也可，拥抱也可。总之，是愈亲近愈能发挥其爱的真谛。但是在咱们中国，则孟老先生因入私室，"其妇袒而在内"便"勃然大怒"，其妇也自知失礼，而求去。孟光梁鸿也有"举案齐眉"的严正态度。个个都要是相敬如宾（见《左传》及《后汉书·庞公传》等），被这种桎梏人情的儒家思想所牢笼，所以使人间不敢用其感情的本来面目，都在这虚幌子下过日子。但一般人虽受了这种色彩变真情为虚伪，而真情总还不因之而全消。所以也还有"闺房之乐，有甚于画眉者"的张敞（《汉书·张敞传》），也还有写《感甄赋》的曹植（即《洛神赋》《文选》，李善注引记说）。

（按后世如何义门、方伯海、潘四农诸人，皆以为"当时媒孽之词"，然子建求甄后为妻之事，明见《魏志》，则李注不为无因。或子建欲避祸故缀以小序，以为洛神云云。倘无所思，直是妄言。当比于后世游仙述梦之作，有何价值可言。至以为爱君恋主之作，更是腐儒妄诞之谭。）

（也还有写"去年元夜时""见羞容敛翠"的欧阳修。（欧阳公本以道统自任之人，而其词乃如此。）

《生查子》："去年元夜时，花市灯如昼。月上柳梢头，人约黄昏后。今年元夜时，月与灯依旧。不见去年人，泪湿青衫袖。"（按此词亦窜入朱淑真《断肠词》中，实是永叔之作。）

《醉蓬莱》："见羞容敛翠，嫩脸匀红，素腰袅娜，红药栏边，恼不教伊过，半掩娇羞，语底声颤，问道：有人知吗？强整罗裙，偷回波眼，佯行佯坐。更问：假如事还未成，乱了云鬟，被娘猜破。我且归家，你而今休呵！更为娘行，有些针线消未收啰。却待更阑，庭花影下，重来则个。"（按永叔帏薄不修，其词多艳，盖亦情动而言形也。后世乃有为之涂饰者，安能掩尽人间耳目！）

也还有宁牺牲入圣庙吃冷刀头，而写《风怀诗》的朱竹垞。按朱氏与其姨有私情，为《风怀诗》以咏其事。及晚年自订诗集时，或讽其删落，氏有愿保天下一分真情，虽为圣门罪人亦不顾之慨！

一方面有服礼守制的寡妇烈女。如：虽夫有恶疾而不改嫁的蔡人妻。

刘向《列女传·贞顺传》：蔡人妻宋人之女，既嫁于蔡，而夫有恶疾。其母将改嫁之，女曰："夫不幸，乃妾之不幸也，奈何弃之。适人之道，一与之醮，终身不改，……且夫捋捋苯苢之草，虽其恶臭，犹始于捋采之，终于怀撷之，浸以益亲，况于夫妇之道乎！彼无大故，又不遗妾，何以得去。"终不听。其母乃作苯苢之诗。按即《周南·苯苢》三章也。刘氏为鲁学派，与毛异义。韩氏此诗则与鲁同，《文选》刘峻《辨命论》"冉耕歌其《苯苢》"注引《韩诗》："苯苢伤夫有恶疾也"是。

有未成礼而丈夫死了，守死不嫁的卫夫人。

《列女传》：夫人者齐侯之女也。嫁于卫，至城门而卫君死。保母曰："可以还矣。"女不听，遂入，持三年之丧。毕。弟立。请曰："卫小国也，不容二庖，原请同庖。"夫人曰："惟夫妇同庖！"终不听。卫君使人诉于齐兄弟。齐兄弟皆欲与后君。使人告女，女终不听。乃作诗曰："我心非石，不可转也。"云云。

（按此鲁诗说也，毛与此异义。）其全诗曰："汎彼柏舟！亦泛汎其流。耿耿不寐，如有隐忧。微我无酒，以敖以游。我心匪鉴，不可以茹。亦有兄弟，不可以据。薄言往诉，逢彼之怒！我心匪石，不可转也。我心非席，不可卷也。威仪棣棣，不可选也。忧心悄悄，愠于群小。覯闵既多，受侮不少。静以思之，寤辟有摽！日居月诸，胡迭而微！心之忧矣，如匪浣衣。静言思之，不能奋飞。"

有父母还晓事，欲使之改嫁，而誓死不从的卫世子夫人共姜。

诗曰：汎彼柏舟，在彼中河。髧彼两髦，实维我仪。之死矢靡他！母也天只，不谅人只。汎彼柏舟，在彼河侧。髧彼两髦，实维我仪。之死矢靡他！母也天只，不谅人只。（按《毛诗序》："《柏舟》，共姜自誓也，卫世子共伯蚤死，其妻守义，父母欲夺而嫁之，誓而勿许，故作是诗以绝之。")

有不怕火烧的宋伯姬。

《琴苑要录》曰：《伯姬》引者，伯姬保母之所作也。伯姬鲁女，为宋共公夫人。公薨，伯姬执节守贞。鲁襄公卅年，宋宫灾，伯姬在焉。有司请曰："其将至矣！"伯姬曰："吾闻妇人夜出，不见傅母，不下堂。"逮乎火而死，其母自伤行迟，悼伯姬之遇灾，援琴而歌曰："嘉名洁兮行弥彰。托节鼓兮躬丧。歇钦何辜！遇斯殃。嗟嗟奈何！罹斯殃。"

有想其故雄的陶婴。

《列女传》：陶婴者鲁陶门之女也。少寡养幼孤，无强昆弟。纺绩为产，鲁人或闻其义，将求焉。婴闻之，恐不得免，作歌。明己之不更二也。……其歌曰："悲黄鹄之早寡兮，七年不双。宛独宿兮，不与众同。夜半悲鸣兮，想其故雄。天命早寡兮，独宿何伤。寡妇念此兮，泣下数行。呜呼悲兮，死者不可忘。飞鸟尚然兮，况于贞良。虽有贤雄兮，终不同行。"

有遇人不淑，而无可如何的朱淑真。

朱有《春阴诗》云："陡觉湘裙剩带围，情怀常是被春欺。半簷落日飞花后，一阵轻寒微雨时。幽谷想应莺出晚，旧巢应怪燕归迟。间关几许伤怀处，悒悒柔情不自持。"又有《减字木兰花》云："独行独坐，独倡独酬还独卧。伫立伤神，无奈清寒着摸人。此情谁见，泪洗残妆无一半。愁病相仍，剔尽寒灯梦不成。"

其《江城子》一阕更见其有情不遂之慨，兹亦录如下："斜风细雨作春寒，对尊前，忆前欢，曾把梨花寂寞泪阑干。芳草断烟南浦路，和别泪，看青山。昨宵徒得梦夤缘，水云间，悄无言。争奈醒来愁恨又依然。辗转衾裯空懊恼，天易见，见伊难。"

可是一面也有"期乎桑中，要乎上宫"的淫奔之女。

《诗·鄘风·桑中》诗曰："爱采唐矣，沫之乡矣，云谁之思，美孟姜矣！期我乎桑中，要我乎上宫，送我乎淇之上矣！爱采麦矣，沬之北矣，云谁之思，美孟弋矣！期我乎桑中，要我乎上宫，送我乎淇之上矣！爰采葑矣，沬之东矣，云谁之思，美孟庸矣！期我乎桑中，要我乎上宫，送我乎淇之上矣。"

《毛序》云："《桑中》刺奔也，卫之公室淫乱，男女相奔，至于世族在位，相窃妻妾，期于幽远。"云云。朱子以此诗为淫者自作，三家不可考。

也有情不自禁"秋以为期"的贸丝之女。

《诗·卫风·氓》之诗曰："氓之蚩蚩，抱布贸丝！匪来贸丝，来即我谋。送子涉淇，至于顿丘，匪我愆期，子无良媒。将予无怒，秋以为期！乘彼垝垣，以望复关，不见复关，泣涕涟涟。既见复关，载笑载言。尔卜尔筮，体无咎言。以尔车来，以我贿迁。桑之未落，其叶沃若！于嗟鸠兮，无食桑葚。于嗟女兮，无与士耽。士之耽兮，犹可说也。女之耽兮，不可说也。桑之落矣，其黄而陨。自我徂尔，三岁食贫。淇水汤汤，渐车帷裳。女也不爽，士贰其行。士也罔极，二三其德。三岁为妇，靡室劳矣！夙兴夜寐，靡有朝矣。言既遂矣，至于暴矣。兄弟不知，咥其笑矣。静言思之，躬自悼矣！及尔偕老，老使我怨。淇则有岸，湿则有泮。总角之宴，言笑晏晏。信誓旦旦，不思其反。反是不思，亦已焉哉。"

按三家惟《易林·蒙之困》："氓伯以婚抱布自媒，弃礼急情，卒罹悔忧。"云云，为齐诗遗义，他家已不可考。此诗之义，以毛氏为最长，兹录小序如下："《氓》刺时也。宣公之时，礼义消亡，淫风大行，男女无别，遂相奔诱。华落色衰，复相弃背。或乃困而自悔，丧其妃耦。故序其事，以风焉。美反正，刺淫佚也。"此序之目的，在以本诗为美刺之意义上说。虽不免深带了一副伦理色彩，但以其为男女相爱之义，尚不误。实则此是一首叙爱情之史诗。——自恋爱起至壤灭时止。——写得娓曲动人，在全部《诗经》中为不可多得之作。

也有"伊其相谑，赠以芍药"的多情之女。

《郑风·溱洧》诗曰："溱与洧，方涣涣兮。士与女，方秉蕑兮！女曰：观乎？士曰：既且。且往观乎？洧之外，询訏且乐。维士与女，伊其相谑，赠之以芍药。溱与洧，浏其清矣。士与女，殷其盈矣。女曰：观乎？士曰：既且。且往观乎？洧之外，询訏且乐。维士与女，伊其将谑，赠之以芍药。"按高诱注《吕览·本生篇》以为"男女私会于溱洧之上，有询訏之乐，勺药之和"，此齐诗遗说也。《毛序》与齐说大同。唯韩氏以为"韩国之俗，三月上巳之辰，于溱洧两水之上，招魂续魄，秉执兰草，袚除不祥"。（《宋书》十五，又《初学记》册六，又《太平御览》卷三十卷九百八十、《史记·郑世家正义》、《文选·颜延年曲水诗序》注等说，与《宋书》大同小异）韩氏当有所据，其义自以齐毛两家为长。然《释文》于赠之以芍药句下引韩诗曰："芍药离草也，言将离别赠此草也。"云云，则韩义当不与毛齐相左太远。

也有"不绩其麻，市也婆娑"的放浪之女。

《诗·陈风·东门之枌》曰："东门之枌，宛丘之栩，子仲之子，婆娑其下。谷旦于差，南方之原。不绩其麻，市也婆娑。谷旦于逝，越以鬷迈，视尔如荍，贻我握椒。"

按三家以为陈俗好巫，故妇人不修中馈，休其蚕绩，而起学巫祝，鼓舞祀神（见《潜夫论》《汉书·地理志》诸书）而毛以为"男女弃其旧业，亟会于道路，歌舞于市井"，毛义为允。

也有公主与平民恋爱的。

《搜神记》：吴王夫差小女名玉，悦童子韩重，欲嫁之，不得，乃结气而死。重游学归，知之。往吊于墓侧，玉见形，顾重。延颈而歌。其诗曰："南山有鸟，北山张罗。意欲从君，才言孔多。悲结成疾，殒命黄垆。命之不造，宛如之何！羽族之长，名曰凤凰，一曰失雄，三年感伤。虽有众鸟，不为匹双。故见鄙姿，逢君辉光。身远心近，何会暂忘。"按鬼诗虽不可信，但不能因不信鬼能作诗，而疑到相悬阶级恋爱事实之不可能。

也有太后与齐民恋爱的。

北魏宣武灵后胡氏，肃宗立，尊为皇太后，爱武都人杨白花，白花畏罪奔梁，太后思之，作《杨白花歌》。使宫人连臂踏足歌之，其歌曰："阳春二三月，杨柳齐作花。春风一夜入闺闼，杨花飘荡落南家。含情出户脚无力，拾得杨花泪沾臆。秋去春来双燕子，愿衔杨花入窠里。"

也有与美男子私会的贾充女。

《世说》："韩寿美姿容，贾充辟以为掾，充每聚会，贾女于青𫄨中看。见寿，悦之，恒怀存想，发于吟咏。后婢往寿家，具述如此，并言女光丽……"云云。

也有爱才私奔的卓文君。（见《汉书·司马相如传》及《西京杂记》）实在在什么圣哲典谟，那里牵得住春女吉士的热爱真情。"我不卿卿，谁当卿卿。"才是真情的本面目呢。

《世说》：王安丰妇常卿安丰，安丰曰："妇人卿婿，于礼为不敬，后勿复尔！"妇曰："亲卿爱卿，是以卿卿，我不卿卿，谁当卿卿。"遂恒听之。

这种礼义不足防、刑法不可止的情感，是人间真正的、本来的感情，是人世最平等、最普通的情感。不论谁人，时时都可以突然地唤起——不论谁时谁地的人——不仅是在同一个社会组织之下的人——历史、风俗、习惯等等——有同一的作用，便是纪元前的人，与纪元后的人、中国人与西欧人，都莫不在这同一的感情的大海里渡着。这便是所谓文学的普遍性。——在真确的知识里，自然也有普遍性，不过这种普遍性是在一种界限里为人所承认的。而文学的感情，则不要任何界限来承认。譬如牛顿的定律，在爱因斯坦相对论未发明以前，自然谁也要承认是普遍的。达尔文"物竞天择"的进化论成立后，基督教神圣的上帝创造一切之说，便失其势力。所以天下事物的真理，都不过是某部人某个时代所承认的，至于感情的真处，则不受任何条件而变迁。所以：

Villanelle of The Poet's Road

Wine and woman and song,

Three things garnish our ways, Yet is day over long.

Lest we do our youth wrong,

Gather them while we may: Wine and woman and song.

Three things render us strong,

Wine leaves, kisses and bay; Yet is day over long.

Unts us they belong,

Us the bitter and gay, Wine and woman and song.

We, us we pass along,

Are sad that they will not stay, Yet is day over long.

Fruits and flowers among,

What is better than they: Wine and woman and song,

Yet is day over long.

——F. Dowson's Decorations

这种的诗绝不因 F. Dowson 是十九世纪的英国人,而但有十九世纪的英国人读了动情。便是 20 世纪的中国人,也何尝不说他好呢!并且即以诗人自身的感情来说,古今中外如出一辙地都是醇酒妇人为其出路。这种感情,还受什么条件?又譬如 F. Dowson 的《咏春》之诗曰:

See how the trees and the osiers lithe,

Are green bedecked and the woods are blithe,

The meadows have downed their cape of flowers,

The air is soft with the sweet May showers,

And the birds make melody:

But the spring of the soul, the spring of the soul,

Cometh no more for you or for me,

The lazy hum of the busy bees.

Murmureth through the almond tree;
The jonquil flaunth a gay, blonde head,
The Primrose peeps from a mossy bed,
And the violets scent the lane.
But the flowers of the soul, the flowers of the soul,
For you and for me bloom never again.

同咱们中国许多咏春的诗词，有什么差别呢？他们的但丁（Donte，1263—1321）、弥尔顿（Milton，1608—1674）、拜伦（Byron，1788—1824）、莎士比亚（W. Shakespeare，1564—1616）、易卜生（Ibsen，1828—1906）、屠格涅夫（Turgenev，1818—1881）、托尔斯泰（Tolstoy，1828—1910）、陀思妥耶夫斯基（Dostoevsky，1821—1881）、柴霍甫（Chekhov）、安特莱夫（Andreyev）等等被东土人士所欣赏称道。咱们中国的屈原（纪元前341—277）、司马迁（纪元前145—86）、扬雄（纪元前53—18）、阮籍（210—263）、陶潜（395—427）、李白（699—762）、王维（699—759）、杜甫（712—770）、白居易（772—846）、韩愈（768—824）、苏轼（1036—1101）、李清照（1081—约1151）、陆游（1125—1210）、汤显祖（1550—1617）、李日华（1565—1635）、吴伟业（1609—1671）、蒋士铨（1725—1784）、汪中（1744—1794）、吴敬梓（1701—1754）等等的作品，倘使给他们尝尝，大概也不至因其是黄色人种的作品，也便如泥土一般的黄色吧！实在，人的感情是无国界的呢！

二、作者个性

不过倘若文学只有如上面所说的那两种性能！永久、普遍——则感情的洋海里，将是千篇一律"古今同调"中外同声的作品了！前人已说过，后人又何必再作呢。但是古今人的作品，有两篇真真相同的吗？苏东坡的《赤壁赋》与明人所仿的《游赤壁》的曲子，事实虽然一样，语句也有相同，但是我们能说其感情便是一样吗？这便因文学还有作者个性一种条件在！这作者的个性，是文学的一个要件，"悠然见南山"的陶渊明的性质，绝不是"天外黑风吹海立，浙东飞雨过江来"（东坡《有美堂暴雨》）、"梦绕云山心似鹿，魂飞汤火命如鸡"（东坡《授狱卒梁成遗子由诗》）的苏东坡，同"山横玉海苍茫外，人在冰壶缥缈中"（陆务观《月下自三桥汛湖归三山》）、"戏招西塞山前月，来听东林寺里钟"的陆务观所能道及的。陶的诗动人，苏陆的诗也动人。但是其动人的方式，便有差别，这便是作者个性的表现不同。所以：

> ……贾生俊发，故其文洁而体清。长卿傲诞，故理侈而辞溢。子云沉寂，故志隐而味深。子政简易，故趣昭而事博。孟坚雅懿，故裁密而思靡。平子淹通，故虑周而藻密。仲宜躁锐，故颖出而才果。公干气褊，故言壮而情骇。嗣宗俶傥，故响逸而调远。叔夜俊侠，故兴高而采烈。安仁轻敏，故锋发而韵流。士衡矜重，故情繁而词隐。触类以推，表裹必符，岂非自然之恒资，文气之大略哉。
>
> ——刘勰《文心雕龙·体性篇》

文中子也说：

> 文士之行可见。谢灵运小人哉，其文傲；君子则谨。沈休文小人哉！其文冶；君子则典。鲍照江淹古之狷者也！其文急以怨。吴均孔珪古之狂者也，其文怪以怨。谢庄王融古之纤人也，其文辞。徐陵庾信古之夸人也，其文诞。孝绰兄弟鄙人也，其文淫。湘东王兄弟贪人也，其文繁。谢朓浅人也，其文捷。江总诡人也，其文虚。皆古之不利人也。颜延之、王俭、任昉有君子心焉，其文约以则。君子哉！思王也，其文深以典。

实在呵，一个作家把他的喜乐、他的悲哀、他的梦、他的野心、他的希望，所有一切生于他的心的和触于他的心的东西，用他天赋的强弱敏锐的性情，注入其作品，而生出不同色调之作品。只要是真的作品，在他的色调里，没有不是表明作家其人的心的世界。看作者注入于作品里面的他的独自的性质或魔力，到若干程度，以定其作品之高下。他的这种独自性质与魔力，是他自从受生以来便带了来的，不能离开作品，——以至于一切——好似桃花的红色、桃叶的脉络一般的根本的一种东西。他借外界的一切，做了材料。加上他自己的灵魂里的"我"，而与以变化，写为作品。这些外界的材料，着了颜色，成为作家性质的染造品，失去了它的原质而为作家的出品。有如染房的布匹，可以成为"万紫千红"一般，此所以在同一个材料之下，古今可以有千千万万不同的作品，而其所以引起人们的同情者，也是在这"个性"的特质的表现上一点。读"悠然见南山"我们也觉得有悠然之思。读"大江东去，浪淘尽千古风流人物"，我们也觉有豪放之气。这便是因为我们把作家的个性在我们的感情里面复活，而我们感得从他的世界里再生的情绪，我们便借此而与今古中外的人类交通。

用我们的自由意味，应我们的感情的深浅，使之在我们里面复活而与作者的世界里的情绪所同化，借此同化之情，而与中外古今的人类交通，这便是文学之所以永久、普遍。也即是文学之所以贵于有个性，也是文学与其他科学哲学不同之一点。——哲学等类自然也有含个性者，但其关系却与文学异趣。——所以不仅因作者个性的不同，而有相异的作品，如沈佺期《长门怨》云：

月皎风冷冷，长门次掖庭。玉阶闻坠叶，罗幌见飞萤。
清露凝珠缀，流尘下翠屏。妾心君未察，愁叹剧繁星。

岑参则云：

君王嫌妾妒，闭妾在长门。舞袖垂新寝，愁眉结旧思。
绿钱生履迹，红粉湿啼痕。羞被桃花笑，看春独不言。

李华则云：

弱体鸳鸯荐，啼妆翡翠衾。鸦鸣秋殿晓，人静禁门深。
每忆椒房宠，那堪永巷阴。日惊罗带缓，非复旧来心。

张祜则云：

日映宫墙柳色寒，笙歌遥指碧云端。

　　　　珠铅滴尽无心语，彊把花枝冷笑看。
僧皎然则云：
　　　　春风日日闭长门，摇荡春心自梦魂。
　　　　若遣花开只笑妾，不如桃李正无言。
而李白之咏长门怨则气概语调，皆绝然不与众同。其诗云：
　　　　天回北斗挂西楼，金屋无人萤火流。
　　　　月光欲到长门殿，别作深宫一段愁。
　　　　桂殿长愁不记春，黄金四屋起秋尘。
　　　　夜悬明镜青天上，独照长门宫里人。
　　上列六家的诗，同咏一个事实，有些也同以一个色调的感情立言，但总是六种精神。——或豪放，或凄婉，或巧丽，或清雅，各有各的本来面目。这便是作者个性之别，我不能把它来详细分述，望诸位自己研究研究。
　　又如韩昌黎与苏东坡同有《石鼓歌》，昌黎则严整，东坡则豪迈，这也是因个性不同而表现有异的一个好例。
　　　　故辞理庸俊，莫能翻其才。风趣刚柔，宁或改其气。事义浅深，未闻乖其学。体式雅郑，鲜有反其习。各师成心，其异如面。
　　　　　　　　　　　　　　　　　　——《文心雕龙·体性篇》

三、文学的"真""美"

　　我们在第一篇里讲过一句话："文学不是求真的。"那里所谓的真，是同科学比照来说。——是从他究求的态度上说，着重在求字。——其实文学也有它自己的真在。不过不能以科学家所谓的分析的真来说。在科学中之所谓"真"是事实的，是理由的，是分析的，是论理的，是属于知的。而文艺之所"真"，则属于感情的，这是文艺的真的特性。——文艺也未尝不有事理知识的理论的真。不过那是普遍的真，而不是特属于文学的。譬如《陌上桑》一歌所叙的事实，《古诗十九首》里所说的人生之路的哲理，吴梅村《圆圆曲》里所述的事实，也都是真，但是这些都不是文学的特有的真。文学之所谓真，只是静默的、幽深的、概括的、不可分析的、有点神秘性的"真"。科学的真，是推理而得，根据知识而得的；文学的真，根据感情而来的，想象而得的。知识的真是理确而用宏，文学的真是意长而味永。求知识的真是以客观的态度，而不与外界调和。譬如知识上告诉我们人不过活到一百岁，这是据理推来的，诗中说"人生如朝露""人生不满百，尝怀千岁忧"，便是感情性中语。知识的报告说："人有思求，则不能成眠。"《诗》中却说："求之不得，寤寐思服，悠哉悠哉！辗转反侧。"这是文学与知识的真的区别。

真与实在　常人往往把真与实在混在一块儿讲，其实真与实在的相差很大。实在的东西，不必一定真。实在的东西，只是外态，不有内体，只是破碎混杂而不完整清晰。在它的里面，虽也有真的分子而不纯真，譬如一杯水，不一定是氢二氧、科学家把它蒸馏过，于是成了真的水。文学家把外界的一切"实在"纠集起来，把这"不能用感情加入整理的非真的实在"淘汰完了，只余真的部分，把它整个地描摹出来，便是文学。譬如说："夕阳里的征人，觉得有无限的凄婉。"我们说不出，马东篱便在这许多材料中，找出他可以动情的真的实在，而说道："枯藤老树昏鸦，小桥流水平沙（"平沙"又作"人家"），古道西风瘦马，夕阳西下，断肠人在天涯！"

晚景大概动人罢。王摩诘找出这实在中的真情的部分而说道："渡头余落日，墟里上孤烟。"又说："大漠孤烟直，长河落日圆。"

又譬如说："红杏枝头春意闹。"一个"闹"字，便把春的魂都摄尽了，春能闹吗？闹便是诗的真，又譬如说："鬓云欲度香腮雪"一个"度"字，便把鬓云撩乱的真情写出，鬓云能度吗？在这许多的零乱的事实里，诗人加以淘汰，洗涤，类化，而给人们一个整个的真。许多野景里，马东篱抽了枯藤、老树、昏鸦、小桥、流水、平沙、古道、西风、瘦马，做他的材料，（枯藤数句读时颇觉感人，盖有两因：一是此数语音节铿锵宜于耳。一则所用之材料的本身，在中国文学界，有遗传下来之诗意，故一有相当素养之人读之，即已觉诗意盎然。若以一从不读诗之人听之，必只以为好听。）以表天涯之苦的真情。温庭筠用了鬓、腮等零乱的实在材料，组合起来，表出鬓乱的真情。在这许多的材料里，作家选出那可以动人的部分，这动人的部分，便是作家所搜集的事物里得出来的结论。好似科学家搜集了许多材料而做出一个方程式一样，不过艺术家是以自己为搜集材料的根据地，科学家则绝不能窜入丝毫的自我。用伦理学来比喻，艺术是演绎的，科学是归纳的。

（一）苦乐

文艺家之所谓真情，又是怎样情形的呢？便是他对于事物所感受的痛苦与快乐。他把他自己的苦乐之情，加入一切材料里，使这等死的、无灵魂的材料，都变了它们本来面目，而被了作家的色泽，也同作家苦痛快乐。所以文艺上所谓之真，与科学之所谓真，不仅如上文所说的那样皮毛，它最根本的原因是："文艺以苦乐为事物之真，科学以常理为事物之真。"——或许更说是："以事物为事物之真。"所以即使是同一的事实里，因所生的感情之不同，而可用相左的"真"。同是一条长江，杜工部要说："不尽长江滚滚来。"东坡要说："大江东去，浪淘尽千古风流人物。"李清照则要说："惟有长江水，无语东流。"我们觉着都很动人，这不是长江的水有这样别差，这是诗人情感所得的真呀！所以同是天空落的雨，却有"枕前泪与阶前雨，隔个窗儿滴到明"（李清照）的雨，又有"叶上初阳干宿雨，水面清圆，一一风前举"（周美成《清玉案》）的雨，也有"数峰清苦，商略黄昏雨"（姜白石）的雨，也有"风雨今如晦，鸡鸣不已"（《诗·齐风》）的雨，也有"细雨梦回鸡塞远"（南唐中主）的雨，也有"细雨鱼儿出"的雨。

但是它们绝不是刘禹偁《黄冈竹楼记》所听的雨，也不是苏东坡《喜雨亭记》所记的雨，也不是佛家说法宝雨纷纷的雨。这不是雨的本身有什么差别，只是被了作家苦乐的外衣以后，而有的真像。

一切事物，被作者以自己的苦乐的情感，使之融化后，生出的真，这才是文学的真。长江究竟是无语东流的呢，还是不尽滚滚来？作家却不管他。只在作者当时一瞬间的感觉是无语，它便悠然无语了；是滚滚来，它便是滚滚来了。作家感觉这雨可怜，它便呈可怜相；是悠然，它便是悠然相；是可喜，它便呈可喜相。所以"汗滴禾下土"，便觉农人很苦。但是"日出而作，日入而息，凿井而饮，耕田而食"，或是"荷锄而歌"，便觉农人很自由舒适，不为人世所累了。但是农人真苦吗？真乐吗？（这苦乐二字是常义。）作者只那一瞬间觉得"这是苦呀"，便给它一种苦的同情的呼声；"这是乐呀"，便给它一个乐的同情的呼声。

但是文学家这种呼声，不仅负一个人一时候的冲动之责。他是负着永久的、普遍的人世真情的责任。他这一呼声的作用，把一切事的灵魂摄了出来，让后来永久、普遍的人类，将这种真情，在诵读欣赏之时，同他心里所隐藏着的一切未经整理洗涤淘汰的感情所类化，而生同情心，于是他也随着作者大哭、大笑、得意、失意、一切痛苦与快乐。屈原忧愤怨痛而写《离骚》，太史公、杨子云、贾谊也陪着他哭了起来。

（见前引）《长恨歌》《连昌宫词》使后人读者"性情摇荡，如身生其时，亲见其事"（《容斋随笔》语），也是这样一回事。

作者将他一瞬间感得的快乐苦痛之情，写为诗歌小说，掷入人情大海里，读者都引起其同情之心，于是"此卷长留天地间"。

（二）美

文学的快乐与苦痛，仅仅立足在作苦的感情场面上，尚不足以尽其范围，因为还有许多并不以作者苦乐之情，而也一样地动人，譬如：

> 短短横墙，矮矮疏窗，一方儿小小池塘，高低叠嶂，曲水边旁，有些风，有些月，也有些香。

——释中峰

这首词中，所给与我们的安静的快愉之感，谁也不能说是作者自身有好多使人苦乐之情。又如读惺惺道人（乔吉字梦符元太原人，自号惺惺道人）的《天净沙》小令云："莺莺燕燕春春，花花柳柳真真，事事风风韵韵，娇娇嫩嫩，停停当当人人。"

又如孙觌《吴门道中诗》云："数间茅屋水边村，杨柳依依绿映门，渡口唤船人独立，一蓑烟雨湿黄昏。"又如僧道潜的《秋江》云："赤叶枫林落酒旗，白沙洲渚夕阳微。数声柔橹苍茫外，何处江村人夜归。"《卫风·硕人》所描写的美人："硕人其颀，衣锦䌹衣，齐侯之子，卫侯之妻，东宫之妹，邢侯之姨。谭公维私，手如柔荑，肤如凝脂，领如蝤蛴，丰如瓠犀，螓首蛾眉，巧笑倩兮，美目盼兮。"

又如《阿房宫赋》所描写的宫殿，《三都赋》所描写的城郭山川，《杂事秘辛》所描写的人体美等等，也不能说作者有多少苦乐的感情在里边，但它们也一样的动人。这是一种心上所谓客观的苦乐之"美"。此种客观的所生的苦乐，只是说"此为美，令我苦乐"，不是说"我苦或乐于此"。明白一点说，前一种是把我的感情融化入事物之内，使事物都是了我——或说宽大点则人类——的影像，后一种是把事物自有的感情整理后，来引起了我们的感情。所谓事物自有的感情是什么？便是那事物可乐的地方，便是事物之美。事物既有它自己的美，作者因此种表现于感官之精神作用，——即美的作用——运其联想类化诸想象，而使事物人化，或反使人事物化，——这要视哪一方面的作用较大而定。——读者也因之而引起了同情，于是被赞美、被高兴。

但作者如何会因这种感官而引起这一种"使事物融化"的精神作用呢？这便是因人类本能里有"美欲"这种分子。这种美欲的分子，不仅是文学的特质（文学特质里的美，只在事物人化、人事物化，以及声调色泽等等，到下面再说），也是文学生成的根本义。

美欲本为人类较为高尚一点之欲望，与知识欲、道德欲三者同为人之一种精神作用。知识欲之对象是科学，其目的在求真。道德欲之对象是伦理。社会，其目的在求善。美欲之对象是"一切美的全部"，其目的在求美。艺术起源，当然可以美欲说明之，即人世一切爱好，如装饰、美衣、玉食、金堂、玉阶、雕梁、画栋，亦皆为求美之表现也。

所以有人把全个的文学理论，都放在"美欲"上来说明。本书的意思，却只想指出一部分的文学感情，是生于事物自身的美。换句话说，是把一部分文学，放在美欲上来说明。至于美欲为文学冲动之一种，在第二章里已约略说过，兹不赘述。

（三）优美与壮美

此处不是讨论美学，它的性质如何，我们自然不能详讲。但为便使上文了切起见，也不能不稍为废词。

本来自美的分类中，可以从"人间"和"自然"分为自然美、人为美，可以从"空间""时间"上分为空间美、时间美，可以从"动静"上分为动的美、静的美，可以从"物体之有无"上，分为具体美、抽象美，可以从"感觉"上分为视的、听的、嗅的、触的美，可以从"内外"分为形式美、内容美等等。但是它的更为高等而有批评意义的，则是从性质上分出的优美与壮美两种。而文学之更可为根据而评论者，也以这种为最要。

什么是壮美呢？是不是如一般人所比喻的那样，"少年是壮美，少女是优美"？它的条件不如是简单！当我们的感情被引起时，是悠然神往的，或者不禁依依的，或者是快乐得不想动的，或者是痛苦得令人惊惶退缩，或者是"宝帘闲挂小银钩""寒波澹澹起，白鸟悠悠下"的，或者是"采菊东篱下，悠然见南山"的，或者是"所谓伊人，在水一方"的，种种切切，凡是写一切"微温的、精细的、稳静的、在恐怕惊慌中的"感情，都是属于优美一路。当我们的感情引起时，是"自存竞争"的，或者是挽狂澜于既倒的，或者是追赶苦乐的，或者是奋发我们的哀怜的，或者是"力拔山兮气盖世"的，或者是"可堪孤馆闭春寒，杜鹃声里斜阳暮"的，或者是"风萧萧兮易水寒，壮士一去兮不复还"的，种种切切，凡是写一切前进的、高大的、悲壮的，能奋发我们的哀怜性、刚毅性、勇壮性，以至于提高我们思想的、热虑的感情，都是属于壮美。一切文学的感情，便是这样的分为两大类。

还有一种：譬如我们读《杂事秘辛》《金瓶梅》，所得的美感，与上所举的例，绝不相同。在前面我们说它是由感官引起的感情，这种文学以"美"的眼光来看它，自然不是壮美，可是也绝不是优美，无以名之，名之曰"眩感美"。

上面既说过美欲是"一切美的全部"的源泉，则当然各有各的相当的条件，即以文学姊妹行中的他种艺术而论，也各有其特质在，兹不能不附带说说：

表材上的特质 文学的材料，绝无"美"之可言，在中国是以方块而纷乱的字体，用单纯的墨笔，写在单纯的白纸上。外国是以如蚯蚓一般的记号，用单纯的蓝水，写在单纯的白纸上。至于绘画呢？便是以"本来就具有'美'的资格的颜色"用"使人一望不必去回想思讨，便了然"的形式，涂在纸上。雕刻呢？是用好木，或美石，或金属品，把他所想得的意义，直接地修饰而显现。建筑呢？那更是好的、美的材料的组成了。便是舞蹈呢？也借了人体之美，为其直达的材料。音乐呢？是他的节拍、声调的美。这些艺术，或是材料的本身，便有美的分子含在里边，如颜色、雕刻的大理石、舞蹈的人体，或是加以修饰，也便令人感动。这些的美，都是材料所给与感官的。所以这类是感官的美。而文学呢？视之是些不规则的黑条，听之是粗糙的声调，材料上一点美没有，它的美要在无耳、无目，——犹言闭着眼，塞着耳，——不看、不闻的时候想象得之。

表态的特质 建筑是用对称，或奇出，或高大，或纤丽，种种不同的形式，以表其美。舞蹈是将身体回旋蜿蜒，或伸手舒膝，或屈臂扯胫，或俯首提足，种种形式，以表其美。音乐家用高低强弱长短不同的调子表其情。这些各个根据其材料而为各别表情不同的美，与文学大不相同。文学并不一定有形式对称回旋诸事，所以它的美的表态，也与这些不同。——但是文学也有一种因声调之美，而动人的，如前面举的马东篱"古道西风瘦马"一词是，但这是声调抑扬之美，而不是音乐之美，其所以不同，当在《形式》一篇里去详讲。

总起来说，其他艺术的"美之情"，是不必用"一定的智慧"，但由材料的本体便可引起的，是由物质而进于精神的，是由感觉而掀动的。文学的'美之情'则无关材料本体。物质的唤起，反在精神作用之后，换言之，即由"感情的掀动而至于回忆，以成观念"而起的，而非感官的。所以有人称文学为间接的艺术者，以此也。

第五节 文学的材料

一、材料的意义

什么是材料？"材料是'艺术家借以表达其艺术'的物品，是所要表达的那一种事物的精神的寄托所。作者借这种物品为手段，而将这种事的真精神传给他人的'那种物品或物质'谓之曰材料。"例如对春之郊原而描表其美时，用油绘在画布上，油、画布，便是材料。又如对人体美而描表其美时，用油绘在油书布，用摄影机摄在画片里，——摄影是艺术，乃近数十年之事。——用大理石雕刻出来，用实体的人舞蹈而表达，或用语言说出来等等，它们的主体是春之郊原，是人体美。而画布、颜料、摄影干片或胶片、大理石、人体等都是借以表达主体的手段，即是材料。所谓绘画、雕刻、舞蹈、摄影等艺术，也便缘于此等物质的材料而成立。

至于文学所用的材料是什么呢？是不是也与上面所说的其他姊妹艺术的情事相同？那可说有很大的差别了！请听我道来：

本来一切艺术都是以物质为其材料，但艺术的作用，并不是表达物事的质体，而是表达事物的精神。所以愈高的艺术，其所凭依的材料愈与精神作用相接近，而所用的物质愈少。譬如建筑不过是许多砖片木石排列堆集而成，只要照规矩准绳而无误，也不要其他的技巧，它所代表的只及于它的本身，更无其他的意义，所以它在艺术中的位置很低。稍高一层的如雕刻，也完全以物质为凭借。但它所表达的精神，并不是这种物质本身的意味。雕刻家已从无生命的大理石、木材等类，雕出一个活的东西的形象来！图画所凭依的物质较雕刻更少，所以离开实体——即所表达的事物——也渐远，只能在画布上用颜色来表现实物的外态。画幅只是一个平面，但实体的布位、阴阳，——或反正、大小等，却要用颜色的配置而后显现。所以图画的技巧，也要较雕刻高一层。至于音乐家所凭依的物质材料，只不过是音，但乐器或人的发音器的音，能代表音乐家自己的情绪，也能直接唤起听众的情绪。不过以这种变化不可捉摸的声，来表达那变化不可方物的事物的情绪，便更有赖于技巧的帮助。所以音乐的技巧，也较图画雕刻为难。

　　至于文学呢？它所凭依的物质材料，也可以说是纸墨吧。再进一步说，是代表语言的文字吧。但有纸有墨不即能成其为文学，这是很明白的，我们可以不必再讨论。文字呢？它不过是事物的代表，而不是直接的事物。并且它虽有形可指，但它的"形"是要受社会条件所限制，不能移动，无普通性。（如木材、石块一般的无时代、地域的差异。）——譬如中国文字不是西方人所能知，并且中国文字所代表的事物，是否与西洋相较而无差别等。——所以它本身也是无久住性、普遍性的，当然更不能说是"物质"。所以文字并不是文学的材料。此其一。

　　其他艺术，因所凭借的材料是实质的物品，只要用眼看、耳听、手摹，便可以由物质本身，将所负着的事物的精神，由感觉引起。又有许多艺术，其材料的本身，便有引人快感的能力。如画的颜色、光滑的大理石、舞蹈的人体、音乐的音色等。所以其他的艺术，是由器官的接触而引起了感觉，以唤起视者听者的情感，而与作者的意念相接而发同情。简言之，是由感觉引起感情的。所以这种材料，算是直接的材料。至于文学呢？它所用的文字，其本身既不就是代表的物，又无引起人快感与不快感的分子。——视也好，听也好，——而它所表达出来的东西，又不能直接感人，还要待读者将它——文字——所代表的意念——注意！非实物——翻译成实物，让这实物在想象中去活现，然后才起快不快之感，而发为感情。所以文学使人感觉的东西，不在文字，也不在它所代表的事物，而在它所代表的"事物的意念"。——因为文字本身不能造成一件现实界的事物，如大理石可以造成人物等等。——所以文字不是需要材料的本身（它还要经过一次发音机关的作用译成语言，然后才令人起感），它只是间接的作用，而不是直接的作用。好比是雕刻师的刀、斧，（不是木料大理石）绘画师的笔、削笔刀、水油，（不是颜料画布）建筑师的规尺、墨斗、水准，（不是木材、石头、金属）等。所以文字不能算文学的材料。此其二。

又文字不过是语言的代表，语言又是事物的意象的代表，而事物的精神（或者反说心里的事物）又只存在于事物实象的本身，文字与事物的精神，隔了两层。文字的本身，只是一种象征，所以它不能算文学的材料。此其三。

又其他艺术家，用材料将他所欲作的事物做成后，那种事物的具体之形态与感情于是显现，而材料的本身，则被忘去。如见一大理石雕刻的人，则我们所见者只是一个人，而不是大理石。如见一张画图的风景，则我们所见者只是一幅风景，而不是颜色画布。所以这些材料，才真真算得是艺术借来表达意念的手段。而文字呢？当我们读诵时，第一次入我们感官的还是一个一个的字、一个一个的意念。何许是一句一句的意念？换句话说，便是文字的本身，并没有被我们忘记。又其他艺术的概念，在我们的心理进程里，并不先加分析，再与总合，而唤起我们的情感。譬如我们并不将这块颜色是树，这块颜色是山，这块颜色是水，然后把他们集合起来而成山水。这个时候的许多颜色，都已经忘了。文学呢？"清风动帷席"，我们感到了一个意念；"晨月照幽房"，也得了一个意念；"佳人处遐远，兰室无容光"，我们又得了两个意念；"襟怀拥虚景，轻衾覆空床。居欢惜夜促，在戚怨宵长。拊枕独啸叹，感慨内心伤"，我们又得许多意念，然后将这些意念集合起来，我们得了一个："呵！这是一首情诗呀！"的具体情景。换句话说，不能把表达事物的这些字忘记！用我们在前面所说的"材料不过是一种手段"的话来评判，则文字并不是文学的材料。此其四。

从上面所陈述的看来，音声韵色的感觉材料，文学是没有的。木石金属等物质材料，文学是没有的。惟一可视作文学材料的文字，已不足为材料了！那么文学究以什么为材料呢？答案是：文学的材料，是"一件事物，——是一件要被作者把它的精神或生命表达出来的那个事物"。

明白点说："文学的材料，便是题材。"所谓题材者，不是作者的手段，却是作者的目的。换言之，即以内容为材料，而无凭借的表材。这种题材，与其说是材料，毋宁说是文学的内容或文学所表现的对象为妥。这是文学与其他姊妹艺术不同的一点，也是本章所以归入《入质》一篇里的意思。

二、材料的分类

因有上面所说过那一段的原因，所以文学材料的分类，便与其他艺术大异其趣，我把它分作二项来说，一是题材，二是表材。

（一）题材

在其他的艺术以题材——即是内容——直接地引起他人的感情。文学呢？它并不是直接地用题材而引他人之感，它只是用题材而引起人的意念，再加回忆，而后动情。所以文学的题材，我们可以视作作者的手段。换言之，可以视作材料。譬如说绘画所描写的自然风景，有黄日栖鸦，我们便知道是晚景。因为它所表现的就是一个"黄日栖鸦"的景象。至于文学呢？则黄日栖鸦这几个字，仅为一种意念，是借以表达"晚来的风景"，不是表达"黄日栖鸦"的自像，所以这可以算作材料。又其他的艺术因受材料的限制，虽然也可以表达许多事物，但是建筑家不能表达舞蹈的艺术，雕刻家不能表达音乐的艺术。至于文学呢？因为它的材料直接取之于那事物之本身，不受任何物质材料的牵制，所以其表达的范围，便比任何艺术的范围大。并且也因所用的材料性质不同，它所表达的内容，也比其他艺术复杂得多。

文学既能表达很大范围的事物、复杂的事物，其题材之多，自然不言而喻；并且一篇文章里，可以同时表达许多事物，这也是其他艺术所不能的。我们为叙述方便起见，分为三种：人生、自然、超自然。兹分述如下。

1. 人生

男女、家族、社会、国家、人类、爱情、妒意、悲欢、离合、安宁、纷乱、兵灾、盗贼，以至于日用家常、衣服、饮食、居住、道路，凡一切人生的事物，只要眼看得到、耳听得到、意想得到的，都可以做文学的材料。这些人生的材料，其范围甚广；并且又是最易得掉、最易引人起感、最为"人"的心中所乐道的。它的范围既大，所以它便成为文学的主要材料。比取一切自然、超自然的材料，要重得多。并且在许多文学里的自然与超自然材料，也往往被"人"化。譬如将花来比美人等类。（这虽不关材料本身的问题，却可见"人生"支配文学的势力了！）并且古今来单以自然或超自然为文章诗歌的材料者，却是很少。即使有，其动人的力量，也不会有"人生材料"的那么大。所以《水经注》的描写虽然好，读起来，总不会比柳宗元的小品文动人，便因其与"人生"接近的程度不同呀。

在一切文学中，应用人生材料之最多者，莫如小说、戏曲两种。所以这两种作品动人的力量既大，而又能通俗。因为普通人观察一切自然与超自然，不能如诗人一般得到它们的精神，而"人生"的了解，确较直接而容易。古小说、戏曲能为大众欢迎，而诗歌、词曲便不见得为众人所欢迎，这因为是确有待于修养者了！

又在一切人生材料中，尤以切于"爱"的材料最为人所乐为乐知。而狭义的男女之爱，尤有势力。所以古今中外的小说、戏曲、诗歌，以此为题材者，倘有人统计，大概当在百分之九十以上！便是以被有儒家道貌的《诗经》来说，认谁你怎样地说"后妃之德"

(《毛诗序》）等等掩饰之词，总洗不清"俟于城隅"的静女之耻（从其义，以为耻也），"诱惑春女"的吉士之羞。（《野有死麕》）三百篇《诗》，言男女爱情的，至少要占十分之七八。实在，男女的爱，是人的本能。孟子说："食色性也。"何必定定乎要加以掩饰呢？人生本来是男女互相组织的呀！

2. 自然

动物、植物、矿物，是文学的自然材料，即综合性的天体、地宜、日、月、星、辰，也算是自然材料。甚至于动植物生长衰落的定律，天体、日、月运行的法规，也可算是文学的自然材料。——本来所谓自然的材料，即是以自然的生命为材料。如言动植物，便是以动植物的生落为材料。至于它们的定律，是推理而得的。不过在文学作者，并不是推理而来。有些是直觉而得的，有些是想象而来的。譬如说"人生不满百"一语，倘若我们说它是推理而得的，则文学者并不似哲学家的推论，他只是用别人推论而得的定律，我们只能承认他是以定律为材料，所以可以说这句话是由直觉而来。（直觉本来有因后天练习而得的，此种直觉，便当属于后天。）至于由想象而来的，则如辛稼轩《木兰花·慢送月》曰："可怜今夜月，向何处，去悠悠！是别有人间，那边才见，光景西头。"辛稼轩时，月轮绕地之说，尚未发明。他居然能把这个定律一语道出，这也不是他推理而得的，乃是想象而得的。——这类文学，《古文苑》《文选》诸书里很可以寻得更多的例。

不过古今中外一切写自然的文学，不论哪篇却都被"人生"所化了。以这等样的事实，与其说它是正材料，毋宁说是补助材料——"人生"的补助材料——为妥，或许说是"人生"材料的借用。

3. 超自然

超自然界的材料，本来已是入于心理的想象作用的范围，不当在这点申述。好在本章所谓材料的意义，已不是普通所谓的材料，已到心理初期运用。——取材时的心理——想象不过是更深的心的运用，其类不太相差，又为叙述方便计，所以列之于此：

自然与人生，都是以过去及现在为内容，但是未来的想象、理想，也可以作文学的内容。例如在自然界想出有黄金的树木、人首兽身的奇物，——注意！人首兽身，或许是个回忆，不一定是想象。——想象出无叶子的树，想象出五只脚的马……在人生想象出月里的嫦娥、花里的美人、树木的夫妻……作为诗文的题材，这都是叫作超自然的材料。宗教的内容，便是这种超自然的主要部分。例如佛像、神真等类，都可以说是超自然的题材。

（二）表材

本章所谓的表材者，实即普通所谓的材料，而本书视之为间接的材料者也，所以命之为表材，意谓"把正材料借它表达出来"。又因为它的性质，并不是一个物质，并且它本身不因表现意义完成后而便消灭，与其他任何艺术的材料不同，所以也在内篇来叙述。

1. 语言

语言是事物的意象。一切事物，因语言而明晰了邑。文学不过是把人所有的意象用语言继续地表达出来。但因为它只通过听觉，尚不能起人感，甚至于通过意念时，也还有待于回想，所以它不能直接起人感，它只是一个意念的代表。

2. 文字

文字呢，不过是语言的定形，其作用与语言同。不过它本身与意念便有一重扞格，便是它不能直接属于意念，还要把它译成语言以后，才能如语言一般的起心理上的活动，所以它不是文学的材料。但是它又是意念的"象征"，而又被作者用来为表达意义的东西，所以它也要一种材料。这种材料，便是所谓的表材。

3. 纸墨

纸墨两物，似乎是物质的材料了。但其他艺术的物质材料，是"用这种材料来作成这种艺术"，譬如用大理石做成人是。用纸用墨所做成的是文字，而并不是文学。（倘若有人说用纸用墨作文章，与用纸用颜色作成画图，不是一样的吗？我的回答是，画是颜色的本身做成的，文学是以字的意念做成的。）本来这儿不当羼入这段，但为叙述明白计，所以附于此。

三、材料的表现观

本来这是文学技巧——或文章作法的范围，这点不过是约说它的几个理则，使上节的意义更为显现。

（一）表现的材料

语言文字，是表现的材料，详见上章，兹不复论。

（二）表现的方法

表现的方法，即是要用什么方法表现，才能恰如其心中所欲言，才能动人。这是属于修辞学、语言学、伦理学，及其他为本文所根据的（文章的思想事实等）学问。

1. 用材

因材料范围之大小，形成各种不同的文体。譬如短篇小说与长篇小说的差别，抒情诗与史诗的差别，都是。《孔雀东南飞》叙焦仲卿妻自"十三能织素"至"合葬华山旁"一生的经历都叙了出来，他取的范围便大。《陌上桑》只说罗敷一小节事，其取材范围便小。这些范围大、材料多的文学，大概都是以事体为主，而在事体中见感情。至于范围较小材料较少的作品，则多半以感情为主，就感情之所在，而斟酌增损事物。这两种文体各有各的是处，不可偏废，但看我们自己的选择。

一篇文章里的取材，除了如上述的大小差别外，还有单复的差别。譬如"上山采蘼芜，下山逢故夫，长跪问故夫，新人复何如，新人虽云好，未若故人姝。颜色类相似，手爪不相如。新人从门入，故人从阁去，新人工织缣，故人工织素。织缣日一匹，织素五丈余。将缣来比素，新人不如故"一诗同《木兰歌》一诗，所述仅仅是弃妇、木兰二人的事，此之谓单。又如《孔雀东南飞》则原原本本，叙了两人以上的事。故其种类，自然较为复杂。至于《水浒》《儒林外史》《红楼梦》等书，则其更为复杂，自不待言。倘若用一句话来比喻，则如《梅花诗》《蝶诗》，这单式。如《花间舞蝶》，便要算复式了。

至于大小与单复的分别，则大小是以文章里事物的范围说，单复是以文章里事物的种类说。

2. 化材

将素材（仅以过去及现在的经验为艺术的题材，范围小而无变化，谓之素材）加以变化，而成为题材，这是文学材料的来源。约述如下：

想象化 根据自然或人生的事实，加以想象，而结构成文，这是文学的常技。比如因有好花而想及美人、因为有圆月而想及离别、因有海水而想及船舶，都是。古代的一切传说，多因此种作用而生。在我们中国的历史里这种因想象而加入的事，实在不知有多少呢！文学里想象的作用，往往是来补助事实的感情之不足的地方。甚至于许多小说诗歌并无实事的根据，也由这种作用而来。《西厢记》未必便真有莺莺其人，即使元稹自己有这么一回事，不见得整个的《西厢》，便是事实。《牡丹亭》的事实虽有人说是刺王太仓（见《静志居诗话》），但谁又能说句句是事实。

（按《牡丹亭》实本倩女离魂一事而作者。倩女离魂事，本唐张镒女倩娘故实，陈立祐为作《离魂记》，今载《太平广记》中，后世相益，更增奇说，如《睽车志》所载三衢佛寺士人与女尸合、女苏，相偕夜遁事，及《齐东野语》载宜兴宰与红梅女尸合事，皆前后相仍而然。至汤义仍乃合各事而为之，后出转密，盖中国史事之通例也。）

至于《琵琶记》之于蔡伯喈、《牧羊记》之于苏武、《长恨歌》之于杨太真等等，无非都是将事实加以想象而成的。故其中多想象材料。（按《琵琶记》尚有他说，详焦循《戏说》）

空想化 有不根据事实——自然或人生——者，则名曰空想。但是空想的范围很大，种类很多，可以做文学的材料者，大概不出两种：事物人化（拟人法）、人事物化。

事物人化　把事当作人一样的描写的谓之"人化"。例如欧阳修《渔家傲·咏莲花》词云：楚国纤腰元自瘦，文君腻脸谁描就。日夜鼓声催箭漏，昏复画，红颜岂得常如旧。醉折嫩房红蕊嗅，天孙不断清香透，却倚小阑凝望久，风满袖，月上人归后。

这是一首"事物人化"的好例。在许多神话里，都是这种作用。近代浪漫派作品里，含有这等"人化"的分子，也很多。所谓神秘的、神话的等等，都是这个作用的产物。（人事物化也是一样，不仅是事物人化。）这也是文学取得材料的一种好方法。何者说取得"材料的精神"的一种好方法。所以说"莺在唱歌""水在呜咽""风在悲号""松是大夫""荷是君子""菊是隐士""梅是老婆""鹤是儿子"，也可算是这种作用。

人事物化　把人当作事物一样的描写，谓之"人事物化"，这是与上节相对为义的，可不申述了。还有其他因心理作用不同，而有许多加入的材料。譬如主要材料不匀称、主要材料不明白，而加以修饰的"修饰材料"（也称形式化）；有因含有某种作意，主要材料不足表达，而加入的"理想材料"等等，也可以粗略地括在"想象"一类里。此处不详述了。

（附）《诗经》中六义之比体，亦"化材"之一种。视其情形如何，可以命之为"修饰材料""想象材料""空想材料"等等。

第三章　文学形式

第一节　形式意义

　　凡艺术必具备材料内容（题材）及形式三者，譬如一座七级浮图，其所用的物质材料是木石砖瓦，内容（题材）是佛教伽蓝的重要建筑。所谓形式，就是朱墨相间的色彩，七级渐层的或均衡（balance）的外形。又如绝句诗的二十字、二十八字，律句诗的四十字、五十六字。一种艺术的内容，若无适当的外形，则无由表现，文学也不外是。

　　在人类实际生活上，遇到了欲达其情于人之时，可以借感我之物赠诸他人。而艺术的相感，便不能直接授受。而文学为尤甚！不能不用间接的方法，以传达其情。所谓形式，便是这种传达情思的方法的总和，但形式决不能离开内容而独立。天下绝没有一种文学，能够免得了奠基深固的一种事与情。我们对于诗人，有时或者可以容许他从无中生有，但天下本来就有许多无物之物。恋爱琐屑的情境，本不算物，但它也和凡能感触人生的一切物一样，是一种不可限量的重要品。一件新的事物或新的观念，其价值恒显现于美句之上，凡是一句可爱的词句，必是一件可爱的东西。但这可爱的东西的寿命，其死灭最快者，便是那不以坚实的思想、事物为其基础的文字。

　　分别内质与外形以说明文学，有人以为如哲学家之分别灵魂与躯壳一样。躯壳是灵魂的一种功能，形式便是内质的功能。但文学所表现者，为实丕丕的一切事物。天下绝没一种无定形的真事物。——事物与存在不同，便是存在也往往要借事物才能显现。——以灵魂躯壳以相比拟，实在不免太皮毛。文艺实质能产生形式，正如龟之有甲、鸟之有翼一般的自然。所以便是这班以思想给人的哲学家，也能有很好的文学形式。如孔丘、孟轲、庄周、荀卿、郭象、朱熹、王阳明诸人，没有一个不同时是文艺家。

如果文学除了它的风格形式之外，没有别的东西可以传久，这简直是毫无好处可说。古今来有许多文学，甚至反有因形式太好而埋没了内容的。所以六朝人的好文章，往往闷在华丽的词句之下，而不能自拔呢！《文心雕龙·风骨》所谓"丰藻克瞻，风骨不飞。则振采不鲜，负声无力"，便是此义。

文学的形式与内容，有这样的"不可分割性"。所以一定要把它分开来说，不是皮相，便是妄欺之言。单简点说罢。

文学作品的本身，没有一句不是内容，即没有一句不是一表现。很外相地看起来，文艺里面是含有"思想""人格""国民性""一切问题"等等；而外面是用文字写成的，似乎有内外的区别。实际这是一而二、二而一的。——内容即表现。因为文学所用的材料，与其他艺术不同，它的材料便是内容。其他艺术的材料则不过是表达内容的手段。（见前《文学材料》一章）譬如我们说"雪"是表现，同时是内容。又如说"旧时月色，算几番照我梅边吹笛"（姜白石《暗香》）是表现，同时也是内容。无论你从何处下刀，也不能分而二之。这是从文艺的本能（或者说文字更为妥当）来说是如此，我们再从它的作用上来看看。

文学的形式，常常因情境而异，就大体上来说，因地宜、历史、习惯之不同，而《诗经》中无《楚风》，近人有《二南》为楚风者，其说但新奇而无证验。南方的文学，便不能不是《离骚》《九歌》一类的形式了。汉唐宋元人的情思，有很大的差异，故其文体也有乐府、诗、词、剧曲的异别。用乐府的形式来作剧曲，一定不能委曲详尽。用剧曲的形式，来作乐府，一定无乐府雄厚冲融。所以乐府的内容不能为剧曲的内容，也即不能为剧曲的形式。倘若我们用诗歌的体裁来写小说，必定有许多扞格不可通的地方。反过来说，还是一样。实在，一个怎么样的内容，应当选择那最合适的文体，——甚而至于文字，才能恰如其量、恰如其分的表达出来。所以每当内容一有变迁，文体便不能不随之而变。中西各国文学文体的变迁，倘一考其背景，莫不是因缘于当世的思想或情事。六朝仄艳，何尝不是受当时放逸之风所致。宋元词曲，何尝不是受当时音乐所致。

　　文体自从因社会的演进而繁复后，有许多体裁可供作者的选择，而文学应用上日益活泼而真切。但文学的幽默深沉的地方，却日见退步——他方而是进步。（描写的技艺方法等）这方面是因前者之进步而退步，（韵味）——"雨雪霏霏"之写雪，诚不如一篇《雪赋》之"典丽遒皇"。但读了《雪赋》后，只给我们一些零碎的知识（故实）与杂感，可以不要我们去深思。但是区区的"雨雪霏霏"四字，其韵味是多么深长哦！但是倘若我们文体的选择得宜，却又别有它的风味，也不一定新不如故。如我们在前篇所举的"牧童遥指杏花村"一诗之脱化为"牧童遥指道，杏花深处那里人家有"一词是。不过倘若我们要用四言诗来描写"雪"，除了你的技术比"雨雪霏霏"一语更好外，而韵味总没有办法比它更好。但换了一个调子以后，我可不敢加以限量了。

　　情形——内容——也未尝不因形式之变化给与它很大的影响。本来人的情思，不尽都能说得出来。文字不过是表达思想的工具，文字中并无感情的分子。我们可以（将）思想直接告知他人，而不能以感情直接达于他人。所以论思想的文章，只要问它的思想清楚不清楚。倘若思想清楚，虽然是很复杂，都能表得出来。至于感情呢？只仅能用文字来暗示，而不是用文字来表达，这种暗示，便不能不有赖于形式了。一切声调、文法、篇章，都无非是作者借以将死的文字弄活了，以引起他人的同感。这种弄活的手段便是文学家所独有，但是文里的感情，则是人人可有。文之可贵，便是因人人同有此感，而能达此感者，只作者一人。

通常的作者——即使是很好的作者，也有时如此。——往往所感很深，而不能令人同感，或者有真诚之情，而不能宣泄于外，即普通所谓"词不达意"者，这种情辞不称的缘故，由于短于形式。

所以很好的文学，是使作者的心怀与性情，用恰如其量、恰如其分的形式，使之活跃于纸上。

汪容甫的《自序》，倘若用四言诗来作，顶高也不过是一篇假古董，"肃肃我祖，国自豕韦"。（韦玄成《述志》诗见《汉书》本传）一类的东西。施耐庵《水浒》倘若用文言来作，顶高也不过是有几篇像《游侠》《刺客》诸列传。《红楼梦》用纪传体来写，至多也不过是一部贾氏家谱。（这本是滑稽的比喻，其实哪有这个事）倘若用有韵文来写，岂不成了走江湖的人所唱的《孟姜女》。如果把屈原的《天问》用七字一句的来写（自然不会的事），岂不成了《烧饼歌》《推背图》了吗？所以陈球《燕山外史》的价值，不能过《桃花扇》《西厢记》《燕子笺》者，便失败在他那自以为典雅的骈俪之辞。古今来不知有多少作家，失败在他这种不适宜的体裁呢！并且不有《楚辞》的形式，那里会产生有汉一代的词赋。不有沈约、任昉诸人格律的提倡，那里会有唐代的诗。倘若宋的语录不兴，便不会有章回小说。章回小说不兴，那里会有《水浒》《红楼梦》等千载大作。短篇小说不输入中国，改变自来的文体，那里会有鲁迅的《阿Q正传》《狂人日记》。太史公写陈涉、项羽诸《本纪》，若用《尚书》体，那里会有传颂千载的"夥颐！涉之为王陈陈者！""唉！孺子不足以谋"等言。汤义仍不用曲体，那里写得出"原来姹紫嫣红开遍，似这般都付与断井颓垣"。《西厢》不是曲词，那里写得出《惊艳》一出的细腻之情，《酬简》一出的硕艳之情，这些都是形式帮助了内容不少。所以你要写爱情诗，以其用酷似"立墙头而窥者三年于兹"的《美人赋》的体裁，还不如用"毋使尨也吠"的古体。你要学韩昌黎的诗一样的来写山川楼阁的壮丽，你反不如用用赋更好得多！所以文学中要注重什么"体制""谋篇""布局""选词""练句"，都不过是为了这件事呀。

倘若我们不注意形式，专注重内容，是不是便不算文学呢？我的答案却不如普通人以"须有技术方得为文学"一类的话，我只从事实分三点说出不容我们不注意形式的话：

一、题材的自然限制

本来文章所取材的（题材）情感的范围，只有三分，则你的表现，也恰恰三分便算你没有污蔑你自己，也即是没有污蔑作品。这三分的事实，只用某种体裁，已足表达，这种体裁，便算合式。仅仅有"硕人颀颀，衣锦褧衣"（《诗·硕人》）一段的事实，绝不足为一部长篇小说的材料，仅有"辗转反侧"一段的感情，绝不是一篇长诗或赋的材料。反过来说，《红楼梦》《儒林外史》的材料，绝不是一首古诗，或一部戏曲所能尽概无遗地写得完的。虽然后人也因为一小点事实，推为很大的著作，但这绝不是原来的事实，已被作者加了许多想象的材料了，如因了元稹一篇《会真记》演绎为董解元的《弦索西厢》、王实甫的《北西厢》，以及关汉卿的《续西厢》、李日华的《南西厢》，以及查伊璜的《续西厢》、碧蕉轩主人的《不了缘》、盱江均客的《续西厢·升仙记》、单珂月的《新西厢》。因了《长恨传》而演为《长恨歌》，为马东篱《唐明皇秋夜梧桐雨》。因了王昭君的事，元人演为《昭君出塞》。因了张镒的《还魂记》，演为《牡丹亭》。因了王粲《登楼赋》，演为郑德辉的《王粲登楼》等等，都是。材料上的限制，虽不能完全约束了文学的体裁，但当作者支配材料时，以为如何才能恰好地表达情意，则何者最为适宜，何者最不适宜。（这自然是文体已演进以后的事。）便不能不有所选择，而批评者，也往有"词不称意"等类的话！

二、韵味的选择

所谓韵味的选择者，便是要怎样才能使所欲表达者的真精神更为灵活而耐人寻味。前面说过，文字只是表达意念而不是表达感情。而感情之所寄托，则不能不有待于形式。这实在是作者最好的一种选择标准。你们知道"僧敲月下门"的故事罢，那便是一个极好的韵味的选择。

非常活跃的情感，倘用庄严凝重的体裁来写，其韵味一定减杀了许多。是纯正清雅的感情，倘用故作抑扬委曲的状态，也要失其韵味。用书札笔记的体裁来颁布典章、命令，失却威严然的韵味，用《尚书·大诰》的体裁来写民间小说，令人率然弃之。那都是形式有变而影响于内容。譬如说"我们本应当是快乐的追求者，富贵自有天命"，我们觉得是哲人的意味。但是杨恽说："人生行乐耳，需富贵何时！"这绝不是浪漫派、乐天主义者的学说，而是文人的感喟。可是又有"人生不满百，当怀千岁忧，昼短苦夜长，何不秉烛游"的韵味，也截然不同。大概可以如此说：愈是情感丰富的作品，往往愈要靠形式帮助。所以翻译诗文，最是困难，也就是为了韵味的关系。譬如前面举过的马东篱的"枯藤老树"一段、《牡丹亭·惊梦》里的"原来姹紫嫣红开遍"一调的声韵的铿锵，读起来自然令人起感，你再有天大的本领，也翻不出这点韵味。又如苏东坡《浪淘沙》（见前）、柳三变《八声甘州》的豪迈之气、温庭筠南唐后主《菩萨蛮》的清丽之气，也不是翻译的能力所能做到的。

以心理的活动情形分析或说明那作者的感情活动的情势，是关乎作者的修养，不与题材相关，也不与形式相关。我们此处之所谓韵味，但就它的材料的本身说说，这是要请大家注意的。

材料本身的韵味，可分两点言之，一是字义，二是字音。

字义 文字所表达的只是一件事物的形体或性质，而不是事物的生命，——即精神——更不是文艺家心目中所有的那个事物的精神。它只是一个含糊的意念，但是作者便利用它这种含糊的意念，而自由地支配，以表达——毋宁说暗示——他的情绪。所以愈是义界不清楚的字，愈是文学中所常用的字、愈高的文学，所用的义界不清楚的字愈多。许多文学的韵味，便在这含糊的"意义"里。咱们中国更有一种特别的词性，使得文学的韵味更为深长，便是以名词变做动词。

按英法文只有动词变名词者，但中国文亦有之。如《庄子》"夫吹"万不同之"吹"字，（《齐物论》）"人莫鉴于流水而鉴于止水，惟止能止众止"之从止的"止"字，（《德充符》《左传》）"先济者有赏"之"赏"字，《礼记》"为人臣下者有谏而无讪"之"谏""讪"二字皆是也。又凡自动词所言之事之范围仍属其本身者，则此自动词等于名词。如"日之明也"之"明"字是。

如春风风人、秋雨雨人、以衣衣我、以食食我的第二个"风""雨""之""食"。又如白居易诗"晚来天欲雪"的"雪"字、《诗经》"雨我公田"的"雨"字、《汉书》"以墨涔色其周垣"的"色"字，都是。这类的用法很多，不可枚举。

字音　字音为材料本身的韵味，这是无论谁也知晓的。在许多文学里，借助于字音的地方很多，尤其是诗歌。所谓字的韵律，也属于这一种。韵律当在下文去申述，这点我只想把字音对于文学韵味的大概说说，我不能旁征博引的。

美好动人的文章，往往是需得诵读。而看哲学或说理的文字，大概愈能静默，愈可得其精深处。这是为什么？要了解这理由，不能不关系到音乐去了。诸君还记得罢，第一篇里引的子夏的话"情动于中而形于言，言之不足，故嗟叹之，嗟叹之不足，故咏歌之"，那美妙动人的音乐，不过是语言之永长者，则语言实在有做艺术的根源的资格了。文章之所以要讽诵者，便是欲探得那"言之不足"时的感情。字音便是引起那感情的绝好的材料，所以凡选音愈与音乐的意味相近，则其感人的力量愈大。这字音的选择，关系作家的技巧，诚然不小。但它被作家选择时，却有点神秘。你是悲苦之情，你要勉强发为欢愉之音，或者你本欢愉之情，你却想固为穷苦之言，结果总等于失败。实在,每个字总有一种"天籁之音"存乎其中,你是如何的感情,它便如何的表现。所以牧歌童谣,也有它的韵味。泗上亭长的汉高祖几曾读过三句儒书,但是"大风起兮云飞扬,威加海内兮归故乡,安得猛士兮守四方",音节是如何的铿锵!(这诗实实在在地把那个流氓得志的气概,丝毫无遗地写出来,不能不承认是很好的天籁之音。)

(按楚俗民性最强,故能含忿图雪,一举亡秦。始皇下同书之令,楚人当不尽守,且其俗好巫,当时古音又未尽失,故高祖此时,颇存楚音,与项王《垓下》一歌,可继楚《骚》为一派。后世古乐失守,高祖又颇采秦制,字音之被乱者,当不在少,故汉人诗歌,已多出诗人之手。)

而内容又如何的豪迈!这不能不说是天籁了。但是后世的诗人,为何不能似汉高祖一样的自然,而要修饰呢。其原因大概有二:一是古音失传,言语也日益复杂,字音的"音素"日渐简单,即是日渐与音乐远离,所以不能不选择修饰;二是因人的真性情因智慧日高而渐薄,多是无病也想哼哼,所以不能不加修饰。但不管怎样,字音的好坏,却给与内容莫大的影响,甚而至于不可分离,是我们必得承认的。

三、社会的自然趋势与需要

古人读书,因竹重帛贵的关系,全凭记忆,不能产生篇幅很长的文学作品。所以它的内容也较简单而含糊。纸笔既兴,文艺的内容外形,进步了一层。要到印刷发明以后,才能有长篇小说,这是受了社会的自然支配而成的趋势。

古时社会的组织,再怎样也比现在单简,事物也不如后世的复杂。人民也比较愚钝,欲望也比较少,他的感情活动的范围,自然也小得多。题材既少,篇幅自然不会很长。这也是社会的趋势。

现在社会的组织日益复杂,人群的各方面也日益进步,其需要也日益加多。即以现在的出版事业而论，自然是印刷术发明以后的现象，但也是人群需要的增加。譬如新闻事业的进步，也影响到文学，譬如终日劳苦的工人当日黄放工时，也要寻本小说消遣消遣。于是遂影响到小说的内容与外形。甚而因为演说也影响到文学；因为电影需要底本，也影响到文学；因为世界的交通的需要，也影响到文学。（如世界语，如翻译）实在，社会所支配于文学者，不知道有多少呢？（请注意，这是说文学的内容与形式的关系，不是说社会与文学的关系，因为话太简单，有许多不能申述明白的地方。）

第二节　形式源变

一、文体名目的成立

把人类心情里所表现出来而写在纸上的篇章，论其作用，以类相从，而总以一名，这自然是有了文学若干时期以后的论者所做的事，绝不是与篇章同时而生的东西。其后社会益进化，文学的需用益多，文体之名命，亦根本于实用而演进。这是不论哪国的文学都如此。

咱们中国在春秋以前，没有特立的文体名目。大概都是以起首或诗中两字为题名，如《周礼》与《墨子》说《驺虞》之诗：

《周礼·大司乐·大射》："令奏《驺虞》。"（郑注：乐章名）

《墨子·法仪》："周成王因先王之乐，又自作乐命曰《驺虞》。"（这不仅是不问体裁，并且也不问内容！）

又如因"卿云烂兮"。则曰《卿云》。因"南风之薰兮，"则曰《南风》。以及一部《诗经》里所有的诗篇，都是如此。或有用文章的外态或作用言者如：太公《六弢》言其书有六囊。黄帝之书称九卷（《伤寒论序》），直谓帙帛有九也。（章太炎说）《皋陶谟》之"箫韶九成"，又《史记·夏本纪》："禹作九招之乐。"《吕氏春秋·

古乐篇》:"訾作《九招》。"(《周礼·大司乐》作九磬)后来的"九""七"诸体,仍是古义。

又《吕氏春秋》所谓"三人掺牛尾而歌八阕"者,亦言歌有八首也。(阅读《礼记》"有司告以乐阕"之阕)此如后世言经者,谓以丝编简也。言传者,谓短于经之六寸薄也,同例推之;则《书·伪孔序》所谓《三坟》《五典》《八索》《九丘》,其理或亦相同。又《顾命》曰:"御册命。"《周礼》"凡命诸侯及孤卿大夫,则策命之",此言其辞书于策也。策与册同。(蔡邕《独断》"策者简也",礼曰不满百文,不书于策,其制长二尺。)《战国策》一书,亦以简策得名。

或有全不用名者:按《新序·刺奢篇》所引"桀作瑶台,群臣相持诗曰"云云。又如《礼记》所引汤之《盘铭》,非汤盘上有"盘铭"二字,特后人追记尔。又如京房《易传》"汤嫁妹之辞"云云,《史记》"伯夷叔齐饿且死,作歌"云云,《吕氏春秋·慎人篇》"舜自为诗,曰'普天之下'云云,其理亦同。

而一切文章的总名,多半只用"书"与"诗"两字,大概用书的地方,是指一切典谟训诰史事册文;凡一切说理,说事的文章,不论是单篇也好,是集许多篇也好,概以书名之。——如《尧典》《舜典》合称《虞书》,合虞夏商周之《书》曰《尚书》是。

按《尚书》当从马融说以为上古有虞氏之书,郑玄以为"孔子所撰书"者误也。"书"之名所起甚远,《易》以为"伏羲初造书契",指文字为书,因而以文字书者,亦曰书。《周官》外史掌三皇五帝之书是也,孔子删述,以其为上世帝王典型,尊修旧文而不敢废,故仍用旧名也。《易》本卜筮之书,变易莫测,故不曰书。(书者如也)《春秋》本《鲁史记》之名,《礼》本周公未用之书,《诗》更有他义,故皆不冒书名。

此外可考见的,如《周书》。单用到书字的地方也很多。至于用诗字的地方,则是指一切或为咏叹,或为警诫,凡一切以感情写出来,而有韵的,皆称曰诗。而其字的用法,却又有数种变化,大概用诗字作名词的地方多点。其动词则多用歌字、颂字，（或作诵，如《左传》载舆人诵。也有用歌颂作名词者，如《五子之歌》）来替代它，有时也以辞字替代"作名词用的诗字"用。如《仪礼》的祝辞、醴辞、字辞等是。（按以上皆详《尚书》《仪礼》中，《墨子》《荀子》各书，亦可参考。）

到春秋时，乃用"赋"字。（见《左传》）

总括来说，凡一切无韵的、说理、记事的文章，古人皆曰书。凡一切有韵的感情文章，古皆称曰诗。

除此而外，再没有别的名称了！到了孔子删《诗》《书》，定《礼》《乐》，才因其文章的施用不同，而定诗有"风雅颂之体"《书》有典谟训诰誓命之文。（风雅颂与其说是《诗》的体裁，不如说是诗的用意。）譬如尊尧舜之书以为可作万世典型，故曰《尧典》《舜典》。启与有扈战于甘而誓，故曰《甘誓》。并不是舜的臣子写那篇尧的事迹的文章时，便题曰《尧典》；周公写那篇诫士的文章时，便曰《甘誓》，并且这些名目，不仅在孔子以前没有。

按《汉书·艺文志》有《黄帝铭》六篇，今尚有《金人铭》一篇，见《说苑·敬慎篇》。《庄子》亦言："黄帝张《咸池》之乐，有焱氏为之颂。"蔡邕《铭论》言"孔甲有盘盂之诫——帝轩作舆儿之铭"，《管子》"轩辕有明堂之议"，《文心雕龙·诏策篇》"轩辕唐虞同称曰命"又《明诗篇》"至尧有《大唐》之歌，舜造《南风》之诗，……大禹功成，《九序》惟歌，大康败德，《五子》咸怨"，《尚书·大传》亦云"报事还归，二年，然后乃作《大唐》之歌"，《家语》亦云"昔者舜弹五弦之琴，造南风之诗"，《尚书·大传》亦云"尧作《卿云》之歌"。《尚书》有《皋陶谟》，《山海经》有《启筮》，《周书》有《夏箴》，武王有盥盘楹镜诸铭，以上流传各文，虽皆在孔子以前，但其名称皆后人追述也。

就是与孔子以前，或同时的诸子，也没有这种从归纳得来的名目，便是稍后于孔子各子家，除了儒家一派而外，也很少用这些名目。我以为这是儒家"重名"所引起的事实。

儒家在诸子中，为最重名者，但所言非名本身之问题，乃借名以维持其礼教之分际。故孔子对子路"卫君待子而为政"之间，以"不正名，则言不顺；事不成，礼乐不兴"为言。此理至荀子而益著（参《正名》《解蔽》诸篇，然孔子立名而荀子不妄造名者，有二因，一缘法后王之观念，一缘其名学颇受墨子影响。）其学本切于实用，后遂为法家所假借。至墨家所言，实较儒家为湛深。然乃在名的分析与其方式之应用，与儒家之切近人事（实用）者迥乎不同。故其学仅在阐发名的原理，而不在立名。至于老子之视名，其为一种政治作用，与孔子同。但孔子从建立名字处着手，是积极的态度。老子则在废除一切名，是消极的态度。庄子以齐物为论，其态度与老子同，而方法与墨子同，至其他如杨朱之继老，桓围公孙龙苦获已齿邓陵子之属之兼取老墨，及后世之别墨别儒及法家等派，皆孔老墨诸家之流衍也。

所以这许多的名目，只有儒家书里最多而可靠。

《老子》书，《史记》及各子家，但言著书五千言，而不曰《道德论》《道德说》，使在儒家，必可比于《论语》之用论字，而言"道德某某"矣。太公《六弢》，及鬻熊辛甲诸书，虽在孔子前，然疑伪之书不敢信。《管子》诸《解》，本是后人伪作，不足为说。庄周墨翟，生儒学倡盛之后，故其书自亦受儒家影响。故庄子有《齐物》之论（按王介甫读物论为一词，言"齐彼物论"，盖欲与他六篇相应也，其说甚陋，当仍从郭王诸君齐物之论之说为当），墨子且曾受儒家之学，（《淮南子》说）故其引"六经"亦特多。且有《经说》上下，以比之孔子《说卦》之义，正复相同。左丘明以儒家同好恶，故其书特多文体之名。（《左氏传》及《国语》）鲁庄公诔县贲父，鲁哀公诔孔子，（与《礼记》异）叔向贻《子产书》，卫甚子《祷祠》，晋侯《听舆人颂》，共世子《改葬论》等，皆是。荀子更用"解"（《解蔽》）、"论"（《礼》《乐》）、"赋"（《蚕》《礼》）诸名。

后来儒家的学说，日益昌盛，其他诸子也不免受其影响，而文学的名目，日以益繁。

《商子》有《说民》，《吕氏春秋》有《论人》《论威》《序意》《行论》《开春论》《慎引论》《贵直论》《不苟论》《似顺论》《士容论》，公孙龙之《白马论》，韩非之《解老》。

在上面虽说文体名目因儒家的关系渐至于成立。但它的定形，却要待秦汉以后。

屈原《离骚》体裁，给文学上甚大之影响，但于文体名目，却无大关系。

秦始皇兼并天下以后，统一全国文字。（六国所用的文字，与秦不同，参王静安先生《秦用籀文六国用古文说》）"制""诏"等名称，才定为律令。（《史记·始皇本纪》"廷尉斯等，与博士议曰，……命为制，令为诏"）汉兴以后，渐渐关于下行公牍里的一切名称，（如策诏敕令等）才成立，这可算法令文章之名称的成立时期。太史公、东方朔、贾谊、董仲舒诸人之后，文体名目，日益繁多。但刘歆做《七略》时，其中有《诗赋略》，只收诗赋一类，其他便不可知。班固《汉书》也没谈到文体，一直要到范晔的《后汉书》，才有较详的记载。这便是表明班氏以前，文体名目，尚不为选家所采用。《文选》以后，才渐渐繁复，详见下章。

二、文体名目的源变

——请以本章后面所列的一个表对照着看。

我们上面所讲，是根据事实以说明文体的成立。但文体未立以前，我们绝不能说便无这体文章，并且也不是说"一切文体不是从衍变而来，是无所依傍而发生"的。（即不受其他文体的影响）这是本章所要详述的问题。

世界各国文学的起源，莫不起于诗歌。实在呵，人不能无哀乐之感，哀乐之感一发，便是诗歌。（原始的人，或许没有诗歌可言，不过绝不能说便无哀乐之感，不过当时语言还未明晰，只能发为一种感情的声调，而不能表出其情感的意念。）但是人也不能去了他的求生的本能，则一切实用的文章，也从此起。（参《心理学观的文学发生》与《社会学观的文学发生》两章）——这自然在诗歌之后。——不过两者的根株，都缘于语言。前一派是受了音乐化的语言，后一派则直接推衍语言，不借助其他的材形。这便是在中国古代所称"诗"与"史"二者的分别。从此以后，两者互相影响纠缠，而生出各种体裁的文学。倘若我们不单从外表上看，更深一层地考查一下其内质所给与外形的影响，我们便很能明白看出它们相互的关系。现在根据事实与理论两方面以说明这两派——音乐化之诗及直言之史——的关系与变迁。

乐语 最古的诗歌是谣谚，谣训徒歌，谚训直言。因为那时的音乐，尚不高明，所以只把声音放长了（《汉书·艺文志》："咏其声谓之歌。"），便足以满其情欲。这实在是"循天籁之自然"。《列子》上所载的尧时之谚，孟子告齐宣王所引的《夏谚》，《韩非·六反篇》所称引的《古谚》《先圣谚》，都是载籍中之可考者。这一系直传下来。便是后世的民谣讴诵之类，至今不衰。其旁系则为巫觋赛神之曲，即屈原《九歌》之所由放。此又与直语一系的灵感之文有关。（《九歌》为文人修饰之词，故不入此类。）其经过文人的修饰者，则曰诗，《三百篇》即其代表。诗复分为二，有可歌之诗与不可歌之诗。不可歌之诗，直流为古诗歌行。如韦孟各诗、李苏酬唱、班婕妤各诗是。他体又与直语一系交合，而生赋，赋者古诗之流也。

（班固说）诗有六义，其二曰赋。（《文心雕龙·诠赋篇》语）实受命于诗人，拓宇《楚辞》，不歌而颂者也。（刘向言）赋之别又有二，曰写情之赋，曰体物之赋，至汉复合为一。其详见后。（《艺文志·诗赋略》分屈原赋，即写情一派也；荀卿赋，即体物一派也；陆贾赋，即调和派也。）可歌之诗复因古乐不竟传，复别为入乐与不入乐二派。不入音乐之歌，又分为三，其与赋家交纽者，为屈原赋，其徒歌者，如"百里奚，五羊皮"、项羽《垓下》、高祖《大风》、太子丹《易水歌》、武帝《秋风辞》《瓠子歌》、李陵"径万里兮"等歌是。共入乐之歌，则为汉之乐府，（如郊祀等歌）流为唐以前绝句，绝句流变为词，为曲，为剧，旁与不可歌一系之歌行相交，遂衍其声为律诗。今日之白话诗，则为民谣与词曲之交合而生者。

直语 直语一系之流变，不外两种，一为民间故事，一为民间神话，此两者有很大的区别，不可合为一类。凡有诗的意味，有哲学的意味者，皆神话一类。其但记述事实，而不加以情感，——如惊疑赞叹等情——推理者，为民间故事一类。但最古人智愚蒙，对于一切事物，以至于其身体，都不免有点神而视之的情形。所以最初的故事，也离不开神或人神两个事实。譬如《尧典》里"内于大麓，烈风雷雨弗迷"的舜的故事、《天问》里列举的古代史事、《墨子·明鬼篇》所载的鬼事、《庄子》里的寓言等等，都离不了人神或神的纠缠。所以纯粹记事而不杂神的意味者，比较要少一点。到后来人智渐开，更能捉着"人的"生活，更了解"人"以后，神话的势力，渐渐衰退，只在一般社会里还有相当的力量。而执掌一切"笔之于书"的人，在中国称为史者。其聪明才力，较一般人为高，其了解人生亦较多。于是比较纯粹一点的故事，渐有力量，终至于高出神话之上。国家的史事与史书，也渐渐地明了。当时的教育，也日益发达，贵胄子弟，都有机会了解史事，而民间故事，益少神话分子。

这样看来好似神话与故事一者有不可分离的样子，并且还可说故事也是神话的支流。其实人类心灵的活动，不只是感情的，也是知的，是意的。则纯属于知的故事，绝不能说是"感情的神话的支裔"了。不过因此两者的关系太为密切，常令我们难于判析。确而言之，则以神的观念为主体者，当入神话一类，以"人的"观念为该事的主体者，当入故事一类。但不妨故事里有神的分子，也如神话里不妨有人的分子一样。这便是分此为二的意义，兹分别述叙如下：

神话这一系里，在古初时代，其势力甚大。大概都是起于探天之秘而不可得的一种预测疑虑想象之言。不过中国的民族性是求实际的多而作空想的少，所以对于神的观念，自来不离开以人的眼光来看。所以见火而疑，不曰有一火神，但言有一人钻木取火者曰燧人氏，遂为燧人氏的神话传说。见巢居而不得其解，遂疑有为巢之人曰有巢氏。人民已勉于洪水时代之苦，思其故而不得。遂以为有帝王曰禹，得天人之助，而治平之，遂有神功鬼斧的禹的故事。这些故事流传于民间，到了文人才把它写定，其中的佚亡自然不少，所以传于今者实在没有许多。如《庄子》鲲鹏的寓言、姑射之神人，其他古传说里如蚩尤之作大雾，《淮南子》的羿射日轮的神话，及其妻姮娥窃药以奔月的神话。（《列子》之愚公移山、夸父逐日、龙伯国之大人等，《列子》虽是伪书，此等传说，必有所据。又《汤问篇》"共工与颛顼帝争为帝，怒而触不周之山……一节与《淮南子》所载略同。以及《韩非子·说林篇》所载，是其说之可考者。）而其集古代神话大成之文，则莫如《楚辞》，其中尤以《天问》《九歌》所载为多。实因楚俗好巫，故神话之保留流传较易，至于《山海经》《穆天子传》诸书，其神话的材料虽多，却不敢断为纯是咱们中国自来有的传说，恐有汉以后的人补增的地方，只可以与《汉武帝内传》诸书同等而观。

（《山海经》《艺文志》在法家，《隋书·经籍志》列地理之首，《四库全书提要》始属之小说内，实为有识。然此书汉人已不相信，《史记·大宛传》所谓"《山海经》所有怪物，余不敢言"之辞是也。疑此书本起于战国妖妄之术数家，或在邹衍诸人前后，故不可信为周以前传说也。）

后此如始皇之求神仙，也是被此等传说所支配。汉高祖的白帝赤帝之说等等，（古帝王之立，皆有一种神话，如舜之"内于大麓"，禹之"疏治九河""玄鸟生商""羊牛肥字后稷"，以至于武王之"白鱼跃舟"，以至于陈涉吴广等之"篝火狐鸣"等事，皆是奸雄固为神奇之说，以愚齐民而成其志。愚氓亦因而益衍，遂更神而事之，此等例本是因一二人而生，不足为神话之传说。然民间神话、故事，实有依傍此等流说而成者。其为神话来源，已不可灭，且即此又足以反证因人之愚蒙易使神话发生之理。及神话源流之层渐积之情形，故列之。）都是一样的情事。后世一切民间的神话故事，即是直承这一系而来，此处可不必多说，隐语一类，也是此中衍出。

因这一类故事所掺入的感情分子多，流传到后来经文人写定，便往往成了诗歌。遂由直语一系，转入乐语一系，屈原写定楚人巫祝之词为《九歌》，便是这类的故事。而后来的赞祝告祭盟颂一类的文字，也原因于此。已久死的封禅一类，也是此等作用。不过这些都是傍变而来，不是神话嫡系了。但此等祷祈颂盟之文，其最初时不过是单词片语，大概也不过是一种惧疑呼天的作用罢。

如《诗·大明》之"上帝临汝"，此必是比较原始时代之祝词。故《云汉》有"上帝不临，"《书·多士》有"上帝不保"一类变衍之言。《礼记·杂记》"寡君闻君之丧，寡君使某，如何不淑"亦必为古人相传吊唁之辞。《曲礼》注亦云："传有吊词云。""皇天降灾，予遭罹之。如何不淑。"

到了有史官之后，此等词句，才渐渐加繁。

按《尚书·高宗肜日》："乃曰："其如台，呜呼！王司敬民，罔非天胤，典祀无丰于昵。"此祖己训高宗词也。以雊雉之兆，疑惧痛疴，故其言短促而剀切。无敷于之词，犹存怆急呼天之余意，他如《西伯戡黎》之"西伯戡黎，祖已恐，奔告于王曰，天子！天既讫我殷命，格人元龟，罔敢知吉，非先王不相我后人，惟王淫戏用自绝，故天弃我，不有康食，不虞天性，不迪率典，今我民罔弗欲丧，曰天曷不降威，大命不挚，今王其如台。王曰："呜呼，我生不有命在天。"祖伊曰："呜呼，乃罪多多参在上，乃能责命于天，殷之即丧，指乃功不无戮于尔邦。此乃惧商之将亡。"（《尚书序》殷始咎周，周人乘黎，祖已恐，奔告于受，作《西伯戡黎》。）为此沉痛之言，其词直，其情热，虽是自责之词，不关天神之义，然其必非史官修饰之句，可断言也。此等剀切之词，尤近常语，全部《尚书》中，实不多觏。

可惜其流传于今者很少，我们只能在《五经》诸子里有时发见一二，并且又因判断它是否古之流传这步工夫很难，一不留心，便成武断或且是牵强附会，所以虽有这种材料，也不易证实，倘有人能精思博采，我想一定能有更多的发现。

到了文献足征之后（此指流传至今之文献言，文献之起，自当与史官同时。惜三皇五帝之书，不尽传，故不足征），此类文章，愈益繁衍，而内容也更切人事，如《尚书》所载各誓命训诰之文，是也。后世一切祝、盟、祭、告、箴、铭、诏、策（诏、策本称天而命，汉人犹存此风，唐以后蔑闻焉）、哀、诔，以及一切灵感之文，皆由此衍变而来。

（《尚书》惟《金縢》篇中祝词无斁与之语。痛痌之情，含于"旦代某身"，疑惧之状。形于"屏璧兴珪"。可比于《西伯戡黎》一篇。）

不过这种文章，又受了点乐语一系的影响，此处不多述了！（《诗经》中有无韵之颂，亦是此理。）

记叙一系，在古初之时，民人对一切事物，都神秘视之。便是记叙一系的文章，也不免有点神的色彩。所以"世之论者"，往往有古无纯记事之文之言。这实在是个错误。我们虽不能找出古代许多纯记事的文字，以作反证。但倘若我们认清文学的原始，有出于需要者，如我们《社会学观之文学》一章里所说，《社会学观之文学发生》一节所示，无大伪误，则我们必不能不承认古初有纯叙事的文章。不过是文学的内容也缘于思想，所以在前面我才"有以神话为主体而故事为附的灵感文"，与"事实为主，而不防有灵感的记叙"文之分。

记叙一类，直传为一切民间故事，《汉书·艺文志》所列小说家，也是此类。至今不衰，诚然小说也因其内容之不同，而有神怪劝诫一类。但它同是以记叙的体裁写成，仍不失为记叙的嫡派。

由记叙一派推衍，有为一切文化之所系的一种重要文体，便是"史"。古初的史，不过是专管帝王言行的家臣，或卜筮占卦之人所书的，其所书也不过是誓诰典训之词，所表现的不过是生死之变，卜祝之事。后来渐渐记到文物制度（如《禹贡》之地理、出产，

《顾命》之制度），其作用益大。同时史臣又是教"胄子"的先生，便以"先王"的言行作教科书。只是这个时候的平民，尚无读书的机会。所以一切学问，都在官家的几个子孙，而不能光大。到孔子删定"六经"，左丘明述《春秋左氏传》以后，才有非史官而作史的事。更因孔子"选徒以授"，史的事迹才布于齐民，民间读书的人也渐渐加多。一方面"史"的体制渐定，一方面学术昌明。这实在是孔子之功！——孔子之足敬，倒不仅是他的学说有支配几千年的势力，乃是在他把前古不给人民参与的活动，不要人知道的史事，"布在人间"，令中国的文化，大放光明，成世界巍然的大国。

春秋以前的史书，名曰书。其义谓如其事物之状（《说文·序》书者如也），便是记叙之义。（见前）存于今者，有经过孔子修正的《尚书》到周末又有《春秋》之名，为史之通称。《管子·权数篇》："《春秋》者，所以纪成败也。"《墨子·明鬼篇》有"燕周燕之《春秋》"。《国语·晋语》亦云："司马侯言羊舌肸，习于《春秋》。"又《楚语》申叔时论传太子之法云"教之以《春秋》"等等都是。孔子因仍旧名，用鲁之《春秋》作根据，采百国宝书，（此时以书名史之习未尽亡）而修《春秋》。遂令断编残简，厄言片词的《尚书》体，一变而为时日有据，事变有缘的完书。弟子——或曰同好——左丘明为之作传，于是事变益明，遂开中国史学界之一大纪元。左氏更作《国语》（《又称《外传》）以为之辅车，其体则因仍《尚书》。后来的《战国策》，亦源于此！到汉司马迁父子，作《史记》，上起黄帝，下至太初而迄，笼络一切典章制度事实人物地理天文。班孟坚父子继之，中国史学中之所谓正史者，一以完成。兹录《文心雕龙·史传篇》以见大概。刘知几《史通·六家篇》章实斋《文史通义·书教》三篇亦可参考。山川地势记叙之文，仿于《禹贡》，亦是史中别派。后世游记一类文字则颇杂诗意，盖与乐语一系相合而生者。兹不赘述。

开辟草昧，岁纪绵邈，居今识古，其载籍乎！轩辕之世，史有仓颉，主文之职。其来久矣。《曲礼》曰："史载笔左右。"

史者使也，执笔左右，（八字元脱，按胡孝辕本补）使之记也。（元作已按胡本补）古（元脱，孙补）者，左史记事者，右史记言者，言经则《尚书》，事经则《春秋》。唐虞流于典谟，商夏被于诰誓。自（注本作消）周命维新，姬公定法，紬三正以班历，贯四时以联事。诸侯建邦，各有国史，彰善瘅恶，树之风声。自平王微弱，政不及雅，宪章散紊，彝伦攸斁。昔者（二字依《御览》改）夫子闵王道之缺，伤斯文之坠，静居以叹凤，临衢而泣麟。于是就太师以正雅颂，因鲁史以修《春秋》，举得失以表黜陟，征存亡以标劝诫。褒见一字，贵逾轩冕，贬在片言，诛深斧钺。然睿旨存亡（二字衍）幽隐，（胡本作秘）经文婉约。丘明同时，实得微言，乃原始要终，创为传体，传授经旨，以授于后，实圣文之羽翮，记籍之冠冕也。及至从横之世（及字从《御览》增）史职犹存，秦并七王，而战国有策，盖录而弗叙，故即简而为名也。

汉灭嬴项，武功积年。陆贾稽古，作《楚汉春秋》。爰及太史谈，世惟执简，子长继志（元作至，胡改），甄序帝勋，比尧称典，则位杂中贤，法孔题经，则文非元圣，故取式《吕览》通号曰"纪"。纪纲之号，亦宏称也。（元脱，谢补）故本纪以述皇王，列传以总侯伯，八书以铺政体，十表以谱年爵。虽殊古式，而得事序焉。尔其实录数隐之旨。博雅宏辩之才，爱奇反经之尤，条例踳落之失，叔皮论之详矣。及班固述汉，因循前业，观司马迁之辞，思实过半，其《十志》该富，赞序引丽，儒雅彬彬，信有遗味。至于宗经矩圣之典，端绪丰赡之功，遗亲攘美之罪，征贿鬻笔之愆，公理辨之究矣。观夫左氏缀事，附经间出，于文为约，而民族难明。及史迁各传，人始区详而易览，述者宗焉。及孝惠委机，吕后摄政，班史立纪，违经失（元脱，朱补）实。何则？庖牺以来未闻女帝者也，汉运所值，难为后法，牝鸡无晨，武王首誓；妇无与国，齐桓著盟。宣后乱秦，吕氏危汉，岂惟政事难假，亦名号宜慎矣，张衡

第一编　通论之部

司史而惑同迁固,元帝王（元作年二,孙改）后欲为立纪,谬亦甚矣!寻子弘虽伪,要当孝惠之嗣,孺子诚微,实继平帝之体,二子可纪,何有于二后哉!至于《后汉纪传》,发源东观,袁张所制,偏驳不伦,薛谢之作,疏谬少信,若司马彪之翔实,（若字从《御览》增）华峤之准当,则其冠也,及魏代三雄,记传互出,《阳秋》《魏略》之属。《江表》《吴录》之类,或激抗难征,或（元脱,谢补）疏阔寡要。唯陈寿《三志》,文质辨洽。荀张比之于迁固,非妄誉也。至于晋代之书,繁乎著作。陆机肇始而未备,王韶续末而不终,干宝述纪以审有正得（《御览》作明）序,孙盛《阳秋》,以约举为能。按《春秋》经传,举例发凡,自《史》《汉》以下,莫有准的,至邓璨（元脱,朱改）《晋纪》始立条例,又摆落（一作撮略,从《御览》改）汉魏,宪章殷周,虽湘川曲学,亦有心典谟,及安（元作交,朱改）国立例,乃邓氏之规焉!

原夫载籍之作也,必贯乎百氏,（元作姓）被之千载,表征盛衰,殷鉴兴废;使一代之制,共日月而长存,王霸之迹,并天地而久大。是以在汉之初,史职为盛,郡国文计,先集太史之府。欲其详悉于体国,必阅右室,启金匮,抽裂帛,检残竹,欲其博练于稽古也。是立义选言,宜依经以树则,劝诫与夺,必附圣以居宗,然后铨评昭整,苟滥不作矣。然纪传为式,编年缀事,文非泛论,按实而书,岁远则同异难密,事积则起讫易疏,斯固总会之难也。或有同归一事,而数人分功,两记则失于复重,偏举则病于不周,此又铨配之未易也,故张衡摘史班之舛滥,傅玄讥《后汉》之尤烦,皆此类也,若夫追述远代,还代多偏。公羊高云"传闻异辞"。荀况称"录远略近"盖文疑则阙,贵信史也。然俗皆爱奇,莫顾实理,传闻而欲伟其事,录远而欲详其迹,于是弃同即异,穿凿傍说。旧史所无,我书则传,此讹滥之本源,而述远之巨蠹也。至于记编同时,时（元脱,胡补）同多诡,虽定哀久辞,而世情利害,劲荣之家,虽庸夫而尽饰,迍败之士,虽合德而常嗤,理欲（二字衍）吹霜煦（一作喷,从《御览》改）露,寒暑笔端,此又同时之枉,可为叹息者也！（为字从《御览》增）故（元作，欲朱改）述远则诬矫如彼，记近则回邪如此，析理居正，唯素臣（元作心，今改）乎？若乃尊贤隐讳，固尼父之圣旨，盖绳瑕不能玷瑾瑜也。奸慝惩戒，实良史之直笔，农夫见莠，其必锄也，若斯之科，亦万代一准焉。至于寻繁领杂之术，务信弃奇之要，明白头讫之序，品酌事例之条，晓其大纲，则众理可贯，然史之为任，乃弥纶一代，负海内之责，而赢是非之尤，秉笔荀担，莫此之劳。迁固通矣，而历诋后世；若任情失正，文其殆哉！因欲探万事万物之秘，而说理之文兴。含神秘之思，直叙所怀。

（思想因缘于事物之像，即须事物之观念明了后，乃以观念相联络而成一新解说新现象。故说理文仍不离事物，即本不外叙述事物也，章实斋所谓"古人未尝离事而言理"之言，尚隔一层。）

故说理文实灵感与记叙二派之合流。

中国最早的说理文，因载籍残阙，长篇莫可考见。单言片语，时杂他文之中。《易经》虽是说理文之宝藏，但其有条理，有论断者，还在孔子的《十翼》之中。前乎此者，大概要算《尚书》中的《洪范》，最为完具。至于《尚书》伪孔传所谓《三坟》《五典》《八索》《九丘》，及《周官》太史所掌《三易》之法的连山归藏，多不足信。

（三坟五典之说，本于左氏昭十二年楚灵王言左史倚相能读《三坟》《五典》《八索》《九丘》之说，然贾逵、张平子、马融诸人，皆各说不同。即三皇五帝之分，亦无定说。其书之不必有，可信然矣，且左氏但言《三坟》《五典》《八索》《九丘》，而不言为三皇五帝之书，即杜氏注所谓"古书"之说，亦未必当，伪孔氏乃牵合《周官》"三皇五帝之书"之言，其厚诬古人，已不待辩。而康成注《周礼》，乃反援左氏之言以相比付，实与伪孔说相符，亦奇矣。《连山》《归藏》杜子春以为伏羲黄帝之书，郑亦则曰"夏曰《连山》，殷曰《归藏》，孔颖达则据《世本》以为神农黄帝之书"。其解说亦各不同，以其过而信之，无宁过而疑之。）

说理文之精深透擘者，自然是成一家言的诸子"哲家之文"。春秋以前，子家言之流传于后世者，据《汉书·艺文志》所载，尚不少。其佚文遗句，尚见于史征引。如《贾子·修政语》《周书》《大聚》《文传》之引大命（即禹字），《管子·揆度篇》《吕氏春秋·爱类篇》《汉书·食货志》之引神农等是，至今尚存者，有《鬻子》《黄帝内经》诸书。这些书多伪书（还有太公《六韬》也不敢定其真伪）到了春秋以后，诸子之说大盛，但是各家的学说，都自有其根株，所以亦各有其派别。《庄子·天下篇》所引凡六家，《荀子·非十二子》所列亦六家。司马谈不举人，而直别为六家。到刘歆定《七略》，才分诸子为九家，比较详尽。他们各家分合的得失，非本文的范围，故不多述。兹将各家之分合大概列表于下（见表一）。

表一　叙述周秦诸子之各家开合表

《庄子·天下》	《荀子·非十二子》	司马谈《论六家要旨》	《汉书·艺文志·诸子略》
（1）墨翟 禽滑厘	（2）陈仲 鱼鰌	（三）墨	（六）墨
（2）宋钘 尹文	（3）墨翟 宋钘		
（3）彭蒙 田骈 慎到	（1）它嚣 魏牟	（六）道	（二）道
（4）关尹 老聃			
（5）庄周	（2）田骈 慎到		

续　表

《庄子·天下》	《荀子·非十二子》	司马谈《论六家要旨》	《汉书·艺文志·诸子略》
（6）惠　施	（5）惠　施	五　名	五　名
	（6）子　思 孟　轲	二　儒	一　儒
		（一）阳　阴	（三）阳　阴
		四　法	四　法
			七　纵横
			八　杂
			九　农
第三派实兼道法二家		不举人故不知其与庄荀之同异	小说家不入流

到汉以后，儒家学说统一中国。人的思想，不出"六经"范围，所以诸子之学衰。于是哲家之文，遂衍为二派，一是诂经之文，一是论说，不过汉以后的论说之文，是受了词赋的影响，多有弄姿作态、固为游衍之词，与古之论者不同，容下再详。而其可称为哲家嫡派流变的文章，还是要算诂经之文。

子家正派如陆贾之《新语》、贾谊之《新书》、桓宽《盐铁论》《淮南王书》等不计。

诂经之文，虽是以"六经"为其根本，而无胸中之造。但其申述非据理，评断非确实，不足以服人。尚不失其为名家论裁。虽然也有说"若稽古"三字至三万言的腐儒，但足够称诂经之文者绝无此等弊病。如何休之注《公羊》、杜预之注《春秋》、王弼之注《易》，以及桓谭、郑兴、马融、贾逵、卫恒、张衡诸人，都是精审严密、无废词，合于名家之法分。此派文章到郑康成，可谓集其大成。蔡邕、王肃以至南北朝的崔浩、张伟、刘芳、邢子才诸人，也是此道老手。唐人之《注疏》亦复整严，宋儒说经之文，亦矩矩有法度。有清一代，此学复兴，但多有词不修炼如戴东原、江慎修、段玉裁诸人者。

当说经之文盛时，注疏子家言者，有郭璞、王弼诸人。（前此虽有韩非《解老》《喻老》，然与本文无涉，不足言诂解也。）其文亦各有得失，但其量无诂经一类之多，故不详述。

至于论体，实为哲家文的别派与赋体结合而产生者。在古书中以论字命题之可考者，大概要以《六弢》里的《霸典文论》《文师武论》最早。《六弢》一书，本已可疑，则此名如何，殊难断定。《文心雕龙》以为后人追题，也不相信它是真的。其最可信者，还当推孔子的《论语》了！《论语》以后，《庄子》有《齐物论》，《吕氏春秋》有《开春》《慎行》《贵直》《不苟》《似顺》《士容》六论，论的名称，于此成立。到了汉朝，词赋为一班文人挥笔弄墨的玩意，它曾给与不少的影响与论说。于是论说的文章，变为繁复敷叙，有反复咏叹之姿，已经不是哲家步武守法、气态严肃的样子。所以雕巧的话、扩野的话、含有情感的愤慨的话、绮靡的话，到汉人的文章里才多。便是《史记》每文称"太史公曰"一节，也有"理有非要，则强生其文"的衍词。我以为这是武帝好词赋所赐的影响。这话大概不十分差错罢。到汉以后的论说文，更是游衍无方了！

至于从论里分出来的，则《史记》每篇后面所称太史公曰以下一段文章。班固称曰赞，荀悦《汉纪》则曰论，《东观汉记》曰序，《三国志》则曰评，等等，都是名异实同，兹不多赘。欲知其详，可参《文心雕龙·诸子》《论说》诸篇，《史通·论赞篇》。

赋 乐语与直语二系交合以后生出一种体裁，名曰赋。在中国文学上，占了很重要而特殊的位置。不可不叙述一二。

赋本来是古诗中之不入乐者。（班固说）但它的音节，还与乐语接近，而其叙事说理，却与直语一系相合，它实受直语的胎气，而成此杂种的儿孙。所以它写情感，也写道理。《诗经》六体中，也有赋的名称。但因为它不能入乐，（不歌而颂）不能歌唱，所以到孔子删诗求合于韶武，而古赋遂不可见了。到战国时，荀卿才又用赋字名篇，算是未忘"先王之教"。（荀卿儒家也，参前《形式名目之成立》一节）此是体物一派之起源，也即是与直语关系较多的一派。屈原以忧愁忧思而作《离骚》，遂为后世写志一派之祖，也即是与诗的关系较多的一派。到此时赋体才算是得到根深蒂固的机会与时期。

《左传》载郑庄与其母大隧之中大隧之外数语，士芳为献公所斥，退而有一国三公之语，皆曰赋。此赋字，乃动词，非名词也，意尤歌唱也，即《艺文志》所引《左传》"登高能赋可以为大夫"之言，亦非谓文体之名。即班氏所谓"感物造端，才知深美"，者，其意如后世所谓先言他物以引起其事者然，不以为文体也，后人往往据此以为赋源，误矣。

但其大成，还是要到汉朝。但汉朝的赋，却又是体物写志二派之合流，又因其掺和的分子多寡，而有所谓诗人之赋，与词人之赋之说。（扬雄说）诗人之赋者，即写志一派，词人之赋者，即体物一派。其作家如枚乘、司马相如扬雄、班固、张衡、马融诸人，都足为汉赋代表人物。到魏晋以后，因声律之说渐起，而影响于词赋，"益事妍华"，遂成骈赋，而选材也与汉人不同，多是咏物品，而少"体国经野"之大作。到了唐朝，声律的学说成立，而赋体遂与帖括同科，每况愈下，不足道了，我也不说了。

此外还有一种有韵的散文，有人也"赐以嘉名"，名之曰文赋。这是唐时古文甚兴后所生的一种东西，颇有规复汉人的色彩，但宋以后的人，多不读书，这等文章，实在无善可述，此处也不多说。

现在为使本章更为明显起见，作为一图如下（见图四）。

图四　文学形式图

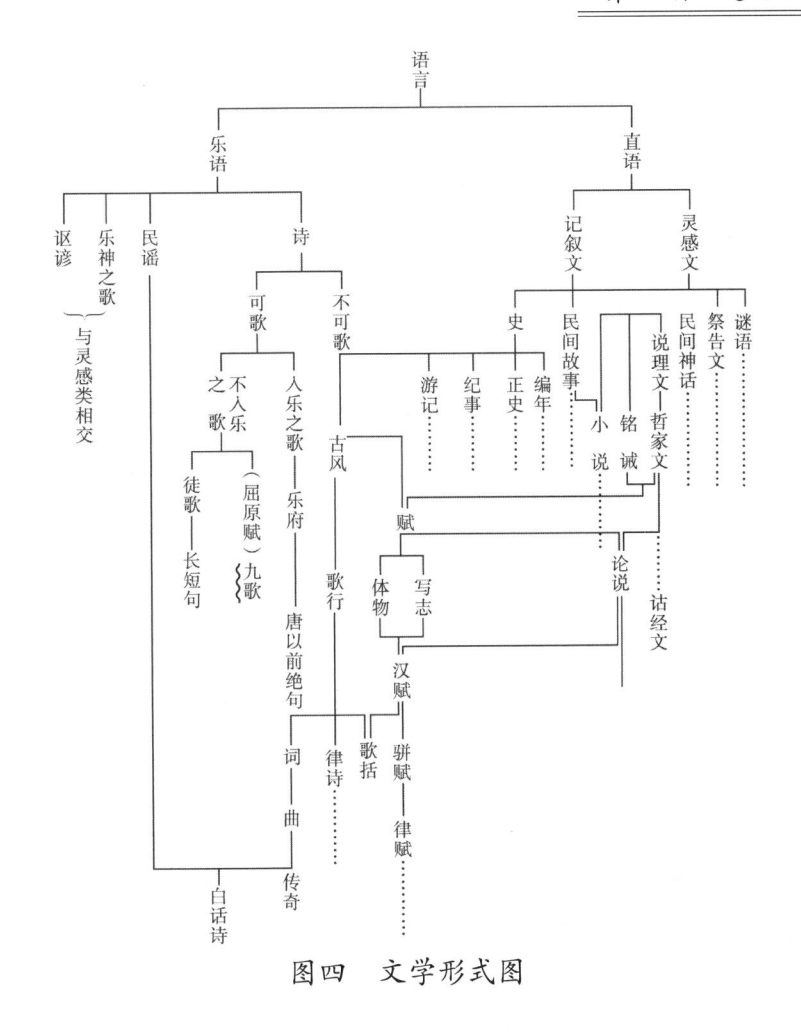

第三节　形式分类

——本章想从中国历史上的文学分类，说到文体分类，作文学中一切分类学说的坟墓——在《形式的意义》一节里，我们把形式与内容之不可分离，充分地说了！大概不致有许多谬误罢。然而在这里所要说的形式，乃是指文学的要素的形式，并不是像上面所述的有哲学或美学上的意味，只是普通所用两字的意思罢了。——即作家把自己的思想情绪，移于读者时的一种方法手段的形式。——

据《形式源变》一章看来，这是一种手段。

方法的形式，大别有乐语，直语二种。这即是普通人分的散文、有韵文二体。这二体的意义，我们可以略说如下：

有韵文：以有定的旋律的语言，而为艺术的表现者，是有韵文。更显明地说，凡排列有旋律与句末有韵的文字皆谓之有韵文。

但是以"排列不有规律的文字而组成者"，是为散文。

这自然是很粗疏的说法，或许说纯粹认"形"的说法。

倘较高一点或更有意义一点来说，则这个定义自然是忘了它那"奠基深固"的内容，而视文学为一种技术了！但是学术上的分类，本是图便宜的玩意。虽牵强，却明了。我为明了计，不能不如是。至于它所以不能如此区分的理由，在第三编里的《有韵文与散文》一节里再详。

上面这段话是为述说便利而给与的一种限定。但绝不是我心中所愿意的分类，这是要申明的。在我还未照着这个分类法述说之先，我想把中国历代分类的情形大概说说。不过这样讲下去，一定要费我们很多的时间。

一、历代分类情形

我们在前一章已断定文体名目的来源，是在春秋战国以后，而其成立，则在汉。从刘向撰《七略》以后，人人知道读书的方法，所以这一类的功作，日益繁多。但在汉以前，仍无专门的著述。到晋太常卿挚虞撰《文章流别》，可算是此学嚆矢。可惜其书已亡，无由知其详。《太平御览》中时有征引，则此书之亡，当在宋后。继此之作，大概要算梁任昉《文章缘起》，此书今虽尚存，已经后人补缀，不足全据。但观其分类之复杂，疑其全形尚未尽失，不似宋以后所仿造。其书中分八十五体，现在来看，可笑的地方实在太多。到昭明太子选文，更定门类，遂开选家一派的途径。（前此如魏文《典论》、应场《文质论》、陆机《文赋》、李充《翰林》等，都各有述说，但都不是专论，故从略）后之论者，多不能出其范围。《文心雕龙》二十五类的分法，可算是纲举目张，差无繁杂琐尾之弊。

唐以后无专门著作，但于札记中（如论文即宋以后的诗话）时有一二，不足具论。明吴讷的《文章辨体》分五十类，后来徐师曾的《文体明辨》分为百有余种，但都是只看到题目便作皮相的分别，后来吴曾祺《涵芬楼古今文钞》集其大成，而又是个"起而行之"的人，到后面再说。这便是历史上所有的材料。

但我们若有观于自刘向《七略》以后各家论文体之说，便晓得他们都是压根儿便脱不了超形式以上的议论，并且形式上的繁衍，也往往是得自"超形式"以上的议论的影响，要真真明白文体的要点，不能不把它分别说说。

现在便不嫌费词地叙述一番：

大概中国文学上的一切分类，可总为四类来说：（一）学术分类，（二）文体分类，（三）文学史分类，（四）体性分类。这四派之中，（一）（二）两类可算是本章所要说的文体分类的正宗，——（三）（四）要算别宗。以整个的文学来说，（一）（二）算是门，（三）（四）算是门中之类。如曰陶谢体者，言诗这一门中属于陶谢这一类或曰这一派；曰桐城派者，言文中之属于桐城这一类或派者，现在要使正宗更为明白而朗畅，先把这别宗交代后，再说正宗。

（一）文学史分类

这种分类法略可以 a 人为类、b 地为类、c 时为类三种别之。本也可以归入体性分类一类里，不过体性分类是就文学本身之体性为分，而不另有其他限制。至于文学史的分类呢，则有人、地、时三者为之牢笼，却是各说不同，故不能掺和。但"文学史分类法"者，却是一个创名。

以人为类 如陶潜之诗曰"陶体"，后有仿作者，皆入此类；谢灵运之诗为"谢体"等等。此类名称实繁，几乎凡是大家的作品自有其气态意境者，皆可自成一体。其称法有种种不同，有以姓名为别者，如上举陶体、谢体是；有以官爵者，如陈子昂诗曰"陈拾遗体",王维诗曰"王右丞体";有以地称者,如张九龄诗曰"张曲江体",韦应物诗曰"韦苏州体",岑参诗曰"岑嘉州体"皆是;还有以几个相类似之人为一体,如苏武、李陵之诗曰"苏李体",曹子建、刘公干诗称为"曹刘体",徐陵、庾信诗称为"徐庾体",张籍、王建诗称为"张籍王建体",沈佺期、宋之问诗称为"沈宋体",王勃、杨炯、卢照邻、骆宾王之诗文称为"王杨卢骆体",杨亿、刘均文称为"杨刘体"(以上见《沧浪诗话》)。明李梦阳、何景明等称"前七子体",李攀龙、王世贞等称"后七子体";又如唐之十八学士、明之十才子,或曰三张,或曰二陆,或曰两潘,或曰颜谢,皆是用一二个领袖人物,代表一派。

以地为体类 如汉武集柏梁台作诗,后世遂有"柏梁体"之称,陈师道、潘大临、谢元逸诸人宗师黄山谷曰"江西诗派"。明公安袁宗道、宏道兄弟,及黄辉诸人之诗曰"公安体",从竟陵钟伯敬一派者有谭友夏诸人,称"竟陵体"。到了清代有"天下文章尽在桐城矣"之"桐城派"。(刘大櫆、姚姬传皆桐城人)及桐城别派而蔚为大宗的嘉定张皋、文悌子居所创的"阳湖派"(见陆郝孙《七家文钞》序)皆是。又如诗词中的"南北派""浙派""常州派"亦是。

以时为体类 此类又有泛称与狭称二类,如曰"汉赋""六朝赋""唐诗""初唐诗""盛唐诗""晚唐诗""宋诗""唐宋文""汉魏文",等是一类,这是纯粹的以时代为区别者。还有因某几人在某个时代而有某种派别者,如曹子建父子及邺中七子之诗曰"建安体",晋正始中的嵇康、阮籍诸人之诗曰"正始体",太康时左思、潘岳诸人之诗曰"太康体",宋元嘉时颜延年、鲍照、谢朓诸人之诗曰"元嘉体",齐永明时王融、谢朓诸人之诗曰"永明体",唐大历十才子之诗曰"大历体",元和时元稹、白居易诸人之诗曰"元和体",宋元祐时苏轼、黄庭坚之诗谓之"元祐体",等等。

上面所列三事,只是将某种文学里的情形又加以分类,并不是把整个的中国文体如是分法,是既已分类再析为较小的派别,这实在是个继别为宗的别子。从全盘的文体里来看,是其流裔;从既分的文体看，是更专门更精深的类别。有些论家，命之为"流派"。但我觉得这也是一种分类方法，不容忽略，故也略举大凡，至其详情，是《文体各论》（如诗论、词论）的事，当在各论中去讲。

（二）文学体性分类

文学体性分类，可以大别为三：a 韵味的分类、b 作用的分类、c 杂体。这自然是就文章的内容为别。但所以不归入内质一篇者，一是因为在此处说比较更为明了文学分类的方法，二是根据形式不能离开内容而言。并且它也给"形式上的文体"以很大的影响。要明白"形式上的文体"也不得不略言其概。

韵味的分类　言韵味分类之比较详细而可无大错者，大概要算《文心雕龙·体性篇》所说的了："总其归途，则数穷八件，一曰典雅，二曰远奥，三曰精约，四曰显附，五曰繁缛，六曰壮丽，七曰新奇，八曰轻靡。"

刘氏复申之曰："……典雅者镕式经诰，方轨儒门者也。远奥者，馥采典文，经理玄思者也。精约者，核字省句，剖析毫厘者也。显附者，辞直义畅，切理厌心者也。繁缛者，博喻酿采，炜烨枝派者也。壮丽者，高论宏裁，卓烁异采者也。新奇者，摈古竞今，危侧趣诡者也。轻靡者，浮文弱植，缥缈附俗者也。"他这样的分别八体，可算是前无古人了！虽然不算详尽，也得其大较。后此如萧子显《文学传论》所分三派，虽只以齐代为说，亦颇见其旨趣。其他片言只字，不尽详录，至司空图作《诗品》，共标二十四目：曰雄浑，曰冲淡，曰纤秾，曰沉着，曰高古，曰典雅，曰洗炼，曰劲健，曰绮丽，曰自然，曰含蓄，曰豪放，曰精神，曰缜密，曰疏野，曰清奇，曰委曲，曰实境，曰悲慨，曰形容，曰超诣，曰飘逸，曰旷达，曰流动，这虽是单论诗体，与《文心》所论，但有增益，而无乖忤，故亦可推之于一切文体。严羽《沧浪诗话》以为诗有九品，曰高，曰古，曰深，曰远，曰长，曰雄浑，曰飘逸，曰悲壮，曰凄婉。欧阳修《六一诗话》、叶梦得《石林诗话》、胡仔《苕溪渔隐丛话》《后村诗话》诸书中，皆有所论列，兹不复备载。《古今图书集成·文学典》载屠隆鸿苞《古今巨文》一篇文章，更引例以显明此种分类之大概。今不惮烦抄在下面：

余尝上下古今英华，良亦有数，稍分品类，摘取鸿士钜文数十首，披襟读之，心神怡旷。语宏放：则《穆天子传》、《庄子·逍遥游》、《庚桑楚》、《列子·黄帝》、《天瑞》、《离骚》、《远游》、宋玉《大言赋》、《淮南子·俶真训》、司马相如《大人赋》、《汉武帝内传》、东方朔《十洲记》、张衡《思玄赋》、嵇康《养生论》、阮籍《大人先生传》、刘伶《酒德颂》、木玄虚《海赋》、王子年《诸名山记》、王简《楼头陀寺碑》、李太白《大鹏赋》、《南岳魏夫人传》、苏子瞻《赤壁赋》。语奇古：则《周礼·考工记》、《礼记·檀弓》、秦惠王《楚诅文》、《韩非子·说难》、《离骚》、《天问》、《左传·子产论》实沈台骀、秦始皇《瑯琊刻石铭之罘碑》、司马相如《封禅文》、扬雄《解嘲》、班固《封燕然山铭》。语悲壮：则《史记·荆轲传》、《项羽世家》（按世家二字误，当作本纪）、司马相如《长门赋》、李陵《遗苏武书》、《离骚》、《惜往日》、《悲回风》、邹阳《狱中书》、邯郸淳《曹娥碑》、陈琳《为袁绍檄豫州》、鲍明远《芜城赋》、江淹《恨赋》、骆宾王《讨武氏檄》、《柳毅传》、胡邦衡《论王伦封事》。语庄严：则《左传》吕相绝交书、《国语》周襄王封晋公请隧、司马迁《三王策文》（按当作《史记·三王策文》）、班固《典引》、诸葛孔明《出师表》、张载《剑阁铭》、夏侯湛《东方朔画像赞》、韩昌黎《平淮西碑》、苏子瞻《表忠观碑》。语闲适：则仲长统《乐志论》、张平子《归田赋》、潘安仁《闲居赋》、范晔《庞公传》、陶渊明《归去来辞》、王羲之《兰亭序》、皇甫松《大隐赋》、王东皋《王心子传》及答《冯子华处士》及《陈道士二书》、白乐天《醉吟先生传》、陆龟蒙《甫里先生传》。语绮丽：则宋玉《高唐》《神女》二赋、《司马相如传》、伶元《赵飞燕外传》、陈思王《洛神赋》、王子年《燕昭王谢庄殷淑妃谏》、《月娥赋》、宋之问

《秋莲赋》、元微之《连昌宫词》，夫千万祀作者，佳篇不同矣，而余取其会心者如此。

屠氏之分为六类，自然较司空氏之廿四，严羽之九类为少，而与刘氏《文心》之八体，却差不多。后此的作者，如此等比的说法，也还不少，有了上篇，也可了解大义。兹不赘述。然据上述所论，则此等分法，乃是评论家的批语，也不足据为典要。因为倘若要这样的分，纯粹是根据文学的表情与心理的作用。则除此而外，还可以立出许多不同的名目，不过这是替代那"以人以地以时的分类法，而更注意到文章本身来了"的一种说法，所以同是一个司马迁、左丘明、苏子瞻而可以有各色不同体性的文章。

作用的分类 这即是"文章合为时而著，歌诗合为事而作"的意思。这种分类，多半是于文体分类之上，再加以归纳而定的较高的门类，也不是文体本名。如曾国藩《经史百家杂钞》，于十一类之上，再以著述、告语、记载三门统摄之。此三门代表他所统制各类的作用而言，而不是文学体裁上真有这等名目。这种分类法，大概要在文学有较精的分类与评论之后，至小限要在刘勰以后。在从前的书里，要寻根源，大概要算"左史记言，右史记动，事为《春秋》，言为《尚书》"一节为最古。这是分"言"与"事"为二，可算是从作用上言。《管子·山权数》篇："管子曰，诗者所以记物也，时者所以岁也，《春秋》者所以记成败也。……"又"……诗记人无失辞。"这种记物记人的分别，已有作用分类法的兆魄，后此如扬雄、司马迁、贾谊、王充诸人，都也有类似的说法。但都是琐碎不全，且都逃不了儒家的牢笼；多以"六经"比附为言，而不是单说文学。六朝时文体一大改放而发异彩。所以六朝文论比汉以前高明得很多！但是这种归类的方法，却要到唐以后才有，宋真德秀撰《文章正宗》分为四类，可为此类分法之具体者：（一）辞令（二）议论，（三）叙事，（四）诗歌。元陶宗仪《辍耕录》又有"文以载道记事二途"。明杨升庵分为六类，曰"政事之文、纪事之文、说理之文、术数之文、游说之文、讽谏之文"。（《丹铅总录》）

顾宁人以为"文之不可绝于天地间者，曰明道也，察民隐也，乐道人之善也"，（以此为宁人对文学分类之意，不足以概宁人，视为道主张则可。）钱大昕《潜研堂集》举文有四用，曰"明道，德世，阐幽，正俗"。气近人姚永朴《文学研究法》更扩为六类，一曰论学，二曰匡时，三曰纪事，四曰达情，五曰观人，六曰博物。至于曾国藩之三门，储欣类选唐宋八家文之六门等，则是在文体上再加的门类。兹不尽述。又有明人高棅品唐诗，分为"正始、正宗、大家、名家、羽翼、接武、正变、钧响、旁流"九格，也是这个意思。

杂体 有不能归入上列两种者，统曰杂体。但此类体裁，有一共通性，即都是从文学体性上分者，兹分述如下。

以书名为派名者，有：

选体 以萧统《昭明文选》为宗祖者，号曰"选体"，此名是起于后人之拟摹者，非当时有选体之名。

玉台体 统弟纲使徐陵编《玉台新咏》，"选录艳歌，凡为十卷"。后人之为艳歌者，曰"玉台体"。详《古诗纪统论》。

西昆体 宋杨亿、刘筠、钱惟演等，祖李商隐、温庭筠为诗，编其唱和之诗为一集，名《西昆酬唱集》，后世仿之，为"西昆体"。

香奁体 和拟集所为闺房诗为一集曰《香奁集》。后之仿为闺阁诗者曰"香奁体"。（按《唐书·艺文志》载韩偓作，盖凝后贵，嫁名于偓耳，见《宋朝类苑》。）

其不以书名为派名者，则有：

宫体 《梁书·简文帝纪自序》："余七岁有诗癖，长而不疲，然伤于轻艳，当时号曰'宫体'。盖统为太子时，好徐陵等绮丽的诗文，东宫里的人，都学他。因此有一宫体的名目。"按此是当时即为定名，与上所列者异。又如明时之台阁体亦是当时定名。

台阁体 明杨士奇、杨荣、杨溥三人的文章，雍容于易，有承平之风。并且三人都"历秉国政""逮事四朝"。时人称其诗文曰"台阁体"。此外如所谓"山林体""田舍体"也都属于此类，兹不备述。

还有几种文体的名目,只能在各论里去讲,要在本章来说,实在无从安置。且略附于此,如孔融离合"鲁国孔融文举"六字的"离合体",前秦宝滔妻苏蕙所作《璇玑图》的"回文体",以及任举一字皆可成诵而且皆有韵的"反复体"等等,都只能在单论"诗体"时再详了。

上面所举两种分类法——文学史分类、体性分类——一是叙述家的分类,一是评论家的分类。前者曰某体某体(此体字亦谓体性,乃是偏重内容说,非谓体裁之偏重外态说者),后者曰某派某派,且是以一种文体而为如此的分别者。本当在各论去讲,但因种种理由,不能不说,又不能详说,只得如此疏略。下文便要说我们所当详的话了。

(三)学术分类

这虽也不能算文体分类的正宗,但它所给予文体的影响,实在太大,往往有不可分离的样子。并且它与文体又有系统上的关系,不能不略言其凡。

自孔子删定《诗》《书》,修纂《春秋》,而布之人间以后,造成了"辉辉何煌煌"的战国诸子,而中国学术大明,称为黄金时代。后之庄周、荀卿、韩非诸人,于当时学变,皆有精密之分类。(详《天下篇》《非十二子篇》《显学篇》)此风传至汉,有淮南王安、司马谈诸人,但其疆域尚不大。到了孝成皇帝时,以秘藏之书,颇有散止。乃"使谒者陈农,求遗书于天下。命光禄大夫刘向校经传、诸子、诗赋,步兵校尉任宏校兵书,太史令尹咸校数术。侍医李注国校方技。每一书已,向辄条其篇目,录而奏之。会向卒,宣帝复使向子奉车都尉歆卒父业,歆于是总群书而奏其《七略》"(《汉书·艺文志》),遂开几千年学术分类之大端。《七略》者一曰《辑略》,二曰《六艺略》,三曰《诸子略》,四曰《诗赋略》,五曰《兵书略》,六曰《数术略》,七曰《方技略》。大概我国一切学问之有门类可言,要以此为始。班固撰《汉书》,取刘氏之说,删要为《艺文志》,《六艺略》统《易》《诗》《书》《礼》《乐》《春秋》《论语》《孝经》《小学》。《诸子略》中统儒、道、阴阳、名、法、墨、纵横、杂、农、小说十家。《诗赋略》统屈原、荀卿、陆贾、杂赋、诗歌五种。《兵书》统《兵权谋》《兵阴阳》《兵形式》《兵技巧》。《数术》略统天文、历谱、王行、蓍龟、杂召、形法。《方技略》统医经、经方、房中、神仙。其中《诗赋》一略，可算得后世集部之祖，也是文学论者之祖。大概汉以前视六经诸子之文，都是"文以载事载理"。便是《诗赋》一类，也是视为一种学问而不认为是纯粹的文学。（在《文学定义》一章所引诸例可见）这是最为广泛的文学观了。到了三国时，魏秘书监荀勖撰《中经》，更著《新簿》，分为四部，视班氏所分为少，而却又较精当。一曰甲部，纪六艺及小学等书；二曰乙部，有古诸子家、近世子家、兵书、兵家、术数；三曰丙部，有史记、旧事、皇览簿、杂事；四曰丁部，有诗赋图赞汲冢书。又到南北朝时，宋秘书丞王俭有《七志》之作。一曰《经典志》，纪六艺小学史记杂传。二曰《诸子志》，纪今古诸子。三曰《文翰志》，纪诗赋。四曰《军书志》，纪兵书。五曰《阴阳志》，纪阴阳图绘。六曰《艺术志》，纪方技。七曰《图谱志》，纪地域及图书，其道佛附见。此视《七略》惟增图谱，余无大差。视四部则并史于经。梁阮孝绪更为《七录》：一曰《经典》，纪六艺；二曰《记传录》，纪史传；三曰《子兵录》，记兵书子书；四曰《文集录》，纪诗赋；五曰《技术录》，纪数术；六曰《佛录》，纪佛书；七曰《道录》，纪道家书。（见《隋书·经籍志》注）至唐修《隋书》，采班荀王阮之说，为《经籍志》，更分四部。一曰《经部》，分《易》《书》《诗》《礼》《乐》《春秋》《孝经》《论语》《尔雅》《河图》《纬书》《小学》。二曰《史部》，分《正史》《古史》《杂史》《霸史》《起居注》《旧事篇》《职官篇》《仪注篇》《刑法篇》《杂传》《地理记》《谱系篇》《簿录篇》。三曰子部，分儒家、道家、法家、名家、墨家、纵横家、杂家、农家、小说家、兵家、天文家、历数家、五行家、医方家。四曰集部，分《楚辞》《别集》《总集》，而以佛道经部附之。从此之后，历代史书中的《艺文志》，皆不能出《隋志》的范围，也不一反班氏之说。实在呵！"……《七略》之流为四部。……势之所不得已也。史部日繁，不能悉隶春秋家，名墨诸家，后世不复有其支别。……文集炽盛，不能定百家九流之名目。……评点诗文，亦有似别集而实非别集，似集总而实非总集者。……凡一切古无今有，古有今无之书，……安得执《七略》之成法，以部次近日之文章乎。"（章学诚《文史通义》）

以上所列五家，其得失优劣，非本书所能详论。大体至《隋志》差无乖忤简略之弊。而中国一切学问，在隋以后，也无甚新增，故此法直至纪晓岚编《四库全书提要》，仍不能废，兹将五家分类大较，列表（见表二）于下，此表乃黄季刚先生作也。

表二　五家分类比较表

刘歆《七略》	荀勖四部	王俭《七志》	阮孝绪七录	隋书经籍志四部
六艺 诸子 诗赋 兵书 方技 数术 其辑略一种乃诸书之总要。《汉书·艺文志》每类叙论之文太抵采此	甲部 　纪六艺及小学 乙部 　有诸子家及近世子家、兵书、兵家、术数 丙部 　有史记、旧事皇览、杂事 丁部 　有诗赋图赞汲冢书	经典 　六艺小学史记杂传 诸子 　今古诸子 文翰 　诗赋 军书 　兵书 阴阳 　阴阳及图绘 方技 　图谱地域及图书道佛附合九条	经典 　六艺 记传 　史传 子兵 　子书兵书 文集 　诗赋 技术 　数术 佛 道	经 史 子 集 　十三种六艺经纬 　十三种史之所记 　十四种诸子 　三种道经 　佛经

学术分类这一派的衍变多半是"以'六经'统制各体文学的"学说。《文心雕龙·宗经篇》："论说辞序，则《易》统其首，诏策章奏，则《书》发其源。赋、颂、歌、赞，则《诗》立其本。铭、诔、箴、祝，则《礼》总其端。纪、传、铭、檄，则《春秋》为根。……"颜之推《家训·文章篇》曰："夫文章者，原出《五经》，诏命策檄生于《书》者也，序述论议生于《易》者也，歌咏赋颂生于《诗》者也，祭祀哀诔生于《礼》者也，书奏箴铭生于《春秋》者也。……"更推而为以各体文之统制归其源于诸子百家。其说大衍于章实斋（见《书教》《诗教》等篇）恽子居（《大云山房文录》）而实行于曾国藩之《经史百家杂钞》。而历代之主"文以载道""经世之文"者，实即受此类影响。钟嵘《诗品》之分《国风》《小雅》《楚辞》三派，其意义亦复相似。兹不赘述。

以上所列的三种分类法，——学术文学史体性——都是说："某种文学，具有某种样子的情形，便曰某体某派。"又都可以笼统说是"论文者的分类法"。

（四）文体分类

——请参照后面的中国文体之选家流变图（见图五）。

这自然是更为爽畅而直接的分类，也是本章所认为大宗正宗的一种。此之所谓文体，是明白干脆地指文底形式上所区分的种类言。例如诗、赋、论、说、序、赞等名目。与上面三种之从文底风趣上所见的诸形相名目者，自是两事。

前面说过中国文学，最初都是根本于实用才生出某种某类文章。又因使用的便利，而后有某类某类的名称。求之于《尚书》中的典谟训诰之类，并不是因为要分别文体形式，才赐以嘉名。——但是此等名称之使用，要到汉以后才大甚。

这是我们在前章已说过大概。衍变到六朝，而文学的义界愈明白，分类愈精密，开后世选家分类之首。而其间实以《昭明文选》

为之枢纽。请历叙其概：

自刘歆《七略》中列《诗赋》一略，为后世论者之所宗，而文学之立门类，自此始。《诗赋略》中分屈原赋、荀卿赋、陆贾赋、杂赋、诗歌五类，这仍然是以体性分，而不与文体分。不过也可以稍稍看出汉以前不以六艺诸子之文为文学的态度，或许说只注重内容而不以文体为分别的态度。班孟坚《汉书》所传诸文学家，还没有显然的文体分类的叙述者，但颇为简略之言而已。其较详者如《董仲舒传》云："仲舒所著皆明经之意，及上疏条教，凡百二十三篇。而说春秋事，得失闻举，'玉杯藩露''清林竹林'之属，复数十篇，十余万言，皆传于后世。"

前乎此者，如《史记·司马相如传》称："相如他所著，若《遗平陵侯书》与《五公司相难》《草木书篇》不采，采其尤著公卿者云。"《汉书·贾谊传》亦云："凡所著述五十八篇。"《枚乘传》云："凡可读者百二十九篇。"

在《东方朔传》云："朔之文辞，此二篇（按指《客难》与《非有先生》两文）最善，其余有《封泰山》《责和氏璧》及《皇太子生禖》《屏风》《殿上柏柱》《平乐观赋猎》，八言、七言上下。《晋灼曰八言七言各有上下篇》《从公孙弘借车》，凡刘向所录朔书具是矣。"（师古曰刘向《别录》所载）（《扬雄传》录《法言》篇目，而不言所著文若干）到范晔的《后汉书》，在《桓谭传》里说："……所著赋、诔、书、奏、凡二十六篇。……"

《冯衍传》里说："……所著赋、诔、铭、说、问、交、德诰、慎情（《章注衍集》有《问交》一篇、《慎情》一篇）、书、记、说、自序、官录、说策，五十篇。"（《章注衍集》现存二十八篇）

《贾逵传》说："……又作诗、颂、诔、书、连珠、酒令，凡九篇。"

《班彪传》说："所著赋、论、书、记、奏，事合九篇。"

《班固传》说:"……固所著典引、宾戏、应讥、诗、赋、铭、诔、颂、书、文、记、论、议、六言,在者凡四十一篇。……"

《崔骃传》说:"……所著诗、赋、铭、颂、书记、表、七依、婚礼、结言、达旨、酒惊,合二十一篇。……"

《崔瑗传》说:"……所著赋、碑、铭、箴、颂、七苏(《章注衍集》载其文,即枚乘《七发》)南阳文学官志、叹辞、移社文、悔祈、学书执、七言,凡五十七篇。"

《崔实传》说:"所著诗、书、教、颂等凡四篇。"

《张衡传》说:"所著诗、赋、铭、七言、灵宪、应间、七辩、巡诰、悬图凡三十二篇。"

《马融传》说:"所著赋、颂、碑、诔、书记、表奏、七言、琴歌、对策、遗令,凡二十一篇。"

《蔡邕传》说:"所著诗、赋、碑、诔、铭、赞、连珠、箴、论、议、独断、劝学、释诲、叙乐、女诫、篆执、祝文、章、表、书记,凡百四篇,传于世。"

《李固传》说:"所著章、表、奏、议、教令、对策、记、铭,凡十一篇。"

《延笃传》说:"所著诗、论、铭、书、应讯、表教令,凡二十篇。"(章注讯问也,盖答客难之类)

《皇甫规传》说:"所著赋、铭、碑、赞、祷文、吊、章表、教令、书檄、媵、记,凡二十七篇。"

《张兴传》说:"所著铭、颂、书、教、诫、述志、对策、章表,二十四篇。"

《孔融传》说:"所著诗、颂、碑、文、论、议、六言、策文、表、檄、教令、书记,凡二十五篇。"

《杜笃传》说:"所著赋、诔、吊、赞、七言、七诫及杂文,凡十八篇。"

《傅毅传》说："著诗、赋、颂、祝文、七檄、连珠，凡二十八篇。"

《崔琦传》说："所著赋、颂、铭、诔、箴、吊、论、九咨、七言，凡十五篇。"

《赵壹传》说："著赋、颂、箴、诔、书、论，及杂文十六篇。"

《曹世叔妻传》说："所著赋、颂、铭、诔、问注、哀辞、书、论、上疏、遗令，凡十六篇。"

由上面所列诸人的传看来，文体名称之盛，当在后汉时，故《范史》著录甚详，而其文之传于今，亦独多。但这都是集撰之言，而非论者之分类。

按《后汉书·曹世叔妻传》："所著赋、颂、铭、诔、问注、哀辞、书、论、上疏、遗令凡十六篇，子妇丁氏为撰集之，又作《大家赞》焉。"是撰各体文章为一集，在东京时已有。而章学诚《文史通议·文集篇》乃云在挚虞后，当傲自晋代，于《晋书·陈寿传》之"定《诸葛集》"之语，则以为俗误。又以《隋书·经籍志》"别集之名，东京所创"之言，为未深考，皆误也，不足信。《艺文类聚》五十五，引曹植《文章》序云："……雅好慷慨，所著繁多。虽触类而作，然芜秽者众。古文删定别撰为《前录》七十八篇。"植在挚虞之前，可得言在晋乃有乎？

今请更就论者所分略言一言。

魏文帝（公元191—232）《典论·论文》云："文非一体，鲜能备善。……夫文本同而末异，盖奏议宜雅，书论宜理，铭诔尚实，诗赋欲丽。此四科不同，故能诸偏也。……"

曹氏所举，虽偏而不全，然已得其崒较。至陆机（261—303）《文赋》分类愈多："放言遣辞，良多变矣。体有万殊，物无一量。……诗缘情而绮靡，赋体物刘亮，碑披文以相质，诔缠绵而凄怆，铭博约而温润，箴顿挫而清壮，颂优游以彬蔚，论精微而朗畅，奏平澈以闲雅，说炜烨而谲诳。虽区分之在兹，亦禁邪而制放……"

曹氏分为八类，陆氏增损为十类。后此的挚虞（永嘉 5 年—311）、李充（约公元 303—340）诸人之说，惜其不传，无从考见。

挚氏《本传》（《文章流别集》三十卷）选建安以后诗赋为一书。其书久佚，又有《文章志》四卷，《隋书·经籍志》称《文章流别志论》二卷，今佚文在《艺文类聚》《太平御览》诸书中有引用者，李充《晋书》亦有传，著《翰林论》，见《隋志》，今亡。

除此而外，便要数任昉《文章缘起》所载了（公元 460——508）。此书虽不必尽信，然亦未必全疑，盖有后人改纂者。其小序云："'六经'素有歌、诗、诔、箴、铭之类，《尚书》'帝庸作歌'，《毛诗》三百篇，《左传·叔白贻子产书》，鲁哀公《孔子诔》，孔悝《鼎铭》《虞大箴》，此等自秦汉以来，圣君贤士，没著为文章名之始，因暇录之，凡八十四题……"

八十四题者：三言诗、四言诗、五言诗、六言诗、七言诗、九言诗、赋、歌、离骚、诏、策文、表、镶表、上书、书、对策、上疏、启、奏记、笺、谢恩、令、奏、驳、论、议、反骚、弹文、荐、教、封事、白事、移书、铭、箴、封禅书、赞、颂、序、引、志录、记、碑、碣、诰、誓、露布、檄、盟文、乐府、刘问、传、上章、解嘲、训、辞、旨、劝进、喻难、诫、吊文、告、传赞、偈文、祈文、祝文、行状、哀策、哀颂、墓、志、诔、悲文、祭文、哀词、挽词、七发、离合诗、连珠、篇、歌诗、遗命、图、势、约。

这自然较以前详细得多，但也有很可笑的无理的分类，此处不详，但此后，又有个很可注意的事，便是从《隋书·经籍志》里，可以看出当时选集的盛行。以集名者有：《集苑》四十五卷、《集林》八十一卷、《集林钞》十一卷、《集略》二十卷，其他曰某某集（如《妇人集》《赋集》《诗集古诗集》《杂碑集》），曰集钞（如《赋集钞》《诗集钞》），曰录，曰录钞（如《歌录》《百歌钞》）。其名繁多,其书共有二千二百一十三卷之多,这实在是莫大的一个使文体稳定的副相。所以到了刘勰《文心雕龙》,才有以文体作专篇讨论的事。《文心雕龙》分二卷,共五十篇,前二十五篇,大抵说的是文体,其书今尚存,兹将上篇二十五目列下:

卷一:《原道》《征圣》《宗经》《正伟》《辩骚》

卷二:《明诗》《乐府》《诗赋》《颂赞》《祝盟》

卷三:《铭箴》《诔碑》《哀吊》《杂文》《谐讔》

卷四:《史传》《诸子》《论说》《诏策》《檄移》

卷五:《封禅》《章表》《奏启》《议刘》《书记》

在这二十五目中,《原道》《征圣》《宗经》《正纬》四篇,都是推许"六经"的文章,以为:"文章之用,实经典条枝,五礼资之以成,六典因之致用,君臣所以炳焕,军国所以昭明,详其本源,莫非经典,而去圣久远,文体解散。辞人爱奇,言贵浮诡。饰羽尚画,文绣鞶帨。离本弥甚,将遂讹滥。盖《周书》论辞,贵乎体要。尼父陈训,恶乎异端。辞训之异,宜体于要,于是搦笔和墨,乃始论文。"(《序志篇》)

又以为:"文能宗经,体有六义。一则情深而不诡,二则风清而不杂,三则事信而不诞,四则义直而不回,五则体约而不芜,六则典丽而不淫。"(《宗经篇》)

所以他主张"心生而言立,言立止而文明",是"自然之道"。而道乃"沿圣以垂文",故要《宗经》。《辩骚》以下,分古今文体而详言之。《序志篇》曰:"《文心》之作,本乎道,师乎圣,体乎经,酌乎纬,变乎骚,文之枢纽。名云极矣。"可窥其全意。今录近人范文澜氏一图(见图五),以显其说,借明《文心》全书旨要。

文学概论讲述

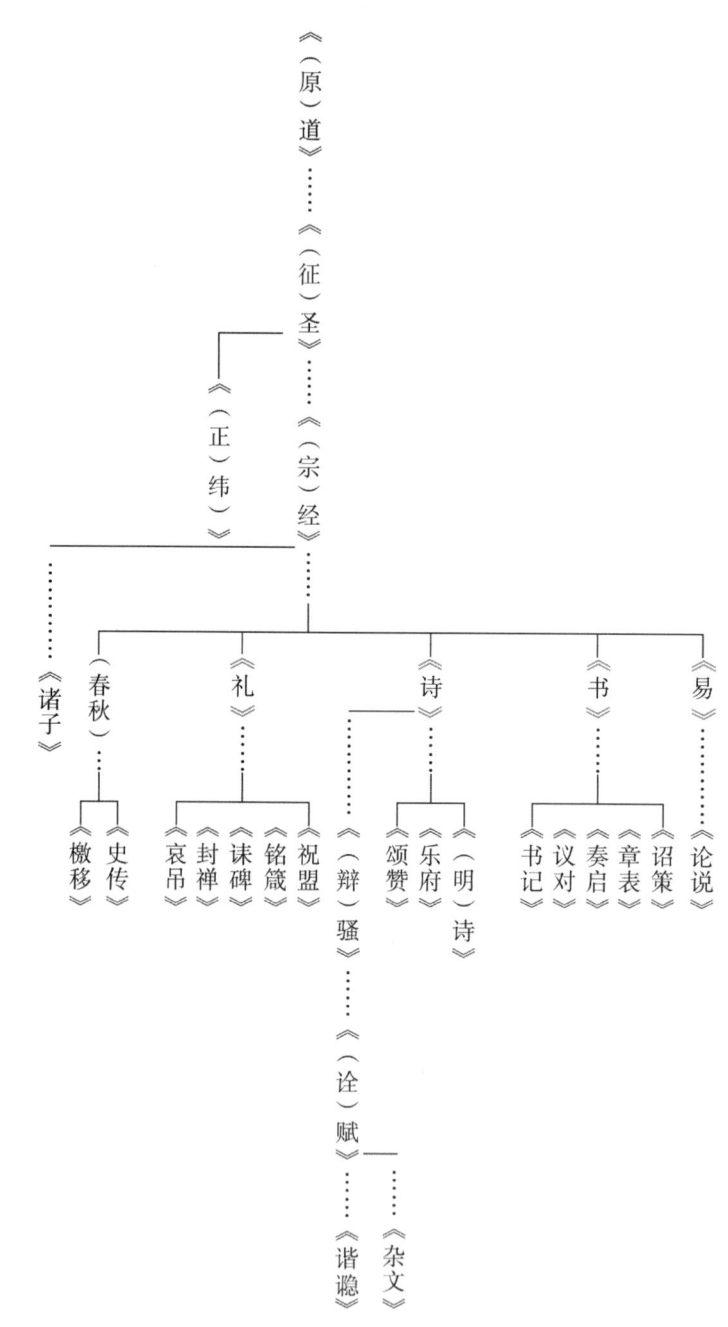

```
                    《(原)道》
                       ⋮
                    《(征)圣》
                       ⋮
         ┌──────《(宗)经》
       《(正)纬》       
         ⋮       
    ┌────┼────┬────┬────┬────┬────┐
  《诸  《春   礼    诗    书    易》
   子》 秋》  ⋮    ⋮    ⋮    ⋮
        ⋮    ⋮    ┌┴┐   ⋮    ⋮
       ┌┴┐  ┌┬┬┬┐《辨  ┌┴┐ ┌┬┬┬┐ 论
       檄 史 祝铭谏封哀 骚》颂 乐《明 书议奏章诏 说》
       移 传 盟箴碑禅吊 ⋮  赞 府 诗 记对启表策》
       》 》 》》》》》  ⋮  》 》 》 》》》》》
                       《(诠)赋》
                         ⋮
                       ┌─┴─┐
                      《谐 《杂
                       讔》文》
```

图五　中国文体之选家流变图

·122·

第一编 通论之部

但观上表，则《文心》一书的旨要，可以明白，此"盖学术之总规也"。但所列各篇，并不是篇各一体，有一篇实含二体者，《论说》《章表》《奏启》《议封》《颂赞》《祝盟》《铭箴》《谏碑》《哀吊》《檄移》诸篇，都是二体。他之所以合为一篇者，大都是因其作用相同，体名有异。以今考之，凡二十一篇，为类二十九，而《杂文》篇中，复有七发，连珠诸体。再连着《定势篇》的符、序、注三体，共三十五类。其他各体之中，又有衍变，又不下数十类，兹不详论。

在这个时候有一部重要书籍出现，为前古论说家之"起而实行"其所言者，即梁萧统的《文选》是也。

萧统与其东宫通事舍人刘勰本是很好的知交，故其思想，也受刘的影响，所以他的文学观，也颇有宗经征圣的气味。

但刘勰是把文章归入"六经"里，他却比刘勰透彻一点，把一切圣经贤典，尊而远之，以为是"夫姬公之籍，孔子之书，与日月俱悬，鬼神争奥，孝敬之准式，人伦之师友"，"不可芟夷"。而"老庄之作，管孟之流"，是"以立意为宗，不以能文为本"，亦所不取。再把那些"语留千载，概见坟籍"的"贤人之美词，忠臣之抗直，谋夫之话，辩士之辞"，以及"纪事之史，系年之书"。除了只要那"赞论之综缉辞采，序述之错比文华，事出于沉思，义归乎翰藻"者。这是他的文学定义益精密的表现。他虽不明白地说文学与非文学的区别，但胸中已无形的区别了。他于是根据他这种思想，"杂篇什而集之，远自周，迄于圣代，都为三十卷，名曰《文选》"。其类凡三十九：

一赋，二诗，三骚，四七，五诏，六册七令，八教，九文，（策问）十表，十一上书，十二启，十三弹事，十四笺，十五奏记，十六书，十七移，十八檄，十九对问，二十设论，二十一辞，二十二序，二十三颂，二十四赞，二十五符命，二十六史论，二十七史赞，二十八论，二十九连珠，三十箴，三十一铭，三十二谏，三十三层文，三十四哀册，三十五碑文，三十六墓志，三十七状，三十八吊文，三十九祭文。

　　这种名目，倘从实质上来说，自然可以更简单点，但从实用上的便利来说，也没有什么可咨议。

　　萧氏又在每类里，依其题材的性质，分为若干类。如于《赋》中分为京都、郊祀、畋猎、耕籍、纪行、游览、宫殿、江海、物色、鸟兽、志、哀伤、论文、音乐、情诸类。《诗》中分为补正、述德、劝励、献诗、公谦、祖饯、咏史、百一、游仙、招隐、反招隐、游览、咏怀、哀伤、赠答、行旅、军戎、郊庙、乐府、挽歌、杂歌诗、杂拟诸类。这于文体无几大关系，不详述了。

　　自从《文选》而后，后世的选家，只有修正损益的功夫，而都不能出其牢笼。实在萧氏以前的总集的选本，今既不可见，而后来的论者选者，又不能出其范围，不能不令人视为拱璧了。但是在这中国文学之自觉期的六朝时，对于文体分类上却更有一件值得注意的事，它所给予中国文学界的影响既大，而其势力至近世而不衰者，便是六朝人"文笔"之分。要明白此种分别给与后世文学的争执，及于文体的影响，不能不略述一二。至于跟着《文选》推衍的这一派，放在后面去说。

　　晋魏以前的人，其视文学，都不过是六艺诸子的附庸，所以六艺诸子而外，也无文学之称，《汉书·艺文志》之列《诗赋》一略，也是视作一种学问，故与《诸子》《兵书》《数术》《方技》等同列。《后汉书》言各人"所著某某若干篇"，是与其论经说政之书，分而为二，亦不被文学之名。到魏晋而文学的义界益分明，宋文帝时于儒学、玄学、史学三馆而外，别立文学馆（见《宋书·文帝纪》），使司徒参军谢玄掌之。（《南史·雷次宗传》）明帝立总明观，分儒、道、文、史、阴阳五部。（《宋书·明帝纪》）这种功令一定，给文学的影响自然很大。后来挚虞之志《文章》、王俭之分《七志》、阮孝诸之分《七录》、文集等附庸之物，遂蔚为大国。又以萧梁兄弟之好文，故六朝文学之盛，实是黄金时代。而六朝文学的义界亦甚明晰，实是中国文学自觉期。

当时因为文学的义界益明,文笔之名遂起。阮元《揅经室集·学海堂海文笔对》一文,历引诸史为证,今节录之,并参仪征刘师培氏之说于下,以见大概。

《晋书·蔡谟传》:"文笔议论,有集行于世。"

《宋书·傅亮传》:"高祖登庸之始,文笔皆记室参军滕。北征广固,悉委长史王诞,自此后至于受命,表策文诰,皆亮辞也。"

《北齐书·李庶传》:"庶曾荐毕义云于崔暹。庶卒后,义云集其文笔十卷,托魏收为之叙。"

《陈书·徐伯阳传》:"年十五,以文笔称。"

《南史·颜延之传》:"宋文帝问延之诸子才能,延之曰'竣得臣笔,测得臣文'。"

据上五证,是知文笔却为二体,所以也可单言。

《梁书·任昉传》:"尤长载笔。"

《南史·沈约传》:"彦升工于笔。"

二体的分别,是怎样呢?

《陈书·徐陵传》:"国家有大手笔,命陵草之。"

《陈书·陆琼传》:"琼素有令名,深为世祖所赏。及讨周迪陈宝应等,都官符及诸大手笔,并敕付琼。"据上二证,是官牍史册,均谓之笔。但《礼记·曲礼篇》称"史载笔",《论衡》以《尚书》为孔子鸿笔,是笔为一切涉及传状的文字。何以谓之文呢?古人用文字的范围非常不定。(详《文学定义》一章)与文笔对举的"文"字,说法也很多,我们要知"文笔"的"文"字的意义,只有从旁边考查。

《南史·孔珪传》:"高帝取为记室参军江淹对掌辞笔。"

《陈书·岑之敬传》:"之敬始以经业进,而博涉文史,雅有词笔。"

上二例,是以辞笔对举。辞亦文类,——自然不即是文。——故《岑之敬传》,上言"博涉文史"(史即笔也,见前证),而下言辞笔。辞本是词字,词者《说文》云,词意内而言外也。《周易·乾文言》曰:"修辞立其诚。"又《系辞》上曰:"系辞等,以尽其言。""修饰互文,系缀同情。是词之为体,迥异直言,屈宋之作,汉标《楚辞》,亦其证也。"(刘君师培《中古文学概论》)因之或又以诗笔对举。

《梁书·刘潜传》:"字孝仪,秘书监绰弟也。幼孤,兄弟相励勤学,并工属文,孝绰尝曰:'三笔六诗。'三即孝仪,六即孝威也。"

《北史·萧圆肃传》:"圆肃撰时人诗笔为《文海》四十卷。"

《梁书·庾肩吾传》:"载简文《与湘东王论文》书:'诗既若此,笔亦如之。'"

据上三例,则笔又与诗对举,诗与辞为类,辞亦文类,无异以文笔对举也。他们的关系是文$\begin{cases}辞\\诗\end{cases}$二体,故刘勰《文心雕龙》更就外形上之分别来说:"今之常言,有文有笔,以为无韵者笔也,有韵者文也。"(《总术篇》)

按后人多误刘氏有韵无韵之言,以为是韵脚,惟阮芸台以为:"所谓韵者,乃句中之音韵,非但句末之韵脚也。……故沈休文作《谢灵运传论》曰:五色相宜,八音协畅,由乎元黄律吕,各适物宜,欲使宫羽相变,仰升舛节,若前有浮声,则后须切响,一简之内,音韵尽殊。两句之中,轻重悉异,妙达此旨,始可言文。"言之最为晓畅。昭明所选,亦不尽有韵脚之文。盖奇偶相生,宫羽悉协,故谓之《文选》。

梁元帝《金缕子·立言篇》更说得分明条邑,其言曰:

古人之学者有二,今人之学者有四。夫子门徒,转相师受,通圣人之经者,谓之儒。屈原宋玉枚乘长卿之徒,止于辞赋,则谓之文。今之儒,博穷子史,但能识其事,不能通其理者谓之学。至如不便为诗如阎纂,善为章奏如柏松,若此之流,皆谓之笔,吟咏风谣,流连哀思者谓之文。

而学者率多不便属辞,守其章句,迟于通变,质于心用。学者不能定礼乐之是非,辨经教之宗旨,徒能扬搉前言,抵掌多识,然而把源知流,亦足可贵。笔退则非谓成篇,进则不云取义，神其巧惠，笔端而已。至加文者，惟须绮縠纷披，宫征靡曼，唇吻摇会，情灵摇荡。而古之文笔，今之文笔，其源又异。至如象系风雅，名墨农刑，虎炳豹郁，彬彬君子，卜谈四始，李言七言，源流已详，今亦置而勿辨。潘安仁清绮若是，而评者止称清切，故知为文之难也。曹子建、陆士衡皆文士也，观其遣辞致密，事语坚明，意匠有序，遣言无失。虽不以儒者命家，此亦悉通其义也。偏观文士，略尽知之，至于谢元晖始见贫小，然而天才命世，过足以补尤，任彦昇甲部阙如，才长笔翰，善揖流略，遂有龙门之名，斯亦一时之盛。夫今之俗，缙绅稚齿，闾巷小生，学以浮动为贵，用百家则多尚轻侧，经记则不通大旨，苟取成章，贵在悦目，龙首豕足，随时之义，牛头马髀，强相附会，等张君之弧，徒观外泽。亦如南阳之里，难就穷检矣。

据上列各史传及简文、刘勰诸说观之，则凡沉思翰藻，偶言俪词。咏叹风谣，流连哀思，以及文之有韵者皆谓之文，反此皆谓笔。实为后人有韵无韵之分的先声，亦为唐以后选家诗集文集之分的椎轮。

按唐以后以笔为文，实与六朝相乖，此当别论。

也是使文学义界愈益清晰的原因，故不能不详述了。昭明太子之为《文选》，也是受了此种说法的影响，但其尊经的心肠，尚未完全洗去。所以其选文也不及群经诸子，又为"不以能文为贵"之言，以调停他自己的说法。

我们既把上面所述的事实了解以后，再来看看历代选家的情形怎样。

自文笔之说既分后，后世辑纂家大概都把诗、文（诗文之分，起于唐后，其名实与六朝不合，此用诗文者，从其时宜也）分开来。而集部中遂有诗集、文集的名目，选家也有诗选、文选的区别。但所谓诗，所谓文，其义界却又与六朝有韵无韵之分不同。所谓诗者，多指乐府诗、古体诗、今体诗（律绝排律等）及宋以后的长短句而言。所谓文者，除一切散行文外，又将铭箴赞颂一类，也划入此中。

而宋以后的词、元人的曲，却又不入诗选，而别成一系。唐人的小说、宋以后的平话，也不登文坛之选，而另在民间。其故在以词曲为小道，平话小说为"街谈巷语不足观"的这种错误观念之上。词曲两体尚不为学者所废，故论者选者，尚不乏人。兹附于诗一系统之侧；平话小说因其历史既短，无论选之者，此处不能加入。

1. 诗

诗集之源，本当溯至《楚辞》，但《楚辞》为后世赋体所宗，后世赋一类多入文集，而不入诗集。而《隋书》以后各家目录，又多特立一类，非兹之所谓诗集也，故不论。兹就六朝以后之所谓诗，及其存于今者当述之。

大概自来编诗别集的人，都不出乐府、五言古、五言律、七言古、七言律、五言绝、七言绝，诸体，自词兴以后，有"诗余"之名。但多是在附庸之位，不入正集。但一人之作，往往不能各体兼有，故不足以窥见诗体之大凡，兹亦不详论。（不过我们只要知道凡一切个人诗集，皆是此个系统。）欲知其凡要者，当以选家为断，即目录家之所谓总集者也。

诗的体裁，因为是以时代而变迁的，故其选本也因时而异。存于今日的最早的诗集，无过《玉台新咏》者。其书但分五言与歌行二体，实是因为徐陵那个时候，还没有它体。到了唐宋时代，诗的体裁才一切成立，才有古体诗、近体诗的分别。所谓古体诗者，只是押韵，可平可仄，篇章长短不定诸条件，其中可分为三言、四言、五言、六言、七言等体。今体诗则为唐以后的律体诗（绝句唐以前亦称律诗），押韵、字句、平仄，都有规矩的，可分为五言、七言两种。到明高棅，因仍杨士宏唐音之体，编《唐诗品汇》时，遂分为五言古诗、七言古诗、长短句、（附五言绝句）七言绝句、（六言附）五言律诗、五言排律、七言律诗、七言排律，共八体，而附之者二，排律之名，即杨士宏所定，后世颇有讥之者。共十种，后来选家，多不出其范围。到余姚宋公传（名绪）更渗合古体乐府等体，而撰《元诗体要》，凡分体三十有八。

曰：按今本作三十六体，当据曹安《谰言长语》增七言长律及侧体二种。

曰：一四言，二骚，三选，四乐府，五柏梁，六五言，七七言，八长短句，九杂古，十言，十一词，十二歌，十三行，十四操，十五曲，十六吟，十七叹，十八怨，十九行，二十谣，二十一咏，二十二篇，二十三禽言，二十四香奁，二十五阴何，二十六联句，二十七集句，二十八无题，二十九咏物，三十五言律，三十一七言律，三十二五言长律，三十三五言绝，三十四六言绝，三十五七言律，三十六拗体。及曹安谰言长谱所多之两种。我们只要一看，便晓得他这种分体之不统一，把体性分类（如香奁芜题禽言咏物等是）文学史分类（如阴何体）等等，同文体分类混用一起，并且选体本即是五言古诗，吟叹怨引之类，本来就是乐府，长短句本来就是杂古，都把他各自分开来，不能不说是治丝而益棼了！（略采《四库全书提要》）不过它取材的范围却较自来的选家为大，而分类虽是棼乱而较详，弥足可贵，故一二录之。到有清一代的选家，如王渔洋、（《古诗选》）姚姬传、（《五七言》《今体诗钞》）王壬秋、（《八代诗选》《唐诗选》）等家，都是就一部分为体裁，兹不详论了。

还有一部虽不是说诗的全面，而足为古今论者选者式范的书，便是郭茂倩的《乐府诗集》。

《乐府》是全个诗的一部分，其名起于汉。郭氏此书，是上采尧舜时歌谣，下迄于唐，将几千年的"诗的一派"，详细论列，为后世研究《乐府》之祖。其书共分十二体，一曰郊庙歌辞，二曰燕射歌辞，三曰鼓吹曲辞，四曰横吹曲辞，五曰相和歌辞，六曰清商曲辞，七曰舞曲歌辞，八曰琴曲歌辞，九曰杂曲歌辞，十曰近代曲辞，十一曰杂歌谣辞，十二曰新乐府辞。每体之下，又列子目若干。

郭氏这些门类，都是以体性为别，不过后之论者，皆不出其范围，而乐府本身，已是全文学各体中之一体，也没有什么门类可以再分，故只便笔及之。

自来视为小道的词与曲，因为发生的年代不久，所以体制的分别，也无他类纷繁；并且它的体态，又是各不相统属，倘若要分，也只好以一调为一体，实在就不胜其顺。所以后世论者，大概是以五十八字以内者名曰小令，五十九字至九十字为中调，九十一以外为长调三种。（毛先舒《填词名解》）这三种名目，是起于嘉靖间上海顾从敬的《类编草堂诗余》（原本《草堂诗》但有时令、节序、怀古、人物、人事、杂咏六种体性分类法，尚无小令等名称也），但此说不足为典要，若以少一字为短，多一字便为长，实在有点滑稽。又如《七娘子》一词，有五十八字一调，又有六十字一调，它是小令呢，还是长调？所以万红友作《词律》时，仍以调名为主，而不从《草堂诗余》之说。自然不分者更为有理。不过小令等之分法，给叙述上许多便益，所以后人论选者，仍从其说而不废。除此而外，尚有引、近、慢、犯调、摘遍、序子等等。兹摘录任讷《词曲研究法》中之《词体表》于下，以见其概，其详当于各论中详之。

（1）散词 { 令……引近……慢……犯调……摘遍……序子
　　　　　 单调……双调……三叠……四叠……叠韵
　　　　　 不换头……换头……双拽头

（2）联章词 { 一题联章……分题联章
　　　　　　 演故事者……每词演一事者……多词演一事者（传踏）

（3）大遍……法曲……大曲……破曲

（4）成套词……鼓吹词……诸宫调……赚词

（5）杂剧词……用寻常词调者……用法曲者……用大曲者……用诸宫调者

任氏所列，不尽纯以体裁为分，有许多是以其作用而另立新名，又有许多是词的衍体，我们一看，便可知道。不过因他搜讨较全，故全附录于此，其详当于各论中再说。

至于曲的体制，大概有四种，一曰小令，二曰套数，三曰杂剧，四曰传奇，这四类中又各有子目，不详述，将四种约释如下。

小令　取一二短调填之，与词里的寻常散词略同。有些便是由词蜕化而来者。

套数 取宫调相同的曲子，连贯而成，但是前面无引子，也无科白。

杂剧 既有白，又有唱，大概是以四折为限，每折又以一宫调为限，而唱者又限定一人者，曰杂剧。

传奇 将杂剧放大，不限折，不限宫调，也不限唱的人数，体制比较自由得多者，名曰传奇。

上列四种，算是曲的体裁上的分类，其详当在各论中去讲。此外还有所谓南北曲的分者，概以体性而言，兹不详。

2. 文

文集之最早者，大概莫若曹世叔妻子妇为他编的集子了，后来如曹子建的《前录》也是。（二者均见前）到六朝时受了文笔之分的影响以后，六朝人才有自编集子的。唐以后乃大盛，凡文学之士，皆各有其专集。其中文体的分类，要看作家之有无，所以专集虽是文笔说兴后的一件大业，却不能以论文体。欲论文体，仍当求之选家。但宋以前的选家都逃不出《文选》的"正宗"这一派。除此而外，只有独选诗者，而无独选文者。据作者闻见所及，不以诗入录者，当从姚惜抱《古文辞类纂》起。其书共分十三门，但是姚氏颇有点受《艺文志》《七略》的影响。他的分类，有点"学术分类"的意味。所以他于每类的序文里，都把它推合于六经诸子，兹列其目如下。

一《辨论类》，二《序跋类》，三《奏义类》，四《书说类》，五《赠序类》，六《诏令类》，七《传状类》，八《碑志类》，九《杂记类》，十《箴铭类》，十一《颂赞类》，十二《辞赋类》，十三《哀祭类》。

另有一部"从其分类之大凡，而更为条列其子目，凡二百一十三门，全书凡一百卷"的吴曾祺《涵芬楼古今文钞》，要算论选文体最为详尽之作了。兹不惮烦地把它列为一表（见表三）。他如储欣的《唐宋八家文类选》，是以学术分类掺入文体分类之中，他列为六门三十一类。第一门《奏疏门》，中分：书、状、疏、劄子、表、六

表六类。第二门《论著门》，中分：原、对问、论、说、议、辨、解、题、策九类。第三曰《书状门》，中分：启、状、书三类。第四曰《序记门》，中分：序、引、记三类。第五曰《记事门》，中分：传、碑、志、墓、表、铭六类。第六曰《词章门》，中分：哀词祭文。曰某门某门便是言其作用，曰某类某类之是文体。

还有，曾国藩承姚氏之后，选经史百家杂钞，分三门十一类，"每类必以经冠其端"。兼及史传诸子，其堂途实较姚氏为宽，亦愈与《艺文志》学术分类之义近，实开选家一个大大的风气，不能不稍稍详述之。兹录其序例于后。

（1）著述门三类

论著类 著作之无韵者。经如《洪范》《大学》《中庸》《乐记》《孟子》皆是。诸子曰篇，曰训，曰览；古文家曰论，曰辨，曰议，曰说，曰解，曰源皆是。

词赋类 著作之有韵者。如《诗》之《颂》、《书》之《五子之歌》皆是。其后世曰赋，曰辞，曰骚，曰七，曰设论，曰符命，曰颂，曰赞，曰箴，曰铭，曰歌皆是。

序跋类 他人著作，序述其意者。经如《易》之《系辞》、《礼记》之《冠义》《昏义》皆是。后世曰序，曰跋，曰引，曰题，曰读，曰传，曰注，曰笺，曰疏，曰说，曰解皆是。

（2）告语门四类

诏令类 上告下者。经如《甘誓》《汤誓》《牧誓》《大诰》《康诰》《酒诰》等皆是。后世曰诰，曰诏，曰翰，曰令，曰教，曰敕，曰墨书，曰缴，曰策命皆是。

奏议类 下告上者。经如《皋陶谟》《无逸》《召诰》及《左传》季文子魏绛等谏君之辞皆是。后世曰书，曰疏，曰议，曰奏，曰表，曰劄子，曰封事，曰弹章，曰笺，曰对策皆是。

书牍类 同辈告者。经如《君奭》及《左传》郑子家叔向吕相之辞皆是，后世曰书，曰启，曰移，曰牍，曰简，曰刀笔，曰帖皆是。

哀祭类 人告鬼神者。经如《诗》之《黄鸟》《二子乘舟》、

《书》之《武成》《金縢》祝辞、《左传》荀偃赵简告辞，皆是。后世曰祭文，曰吊文，曰哀辞，曰诔，曰告祭，曰祝文，曰愿文，曰招魂皆是。

(3) 记载门四类

传志类 所以记人者。经如《尧典》《舜典》，史则《本纪》《世家》《列传》皆记载之公者也。后世记人之私者，曰墓表，曰墓志铭，曰行状，曰家传，曰神道碑，曰事略年谱皆是。

叙记类 所以记事者。经如《书》之《武成》《金縢》《顾命》《左传》记大战，记会盟，及全编皆记事之书。《通监》法《左传》，亦记事之书也。后世古文如《平淮两碑》等是，然不多见。

典志类 所以记政典也。经如《周礼》《仪礼》全书，及《礼记》之《王制》《月令》《明堂位》、《孟子》之《北宫章》皆是。《史记》之《八书》、《汉书》之《十志》，及《三通》，皆典章之书也。后世古文如赵公《救菑记》是。然不多见。

杂记类 所以记杂事者。经如《礼记》之《投壶》《深衣》《内则》《少仪》，《周礼》之《考工记》皆是。后世古文家修造宫室有记、游览山水有记，以及记器物，记琐事皆是。

曾氏之所表，是打破了经、史、子、集的界限，而以文为主，不可谓不是一大改革。而其分类，也较各家为得体。

以上四家——姚储曾吴——算是选文中有势力的人物代表，也是文中不收诗歌一派的代表，在六朝文笔之分后的实行者。

按六朝文笔之分，箴、铭、诔、颂等本入文，而不入笔。姚等则师其分别之义，而小文之义界，以为"咏咏之作，自有专家"，不入诗选。而箴铭等虽有韵，而"非关性情"。故亦选列，盖承唐人古文之说，而犹有容与之态者。

故不惮烦地详为述之如此，兹更不惮烦地离合四家而表列之如下（见表三）。

表三　姚储曾吴四家文体开合分类表

姚氏	储氏		吴氏			曾氏	
	六门	三十一类	十三门	一百十类三	略举自	十一类	三门
辨论类第一	论著第二	论	论辨类第一	论	论	论著类第一	著述门第一之第
				设论			
				续论			
				广论			
				驳			
				难			
		辩		辨	辨		
				义			
		议		议	议		
		说		说	说（又见序跋）		
		策		策			
				程文			
		解		解	解（又见序跋）		
				释			
				考			
		原		原	原		
		问对		对问			
				书			
				喻			
				言			
				语			
				旨			
				诀			
				（附录）			
					篇		
					训		
					览		
		题					
序	序	序	序	序	序	序	
				后序			
				序录			
				序略			

续 表

姚氏	储氏		吴氏		曾氏		
六门	三十一类		十三门	一百十类三	略举自	十一类	三门
跋类第三	记第四	引	跋类第二	表序		跋类第三	一三类
				跋	跋		
				引	引		
				书后			
				题后	题		
				题词			
				读	读		
				评			
				述			
				例言			
				疏	疏		
				谱			
				（附录）	疏		
					传		
					注		
	记				笺		
奏议类	奏议第	疏 书 表	奏议类第	奏 议 驳议 諡议 册文 疏 上书 上言 章 书 表 贺表 谢表 降表 遗表 策 折	奏 议 疏 书 表 （对策）	奏议类	告语门第

续　表

姚氏	储氏		吴氏		曾氏		
	六门	三十一类	十三门	一百十类三	略举自	十一类	三门
第五	一	劄子	三	劄子	劄子	第五	
				启			
				戕	戕		
				对	（对策）		
				封事	对事		
				弹文	弹章		
				讲义			
		状		状			
				谟			
				露布			
		四六表		（附录）			
书说类第六	书状类第三	书	书牍类第四	书	书	书牍类第六	二之二三类
				上书			
				简	简		
				札			
				帖	帖		
				劄子			
				奏记			
		状		状			
				戕			
		启		启	启		
				亲书			
				移	移		
				揭			
				（附录）	笔		
					牍		
赠序类第十			赠序类第五	序			
				寿序			
				引			
				说			
				（附录）			

续 表

姚氏	储氏		吴氏		曾氏		
	六门	三十一类	十三门	一百十类三	略举自	十一类	三门
诏令类第四			诏令类第六	诏		诏令类第四	告语门第二之第一类
				即位诏			
				遗诏			
				令	令		
				遗令			
				论	论		
				书			
				灵书	灵书		
				御札			
				敕	敕		
				德音			
				口宣			
				策问	（策命）		
				诰	诰		
				告词			
				制			
				批答			
				教	教		
				册文			
				谥册			
				哀册			
				赦文			
				檄	檄		
				喋			
				符			
				九锡文			
				铁券文			
				判			
				参评			
				考语			
				劝农文			
				约			
				牒			
				示			

续 表

姚氏	储氏		吴氏		曾氏		
	六门	三十一类	十三门	一百十类三	略举自	十一类	三门
				审单			
				（附录）			
传志类第八		传	传状类第七	传		传志类	记载门第三之第一类
				家传	传家		
				小传			
				别传			
				补传			
				行状	行狀		
				合状			
				述			
				事略	事略		
				世家			
				实录			
碑志类第十三	记事第五	碑	碑志类第八	碑			
				碑记			
				神道碑	神道碑		
		（志）		碑阴			
		墓表		墓志铭	墓志铭		
				墓志			
				墓表	墓表		
		铭		刻文			
				碣			
				铭			
				杂铭			
				杂志			
				墓版文			
				题名			
				（附录）			
					年谱		

第一编 通论之部

续　表

姚氏	储氏		吴氏		曾氏		
六门	三十一类		十三门	一百十类三	略举自	十一类	三门
杂记类第九			杂记类第九	记	曾氏不列目而谓如《礼记》之《投壶》《深衣》《内则》《少仪》、《周礼》之《考工记》及后世文家修造宫室有记、游览有记、山水有记、及记器物、记琐事，皆是。	杂记类第十一	记载门第三之第四类
				后记			
				笏记			
				书事			
				纪			
				志			
				录			
				序			
				题			
				述			
				经			
				（附录）			
箴铭类第十二			箴铭类第十	箴	箴		箸述门第一之第二类
				铭	铭		
				戒			
				训			
				规			
				令			
				诺			
				（附录）			
颂赞类第十一	词		颂赞类第十一	颂	颂	词赋类	
				赞	赞		
				雅			
				符命	符命		
				乐语			
					歌		
词赋类第二		赋	辞赋类第十二	赋	赋		
				辞	辞		
				骚	骚		
				操			
				七			
				连珠			
				偈			
				（附录）			
					设论		

139

续　表

姚氏	储氏		吴氏		曾氏		
	六门	三十一类	十三门	一百十类三	略举自	十一类	三门
哀祭类第七	章第六		哀祭类第十三	告天文	告祭	哀祭类	告语门第二之第四类
				告庙文			
				玉牒文			
		祭文		祭文	祭文		
				论祭文			
		哀词		哀词	哀词		
				吊文	吊文		
				诔	诔		
				骚			
				祝	祝文		
				祝香文			
				上梁文			
				释奠文			
				祈			
				谢			
				欢道文			
				齐词			
				愿文	愿文		
				醮辞			
				冠辞			
				祝嘏辞			
				赞乡文			
				告文			
				盟文			
				誓文			
				青词			
				（附录）			
					招魂		
						叙记类第九	记载门第三之第十三类
						典志类第十	

第一编 通论之部

我们上面所写，是把六朝文笔之分之说既兴后，所给予文章体裁分类上各家选集别集的流派的影响，说了个大概。但是诗的别集总集，顾不到文，文的别集总集也顾不到诗。这种情形，是偏而不全，不能观其大体。以整个的文学来说，他们只能算支与流裔，而不能算正宗，要说正宗，还是要各体兼备不可偏废，自然不能不仍归到硕果仅存的《文选》去了。

现在我们既已把这文笔区分后衍出的情事说了，仍归到前面所述的《文选》以后的流传去——便是仍归到文体正宗的《文选》那儿去。简单地叙述，以结本章。

直接《文选》以后的选本，其存于今者，以浅见所及，大概要算《古文苑》了罢。《古文苑》的编者是谁，无从得知《书录解题》称"世传孙洙、巨源于佛寺经笥中得之，唐人所藏"，所录诗赋杂文，自东周迄于南齐，凡二百六十余首，皆史传《文选》所不载。（《四库提要》）为体二十有一，曰文，曰赋，曰歌，曰典，曰诗，曰敕，曰启，曰书，曰对，曰状，曰颂，曰文，曰述，曰赞，曰铭，曰箴，曰杂文，曰记，曰碑，曰诔。其分类较《文选》为少，与《文心雕龙》所述相近。

到了宋人修《文苑英华》，以上续《文选》，故选文起于梁末。其分类编辑，亦略与《文选》同，而门目更为繁碎，凡三十七类，又于杂文类中分十六类，翰林制诰类中分八类共六十一类，而各类中再用文章的作用性质分为若干类，实在麻烦不堪，所以到姚铉才删汰为《唐文粹》，遂为后世论唐文者的总汇。其书凡分二十四类，而诗类又分六种，共三十类。至吕祖谦编《宋文鉴》，其目稍繁，凡六十一门，与《文苑》相似。至元苏天爵编《元文类》七十卷，凡分四十三类，是以媲美姚吕二家之书，鼎足而三。其分类较《英华》《文鉴》为少，而多于《唐文粹》，后此选家，皆未能出上三书之范围。再将程敏政之《明文衡》分三十八类，薛熙之《明文在》上仿《文选》凡分八十类，庄仲方之《金文雅》分二十七类，张金吾《金文最》分四十二类，以及孙星衍之《续古文苑》分三十五类等

· 141 ·

书。合而观之，则历代文体情势，可了然于胸了！兹将历代所见各体名自，依上列各书，分类列表于下（见表四），以见各家去取之当否，可供我们作一比较之研究。至《文章辨体》《文体明辨》两书所录，本是更为详尽，但有了姚吴曾储诸家，及上面所引到的《古文苑》以后各说，已是够发明了，故不再引。

表四　中国文体历代分类详表

家别	类目									
	论	篇	训	说	注	经义	势	图	杂著	议
汉书艺文志										
后汉书列传	论			说	注		势			议
魏文典论	论									议
陆机文赋	论			说						
文章缘起	论	篇	训				势	图		议
文心雕龙	论			说						议
文选	论									
古文苑										
文苑英华	论			杂说						议
唐文粹	论									议
宋文鉴				说		经义			杂著	议
元文类	论			说					杂著	议
金文雅	论			说						议
金文最	论			说					杂著	议
明文在	论			说						议
续古文苑	论									议

续 表

家 别	类 目									
	諡议	辨	义	原	释辨	喻难	驳	谐讔	论事	赋	律赋
汉书艺文志										赋	
后汉书列传										赋	
魏文典论										赋	
陆机文赋										赋	
文章缘起						喻	驳			赋	
文心雕龙								谐讔		赋	
文选										赋	
古文苑										赋	
文苑英华	諡议				释辨				论事	赋	
唐文粹										赋	
宋文鑑			义							赋	律赋
元文类										赋	
金文雅				原						赋	
金文最		辨		原						赋	
明文在		辨		原						赋	
续古文苑										赋	

续 表

家 别	类 目										
	骚	文骚	设论	铭	颂	箴	辞	赞	传赞	文金石	文
汉书艺文志	骚										
后汉书列传				铭	颂	箴	辞	赞			
魏文典论				铭							
陆机文赋				铭	颂	箴					
文章缘起	骚	文骚		铭	颂	箴	辞	赞	传赞		
文心雕龙	骚			铭	颂	箴		赞			
文选	骚		设论	铭		箴		史述赞			
古文苑				铭	颂	箴				文金石	*文
文苑英华	骚			铭	颂	箴		赞		文金石	
唐文粹	骚			铭	颂	箴		赞			
宋文鉴	骚				颂	箴		赞			
元文类	骚				颂	箴		赞			
金文雅				铭	颂	箴		赞			
金文最	骚			铭	颂	箴		赞		文金石	
明文在	骚			铭	颂	箴		赞			
续古文苑				铭	颂	箴		赞		文金石	

续 表

家 别	类目									
	述	七	古今乐章	乐章	乐语	琴操	歌	九	诗	五言诗	四言诗
汉书艺文志							诗歌		诗歌		
后汉书列传		七						九	诗		
魏文典论									诗		
陆机文赋									诗		
文章缘起		七					歌			五言诗	四言诗
文心雕龙							歌诗		诗		
文选		七							诗		
古文苑	*述						歌		诗		
文苑英华							歌行		诗		
唐文粹			古今乐章						*诗总名		
宋文鉴					乐语	琴操	歌行		*诗总名		
元文类				乐章							四言诗
金文雅											
金文最				乐章							
明文在		七		乐章		琴操	歌行				
续古文苑		七									

续　表

家　别	类　目									
	五言	六言	七言诗	九言诗	乐府	离合诗	左调歌	效古诗	杂言诗	五律诗	七律诗
汉书艺文志											
后汉书列传			七言诗								
魏文典论											
陆机文赋											
文章缘起	五言	六言	七言诗	九言诗	乐府	离合诗					
文心雕龙											
文选											
古文苑											
文苑英华											
唐文粹					乐府		左调歌	效古诗			
宋文鉴	五言		七言诗		乐府				杂言诗	五律诗	七律诗
元文类	五言		七言诗		乐府				杂言诗	五律诗	七律诗
金文雅	五言		七言诗								
金文最											
明文在	五言		七言诗		铙歌鼓吹					五言诗	七律诗
续古文苑											

续 表

家 别	类 目									
	五绝诗	七绝诗	杂体诗	曲	连珠	古文	序	录	题	跋	引
汉书艺文志											
后汉书列传					连珠		序	录			引
魏文典论											
陆机文赋											
文章缘起					连珠		序				引
文心雕龙											
文选					连珠						
古文苑				曲							
文苑英华							序				
唐文粹						古文	序	传录			
宋文鑑	五绝诗	七绝诗	杂体诗		连珠		序		题	跋	
元文类	五绝诗	七绝诗	杂体诗				序		题	跋	
金文雅							序引		题	跋	序引
金文最							序			跋	
明文在	五绝诗	七绝诗			演连珠		*序	录	题	跋	
续古文苑							序				

续 表

家 别	类 目									
	解嘲	策	册	策文	诰	制	诏	教	教令	诫	论
汉书艺文志											
后汉书列传		策		策文	诰			教	教令	诫	
魏文典论											
陆机文赋											
文章缘起	解嘲	策		策文	诰		诏	教		诫	
文心雕龙							诏				
文选		策问	册				诏	教			
古文苑											
文苑英华		策		策文			诏敕			箴诫	
唐文粹											
宋文鉴		策	册			制	诏			诫	
元文类		策	册			制	诏				
金文雅			册文				诏令				
金文最		策	册		制诰	制诰	诏				
明文在		策问	册		诰		诏				论
续古文苑			册				诏				

续　表

家　别	类　目										
	告	牒	制书	敕	敕书	制策	赐书	御劄	令	遗令	判
汉书艺文志											
后汉书列传									道令		
魏文典论											
陆机文赋											
文章缘起	告								令	遗令	
文心雕龙											
文选									令		
古文苑				敕							
文苑英华			制书		敕书						判
唐文粹					敕书						
宋文鉴					敕书	制策		御劄			书判
元文类				敕							
金文雅											
金文最		牒									
明文在											
续古文苑							入册赐书				

续　表

家　别	类　目									
	批答	檄	指挥	露布	德音	关	书	书记	上书	上疏	上章
汉书艺文志											
后汉书列传		檄					书	书记			
魏文典论							书				
陆机文赋											
文章缘起		檄		露布			书		上书	上疏	上章
文心雕龙		檄									
文选		檄					书	书记	上书		
古文苑							书				
文苑英华	批答	檄		露布	德音		书			（疏）	
唐文粹							书			上疏	
宋文鉴	批答	檄		露布			书			奏疏	
元文类							书				
金文雅										奏疏	
金文最		檄	指挥			关	书			疏	
明文在		檄					书	书事		奏疏	
续古文苑		檄								奏疏	

· 150 ·

第一编 通论之部

续 表

家 别	类 目										
	封事	奏	奏事	奏记	对	对策	章	表	白事	弹文	荐
汉书艺文志											
后汉书列传		奏	奏事		对	对策	章	表			
魏文典论		奏									
陆机文赋		奏									
文章缘起	封事	奏		奏记		对策		表	白事	弹文	荐
文心雕龙		奏					章	表			
文选				奏记				表		弹事	
古文苑					对						
文苑英华								表		弹文	
唐文粹		奏书						表			
宋文鉴		奏疏						表			
元文类		奏						表			
金文雅		奏疏									
金文最		奏疏									
明文在		奏疏						表			
续古文苑		奏疏				对策		表			

· 151 ·

续 表

家　别	类目									
	谏刺	劝进	谢恩	对问	剳子	让表	问	移书	戕	启	移
汉书艺文志											
后汉书列传							问		戕		移文
魏文典论											
陆机文赋											
文章缘起		劝进	谢恩	对问		让表		移书	戕	启	
文心雕龙										启	
文选				对问					戕	启	移
古文苑										启	移
文苑英华	谏刺			对问			问		戕	启	移
唐文粹											
宋文鉴				对问						启	移
元文类									戕	启	
金文雅											
金文最					剳子						
明文在									(戕)	启	公移
续古文苑			谢恩						戕	启	

第一编　通论之部

续　表

家　别	类　目									
	答	说书	盟文	榜	诔	祭文	挽词	悲文	吊	吊文	哀册
汉书艺文志											
后汉书列传					诔						哀词
魏文典论					诔						
陆机文赋					诔						
文章缘起			盟文		诔	祭文	挽词	悲文	吊	哀词	哀策
文心雕龙			（盟）		诔					哀	
文选					诔	祭文				哀文	哀册
古文苑					诔					吊文	
文苑英华	答				诔	祭文			吊		哀册
唐文粹										吊文	
宋文鉴		说书				祭文					
元文类						祭文					哀词
金文雅						祭文					哀词
金文最				榜		祭文					哀词
明文在					诔	祭文					哀词
续古文苑					诔	祭文				吊文	哀词

续　表

家　别	类　目									
	誓	祝文	祷文	祈文	青词	朱表词	上梁文	碑	碣	志铭	墓志
汉书艺文志											
后汉书列传		祝文	祷文					碑			
魏文典论								碑			
陆机文赋	誓	祝文		祈文				碑	碣	志铭	墓志
文章缘起		祝						碑			
文心雕龙								碑			墓志
文选								碑			
古文苑								碑			
文苑英华								碑			
唐文粹								碑			
宋文鉴							上梁文	碑			墓志
元文类		祝文					上梁文	碑			
金文雅							上梁文				
金文最					青词	朱表词		碑			
明文在		祝						碑			
续古文苑								碑			

第一编 通论之部

续 表

家 别	类 目									
	墓表	墓碣	墓碑	墓志铭	神道碑	神道碑铭	庙碑	塔铭	传	行状	史传
汉书艺文志											
后汉书列传											
魏文典论											
陆机文赋											
文章缘起									传	行状	
文心雕龙											史传
文选											
古文苑											
文苑英华	墓表								传	行状	
唐文粹									传录		
宋文鉴	墓表				神道碑	神道碑铭			传	行状	
元文类	墓表	墓碣		墓志铭	神道碑		庙碑		传	行状	
金文雅	墓表		墓碑	墓铭					传		
金文最			墓碑					塔铭	传	行状	
明文在	墓表		墓碑	墓志铭	神道碑				传	行状	
续古文苑											

续　表

家　别	类　目											
	状	记事	偈文	约	纪述	对禅书	制诰中书	杂职作	征伐	职行	谥
汉书艺文志											
后汉书列传											
魏文典论											
陆机文赋											
文章缘起			偈文	约		对禅书					
文心雕龙						对禅书					
文选	状										
古文苑	状										
文苑英华	状				记述		制诰中书	杂职作	征伐	职行	谥
唐文粹		记事									
宋文镒											
元文类											
金文雅											
金文最											
明文在											
续古文苑											

续 表

家　别	类　目									
	谥议	符	关	记	典	冠词	字词	杂文	铁券	杂志
汉书艺文志										
后汉书列传				记	典			杂文		
魏文典论										
陆机文赋										
文章缘起				记						
文心雕龙								杂文		
文选										
古文苑				记				杂文		
文苑英华	谥议			记				杂文	铁券	
唐文粹				记						
宋文鉴	谥议			记						
元文类	谥议			记						
金文雅				记						
金文最		符	关	记		冠词	字词			杂志
明文在				*记						
续古文苑				记				杂文		

上面讲中国历代文体分类的情形，很详了。但恐怕大家看了没有什么系统，权且做一个图如下（见图六）。执着这个表去读上面的文章，更为清楚明了。

✴ **号的解释**

文金石　✴　此言属于金石之"文"
文　✴　此即颂之别名
述　✴　此即颂之别名
序　✴　中分十二目
记　✴　中分九目
杂　✴　中分十七目

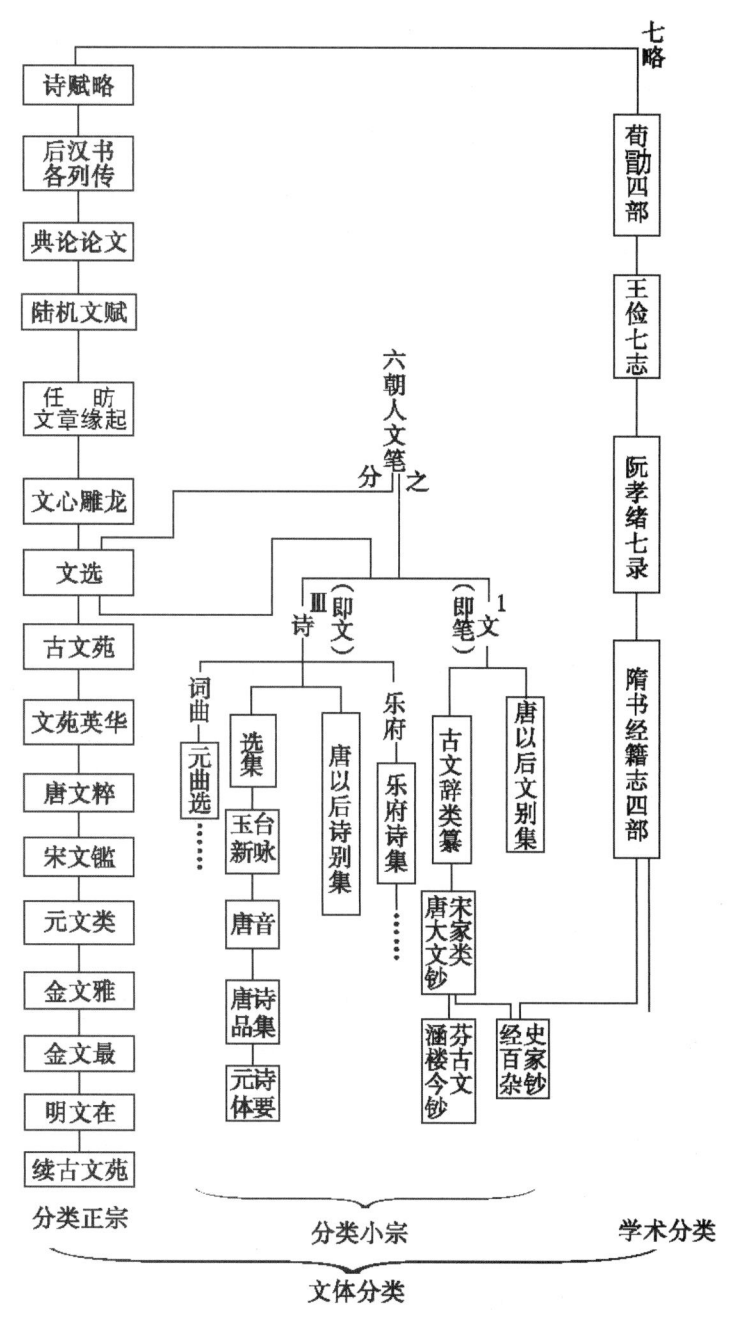

图六　中国文体之选家流变图

在下面所列文学分类四种里，自然只有第四项才能算真正的文体分类。一二两项，——文学史体性——相当于旧日论文者之所谓"派"，第三项——学术——旧日尚无名目可说。以严格的文体论论之，本不能算分类，不过却在历代论家占了重要的位置，故不能不一二述之。再从它内在的情形而以心理学之立场观之，则一、二、三类为模仿的体裁，而四为创造的体裁。——倘就外体观，第四项亦模仿也。——欲章本篇，遂概括如下。

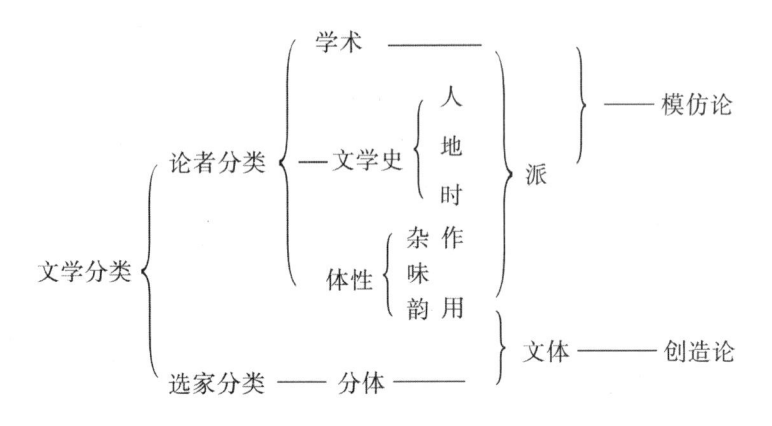

$$\text{文学分类}\begin{cases}\text{论者分类}\begin{cases}\text{学术}\\\text{文学史}\begin{cases}\text{人}\\\text{地}\\\text{时}\end{cases}\\\text{体性}\begin{cases}\text{杂作}\\\text{味}\\\text{韵用}\end{cases}\end{cases}\text{派}\quad\text{——模仿论}\\\text{选家分类——分体————}\quad\text{文体——创造论}\end{cases}$$

二、本书的分类

上面费了几十页把中国文体历代分类的情形，说了个大纲，除了前三种都与其他学科有关，而非专言文体外，如学术分类文学史分类之与文化史、体性分类之与艺术赏鉴论等。其专就文体本身而言的"文体分类"，共有一百七十四种之多，其中有很可笑的琐碎之处。倘若再从详细而不恢琐碎的分法，大略在各种选本总集里，还可以寻出许许多多来。倘若用归纳法归类下来，大概可以少了无数。——看归纳时所类别的大小而定。——不过至小限也不下数十种，我们要一一叙述，不特时间来不及，并且也觉无味得很。况且在上列许多文体中，不晓得现在"死去的文体"有多少，只好让历史性质的书去讲。还有许多在前人视为小道不入总选集与他体并列的文学,如词、曲、小说、诗歌等,在现在是认为很重要的文学,也是我们此后文学上的未开发竟尽的大矿山,又不得不讲。所以在本书的分类法里,自然绝不适用上列各说。但是不惮烦地用几十页而为上面之叙述者,不过想把它堆成一座大坟,宣告了结,好让我们自辟蹊径。

但是本书所想说的文体,在叙述上又不能太简单,有时又不能不关涉到许多其他非关形式的问题,要在本章来讲,实在是不大妥当,所以只好另立"各论"一编,到彼处再为讨论。但是我既不能如自来各家的条分缕析地讲,自然也不能采取那含混带有批评性的什么简洁体(concise style)、蔓衍体(diffused style)、刚健体(nervous style)、优柔体(feeble style)等的分类法。而西洋普通分为四类的散文体(prose)、诗(poetry)、小说(novel)、戏曲(drama)似又不足把中国文学包尽。所以我现在只想粗枝大叶的分为六种来讲:一诗,二词,三戏曲,四小说,五赋,六散文。而散文里更包括论说记述等体。

我们很可以看出这样的叙述,是跳出了中国自来的文学传统思想,或者有许多不能无遗憾损害的地方。好在我这讲述,并不是在想传之千古、据为己长的东西,便是这样地讲下去罢。

第四节　形式各论

一、中国语言文字与文学

(一) 中国语言的特质

"语言是人类思想感情的代表,文字是语言的符号。"这是就文字的作用说,世界莫不皆然。但文字却又因了各个民族性的差异,其所据之"心理上的基础",也有大异。换言之,即因各民族心理的不同，而文字所取的方式亦异，方式既异，则所代表的思想感情以及于事物的观念，亦不能无异，而以之为凭借的文学，也因之大异。现在为明了起见，关于字义一项，在下面去讲，此处只解释语音。

　　语言学者从形式上，分世界语言为三：孤立语（isolating language）、粘着语（agglutinative language）、屈折语（inffectional language）。孤立语者每句中之各语，皆各自孤立，不借他词，意义自现。中国语言属之。粘着者，句中各语，多有附带之词异，因附带之词异，而词情亦异。日本语属之。屈折语者，有语根似孤立语之孤立性质，有语尾似粘着语之粘着，有附带变化的性质，其词类词位都从语尾变化来。英法德俄诸文属之。

　　粘着语因粘着之字异而词性亦异，屈折语则亦因文法上之变化与位置之变，可由形式以解释文义。中国语言文无变形，——换言之即字义文法不能规定。——要了解某词之义，及它在文法上之词位，非先了解全句之义不能知。且其位置之配置，又自由自在，不受形式上之拘束。与他国语比较，恰在相反的地位。如"春风风人""秋雨雨人""以兵兵之"，"雨""风""兵"字两两无异，而其作用则前为名词，后为动词。何以知其然，非由形式所能断，必先知全句之义，知"人"，"人""之"为受事格，又知"春风""秋雨""兵"为主词，"以兵"之"以"为补助语，乃知次风、次雨、次兵为动词。又如"庭院深深深几许！"三深字无异。然其作用，则前两深字为形容词，后一深字为名词。何以知前两深字为形容词？因解释全句之义，知庭院为名词而知之。何以知后一深字为名词？因释全句文义，知"几许"二字有疑问之义，而"深"乃其受事故。

　　凡此皆各国文字中所无之情形，此其所以异也。

　　因有上面一故，遂使中国文字在世界成为最难懂的一种文字，以求实效的眼光看来，实在是使文化停滞的障碍物，所以近来许多抱着改造社会的学者，乃有"激"端主张废除汉字的运动。不过倘若以文学的眼光看来，它却也有因文字在文法上无变化，而加了许多神秘色彩，可以写更较空灵幽默的文章。我们感情的缓急大小得因位置的移动，以表达之，使感情的表现方法，更多些变化。我们若能尽量地利用，也未尝不无好处。现在说说中国的语音：

在中国文字上，确实是每个字只有一个音节（syllable），绝对找不到一个有两个音节以上的字。至于语音呢？从来研究的人，也都以为是单音系（monosyllabic）。倘若文字真真即足以为一切语言的"现象"，与语言的"自象"绝对的相应，则总计现在官话所能发的音不过四百。[见威妥玛（Thomas Wade）《语言自迩集》] 再加上四声的区别，也不过一千二百余音。要用这区区一千多音，便代表宇宙包罗万象，及人间一般思想，在事实上决不容许，也是人类实际生活上所难能的事。所以我很疑中国字音，虽是单音，而语言却不必一定是"一音表一义"。大概中国文字与语言，实在不完全相应。譬如言一切圆物相撞击的声音是丁冬、町瞳（《诗经·豳风》《东山》）、挺挏（《淮南子·仿真训》）。又如言一切圆物曰果蓏（《说文》）、苦蒌虫、日果蠃（《尔雅》）、小儿玩物曰陀螺，皆是以两字相连而成。且"同音的"之连语，多有相同的意义。这不是古代佚语而何？不过写成文字，即成了一种单音的形式了。所以遇到不能以一个音表示一件事物的意义的时候，便写两个字。所以"蟋蟀"二字，在文字上尽管是二个，但古书中却寻不到单用一个字的，可见这两个字的作用，实在是一"语"的意思，不能分开来说。（详余所著《诗骚连绵字考绪论》及各论中，及《中国语言与文字不相应说》。）中国语言文字之不相应，大概不生疑问了罢。

在古书里有许多连绵字，大半都是古代的方言。如《诗经》开卷的窈窕、参差，等便是。这等字大概都是在比较近于纯感情文学的文章里才多。秦以前的书，以《诗经》《离骚》为多，汉以后则要算魏晋六朝的赋，大半都是双声叠韵的字。其在文学声调的修饰上，实在有许多的好处。唐宋以后活用的渐渐少了，大概是方言学从六朝而后，便不为学人所重视的缘故。

综合上面所说，中国语言与文字对于文学上有下面几点特长：

音乐化　因其字有四声，其高下易调；字有阴阳，则强健柔媚之音，可以任意配置。且一字之音，细分之，又有字头（三十六母，即 consonant）、字腹、字尾（二百六韵），故声之急徐，可自由操纵，最便于音乐之调剂，比于英法之屈折不齐者，最易上口，此字音音乐化好处一也。（详后《论音律》一节）

便于骈偶　因其字音各个独立，故易于配置齐整，最便于韵律中之"音数律"。譬如五言、七言诗的字数，词曲中的一叠，赋里的四六排联，文章里相对的笔调，都是。（详下《论音律》一节）

使文章简洁　用单简的字，代表极多的意思，这要算中国文字了罢。虽然也有含混不清的弊病，那只能怪作者用字用语的不得其当，或技术的差欠，以及读者了解的程度太差等等。总之，以形式、理论来说，它总比任何文字要简单，这我们也不能否认。

（二）韵律

韵律的意义，从广义说来，则所谓韵味，意味等内美的律，——换言之，便是那能使读者的感情，随着作者的感情掀起的那一种同一的步调之兴味。——也可以归入此内。就狭义来说，则单言文字组织上的外态。本处自然是就外态说。

四声　平上去入是谓四声，平声因字多，又分上下，后来文章家又以平（上下）为平，上去入为仄，（文字学者不言仄）则是并四为二。四声的分别，究竟是怎样？其主要的原因，只在音的高低，而高低里又含着长短的作用。譬如我们说"东"它的音是不高不低，但是很长，这种音谓之平声。又如读"董"，它的音很高，但其声不长エ，这种音谓之上。又如我们读"动"，它的音很低，但其声很长，这种音谓之去。倘若把"动"字的声音读短了，单要 dw 则为"笃"便是入声了。

但是四声的起源，是齐梁以后的事，原始的四声，究竟如何，虽不可详知，然上去声为古音所无，是音韵学家所久已承认的。大概是后来交通便利了，各处的方俗之音，因地候生理的关系，不能尽同。有一部分或者生了同化作用，而有许多差别。到佛教入中国遂促起汉人整理旧音的事。到沈约、周颐、王斌诸人，斯学遂大兴，而四声之说，遂为世人所信仰，而文人更是奉为金科玉律一样的事了。

四声起源虽是如此混暝，不足以纯古音。自然我们不能如雕鉴匠的文人那般重眼相看，矜矜为一两个字争生死，但却也有不可抹杀的事实在。便是在文中某处用个平声字，总比仄声字好点，某处用个仄声字，总比平声字好点的那种"次第律"。它是外国文学中所无的一件特事，我不能掩其所长。

韵 每隔若干字，用一个收音相同的字为句脚者，这是狭义的韵，也是普通韵文的情形。在《诗经》《楚辞》里，有不少的句首韵句中韵，那是例外。

韵本是一种自然的声律，所以在古初的人，不过是随口唱出。后来因为时间的变迁、交通的往还，而后人不能与古人所发的音完全相合，到了魏时，孙炎的反语出来以后，李登、吕忱、吕静诸人，都有所撰述，有书久亡。到隋陆言法撰《切韵》，分为二百六部，大概也是祖述沈均《四声谱》之说。到唐天宝末，孙恑加以订正，改称《唐韵》。宋真宗时，又增损修订，改名《大宋重修广韵》。到金平水王文郁，又合并《广韵》旧部为百七韵，这便是现代人常用的《平水韵》。

韵本来只是读音的一种收声，在人们的口里，是否发得出如许多不同的收声来？所以到了后来的学者，才将它再行归类，如宋庠的"六部"，顾亭林的"十部"，江永的"十三部"，段玉裁的"十七部"，孔撝轩的"十八部"，王念孙、江有诰的"廿一部"，章太炎的"廿三部"，都是为要得其大较的意思。这种学问，已在学术界成了专门研究的学问了，此处是大略说说。

不过上面所说的韵书，只是从他的来源说到他的用处，后来的宋词元曲的用韵又各不同，到《各论》里去再说。

声调 声调有内律，有外律。什么是内律呢？便是"读书说话时，倘若声调有了变化，则同一的字句，而有相异的作用"。譬如：有个被讨债人拉着的人，他可以有下面不同的语气，而表示偿债的决心如何。

甲："你借我的钱，偿不偿还？"乙："还你。"这两字用语调表（见表五）如下：

表五　语调表

答　语	还　　你	还　　你	还　　你
语　调			
意　思	还是必还，有点乞怜的样子，待两天罢。	一定还你，咱们乾脆得很。	你还想我还你吗？

这种情事，在文字的表面上看不出来。却要看说话的意向如何，乃能决定。所以这可说是内的声调。本章所要说的，却不是这个，乃是表现在纸面上的东西。大概分四类来说，不过声调的重要要在有韵文里才能显现，其详当在下各论里去说。

差等　在一切文章里，每句有若干字数，这便是音数。在韵文里如五言、七言、六言诗，及词曲一叠的音数，都很整齐，有规律可循。在散文里，本无一定的形式，但是不能用太多或太少的字数相似的句子连在一块，一定要奇偶参差，才能显现其美。不过要以科学的态度说出来，却还没有这种研究。

次第　在一切韵文里，某个地位上的字要用抑声，某个地位上的字要用扬声，差不多都有定象，尤其是在今体诗与词曲里。在一切散文里，虽然不一定有什么规则，却也不能太不顾到字音的高下，古人所谓字句铿锵者，便指此说。大概平声的字，其音平实；仄字的字，其音曲折。所谓抑扬者，便是平仄相间的意思。

对偶　对偶乃是中国文中所独有的，因为中国文中一个字只有一个音，形体也很整齐。作起文来，很容易使之为对称的排列，字音字形上，既已对称，自然字义也渐渐求其相对。譬如：

接垣分竹径，隔户共桐阴。

——张说《和桐竹诗词》

两句不仅字的音数相同，便是义意上也是以动词对动词、名词对名词，屋宇对屋宇、树木对树木。这在今体诗里，最易明白，在四六文章里则如：

琉璃砚匣，终日随身，
翡翠笔床，无时离手，
清文满箧，非惟芍药之花。
新制连篇，宁止葡萄之树。

——徐陵《咏台新玉序》

虎头食肉，彼何人斯，
马革裹尸，深负公等。
战河南！战河北！毋忘此日之精忠。
出山东！出山西！再作明诗之将相。

——宋人《荐阵亡将士疏》

这类"对偶"的句语，于散文里本也不少，但却要以诗中最多，四六骈俪里的句子，也多半是这种作用。因为诗的本身，便是一个音乐的集体，更能整齐划一，所以这种对偶的事也以诗为最复杂而且重要。待到下面再详。

反复 以相同或相似的音，相连或相隔若干字使它再现。如：

青青河畔草，郁郁园中柳，盈盈楼上女，
皎皎当窗牖，娥娥红粉妆，纤纤出素手。

——汉无名古诗

盖奏议宜雅，书论宜理，铭诔尚实，诗赋欲丽。

——魏文帝《典论·论文》

父兮生我，母兮鞠我，拊我畜我，
长我育我，顾我复我，出入腹我。

——《诗·小雅·蓼莪》

第一例的重文、二例的"宜"、三例的"我",都是相隔若干字的反复音。在诗中此例最多,散文里也不少,而尤以用虚字者为多。如:

夫《离骚》之文,依《五经》以立义焉;
"帝高阳之苗"则《诗》"厥初生民,时惟姜嫄"也。
"纫秋兰以为佩",则"将翱将翔","佩玉琼琚"也。
"夕揽洲之宿莽",则《易》"潜龙勿用"也。
"驷玉虬而乘鹥",则《易》"时乘六龙以御天"也。
"就重华而陈词",则《尚书·咎繇》之《谟谟》也。
"登昆仑"而"涉流沙",则《禹贡》之《敷土》也。
——王逸《楚辞章句序》

诗缘情而绮靡,赋体物而浏亮,碑披文以相质,
诔缠绵而凄怆,铭博约而温润,箴顿挫而清壮。
颂优游以彬蔚,论精微而朗畅,奏平彻以娴雅,
说炜烨而谲狂,虽区分之在斯,亦禁邪而制放。
要辞达而理举,故无取乎冗长,
其为物也多姿,其为体也屡迁,其会也尚巧,其遣言也贵妍。
——陆机《文赋》

王逸《楚辞·序》中的"也"字,《文赋》里前半的"而"字、"以"字,后半的"也"字,都是反复律内的事。

以上所言,是一二字的反复,也有不用相同的字,而用双声叠韵自为反复的,如《诗经》里的"颉之顽之""将翱将翔""既优既渥""窈窕淑女""我马立黄""我马虺隤"都是。这一类用法,在散文虽然也不少,但总无韵文多,所以略而不详。

除字的反复外,还有一句一调的反复,如:

硕鼠硕鼠,无食我黍,三岁贯女,莫我肯顾。
逝将去女,适彼乐土,乐土乐土,爰得我所!
硕鼠硕鼠,无食我麦,三岁贯女,莫我肯德。
逝将去女,适彼乐国,乐国乐国,爰得我直!

硕鼠硕鼠，无食我苗，三岁贯女，莫我肯劳。

逝将去女，适彼乐郊，乐郊乐郊，谁之永号！

此诗全句反复者有"硕鼠""三岁""逝将"三句。"无食我""莫我肯""适彼乐""乐△乐△""爰得我"亦皆反复。这可算调的反复，《诗经》里此例最多，《大雅·瞻卬》《邶风·式微》皆是。在散文里此例稍少，如上面所举王逸《楚辞章句序》首用《离骚》一语，次用一"则"字，引《诗》《易》为证，再用一"也"字收之，也可算是一种调的反复。又如《礼记·大学》："……先治其国，欲治其国者，先齐其家，欲齐其家者，先修其身，欲修其身者，先正其心，欲正其心者，先诚其意，欲诚其意者，先致其知。致知在格物，物格而后知至，知至而后意诚，意诚而后心正，心正而后身修，身修而后家齐，家齐而后国治，国治而后天下平。……"

此中前段用"欲……先……"为调，后段用"……而后……"为调，这在散文里也常常见到。至于句的反复，则如：朝庭虽无幽王祸，得不哀痛尘再蒙。呜呼，得不哀痛尘再蒙！

在散文中重言两句的地方很多，但在诗里，句的反复，往往也即是调的反复。如：

东方之日兮！彼姝者子，在我室兮，在我室兮，履我即兮。

东方之日兮！彼姝者子，在我闼兮，在我闼兮，履我发兮。

——《诗·齐风·东方之日》

在"在我室兮""在我闼兮"两句，自然是句的反复，但它也同时是调的反复。如：

窗前种得芭蕉树，阴满中庭！阴满中庭，叶叶心心舒卷有余情。

伤心枕上三更雨，点点凄清！点点凄清，愁损离人不惯起来听。

——李清照《添字采桑子·芭蕉》

"阴满""点点"两句是句的反复，同时也是调的反复。

韵律对于文学，以诗歌里为最要，也最多，上面所言，粗陈大概，尚未能细分，待到后面讲韵文的时候再说。

二、散　文

在形式分类一章里，列了几许多文体名目，自然绝不是文学形式上的自然分类法。所谓论也，说也，诔也，铭也，虽然也各有它的体态，但总外不乎"内含"的条件。所以那样子的分类的述说，当另立篇章，不应入内篇，也不入外篇。

从纯然的形式来看，仍然只有散文与韵文之分，本章便想以这样的分法，略略地把散文韵文里各类所有及当有的情事，在此处说说。

（一）组织

粗疏地，或说纯粹一点地，单认"形"的说法，散文是"以排列不有规律的文字，而组成者"。它是每篇无一定的章节，每章节无一定的句子，每一句无一定的字，每一字也并不须乎一定的位置、一定的音律，——字的音性、音位、音数，——就是那么样自然随便地或爽直地说出写出。虽然写成以后，其中也有不少的规律，如某处是起笔，某处是一个转折，某处的语气是个停顿，却并没有一定的方式；即使有时也有方式可指，又大半是论理学的问题，并不属于"文学的形式"。在散文里有这样常见的事：

虚字　在英文里的介系字、接续字，中文里也有。大概学过一二年英文的朋友，便可知道，不过在中国文里却有一种比较特异的字，为英法诸国文所未有者，便是句末停顿处的顿字。如"也""矣""耳""焉"，及"物无间然"的"然"，及国语文中的"呀""呢""末""罢"等字，这等字一部分除了作句尾的顿字外，还有许多意义上的表态作用，也是与外国文不同之点，这些问题，都是文法或修辞学上的事，此处不多述。

声调　声调的大概，已在上章说过，此处不再详。

（二）说略

在历史上的情形是这样的：

古人那如话一般的写出来的文章，大概是记载一事，——他人的事、自己的事，——这便是散文。它与那歌唱出来的诗歌，大概原始便分两派。不过因了种种的关系，——如记忆、书写，及读书人的多少等，——散文的保存，要不容易点，所能保存者，大概都是言简意深。所以现存的文字，仍以诗歌为多。唐虞以前的书，多不可信，自唐虞到孔子删述"六经"的时候，这期间的散文，可算是成熟时期，而作用还未宏。这等文字，大概言简意深，很是朴质，有什么说什么，并没有什么文学的姿态，并且大半是用来记述事情。所以此时的散文，可以很粗疏地说是"史"的文的时期。在形态上更是无一定的规律，字义的用法，也不一定。到孔仲尼写《春秋》、赞《易经》时，才把散文的格调，由纯单的形式变为多复的形式，（指《易·系辞》中多对偶之言而言）而声调也自然地加以修饰，字义更为分明（尤以《春秋》的用字），因此散文的用处，遂从"史"的方面，渐渐渗进说理的范围。从孔子到荀子、李斯这个时代，算是散文扩大而极盛之期。后代一切散文所有的条件，在周秦诸子的文章里，没有寻不出来的了。这可算是说理文完成时代。以上两个时期的散文，都算是因某原因而写的散文，到了屈原、荀卿的赋出了以后，一方面文学才由文人来写，一方面另开了文体上的新派，遂出这韵文的新派，而影响到散文，于是散文才也成为抒情的文体。——换言之，才有不含其他作用如"史""理"而单独为写情的文章。到了汉代，文体的情形稍稍变了，虚字顿字固为委蛇抑扬的种种花头，才渐次发生。

（三）散文与辞赋

到了六朝辞赋甚兴的时期，散文也受了"骈文化"，对偶调协的事渐渐加多，开了个散文里的特派。唐韩柳诸人，唱为复古之说，散文遂俨然分为两派，一派是以周秦诸子及汉人作代表，即是所谓的古文。宋明承之，而为后世的桐城各派所由出。这一派大概又可分作两面，一是得力于孟子的纵横豪霸气文章的气态音调，都很好，但是到了苏东坡、归有光、姚鼐诸人，多不过是存点空架子，最是丝毫不讲内容的光棍了。他一派是得力于荀子的朴实厚重的气味，文章的气态音调，都是庄严无华，如汉朝说经家的文章，及清代许多经注经解家都是。但这两派都各有得失，孟子一派的人，大概天分好点，文学天才还不坏，但是情感多有无病呻吟的样子；荀子一派的人，文学天才低，但是情感往往有很真的时候。但是这两派有个共同的情形，便是并不十分主张文章要有对偶声律的美。这可以名之曰"秦汉派"。

自从沈约、王斌、周颙等四声之学兴后，文学上受他的影响不少，那辞赋一类不必说，散文也受了不小的影响。推敲字句，属对工整，在形式上真要变成无韵的词赋去了。到四六文字，简直是散文之有律格者了。这不能不说是文学上一种大变动，这可名之曰"六朝派"。

散文从此以后，遂分为单复两派。

（注意）　后人也以屈原、贾枚诸人的赋为四六文之始，但那是有韵文一类，非章本所讲。

现在为使上文明了起见，说明如下：

散文分体 { 单
　　　　　 复

单派别散文 { 荀子
　　　　　　 孟子

休宁、程杲《四六丛语序》有一假说四六文的格律者，颇可考见其与他体文不同的情形，抄在下面：

……四六主对，对不可以不工，《雕龙》所论言对、事对、反对、正对，尽之矣。至谓言对易、事对难、反对优、正对劣。其所谓难者，若古"二十四考中书""三十六年幸辅"。"秦塞重关一百二""汉家离宫三十六"之类，比事皆成绝对，故难也。……

按四六对法，一句相对者为单对，两句相对者为偶对。一篇中，须以单偶参用，方见流宕之致，更有长偶对，若苏轼《乞常州居住表》"乃闻圣人之行法也，如雷霆之震草木，威怒虽盛，而归于欲其生，人主之罪人也，如父母之谴子孙，鞭挞虽严，而不忍致之死"之类是也。反对正对之外，有借对者，若骆宾王《冒雨寻菊序》"白帝徂秋，黄金胜友"之类是也。有巧对者，若宾王《上司列太常启》"搏羊角而高骞，浩若无津，附骥尾以上驰，邈焉难托"之类是也。有虚实对，若柳宗元为《裴中丞贺东平表》"愧无横草之功，坐见覆盂之泰"之类是也。有流水对，若欧阳修《谢词汉书表》"惟汉室上继二代之盛，而班史自成一家之书"之类是也。有各句自对，若王勃《滕王阁序》"物华天宝，龙光斗射牛之墟，人杰地灵，徐孺下陈蕃之榻"之类是也。……

四六序事之法，有埃序格，若一事自始至终，一人自少至老，递详其实是也。有类序格，若德行、文章、勋业，以及世望后裔，各标其目是也。有分序格，若双寿之夫妻、联芳之兄弟，以及累叶亲贤、同堂友哲，各扬其美是也。有合序格，若前项诸类，而以错综分配举之是也。其篇法有直起直收格，有前冒后事格，有分柱提应格，其变更有整散相间格。要之，格虽殊涂，而炼意炼词，悉归一律，至于通篇句法，平仄相衔，与律诗律赋同体。唐以前不尽然者，法未备也；唐以后间有不然者，如律诗中之有拗句也，不得沿以为例。

（四）校后谰言

此书校镌已既，忽发内疚之思；即夜又有相左之梦，因而书之。曰：

持筳以撞，比于大声镗镗者，宜自愧憾。乃欲与学者名流大人先生争一席之地，高自标持，而曰："升作者之堂！"妄乎愚乎？

无胸中之皓，比于发覆启蒙者，宜自知藏拙。既不能有所钩稽；弗不自知隐晦。乃为钞胥，为译官，而高自曰"著作著作"，非愚即妄！

卖鲍鱼于市，比于以芝兰飨人者，宜自知罪！既不能伐毛洗髓，怀恶以去；复又自忘其臭，妄灾枣梨，误天下读者，而亦高自曰"著作著作"，非"大恶"即"大慎"！

市不成熟之物者，在商人则曰奸商；在"所谓"文人则曰"文丐"！而余此书，又同学诸君所为口录者，则当贬曰"口丐"！乃亦欲高自以为"著作"！既愚既妄而又不知"丐"之可悲，哀哉！

虽然有"饥"来驱我，有"贫"不能逐，"天实为之，谓之何哉"！于是乃自求解脱之说，而为绝端之否认语曰："否！否！非著作！乃欲以口舌之劳，获蝇头之利'酤酒市脯'与狂友买醉之资耳。"

此昨夜夜漏二刻校完此书后之两种交战心理。汗粘黏被，不成眠者二小时，既得解脱，乃忽焉思睡，既睡而梦。梦：

戴峨冠，佩宝刀，坐绿绒沙发，履红锦地衣，奇花布于绮窗，甘果陈于玉盂，通体谐邕，如登春台！举头见案端有斗大金印，朱纽黄绶，取而视之，曾不辨鸟虫之篆，自顾服饰起居，居然达官贵人，喜急而狂！……

倾之！忽有感于心者，似尚有所不足然！……

忽粲者五六，婆娑自外来，止于座隅，夹左右并肩而坐，送暖嘘寒，道苦辛，问服食，余初疑而视之：以为妃妾？

则灶下婢亦无之，安得艳妻？以为家人？又不识？以为亲友？又不似？余授色惶剧，粲者似已心知，乃展唇微咏曰："妾巫山之神女！爱君高文，不嫌来奔！……"

历举余所为文，赞叹三四。欢益接，乃移座相偎。柔体在怀，脂香在鼻，搂依者久之！忽一粲者持信札一束来，为拆函朗诵。则余之某大著已十版预告，某大书局以重金征余文，某大学请讲演，某女士求赐以一面，某某聘余为高等顾问，某军某部聘余为某某长、某某主任，某某大企业开股东大会，某建筑师为绘某屋图案，不可尽书！最后得某某大学者与国府首领合赠之斗大金字曰"著作家之荣誉"！余环顾四周，坐华室之中，有斗大金印，拥美姬五六，人生乐事，可谓极矣！"著作家之荣誉"，当之无愧。喜极而手舞足蹈。……

一手忽剧痛，则天寒被薄，赤手在外！墙间白垩脱落如拳大！枕上有灰泥，砾砾刺脸！正邻家劈柴声急，似有老妪大嗽，小儿夜哭也！

天将曙，不复入睡。因以昨夜迫塞之心境以梦境相校。忽若有悟者，既而曰："著作可以逐贫致富，为达官贵人！"计再四载而余年三十，当得百万言以上，以筑此"美衣玉食，金屋阿娇"。极人生之乐事，垂千载之令名，余将致力于"著作"！余将致力于"著作"！……

心气稍静，欲招昨夜磊磊之心以为衡鹭。则梦境离离，不复有"大声镗镗""发覆启蒙""飨人以芝阑"之思。所萦萦于心中目中者，惟"美衣玉食金屋阿娇"，挥之不去矣！于是椎床而诵庄子之语曰：

今者吾丧我！

今者吾丧我！

呜呼！

诵既毕，知往不可追！乃发二愿曰：

呜呼！此饱暖中之迷梦，召之即来，挥之不去。

愿已迷之"娇子"，放下屠刀，毋自误误人！

愿未来之"清洁的孩子"，抽出利剑，禁止痴梦！

十八年　亮夫在上海

（我自己不满意于书之处，已不可胜数，然上海求书不易，亦无时可以安定读书，欲加修正，请俟来日。）

第二编
中国文学各论之部

第四章　绪　说

　　文学是怎样地组合？用些什么东西组合？这在第一编说了个大概，勉强把它算是"文学原理"罢。本篇想就中国文学说说，意思很简单，只有一点：

　　"文学的国际"的分别，只在它那表现的方法与手段。——即文字文法语调等文学形式——其人的心情，只有量上的多寡之差，而无质上的根本不同。——详第一篇《文学特质》一书——所谓"中国文学"者，不过是世界文学的"取这种方法与手段作为它在人类生活的大洋里"的表演工具。瞭当地说罢的它也是世界的公物，其所差别者，也如像赤道与寒带民族的肤色之差，是一样的自然。我们来讲述它的功效，至小限是讲明人类文化的一角。

　　在文学的国际里，恰恰只有亚洲本部的黄色人所谓黄帝之胄这一系的中国人，是用这种政策，——即上文所谓方法手段——来为表演的工具，再也没有其他同文的国度。这与欧洲之"政治国际"的国家，有许许多多同用一种文字者不同。

　　按日本文字，取之中国，其末流则颇复异，但可谓之日半同文国。我们是生在这种情形、这种地方的人，这个责任，自然我们自己来负担，更为切要。

　　在这大而无当的"文学概论"这个名称之下，真真要名实相符，至小限要把重要的世界各国文学都讲到才是。可是懂得英文的，便拼死请进几个拜伦（Byron, 1788—1824）、易卜生（Ibsen, 1828—1906）、莎士比亚（Shakespeare, 1564—1616），懂得法文的便请进几个马罗（Marot，1497—1544）、布德（Bod，1857—1906）、莫泊桑（Maupassant，1850—1893），懂得俄文的便拉了托尔斯泰、屠格涅夫、陀思妥耶夫斯基，这是同我专说中国文学，是一样的偏而不全。不过我以为生在这个地方的人，说这个地方的话，比较更为切要一点。况且在中国出版界上所见到的拜伦、大小仲马、托尔斯泰，都是作者自以为的拜伦、大小仲马、托尔斯泰呢。虽然我也保不定我所说的屈原、李杜、苏东坡、马东篱、姜白石、施耐庵、曹雪芹诸人，是我心中所见的人，与近今称号中国文学家衮衮诸公所见者是一样。

字形方正，每字一个音节，在句语中，各国字都个各独立的这个条件之下的中国文学，自有它的特异的处所。在第一篇第三章里，把它与世界文学的外形不同之各要点讲过一下。现在想更抽象一点来蠡测中国文学独具之点，而与之以评价。

第一节　华　夏

要了解所谓中国文学，自然要先了解它所据为表演的立场。干脆地说"什么叫作中国？""中国是怎样的？""怎样的完成其为中国？"这三个问题是当先了解的。除第三个问题在下面《中国文化之鸟瞰》一节告诉我们而外，一二两个问题，是本节所欲讨论的。先来看看中国的名义罢。

一、释　名

关于中国的称谓，我不想支言漫衍地讲，譬如历史上所有的什么秦人、汉人、唐人，以及震旦、真丹等等名称的来源与事实等等，因为这在本讲演的分量上，不必要；并且也都是某一个时代特有的名称，也不必再来做字纸篓，让那种专家去讨论罢。

大概以"华夏"二字称中国,不仅有悠久的历史,似乎也已成为永续不断的专名。但这两字是自己的称谓,还有一个差不多是世界对我们的通称的"支那"一语。本节便单就这两个名称,加以解释。

华夏 这是秦汉以前,中国本部人对四邻的民族的自称之词。如《尚书·尧典》所谓的"蛮夷猾夏"、《春秋左氏传》所谓的"裔不谋夏,夷不乱华"都是。其所以命名为华夏的原因,有的说:"夏大也,中国有礼仪之大,故称夏,有服章之美故称华,华夏一也。"(《左传》定十年正义)这是以"华夏"二字为虚拟的空名,只是一种自夸之词。进一步则以"夏"字是"大国"的称谓。《书经·武成》华夏蛮貊传:"冕服采章曰华,大国曰夏。"《正义》:"冕服采章,对被发左衽,则有光华也。"《释诂》曰:"夏大也。"故中国曰夏,华夏谓中国也。再进而"华夏"两字都为中国的代称,《汉书·地理志》:"此之谓夏声。"注:"夏中国也。"《后汉书·班彪传》:注:"中夏中国也。"《左传》闵元年疏:"华夏皆谓中国也。"《诗经·苕之华》郑康成笺:"或谓诸夏为诸华。"到了许氏《说文》,则直以夏字为"中国之人"。说是"从夊,从页,从臼,臼两手,夊两足",简直是像"中国人"了。但我觉得这些渐层式的古代的解说,都不足信。到了近代,也有些新奇可喜的议论。譬如中华为"文化光华的意思。因为华是花的原字,以花为名,以形容文化之美"。但我要问,是不是凡有文化的国家,都可以称为中华吗?又看《左传》襄十四年明明有"我诸戎饮食衣服不与华同"的话,诸戎又岂肯尊他人而自贬损吗?或者又说:"中国人种自西方来,昆仑(Kunlun)即'花国'的意思,既到东方,不忘旧本,故以华名其国。"但是中国人种是否从西方来,到近来"北京齿"发现以后,成了问题(详后),则此说也只好不用。或者说"夏字的音与希腊相同,遂疑汉族与希腊同种,而《吕氏春秋》的大夏即大希腊"。自然《吕氏春秋》说黄帝使伶伦采大夏的竹子为律。在印度史中,也有相似的传说,可以比附。但是至多我们也只能比附到印度,一定要以音相准而言希腊，实在也是种危险的事。

虽近代人的说法，较为有征实的处所，比古人空言立论者，要好得多。但我们还在不十分满意。这是要待于吾人今后的努力。但以我现在所有的知识，来为这事加解说，我以为是这样的：

古代世界一切文明的起源，多在河流一带，但我们中国建国之君，则多半在山岳，而山岳也几成为人心憬憧不忘的东西。君主称曰"林蒸"，《尚书》有四岳之名，帝者必登山封禅等等都是，这许许多多的帝王"发祥"或死亡的地方，多半在华山的左右。

古传说谓伏羲生成记，即今甘肃天水县。神农生姜水，在今陕西岐山县。黄帝宅桥山，在今陕西中部县北。皆古雍州之地。高阳起于若水，即今雅砻江。高辛起于江水。舜居西城，西城在汉为汉中郡属（见《世本》）。禹生石狃，即今四川汶川县（县西有石狃村）。皆梁之地。雍在华山之阴，梁在华山之阳。

就华山以为定限，好像说这是华山一带的国家，遂名其国土曰"华"。这在事理上，总较上面所引各说为更合，所以称中国，曰中华。到秦汉以后，华民分布益广，华名遂益恢潢。至于称夏的原因，在事实上明明有条夏水，生在夏水的人，因名其族曰夏，好像生在姜水的人，称其族曰姜，是一样的自然。此水本出武都，到汉中而始盛，皆在雍梁之际，或名汉水，或名漾水，或名沔水，其实都是一样。因为它是种族名，不是国名，所以古书上多称为"诸夏"，意思是"一切夏"。（释华夏义，略本章炳麟）

总起来说，中国民族，生于夏水，因名其族曰"夏"，其建国皆在华山左右，因其名国曰"华"。本来是分开说的，后来渐渐把两名合起来用，称曰"华夏"。

支那 至于"支那"一语，是外人称我们的名称，我们仅能确知它是个释音，但是是什么字之译，到现在还成为世界学术上一个讨论的问题。因为 China 一字，在纪元前三百多年的梵书，已见到了，在这些诸多讨论里，以说它是"秦"字的译音者为占多数，而有势力。

在最初倡言"支那"是"秦"字之译音者，大概要算西藏喇嘛（Lama cos – kyi Ni – mad Pal – bzain – po）在一七四年所作的。*Grud – mt'a sel – kyi me – loin* 书中。它的大意是："秦始皇为中国有势力之君，征服邻近诸族，故秦之名，著于世界，后来语音转变为 Tsin 秦、Tsin 晋、Tsina 支那云云。"后来耶稣教士卫匡国（Tesnit Father Martin martini）所著之 *Nonno Ateas Sinensis* 书中，以及最近的伯希和（Pelliot）教授等所讨论的都是。（伯氏文，见《河内法兰西远东学院丛刊》）在佛书里更有至那、脂那的异文，莫诃至那、摩诃至那等称（按莫诃靡诃即 moha 一字，华言"大"也），又有震旦、振旦、真丹等异音，都只是一字衍变。

二、地　宜

名义的问题，扯得太多了，现在来看看地宜。

关于地理的知识，诸君知道的，一定比我还多。并且说也无益，权且看看罢。

在这片蚕叶的极西，是所谓帕米尔高原。从这块高原四方的分披，在其东，组成了支那平原。喜马拉雅山是南向走的，从东北走的是阿尔泰山，东走的是天山，这三支派，好像是道围墙。向东南走的是古传说最多的昆仑山。昆仑分为二支，向东散入中国平原，是为华夏本部构成的主岳，黄河大江都从它发源。

总括起地势来看，是西北高而东南低，所以河流也是从西北流向东南，河流里的黄河长江，支配了中国全境的一切。

中国的地带很宽，南起北纬十五度，在热带下，北迄北纬五十四度，已近北极。地面的高低，有十三万五千尺之差（高至一万四千丈，低至六百尺），所以气候的寒暑，甚为复杂，但是汉族所据为舞台的地面，则大多数是温带。

因为所在地大半是温带，温带宜于农，又得三河的灌溉，所以它的社会组织是以农业为中心。而人民的感情，是微温的、浅薄的、家族的，其性情也比较现世一点、厚重一点、保守一点，完成了家族主义、宗法制度，完成了儒家中正和平伦理尚德的思想。

因为周围三面是大山，同世界接触的机会少，所以它的文化是自生、自长、自成、自亡。而围绕在四面的民族，其文化又较低，遂压根儿无比较观摩的机会，养成了自大、自傲、漫不经心的民气。不求更为精细的思维，自私、自利、不顾他人，"天生德于予"等性气。

因为山川都是从西到东，在同一种纬度上分衍，文化的传播很难。所以几千年的进步甚少，而且划然地分开一个南北，遂成为历史上一切不调和的事象。思想、艺术、人情、风气等等，都有南北的分别，都是因地理的关系。

第二节　中国文化之鸟瞰

一切文学，都脱不了它所根据以为表演的那个舞台的场面色彩，这是我们在第一篇《社会学观之文学》一章里所确定的一个理论。而文学的国际之差异，也便生根于此。我们要了解中国文学，自不能不先了解"中国"这个东西。这我们在上节已经讲过，但是"怎样完成其为中国"一个问题，便是本节要讲的意义。

一、种族与种性

中国文化的搬演者其实是汉族，文学的原始、衍变、恢潢，亦只是汉族。则此章之所谓种族，实只不过是汉族而已。

民国十五年夏，北京农商部矿务顾问安特生（J. G. Andersson）氏在北平西南七十里周口店附近之老牛沟灰窑里，掘得一齿。经瑞典乌普萨拉（Uppsala）大学教授威曼（Wiman）之鉴定，特锡以"北京齿"之嘉名，实为近世所发现之世界最古人类遗骸。而人类起源，或于中国发现之说，颇为一有力之佐证。

按光绪二十九年，德古生物学家施洛塞（Max Schlosser）在北平药肆得一臼齿。氏断其为原人遗骸，为文道其事，谓人类起原，或可在中国考见。当时以此齿之来路不明，人尚不重视也。

民国十二年秋，德国博物院派至中国调查之古生物学专家德日进（Pere Teilhard de Chardin）及天津教士桑志华二氏在河套及甘肃陕西邻境，发现旧石器时代之石器。

按其发现之地有三：（一）在宁夏南之水东沟。石器在黄土之下部，分布甚广，为数甚多。其时代应属旧石器时代之中期（Mousterian or early aurignacian）。（二）在鄂尔多斯东南角萨拉乌苏沟。得之于黄土相当之沙层。形体特小，亦得单色之陶器，时代同上。（三）在榆林南油坊头。石器在黄土底部砾层中，为时或更稍古。又在甘肃庆阳北，亦得与此相类之石器零片。（详一九二四年《中国地质学会志》三卷一号 P. Teihard de chardin et E. Licent：On the Discovery of a Paleolithic Industry in the North China.）

在民国十年，安特生在辽宁锦西县沙锅屯，及河南渑县仰韶村二处，得到人骨石器陶器骨器等甚多。十三年，又在甘肃洮沙导河、宁定西甯镇番、青海碾伯等，又发现了同时代的器物。则此等地，已为新石器时代的人所据，于是昭昭然不移了。

按安氏将前后所得的各物，定为六期，兹略采择如下：

齐家期 得名于甘肃甯定县之齐家坪，洮沙县所得器物之近似者属之。石器与仰韶期相似。陶器少着色而多压花及席纹，时代稍古于仰韶。尚无人骨，在西元前三千五百年至三千二百年。

仰韶期 以仰韶村得名。此期文化分布甚广，现已知者有甘肃、陕西、河南、山西、河北、山东、辽宁诸省。其所得器物，则着色陶器更精美，而人骨亦较各期为多。据北平协和医校解剖主任英人步达生之研究，以为此骨与今日中国北部人种之差异，并不超过现在中国北方各种族间差异之为多云。时在西元前三千二百年至二千九百年。

马厂期 得名于甘肃碾伯县之马厂。陶器花纹颜色与上期稍异。时代在西前二千九百年至二千六百年。

新店期 洮沙县新店附近所得。陶器质较疏松，复绘有粗略之鸟兽及人形。铜器已有。时代在西元前二千六百年至二千三百年。

寺洼期 以狄道县寺洼山得名。下洼、下西河等处所得属之。铜器较多。时代在西元前二千三百年至二千年。

沙井期 以沙井得名。所得铜器益多。更有贝货及绿松石饰珠。时代在西元二千年至一千七百年。

参考《地质汇报》五号第一册，袁复礼译《中华远古之文化》（J. G. Andersson：*An Early Chinese Culture.*）、《中国古生物志》丁种一号第三册李济之译《奉天沙锅屯及河南仰韶村之古代人骨与近代华北人骨之比较》（Davidson Black：*The Human Skeletal Remains from The Sha Kuo T'un Cave Deposite in Comparison with those From Yang Shao Ts'un and with Recent North China Skeletal Material.*），又《地质专报》甲种五号，有《甘肃考古记》（J. G. Andes son：*Report Archaeological Research in Kansu.*）一文。

上面所举三说，算是中国史前所可考见的地下史材之比较重要者，二三两说，可以上承中国足征的文献。则中国北部（包黄河流域及黑龙江流域言）的开化，固已很确实地不仅如不可靠的史籍之臆言了。从（一）说来，则几乎人类发源地的王冠，加之于所谓"北京人"之首。将来的结果，固尚在研究之中，不可预断；然而，中国的文化，不仅是我们不完全的史书所记载那一点点时期，是谁也得承认的。

但是在这个期间，在这块土上生息繁殖的人，是我们汉族呢，抑是如后世史家所谓的那"被汉族所排斥的土著"，却要待将来的发现更多，让考古学人类学解剖学家的研究后，才敢断定。原来近今学者，都以汉族是从西方沿黄河而来。按此说始于法人拉克伯里，大成于蒋观云氏之《中国人种考》，章炳麟、刘师培皆有阐发。近人武进、屠孝实君，更从思想上证明。从理论上说，自然理由很充分；

虽然事实上，并无的证。但是我们也提不出其他的反证来否认这种说法。不过我们因了上面的各种发现，尤其是北京齿的关系，不能不暂时对西来说抱个怀疑的态度。

按谓汉族来源者有二道，而皆断自西方。一为自中央亚细亚，一言自西亚细亚。从第一说者，以汉族初期之繁殖，在黄河沿岸，遂推断其来自上流。从第二说者，则以斯麦尔（Smer）、阿卡德（Akkad）两民族文化与汉族有类似之点。故第一说较为可信。第二说已见驳于余杭章先生。

我们根据上列三种发现，及中国载籍所言，大约可做下面的推论：

黄河黑龙江流域，在几十百万年以前即有人类（北京齿之年代推论）。此人类，或且为世界人类鼻祖。至五万年前顷（前举第二项），已入旧石器时代，至西元前三千五百年顷，已入新石器时代。（前举第三项）此时有汉族者，——汉族二字自然是后代的称谓。——或言来自西方，最强，已占有黄河流域。

按《越绝书》引《风胡子》曰："轩辕、神农、赫胥之时，以石为兵，断树木为宫室，死而龙臧。黄帝时以玉为兵，以伐树木为宫室，死而龙臧。禹益之时，以铜为兵，以凿伊阙，决江导河，东注于海。天下通平，治为宫室。当今之时，作铁兵为龙渊泰阿工布麾之至，于猛兽欧瞻江水折扬晋郑之头毕白。"云云。此颇与人类用器进化，途程相合，而言轩辕、神农用石事，尤与前举第三项所言符。

更受了地势气候及其他天然的影响，遂勃然而兴，次第扩其领地，从此灿烂光华的中国文化益以发达。到周以后，遂自黄河流域，占有扬子江一带，至汉而及于百粤，声威远及，西欧遂有汉族之名，至今不绝。绕在它四周的通古斯族、图伯特族、印度支那族、土耳基族，即旧所谓夷戎蛮狄者，虽时时侵入华夏，甚至于领有其国，但结果都是被汉人所同化。

我们看这个转战数千年，拓地千万里的中国骄子的汉族人民，究竟是以什么力量战胜一切呢？是以强健的体力吗？不是。是以足智多谋吗？不是。是以人民之众多吗？也不是。我们试考查一下四千余年的情形，可以大胆地说："它乃是以它的特有的文化把人在不知不觉间引诱了、陶醉了、默化了而至于屈服。"自然这种特有的文化，是根于它这特有的民族性。民族性的主要不仅是文化史者要注意，便是我们现在讲文学，也必得要了知。现在略把中国种性的大概写在下面：

笼统地以什么"和平""中正"等等来解释中国民族性。我觉得纯粹只看见汉以后的情形，因为我们的祖先，并不真真是和平中正得很的民族。在我的意见，要把它分作三个时期来说，一是殷以前民族性之蠡测。可根据《书经》《易经》的材料，以理论的推断求之，这是中国民族性的"原形"时期。二是有周一代，这是中国民族性转化开展的时期。从刚健诚毅而有开创的性质，渐渐转变为懦弱慊下一路去。第三个时期是战国以后，孔学统一中国人的思想，而为民族性完成的时期。从此以后，都只在儒冠儒服之上，加点当时的风气。——如汉之黄老、六朝之道玄。——民族性也各有些许的不同，但是言其大较，也不妨说是儒家"听天安命""悠然自保"的懒惰性质。我们的民族性，从好的方面说，则曰和平中正；从坏的方面说，则是敷衍、任性、自私等等。不过现在因时间与本讲演性质的关系，不能让我们分期地详讲，我只能在这转变与成立之两个时期间，所应运而产生的几个事实、现象、学说等等，笼里笼统地说个大概，当然是很疏略不完的。

譬如我们问：儒家的学说，为什么能统一中国呢？原来一种民族性的生成，是以它所以为舞台的那个地面的气候、山水、产物，为根据，而更凭借一种与之相应的学术思想，以发挥之。——自然这种思想，也往往是以这个场面为根据。——中国大部分的地面，是在温带，太阳的供给丰富，产物也很多，人民的求生易，自然地以农业为本位，而为定住的性质。在这一种并不需十分努力便解决生活的地气里，自然无争夺斗狠的事。孔子的"远人不服，则修文德以来之"是儒家为政的极则。便是老子的"生而不有，为而不恃，功成而弗居"，也是道家不争的表示。墨子也说"兼相爱，交相利"，更是和平中正的极轨。这是中国人常常引为自夸的东西。试看，中国历史上的事，都不以远略为是，而以异族的同化为美谈。但是，这种性质，往往被"不打干"的人所假借。

和平的极则，是尚中庸，而恶偏激。"极高明而道中庸"，"中庸之为德也，其至矣乎"，这种精神，与那凡事走向极端的欧洲人，自然是大不相同。所以欧洲人为了一个耶稣基督的问题，——与政治的问题及新旧教的问题等——而大相摧残。可是我们中国人家，供的菩萨是"三教一体"。老子、孔子、释迦牟尼，以至于玉皇大帝、搬柴童子，都放在一块，向它膜拜。说个笑话，它有把山额夫人与送子观音、清教徒与欢喜佛共一炉而冶之的精神。所以儒教尽管统一全国，而为政者不妨采些黄老杂霸之术。半部《论语》可以治天下，一句《道德经》也可以临万姓。韩昌黎尽管辟佛，而唐代的佛经翻译，事实上仍是比各朝为多。如此种种，都是中庸一道之表现。所以在中国的文学里，也是雍容自得、婉蛮依人、含意不尽，一种说不出来的幽默（humor）；与那"说个痛快""说到尽头""绝不返顾""深透无遗""虎虎逼人"的欧俄文学，绝不相同。

但是因为它境内的山脉河流，都是西东横衍的，交通不便，气候的调剂不易，所以仍然保有几分脚踏实地的性质。"坐而言，可起而行"的样子，是最为国人所称道的。因之便看轻理想，所以中国的哲学，是超乎生活以外的人生哲学，——意即不是迫切于生活问题的人生哲学——而于真真的宇宙论，则几乎没有，而已有的学术，也只仅仅是个守成的样子，而再也不能发扬光大。

按佛教之能恢潢于中土者，实缘其思想之汗漫，较神仙五行更卓眇可喜。六朝而后，儒家之说，已不足厌足人心；又得唐代在上者之提倡，为一种新加入之新生素，故不胫而走也。

学术事业之不进步，大概是这种性质作怪。但是它既不重理想，而重实际，所以造成一种"合理的生活观念"。在这种观念中，他只想用相当的劳力，获得相当的生活，便算完事。事事不进步的原因在这一点，而和平中庸之所以成功，也是这种观念为之枢纽。

又因它是以农业为本位，常常住在一块，成为大家族制度。所以人的家庭观念甚强，事事都是以家庭为立场。甚至于国家也不过是家庭的扩大。——如天子的继承，是宗法的扩大；皇家的丧服祭祀庙制等，也是家族组织的大形。——在这种极端的家族主义里，其爱国的热心，也不过是由家族而推出的。所以"夫孝始于事亲，中于事君，终于立身"便是这个意思。所以在我们中国的文学里，差不多尽是以家庭为骨子，而那离开乡关家园父母妻子打算的文章，来得很少呢。

上面所说的三种性质——（一）和平、中正，（二）重实际而轻理想，（三）家族精神，——在儒书里都说得很多。倘若我们更以历史上的事实为之证明，其说当更为有力。但是限于时间，我只能说个大概，希望诸君有时间的，再加以研究，便可以看出中国文学与世界文学的根本差异在什么地方、是什么样子。不过这儿有两句要申明的：（一）中国民性不见得仅仅如我所举；（二）上列三点中，很容易看出一二两点是比较纯粹一点的天生之性，而第三点可以说是社会组织上所造成的性质。本不必在此费词，不过我觉得大家族制度，实在给中国人性质上不少的影响，它又是农业制度下的产物。而农业组织，是缘于天气地宜、和平实际的性质，亦缘于天气地宜，更受农业制度的影响。所以特将它附入上两层"天性"之后。

二、社会组织

中国的社会组织，可以说是个伦理的集团，——或说道德的集团，更为明白点。它据以组织的原理，大概可以说是儒家的"亲亲""尊尊""长长""男女有别"几点思想可以概括。社会的习俗、法律的轻重，都以此为断，一切莫不以此为标准。在普通人口头的

"人情"二字，在中国社会里有无上的威权，便是这等思想的象征。又从它的社会表层来看，它是个农业制度的国家。家族制度，是社会组织的基本。社会国家，好似也为家族而生的，或者说国家只是家族的扩大，也以家族的伦理为国家维系的工具。——君主之家天下，其意亦同。——虽然也因历代变革之不同，也有几多的差异，然而因了这两种组织的情形，遂生了三种比较重要的事项。

重农 自来的经济来源，是"汗滴禾下土"的农民的生产。所以国家不能不重农。力田的人，与孝弟文学之士一样地看待。所以农民的生活虽苦，而名誉上的地位，并不低于士大夫阶级。——中国平民无甚严格的阶级之分，亦以此故。古代商人阶级较贱。——农民也可以一跃而为士大夫，进而为将相王公。一般人对于农民，并无一点轻视之心，所以文人的退路，便是"归耕南亩""田彼南山"。因为重视农民，所以农民的休戚，也便是一般人的休戚。——自然是因为经济的关系——不过农人的生活，毕竟比人要苦一点，而自身又是个经济之源，政府又时存觊觎之心，租税征役之苦，便是诗人吟咏的好材料。

重男 力田者是男子，这本来是以农业为中心的社会必然的情势，而在中国因为宗法制度的精密强悍，更借了儒道以及后来佛教学说的吹沸，女子的地位就低落到等于一部分财产、一头猪、一头牛、一匹马，简直是一只女人。因为女子的地位愈低，相对待的男子地位自然增高，于是男子成了女人的主人、社会的主人、国家的主人、人群的主人，而忘记了他是他母亲的儿子、他妻子是他儿子的母亲。一切无理取闹的礼教，便只是女子的桎梏。而男子不仅是逍遥法外，还要干那"以德纯人"的绝顶荒谬的勾当，你看看古今来的诗歌，不都是男子压迫女子的好材料吗？

重士 这好似欧洲的僧侣罢，但他绝不是一个阶级。只要是个完全的人，都有为士的希望。在中国的文人，也以这等人为最多。它是社会进身之阶，它是国家中坚人物，它也是文学界里的有权威的阶级。

这三种特殊事项的表演，遂成了社会推移中的主力所在。农业是经济的生产机关，男子是生产家族的主宰者，也即是社会的组织者，士大夫是社会的支配者。于是中国社会，形式上的组织，一以完成。但是我所举的这三个事项，实在是挂一漏万，不详不尽，或者还是"不得要领"也不可料。不过在我们这个科门里，既不能不讲到，又不能详讲，只好是这样疏忽而带滑稽似地如此这般说说。

但是我们很可以看出上面所举三种事项的形成，都是源于"温带""宜农"的关系。并且它们只是社会组织的表层，而中国社会的基层，还得另有申说。因为表层组织的生成，除了地宜所给与的影响而外，还须有个社会的普通意识。譬如欧洲有个耶稣基督一样。

我们纯从显在的事实来看，似乎中国社会之基层之思想是支配了人世几千年的孔子。但我们平情来看，孔子的最终目的要修身齐家治国平天下，而中国历史上所表现的事实是"人民自动地离去政治"。孔子以礼制为政治的手段，而所谓君临天下、为民之主者，哪一个不是阴险斗狠的乱臣贼子。另外还有一种可以看出上下尊卑的分际，绝不能维持政治的威严的事，是所谓的"氏阀"。氏阀阶级虽以天子之尊，也不能比其尊显，如唐文宗说的"我家二百年天下，不如崔卢"，便是一例。——所谓氏阀，也不过是家族制度显固的一个事项。——你看历代篡夺的君主，哪个不是以儒家冠冕堂皇的话为根据呢。又何尝有什么礼制可说！所以我说中国社会的思想，绝不真是孔子所谓和平中正。你看所谓知足不辱，所谓听天安命，所谓安分守己，不都是社会上最为通俗的思想吗？这种充满了道家思想的柔顺的天命主义、自然主义，不过是借了孔家这种冲和雍容礼法道义的外衣，而表演于舞台之上罢了。从此以后，中国的社会，便在这两种思想之下，绵延下来，而为此几千年生流之写像。为明了起见，权且做个说明。

```
                ⎧ 表
                ⎪ 社会形态 …… 组织  层 ── 儒家  ⎫
中国社会 ⎨                                              ⎬ 中国历史
                ⎪ 社会形态 …… 组织  层 ── 道家  ⎭
                ⎩ 基
```

关于这个问题的讨论，绝不是短短的篇章所能详，但这是值得悉心研究的，望诸君留心。

三、伦理道德

中国伦理的基础，有两点，一是源于重男轻女，一是源于家族的孝。因为重男轻女，所以要男女有别。因为孝父母，推之则及于同生之兄弟曰友。我之子孙，亦为父母而生，故曰："不孝有三，无后为大。"为生子而娶妇，是翁姑之媳，而非自己的妻子。由此而推，则《礼记》之所谓"居处之庄非孝也，事君不忠非孝也，莅官不敬非孝也，朋友不信非孝也，战阵无勇非孝也"，又曰："断一树，杀一兽，不以其时，非孝也。"猗与盛哉！这真是中国伦理上的基本精神。上推至于忠君，旁推至于爱利万物，这是"对他的"一切伦理上的道德的表演。至于道德的来源，则从个人的修养处下手。而不以社会甚至于家族为其立场。只要你个人好了，则"达则兼利天下"。《大学》上从修身推至治国平天下，便是这个意思。但是因了这以个人为道德的本位的精神，从好的方面走，为责己重责人轻独立庞大的宰治者，至少限也是个无咎无誉、尚有操守的乡愿；从坏一方说，则堕落为一种自了汉、自利鬼。

因了以孝及"男女有别"两点为伦理基础的关系，便养成牺牲在下以事在上的精神、牺牲女子以事男子的精神。于是乎真真是"女子与小人为难养也"。（小人作下人解）而女子与小人的生活，于是苦了。几千年悲惨的事情，翻开文籍罢，便是这两等人（在上者与在下者、男子与女子）挣扎的历史。父不父，子不可以不子，夫不夫，妇不可以不妇，真是"生人之道苦矣"！

按父不父,子不可不子,夫不夫,妇不可以不妇,本非儒家精义,实自白虎诸公、董仲舒诸人起。中国儒术思想,至汉而为齐民宗仰之中心,至董刘诸人,益之以严酷之谴责,而女子与小人之生活益低。因为道德的基础以个人为立场,所以一切表现的范围,也不庞大,文学中要关心到国家、社会的地方,也是以个人的恩怨为恩怨,而少以事物为本位的"大同情心"。

四、学术思想

中国在周以前,汉人所据地不出黄河流域。北地苦寒,其求生并不十分容易。所以其思想重实际。重实际,故重人事。它也敬天,但敬天是以天为一个人伦的模范,并又以它是人们生活上的卫护者。人也事鬼,但事鬼是以鬼为已往的有经验的人(重实际,故重经验),欲以之为典型。在天与人、人与鬼之间之邮便者,是祝与史。祝的职分是司掌天事,又可别为二,或者是代表人民的思想以上达于天(司历之祝),如《周官》里《春官》一篇所载者是,或者是揣摩天的意思以应于人事(司历之祝),如《尧典》所载的"钦若昊天,历象日月星辰,敬授民时"的羲氏、和氏之官是。这是后世术数一派的学之所从出。至于史呢,那便更切近人事了。因为它所掌的事,是把先人已成的例事、经验等等,传以后人。它在国家是掌一切文物制度、宗庙礼制的要职;对于人民,又是施教者,宣达民意者,(太史采诗)实是人鬼上下的邮差,于人民的实际生活帮助很大,可算是中国一切学术思想的根源。所以其设官分职,也特详。《周礼》《左传》有太史、小史、左史、右史、内史、外史诸名。到了周朝,史的位置更重,蕴蓄至春秋以后,史失世守,遂溃为百家竞说。而孔子更以私人的资格,把周以前世掌于史的《易》《书》《诗》《礼》《乐》《春秋》以教门徒,布之人间。遂使中国学术,成一光华灿烂的景象,龚自珍说:"周之世官,大者史。史之外无有语言焉,史之外无有文字焉,史之外无有人伦品目焉!""六经"者,周史之大宗也。《易》也者，卜筮之史也。《书》也者，记言之史也。《春秋》也者，记动之史也。《风》也者，史所采于民而编之竹帛，付之司乐者也。《雅》《颂》也者，史所采于士大夫者也。《礼》也者，一代之律令，史职藏之政府，而时以诏王者也。《小学》也者，外史达之四方，瞽史谕之，宾客之所为也。诸子周史之小宗也，故夫道家者流，言称辛甲、老聃，墨家者流，言称尹佚。辛甲、尹佚皆史，聃实为柱下史。若道家，若农家，若杂家，若阴阳家，若兵，若术数，若方技，其言皆称神农、黄帝，神农、黄帝之书，又《周史》所职藏，所谓三皇五帝之书是也……"

又曰："任照之史，宜为道家祖。任天之史，宜为农家祖。任约剂之史，宜为法家祖。任文之史，直为杂家祖。任讳恶之史，宜为阴阳家祖。任喻之史，宜为纵横家祖。任本之史，宜为墨家祖。任教之史，宜为小说家祖。……"

这种推极之言，虽不免多少有点附会，但意思总算不错，而章学诚有一段话，更为痛快："六经"皆史也，古人不著书，古人未尝离事而言理："六经"皆先王之政典也。古者政教未分，官师合一；有官斯有法，故法具于官；有法斯有书，故宫守其书；有书斯有学，故师傅其学。……

同样是这个老祖宗——史——生出来的子孙，因为它们所处的地气之不同，遂生了相反的结果。而使中国思想分为南北两派，这是自然的现象——如经学有南北派、词曲有南北派、画有南北派、拳术有南北派等等。北派的代表是孔子，南派的代表是老子，而调和南北者则有墨子，这三种学派，成了数千年来中国文化上一切差异的背影，而文人学士的思想，也是"不入于儒，则入于墨"。现在把梁任公先生的《南北学派差异表》，写在下面（表一），以见指扬。

表一　南北学派差异表

主　动	主　静
北派崇实际	南派崇虚想
北派主力行	南派主无为
北派贵人事	南派贵出世
北派明政法	南派明哲理
北派重阶级　《中庸》曰："亲亲之杀，尊贤之等，礼所生也。"	南派重平等　如《庄子·齐物》许行并耕之论。
北派重经验	南派重创造
北派喜保守　孔子曰："非先王法服不敢服，非先王法行敢行。"	南派喜破坏　老子曰："绝圣弃智，民利百倍；绝仁弃义，民复孝慈。"
北派主勉强　勉强者，节性也，《书》曰："节性惟日其迈。"董子曰："勉强学问，勉强行道。"孔子曰："克己复礼为仁。"	南派明自然　自然者，顺性也。《庄子》山木之喻，浑沌窍之喻，皆其义也。
北派畏天　孔子曰："畏天命。"	南派任天　老子曰："天地不仁，以万物为刍狗。"
北派言排外	南派言无我
北派贵自强	南派贵谦弱

从此以后，中国学术，便这样地流传下去。到汉时以儒学为政治羁縻的手段，而儒学大盛。历代的帝王，也利用不废，于是儒学几乎成了国教。老学在三国六朝时曾一兴起，佛教在六朝以后也大宏中土，但总是儒家思想统一中国。儒家思想的精核，只在想把社会造成一个伦理的集团，其用为门径的基本道德，是在家族制度中

所生来的一个孝字。在前面我们已说过，此处不赘。

大概在这中国文化之鸟瞰里，只想把中国人内的生活的基原及其根据，从它的立场所有的自然影响，而生出的社会、伦理、思想等处，寻到脉络。这种民族性的差异之点，便是我们中国文学的"文心"与其他文学的"文心"差异之点，自然这是一种重要的企图，可是也是难得到真处的探求。并且还有许多帮助我们探究这个问题的科学，——如人类学、考古学、语言的心理学、生理解剖学、心理学，甚至于精神分析学等等——在咱们中国都没有发达，我们只能就半真半伪的史书、空空洞洞的哲理书，推得一二。故所得到的结果，也不过些空洞的话。但在事实上既是个不能不讲的问题。所以虽然简陋，也存而不废。希望我们大家共同努力。

第三节　中国学术大要

一、中国学术分类

"史官"为中国学术之源，至周末已失其守。百家各引一端，遂溃为百家说传。孔子以私人资格，布周家世守之《六艺》于人间，而中国学术，亦益昌明。庄子整齐百家之言，为《天下篇》，分为六家，只述到哲理方面的学问，不足概学术全称。至汉刘歆草《七略》，可谓学术的总汇。但其分类，不甚得当，后来荀勖、王俭、阮孝绪《隋书·经籍志》……代有损益，而经史子集之名遂定。清修《四库总目》，仍用此分类法，其中有个最大的弊病，是另在子史之外，立一个所谓经部。其他三部，无可大议。不过这是受了儒学定于一尊的影响，也有情理可原。本讲因为只想在述其大要，并不别为更张，自下己意，仍从旧说，略言一二。

二、四部说略

经 "六经"称经,并不是尊之为"经纶天人"的意思。只不过说"以绳子贯起来的那个书"——因为古人是用竹简——是周秦以前称书的普通名称。后来儒生尊重孔子之书,而经之名始尊。因其名既尊,所以《尚书》《春秋》《礼》《易经》不列在史类,《诗经》不列在集内,而别为经部,实在没有什么大道理(参第一节第三章)。

古人多以《易》《书》《诗》《礼》《春秋》,称为五经,当《乐经》未失传前,称为六经,或六艺。自从遭了秦项一火而后不免生了存亡残佚的许多问题。后来鲁淹中及孔子宅中又得了许多古字所书的六艺,于是有今古文之分。从此便成了经学中的两大派,互相攻讪,闹到末节,附会层出,于是孔二先生的皮裇,便也拉得东鳞西爪,不成片段。倘若大家要想研究他,他的书籍真是汗牛充栋,倒是一件很好消遣的丰富材料呢。倘若我们以文学的眼光来看他,也很够我们探讨欣赏。譬如《尚书》的直质,《礼记·檀弓》的精练,"《春秋》谨严,《左传》浮夸,《易》奇而法,《诗》正而葩",也真真是无美不备呢。待我们讲到各论的时候,再分别叙述。

史 普通人说史都指所谓的"正史"说。而编年、纪事本末、谱录、杂史之类,以时推衍,也在史类。史部之富,遂号为世界之冠,也是咱们中国足以自夸于世的一件宝贝。它所有的书籍,恐怕装几十间屋子也装不完呢。

最早的史书,自然当推及《尚书》,但自来都列在经里,所以论史的人都从司马迁《史记》起,到班固撰《汉书》,止于西汉一代的事。而断代的纪传体制的史学派已成,历代修者不废,至于明朝,共廿四史。天子的传称曰纪,为一国大事之所系。其不详者,又以功臣名将世卿列侯的行事为传而分载之,其虽互见亦不能明之事,则以书、志等统之,——如《史记》之《河渠书》、《汉书》之《艺文志》等是——这便是所谓的正史。这种纪传体裁,往往不能明一事的原委，于是才有纪事本末的体裁。又往往难以考见某个时代的大事，使人了然于某时间阶段里的情事，于是有编年的史体。后世更有谱谍杂史之类，也各因其宜而自具特点。唐宋以后，私人所作的墓志行述，也可算是史的副材，后世更有史论史评诸书，不可胜穷。这是专门的学问，并且是一种最重要的学问。把我们生平之力去对付它，还怕不成功，哪里是我们区区几小时的演讲所能尽的呢。我们单从文学来看，仅仅以所谓的正史这部书来说罢。——廿四史——它所给予后人的文学意境已自不少了。如《史记》的豪迈、《汉书》的清逸、范书的烨煌，《三国志》的雅达、《南北史》的儁逸。……在文学上都有很高的地位，虽然有时以纯史家的眼光看来，或者不免于或过或不及以及诬罔不实的记载。

　　子　这是中国学术的总汇，大盛于周末，至汉而衰，在《庄子》《荀子》《韩非子》《淮南子》诸书，都各有归纳的叙述，但或详略不当，或分类不周。到司马谈《论六家要旨》，分为六家，刘歆作《七略》，分为九家，现在看来，都分得太细，不免是治丝而益棼。大概可称为子家的学说，只有三派，便是我们前面所说的孔、老、墨三家。在战国时是旗鼓相当的对峙的三派。后世儒家独兴，老墨二家遂衰。但老子尚暗行于民间，墨学在汉尚有传人，——如王孙嬴葬，及汉之所谓游侠者流，亦墨学派也。——后来简直传人都没了。孔子的书便是后人所尊的"六经"，老子著书二篇，传说那是《道经》《德经》《墨子》书，现存者尚还有三十余篇。其他如法家是老家之流，阴阳五行是儒道杂流，此处也不多说。到六朝以后，佛教大盛于中国，中国思想学术突然添了一支生力军，也放了一点异彩，便是儒家信徒，也披了袈裟，到处招摇撞骗去了。这也是中国学术上的一个娇子，我们也不能详讲。不过以文章论，则《庄子》的谐适放达、《孟子》的纵横佼健、《荀子》的谨严厚重、《韩非子》的明理透辟，也都是值得推许的。还有一层是自来"小说家"者言都附在子末，这是一种文学意境更多的东西，我们当然不可忽略。因为文人的内心的深处，无论如何，也受到一二家学说的影响呢。

集 将一切篇章——不是一个有系统的全书——集为一书,这是起于东汉,大盛于唐以后。有总集、别集之分。后世更以《楚辞》为之冠,这算是在中国纯以文学的眼光看待的一种。不过还有几种文学作品受自来的文人滑稽的排斥的:

> 至于依声末技,分派诗歌,其间周柳苏辛,亦递争轨辙。然其得失,不足重轻。于是姑附存以备一格而已。
>
> ——《四库全书总目提要》

至于宋人平话、诨词,明人的传奇,自然更是卑卑不足道了。这样偏狭的见地,足以代表中国人心目中的文学观念,是怎样的一个东西。以中国人的情感来说呢,与世界一切人类,本来没有质上的差异,则它所表现于文学方面的东西,也不能有太异于人的地方。同样的道理,在把它范围缩小而又更迫切地来说,则近代人的感情,顶多也只量上与古人有所差异。为什么以古人的体裁表达的文章,便是文章,以宋词、元曲、明人传奇所表达的,便不算文章。这不是滑稽的事项吗?这大概都是因缘于中国人的好古、守旧的性质,文学观念的模糊,以及儒家实际主义伦理思想的桎梏,种种业力造成的。

三、文学地位

中国文学的义界,要到六朝时才明爽醒活。它在整个学术上的地位,也要在此后才定,这是我们在第一篇里大概讲过的了。不过中国人是以求实际为人生要图的一种民族。纯性灵情感的文学,都视作于人无补的东西。所以"词赋小道,壮夫不为"。"一为文人,便成不得器"一类的话,无形中把文学的位置降低,于是文学也不得不与所谓圣经贤道相周旋。——或许说妥协更好——于是"文章合为事而著""文章经国之大业""文章不关世教,虽巧无益""文以载道"等等世道人心经国分野的话,做了文学的要素。文学也成了人生哲学、伦理教科书,何尝有点美的观念用在文章上面呢。

因为一般人都以伦理的实际的眼光看文学，所以那真挚坦白的热情文章，自来是被排到范围以外的。《诗经》仅存的情歌艳曲，在万无解脱的时间，也滑稽地加了"后妃之德""文王之化"，明明是首"有约人不来"的情歌，偏偏要说是国人思贤。

《丘中有麻序》："思贤也，庄王不明，贤人放逐，国人思之而作是诗。"

——《诗经·王风》

明明是"疑恋人别嫁"，偏偏要说周公东征。

《东山序》："周公东征也，周公东征，三年而归劳，归士大夫美之，故作是诗也。一章言其完也，二章言其思也，三章言其室家之望女也，四章乐男女之得及时也……"

本来是"琼窗春断双蛾皱，回首边头，欲寄鳞游，九曲寒波不溯流"的情绪，偏偏要说是"无以固其国"。

《蒹葭序》："刺襄公也，未能用《周礼》，将无以固其国焉。"

——《秦风·蒹葭》

本来是"一片芳心千万绪，人间没个安排处"的情绪，偏偏要说"刺学校废也"。

《子衿序》："刺学校废也，世乱，则学校不修焉。"

——《王风·子衿》

这种乌烟瘴气的说法，都是把诗歌当作训辞，何尝让人来认识它呢。不过这种思想，深入一切人的脑里，要在文学观念未曾认清的六朝以前，要找出不带这种思想的纯文学观，实在很难呢。但是六朝以后，在作家方面虽然倒是任情表暴，论家却仍不能脱这种所谓道统的偏见，所以纯情而幽美的平话浑词小说及传奇等等，都是"小道不足观"，被抛出文囿以外，即词曲也不过文人余墨，是放在所谓"经世高文"后面的消遣品。总之，真正的文学，中国不是没有，并且很多。不过论者是要加以儒冠儒服之神装，作者自己也要虚与委蛇，困顿于这等场屋之下，所以写"去年元夜人约黄昏"的欧阳修，人家都怕他道统生了问题，要派到在中国地位素贱的女子身上。不仅是这位朱淑贞女士的"所谓羞耻",也是咱们中国文学上的一个可怜现象呢。

第四节 中国文学的价值与特点

照上面说来岂不是中国文学没有价值吗?这又不尽然,道学家虽然拼死命地为道统作护符,间接地摧残真正的文学,但是人间的真情,总不会被一家一人一事所牢笼。热情的奔流,虽生死亦不足遏制,岂是你区区的论者所能掩盖的吗?我们要能把这些乌烟瘴气的野狐打扫干净后,中国文学的价值自然浮出来了。

不过究竟中国文学的价值在什么地方?这虽是句重要而普通的问题,却也是个滑稽而别致的笑话。因为文学的本身,绝对没有中国、外国,黄种、白种的差别。即所谓人间情感的大海,是完全相同,其差别不在质的不同,只是量的多寡呀。中国文学的本质,也不过是全人类活动中的一部,所以这个滑稽而又重要的答案,绝不是文学本身的问题,乃是加于文学上的色彩以及表现的手段与材料罢了。因之要答中国文学的价值,这个问题,只有这样说:

中国文学的价值者,乃是在世界文化中,有建筑在亚洲中部,有四千年"特别文字的历史"可考的那种民族;所谓中国者,以他们的种性风俗习惯为根据,而表现的一种"自有其个性的""很自然地与他民族不同"的心声。这种心声是代表了它是堂堂巍巍的在整个人类中自具"个性"的人。换言之"中国文学的价值者,乃代表人类中中国人所占的特有的地位的一种东西"。

很明白这是关于"民族的种性风俗习惯等等"的事。这是我们所以要讲第一节的原因。要了解中国文学的价值,也必得从这点下手。

我们根据了这一点,于是乎指出几点中国文学特有的色彩,以为本节的佐证。

一、文学的理智化

一部《诗经》的淫诗，我们诚然反对毛序的"文王之化""后妃之德"的腐说，但"子无良媒""待其吉兮"，不都是显在的理智化吗？《古诗十九首》的"东城高且长""生年不满百"，都是悲人生的短迫，本是情感之言，但它说到生与死后名誉的比较，不如渴饮于当前，便是理智化。苏东坡的"生前富贵，死后文章，百年瞬息万世忙，夷齐盗迹俱亡羊，不如一醉，是非忧乐都两忘"，何尝不是情感的理智化呢？你看中国的诗人，几无一个不是哲学家；中国的诗歌，几无一首不有很深的理智在其中。谁说李白是浪漫诗人，他不过只能喝喝酒。你看睡在酒家妇人腿子上的诗人、脱了裤子在林子里的诗人，他们都是很深的理智在这儿装样子呢。所以作诗作文的目的，并不纯然在表达自己的感情，同时在说明对于事物的观察。所以从篇章的表面看，虽然有时似纯情之作，而底面总免不了点理智的作用。

二、文学的道德化

"文章不关世教，虽巧无益"，这正道着中国文学的极端道德化的实情，而作品里也自然地充满道德色彩。传诵千载的李密《陈情表》、诸葛《出师表》以及后来的韩愈《祭十二郎》、欧阳修《陇冈阡表》、归熙甫《先妣事略》等等，未必只是文章的工妙，倘若里面不有祖孙、父子、君臣、叔侄的伦理关系在，恐怕也不会说得如此真挚，听得如此动人呢。所以《蓼莪》述父子之情、《棠棣》述兄弟之情、《伐木》见友朋之情，在作者是以道德观念驱使感情，在听者也不过是以道德观念承受感情，倘若把《蓼莪》之诗，诵给父子伦理较为浅薄的民族去听，也未必有中国人所感到的悲催。

所谓儒家的"十三经"是道德教科书，且不必说它。汉以后一切准道德的文章，又岂是我们数得完的吗？一切所谓经世大言的书，且权再不说。你看韦孟的《讽谏诗》、韦玄成的《戒子孙诗》、傅毅的《迪志诗》，岂不都是很好的"修身箴言"吗。谷际岐的《历代大儒诗钞》里，所见到的人，差不多都是道学家而兼诗人呢。

三、文学的政治化

从形式看来，历代的所谓"上表""七书""奏""疏""对策""封事"等，都是有关政治的文学，但除了这些干脆的政治的文学外，一切文学，也莫不有点政治化。

先从作者来说：中国历代的文人，很少不是政治上的失败人物。当他们盛年时，是以立德立功为一生追求的目的；等到晚年失势，不能不以"立言"为他们的借慰，于是他们悲愤政治的龌龊，描写它，指谴它，骂它，辱它。孔二先生到了没办法再遑遑于道涂的时候，也借题作文章，于是"《春秋》施笔伐之严"了。你看陆贾不是借政治而作文章吗，董仲舒不是也说"去位归居，以修学著书为事"吗。——《古文苑》载《仲舒集叙》文中语——太史公下了蚕室，不是也以"孔子至今五百岁"，隐然欲以孔老先生的修《春秋》为己任吗？

再从文学的本身来看，中国文学除了写家庭关系或说伦理关系的文章外，特别是写政治的文章，较一切为多。譬如反对战争、反对征役、反对租税等等，都是分量较多的作品。又譬如把农民蚕织诸社会问题用作材料，而以讽刺政治，也是极多极多的分量。

孔子说："不学诗，无以言""诵诗三百，使于四方，不能专对，虽多亦奚以为""诗可以兴，可以怨……"等等，以及《毛诗大序》里所说的一大堆话，都莫不是文学政治化的好证据。

中国文学的特点，我大概只举这三种。自然或者还有其他可说，不过我并不反对在这三种以外，再加上些。

除了这个而外，还有一点是因为形式上的自然而生的特点，便是"形式的美"。本来用每字一音组成的中国文学，在修辞上有许多便宜，而音律上的支配，也较任何一种文字来得活泼。这种形式上的美，却也给文学上添了不少的韵味。这在第一编里，我们已说了个大概，此处便不多讲了。

参考书

《尚书》
《左氏传》
《汉书》
《礼记》
《周礼注疏》
阮　元　《揅经室集》
章炳麟　《章氏丛书》
《国粹学报》
蒋观云　《中国人种考》
丁　谦　《浙江图书馆丛书》
马　骕　《绎史》
刘师培　《中国历史教科书》
王国维　《观堂集林》
Toung Pao　《通报》
《中国地质学会志》
《地质汇报》
《中国古生物志》
《地质专报》
《警钟日报》
梁任公　《中国学术变迁史》

第五章　诗

第一节　诗总说

一、诗　义

一切事物，绝没有一样是古今不变。我们现在用的"诗"字，与古人所用，绝不能相合无间。则现在与将来的差异，也可推而知。这便是彰往察来的意思，比较我那不见说得好的"自为之说"更为妥善的，即《红楼梦》所谓"翻新不如述旧"者。我现在只从历史上找陈迹看看：

诗是什么？历史上已够多了。归纳起来，大概可以得三派。

偏重志者　这一派的思想深处，多半从"实用主义"的立场上着眼，始见于《虞书》。推其极言之，有如《管子·山权篇》所陈。这在《论语》中论诗的地方，更为明白。这实在是民族性与学术思想的关系。

诗言志，歌永言。

——《虞书》

诗以道志。

——《庄子·天下篇》

诗，言是其志也。

——《荀子·儒效篇》

诗者志德之理，而明其指，令人缘之以自成也。故曰："诗者比之志者也。"

诗者思也，发虑在心谓之思，言见其怀抱者也！

——梁简文帝　《经义考》引

诗者所以记物也，时者所以记岁也。

诗记人无失辞。

——上二则　《管子·山权篇》

（按《论语》载孔子论诗之言曰："不学诗，无以言。"曰："小子何莫学夫诗，诗可以兴，可以观，可以群，可以怨，迩之事父，远之事君。多识于鸟兽草木之名。"曰："诵诗三百，授之以政，不达；使于四方，不能专对，虽亦奚以为！"而《礼记·经解篇》引孔子之言："入其国，其教可知也，其为人也，温柔敦厚，诗教也，……"云云。皆足以见孔子于诗之见解，不离实用色泽，非以诗为表暴情愫之物。此白居易所谓"诗歌何为时而作"之意也，然此意非自孔子发之，盖周时列国报聘，大夫皆以诗歌为交欢款纳之具。孔子亦顺随世情，故视诗为政教之工具也。）

有偏重情者　始见于《汉书·翼奉传》，至六朝以后而大明。

诗之为学，性情而已。五性而相害，六情更兴废，……

——《汉书·翼奉传》

诗以言情，情者性之符也。

——《经义考》引刘歆

诗者持也，持人性情。

——刘勰《文心雕龙》

诗者人之性情也。

——《苕溪丛话》引黄庭坚

诗者，吟咏性情也。

——严羽《沧浪诗话》

气之动物，物之感人，故摇荡性情，形诸舞咏。……

——钟嵘《诗品》

有把志与情混为一件事　如《子夏·大序》所说者：

　　诗者志之所之也，在心为志，发言为诗。——情动于中而形于言，言之不足故嗟叹之，嗟叹之不足，故咏歌之。……

　　　　　　　　　　　　　　　　　　——《毛诗大序》

（按上言在心为志，发言为诗。下言情动于中者，即在心为志之意。而形于言者，即发言为诗之意。故志情二字，名异实同，沈约《宋书》："夫志动于中，则歌咏外发。"志字亦与此同。方孝孺《习齐诗集序》："诗者文之成音者也，所以道情志，而施之上下也。"则为调停两可之说，纯是《大序》余义。）

上面所举诸说，多半是各有所偏，并且只说诗的内质，而不一言及于外形，也是个共同的弊病。比较好点的，是白居易的：

　　诗者，根情，苗言，华声，实义。

　　　　　　　　　　　　　　　　——白居易《与元九书》

"情""义"二字，是诗的内质，"言""声"二字是诗的外形，这很与我们在第一编里所举的西奥多·瓦茨·邓顿（Theodore Watts-Dunton）之说相近。

但是倘若我们留心一想，便知道上面所举的各例，实在是可把古近体诗乐府词曲赋等类的文学，都包括在里面。因为这些各体文学组成的原理，也不出这个范围。但是我们很明白他们所谓的诗，是指一切正统派的"诗"而言。如《尚书》的《皋陶·赓歌》、《诗经》、汉人《乐府》、唐人古近体，绝不是广义地指到词曲等类。在理论上，我们不能不说他们的观念不正确，但是在事实上我们又不能不认他们这种说法之便于叙述。我们只好认它在理论上当作广义，在事实上作狭义。本书分类的办法是词曲等与诗为平列的性质，所以这个诗学的范围，恰恰地与古人所说相合。但是诗词曲等，不过是形式的差别，而无内质的差别，我们要明白它们的意义，是不能照事实范围限定的。

二、诗　原

从理论方面说，诗既是心之声，则自初民言语已明时，即当有之。《吕氏春秋》所载的葛天《八阕》——一《载民》，二《玄鸟》，三《遂草木》，四《奋五谷》，五《敬天常》，六《达帝功》，七《依地德》，八《总万物》之极——夏侯太《初辨乐论》所说的伏羲《网罟》之歌，虽不必可信，但是在渔猎时代的人，当他猎得一个牛的时候，欢欣鼓舞操着牛尾，投足而歌，或网得一怎食物的时候，则偃仰咏叹，这种情形，又何尝不是初民时代的情事呢。古书上所载神农的《丰年之咏》（夏侯玄《辨乐论》其辞亡。）是农业时代人民当有的事。而《礼记·郊特牲》所载伊耆氏《蜡辞》（伊耆氏即神农，见《孔疏》）乃是祭田之歌，也与初民生活相合，其辞曰："土反其宅，水归其壑。昆虫毋作，草木归其泽。"

渐渐到了后来，大概文化也益进步，文字既有定则，写定的篇章，在理论上自然应更多。我们但看《汉书·艺文志》所载黄帝之书，虽不必尽信，但在理论上却也无甚冲突。《乐府诗集》引蔡邕《汉书·礼乐志》言黄帝使岐伯作《短箫铙歌》《伪归藏》也载着《棡鼓》之曲十章（一曰《雷震惊》，二曰《猛虎骇》，三曰《鸷鸟击》，四曰《龙媒蹀》，五曰《灵夔吼》，六曰《雕鹗争》，七曰《壮士夺志》，八曰《熊罴哮唸》，九曰《石荡崖》，十曰《波荡壑》）、《水经注》载《渡漳歌》、《文心雕龙》载《祝邪文》等等，而《说苑·敬慎篇》所载黄帝《金人铭》，更为世所称道。

这些材料，我们虽不敢相信都是真的，但是从理论上说，黄帝时，实在应当有更多的诗歌了。

（按《吴越春秋》："越王欲伐吴，范蠡进善射者陈音。王问曰：孤闻子善射，道何所生。对曰：臣闻弩生于弓，弓生于弹，弹起于古之孝子。不忍见父母为禽兽所食，故作弹以守之，歌曰：'断竹续竹，飞士逐肉。'"《文心雕龙》以为黄帝时歌。自来录古逸者，皆以此冠首，故附着于此。又《太公兵法》引黄帝语云："日中不彗，是谓失时，操刀不割，是谓失利之期。执柯不伐，贼人将来，涓涓不塞，将为江河，荧荧不救，炎炎奈何！两叶不去，将用斧柯，为虺勿摧，行将为蛇。"颇警拔，类《金人铭》，亦附于此。)

从信史方面说，到了唐虞时代，已是"焕乎其有文章"。这时候大概中国的未开化时期的社会，已具雏形了，《尚书》载舜作之歌曰："勑天之命，惟时惟几。"又曰："股肱喜哉，元首起几，百工熙哉！"

《皋陶·赓歌》曰："元首明几，股肱良哉，百工康哉！又曰：元首丛脞哉，股肱惰哉，万事堕哉！"

算是最为可信的歌诗了。兹将这个时代诗歌之可考者，类纂如下，不过也是可疑者居大半。

（一）君王之作

《尧戒》：战战栗栗，日谨一日，人莫踬于山而踬于垤。

——《淮南子·人间训》

《舜卿云歌》：卿云烂兮，纠缦缦兮，日月光华，旦复旦兮！

——《尚书大传》

《舜载歌》：日月有常，星辰有行。四时顺经，万性允诚。于予论乐，配天之灵。迁于贤善，莫不咸听。鼚乎鼓之，轩乎舞之。菁华已竭，褰裳去之！

——《尚书大传》

《舜南风歌》：南风之薰兮，可以解吾民之愠兮。南风之时兮，可以阜吾民之财兮！

——《孔子家语》，又见《路史》

（二）群臣之作

《八伯卿云和歌》：明明上天，烂然星陈。日月光华，弘于一人。

《尚书大传》舜将禅禹，于是俊七百工，相和而歌《卿云》。帝倡之，八伯咸稽首而和。

——《尚书大传》

（三）民　歌

《老农击壤歌》：日出而作，日入而息。凿井而饮，耕田而食。帝力何有于我哉！

《帝王世纪》：帝尧之世。天下太和，百姓无事，有老人击壤而歌。云云。

——《帝王世纪》，亦见《高士传》

《康衢儿童谣》：立我蒸民，莫匪尔极。不识不知，顺帝之则！

——《列子》

《女子狐绥绥》：绥绥白狐，九尾庞庞，我家嘉夷，来宾为王。成家成室，我造彼昌。天人之际，于兹则行。

——《吴越春秋》

不过很可怪的是有夏一代的诗，却非常之少。除《五子之歌》外，《墨子》上载着："渝食于野，万舞翼翼，章闻于天，天用弗式。"

一首，及《春秋左氏传》载着的："惟彼陶唐，帅彼天常，有此冀方。今失其行，乱其纪纲，而乃灭亡。"

一首《孟子》载着的："吾王不游，吾何以休。吾王不豫，吾何以助。"

一首而已。到了商代，文学的修辞方面，从《尚书大传》刘向《新序》所引各诗看来，倘若足以征信，大概是进步得多了。

盍归于亳，盍归于亳。亳亦大矣。觉兮较兮。吾大命格兮。去不善而就善兮，何不乐兮！

——《尚书大传·汤誓》

江水沛沛兮，舟楫败兮。我王废兮，趣归薄兮。薄亦大兮，乐兮乐兮。四牡蹻兮，六辔沃兮。去不善而从善，何不乐矣！

——《新序·刺奢篇》

而箕子《麦秀》之歌、夷齐《采薇》之作，都有故国沦丧之感，怆慨悲忿，尤为激楚，令人不能卒读呢。

麦秀渐渐兮，禾黍油油。彼狡童兮，不我好仇！

——《尚书大传》

> 登彼西山兮，采其薇矣！以暴易暴兮，不知其非矣。神农虞夏忽焉没兮，我安适归矣！于嗟徂兮，命之衰笑！
> ——《史记·伯夷传》

（按《诗经·商颂》乃宋诗，故不入商文字。）

以上所陈，可算是诗的发轫时期，还不能算成立。到了周代，则诗的一切算是成立了。这是因为周代制度所给与的影响。太师所采集的民间之诗曰风，大夫所为言政者曰雅，国家庙堂祭祀之文曰颂，后来孔子大概整齐过一下成了现存的三百五篇，而为几千年来之所本。并且又是信而有征的东西，不比商以前所遗留下来那些尚待人斟酌。从此以后，诗的名目因而成立，而诗的衍变，亦以此为规摹。所以《诗经》一书，值得我们用长篇议论它，当在另篇去说。

总之，从理论上说。诗之原起当与言语同时。从信史上说，可以勉强推到黄帝，更以稍后的尧舜为可信。而其成立，则当迄于《诗经》之写完呢。汉以后五七言兴起，诗的局面愈益开展。到六朝以后，声音格律渐渐严密，遂开光华灼烁的唐以后的近体诗，流传至今而不废。本章之所论列，便是以古近体各诗为主，而《诗经》为之另立一章，以详之。现在做一个概括，后面叙述时，便以此为据。

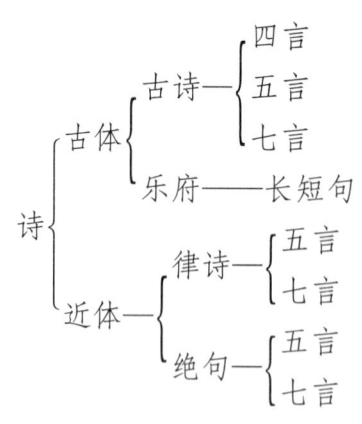

```
         ┌ 古诗 ─┬ 四言
         │      ├ 五言
    ┌ 古体┤      └ 七言
    │    └ 乐府 ── 长短句
诗 ─┤
    │    ┌ 律诗 ┬ 五言
    └ 近体┤     └ 七言
         │     ┌ 五言
         └ 绝句┤
               └ 七言
```

第二节　声　韵

声韵的大概，在第一编里已略说过。在魏晋以前的古诗里，不受四声的羁束。《诗经》的声调——指四声分配说——极无一定。大概当时的音乐尽存声音的急徐阐缓，本不过是音乐上的音的变化——音时、音调、音强弱等——三百篇都是可歌的诗。则其声音的轻重高下长短，必不背于音乐原理，这是可以断定的。汉诗虽不必如赵执信《声调谱》那样的呆笨，但也必是很自然地有其音节在。大概是汉人很讲究小学的缘故罢。（详《汉书·艺文志》《说文解字序》及海宁王先生《汉魏博士考》诸书）魏晋以后，中国乐理已亡，小学不修，当时佛书的翻译，渐渐开始。文人学士，大概也受了印度声音之学的影响，整顿汉族音韵的事，在理论上说，当在此时成立。李登《声类》、吕静《韵集》等书，即是当时整理的成绩。到沈约、周颙、王斌诸人，而四声之说大行。"约等为文，皆用宫商，将平上去入为四声，以此制韵，有平头、上尾、蜂腰、鹤膝。五字之中，音悉异；两句之内，角徵不同。不可增减，世呼为永明体。"（《南史·陆厥传》）四声八病之说（附一）支配了唐以后的一切诗。我们现在来看，所谓四声二百六韵之于文学，虽不必一定是"妙旨入神"，却也是一种自然的支配。现在分别地说说：

四声　所谓四声，即是平上去入。唐释神珙引《元和韵谱》说："平声者哀而安，上声者厉而举，去声者清而远，入声者直而促。"这样笼统而不可捉摸的话，自然不足以释四声的精义。不过在普通古近体诗里所用到的四声，本用不到十分探讨。我不想再从声韵学的原理上来解释它——参后词一章的声律一节——古近体诗所用的四声只是如沈约所说的平上去入，并不必学词曲上的四声又各分阳阴，或方言上之分五声六声以至九声（附二）的麻烦。不过在诗里所用的声的要义，却有两种，一种是单用四声平仄的声，一种是用韵的平仄的声。譬如：

平仄		李白《朝发白帝城》
平平仄仄仄平平	韵	朝辞白帝彩云间，
仄仄平平仄仄平	韵	千里江陵一日还。
仄仄平平平仄仄		两岸猿声啼不住，
平平仄仄仄平平	韵	轻舟已过万重山。

每字的平仄不用说。但是"间""还""山"三字，不仅是四声中的平声，并且还是一个平声韵呢，这便叫作用韵的声。而诗中所用的上去入诸字，又通称曰仄声。仄声是上去入通用不分的。这是一首唐以后的律诗的用声用韵。至于古体诗呢，用声用韵的方法更宽了。每字不必有一定的平仄，用韵的地方也不一定要同一平仄。其详情当在各体诗里去说，但是古今来说声的书往往同说韵的连在一块，所以不仅要了解韵者要讲究一下韵，便是要讲声者，也要知道韵。

韵 集合许多收音相同的字，谓之一韵。《隋书·经籍志》里所载的韵书，大半亡佚。所以他们的韵的分类情形，无从得知。隋陆法言祖述沈约《四声谱》，而撰《切韵》，调和今古南北之音，而分为二百六韵。唐天宝孙愐加以订正，而改为《唐韵》，宋之大中祥符元年，更为增损修订，定名《大宋重修广韵》。陆氏孙氏二书虽亡，但《广韵》尚不失其大体，二百六韵之旧，赖以保存。景祐中（仁宗年号）丁度撰《集韵》及《礼部韵略》，就韵窄的地方，准许通用者有十三处。（附三）于是唐以来之旧法，为之一变。至金大正六年，平水王文郁乃并合旧韵之可通用者，为一部，改二百六韵为百七韵。宋南渡后，刘渊得其书，而重刊之，名曰《王子新刊礼部韵略》，专为科试之用，世号《平水韵》。至元大德中，阴时夫兄弟，撰《韵府群玉》，删去上声"拯"韵，成为百六韵。分平声为上下，共三十部，上廿九部，去三十部，入十七部，便是现在所通行的诗韵。其间尚有夏英公的《四声韵》、二徐的《篆韵谱洪武正韵》，诸书关系比较少点，这儿不多说了。至于清代古音学家，又有把它合并为六部、十部、十三部、十七部等等。这是声韵学上的问题，不是这古近体诗里边所要的，也不多说。现在把二百六韵的详目，及合并后的百六部详目，列表如下（见表二）。

表二 广韵与平水韵分合表

四声	部目\韵部\音\韵数	一	二	三	四	五	六	七	八	九	十	十一
		uŋ	uoŋ	iwoŋ	ɔŋ	ię	i	i(ː)	ei	iwo	iw	wo
平	广韵目	东一独用	冬二钟同用	钟三	江四独用	支五脂之同用	指六	之七	微八独用	鱼九独用	虞十模同用	模十一
	平目	东	冬		江	支			微	鱼	虞	
上	广目	董一独用	肿二湩字附见鸼韵	钟二独用	讲三独用	纸四旨止同用	旨五	止六	尾七独用	语八独用	麌九姥同用	姥十
	平目	董	肿		讲	纸			尾	语	姥	
去	广目	送一独用	宋二用同用	用三	绛四独用	置五至志同	至六	志七	未八独用	御九独用	遇十莫同用	莫十一
	平目	送	宋		绛	置			未	御	遇	
入	广目	屋一独用	沃一烛同用	烛三	觉四独用							
	平目	屋	沃		觉							

续表

四声	韵部目\韵数音部	二 iei	三 iæi	四 aːi	五 aːi	六 ai	七 aːi	八 uai	九 ai	一〇 iwai	一一 ien	一二 iuen
平	广韵目	齐十二独用		佳十三用皆同	皆十四			灰十五用哈同	哈十六		真十七同谆臻	谆十八用
平	平目	齐		佳				灰			真	
上	广目	荠十一独用		蟹十二骇同	骇十三			贿十四用海同	海十五		轸十六用准同	准十七
上	平目	荠				蟹		贿			轸	
去	广目	霁十二用祭同	祭十三	泰十四独用	卦十五同怪用夬	怪十六	夬十七	队十八用代同	代十九	废二十独用	震二十一用稕同	稕二二
去	平目	霁		泰	卦			队			震	
入	广目										质五用术栉同	术六
入	平目										质	

· 216 ·

续 表

部目\韵数\四声\音\韵部		二三 ien	二四 iuən	二五 iən	二六 uəi	二七 uən	二八 nə	二九 an	三〇 uan	三一 a( )n	三二 an	三三 ien
平	广韵目	臻十九	文二十独用	欣二一独用	元二二同魂痕	魂二三	痕二四	寒二五用桓	桓二六桓同	删二七用山	山二八山同	先一仙同用
	平目		文			元		寒		删		
上	广目	榛隐韵龀字附见	吻十八独用	隐十九独用	阮二十同混很	混二一	很二二	旱二三用缓	缓二四	潸二五用产	产二六	铣二七狝用同
	平目		吻			阮		旱		潸		
去	广目	韵龀字附见焮	问二三独用	焮二四独用	愿二五同恩恨	恩二六	恨二七	翰二八用换	换二九	谏三十用裥	裥三一	霰三二线用同
	平目		问			愿		翰		谏		
入	广目	栉七	物八独用	迄九独用	月十用没	没十一		曷十二用末	末十三	黠十四用辖	辖十五	屑十六用薛同
	平目		物			月		曷		黠		

续　表

四声\部目\韵部	韵数\音	三四	三五	三六	三七	三八	三九	四〇	四一	四二	四三	四四
		iæn	ieu	iæu	ɑu	au	a	ua	ɑ̣	iaŋ	ɑ̣ŋ	ẹŋ
平	广韵目	仙二	萧三宵同用	宵四	肴五独用	豪六独用	歌七戈同用	戈八	麻九独用	阳十唐同用	唐十一	庚十二耕清同用
	平目	先	萧		肴	豪	歌		麻	阳		
上	广目	狝二八	篠二九小同用	小三十	巧三一独用	皓三二独用	哿三三果同用	果三四	马三五独用	养三六荡同用	荡三七	梗三八耿静同用
	平目	铣	筱		巧	皓	哿		马	养		
去	广目	线三三	啸三四笑同用	笑三五	效三六独用	号三七独用	个三八过同用	过三九	祃四十独用	漾四一宕同用	宕四二	映四三诤劲同用
	平目	霰	啸		效	号	个		祃	漾		
入	广目	薛十七								药十八铎同用	铎十九	陌二十麦昔同用
	平目	屑									药	

218

续 表

部目\韵数\韵部\四声\音		四五 ɐŋ	四六 iæn	四七 ieŋ	四八 ieŋ	四九 əŋ	五〇 nə̯u	五一 ə̯u	五二 nə̯u	五三 mə̯i	五四 am	五五 a( )m
平	广韵目	耕十三	清十四	青十五独用	蒸十六登同用	登十七	尤十八侯幽同用	候十九	幽二十	侵二一独用	覃二二谈同用	谈二三
平	平目	庚	青		蒸		尤			侵	覃	
上	广目	耿三九	静四十	迥四一独用	拯四二用等同	等四三	有四四同厚黝用	厚四五	黝四六	寝四七独用	感四八敢同用	敢四九
上	平目	梗		回	候		有			寝	感	
去	广目	净四四	劲四五	径四六独用	证四七嶝同用	嶝四八	宥四九同候幼用	候五十	幼五一	沁五二独用	勘五三阚同用	阚五四
去	平目	映		径	让		宥			沁	勘	
入	广目	麦二一	昔二二	锡二三独用	职二四用德同	德二五				缉二六独用	合二七用盍同	盍二八
入	平目	陌		锡	职					缉	合	

续　表

部目＼韵数＼音韵＼四声韵部		五六	五七	五八	五九	六〇	六一		
		iæm	iem	aͺm	a( )m	iaͺm	iwaͺm		
平	广韵目	盐二四添用	添二五	咸二六衔用	衔二七	严二八凡用	凡二九	唐韵五十七部	天水韵三十部
	平目	盐		咸		入盐	入咸		
上	广目	琰五十忝用	忝五一	豏五二槛用	槛五三	俨五四范用	范五五	唐韵五十五部	平水韵一九部
	平目	琰		豏		入琰	入豏		
去	广目	艳五五栎用	栎五六	陷五七鑑用	鑑五八	酽五九梵用	梵六十	唐韵六十部	平水韵三十部
	艳		陷		入艳	入陷			
入	广目	叶二九怗用	怗三十	洽三一狎用	狎三二	业三三乏用	乏三四	唐韵三十四部	平水韵十七部
	平目	叶		洽		入叶	入洽		

合计　平水韵百〇六部　唐韵二百〇六部（附四）

按《广韵》乃以戴东原氏《声韵考》卷二之《考定广韵独用同用四声表》为据。

在这表里，凡《唐韵》注有独用同用的地方，便是平水韵合并的地方。所以可说于韵书的大体上，还是不甚相差，所谓"东""冬"等目，不过是举出来属于这一韵的代表字，并没有什么意义。至于他列排的次序，则不可乱。因为或先或后，都有它相关的音理。至于上面注的"音"这一项本来不是这样简单。譬如"东"韵一系，——连上声董，去声送，入声屋等说。——我们仅注 uŋ 一音，实际它还有 iuŋ 一类的音。又如"麻"韵，我们但注户 ŋ 一音。实际它还有 ia、wa 两类音。因为我们的目的，只在大概表明其音素，在诗歌里已足用了。所以这音理上的问题，也不去细分。

又在这个表里，平声先韵以下，在普通的书，都分作下平声，故凡韵书都是五卷。它不过是因为平声字太多了而分的，并没有什么音理在里边。

在作古诗多以《广韵》为根据，至于宋以后的人作近体诗，则多据乎水韵。

附一

《诗人玉屑》卷十一，引沈约《八病》云：

一曰平头。第一字第二字，不得与第六字第七字同声。如"今日良宴会，欢乐莫具陈"，今欢为平声。

（按此言五言诗之第一句首两字，与第二句之首两字，皆各不得四声相同也。）

二曰上尾。第五字，不得与第十字同声。如"青青河畔草，郁郁园中柳"，草与柳皆上声。（按此言前句尾字，不得与后句尾字同声。若遇此二字是韵，则不必是病。）

三曰蜂腰。第三字不得与第五字同声。如"闻君爱我甘，窃欲自修饰"，君甘皆平声。欲饰皆入声。

（按在近体五言诗，则每句之第二第五两字其平仄必同，若是仄尚有上去入三声可调，若是平，此说将穷。故论者或谓此说只限于仄声云。）

四曰鹤膝。第五字不得与第十五字同声。如"客从东方来，遗我一书札，上有长相思，下有久别离"，来思皆平声。

（按鹤膝不独论一三二句也，推之三与五、五与七。皆然，此在律诗中绝不犯。）

五曰大韵。如声鸣为韵，上九字不得用惊倾平荣字。
（按固用叠韵字者，当不受此律。）

六曰小韵。除大一字外，九字中不得有两字同韵，如遥条不同。
（按此言两句十字中，除押韵处外不得有两同韵字，然固用叠韵字者，当不受此律。）

七曰旁纽八曰正纽。十字内两字叠韵为正纽，若不共一纽而有双声为旁纽，如流久为正纽、流柳为旁纽。

（按旁纽正纽之说，诸家说不安处，细泽《玉屑》之言，则所谓旁纽者，谓异韵双声字，正纽者，谓同韵双声字。然不同平仄，每两句十字之中，不得隔字用双声字，如"元生爱皓月，阮氏愿清风"，元月阮愿皆为隔字用双声，是病，此曰旁纽。又如"我本汉家子，来嫁单于庭"家嫁是双声而叠韵，是正纽，是病。）

附二

按高元《国音学》列九声八声之说，兹分列如下：

（1）广东九声　清平、清上、清去、浊平、浊上、浊去、清入、中、（即入清去）浊入。（即入浊去）

（2）浙江八声　清平、清上、清去、清入、浊平、浊上、浊去、浊入。

（3）江苏七声　浊上与浊去相紊，其他与浙江八声同。

（4）西南五声　有平声两个，上去入各一个。

（5）北部四声　即阴平、阳平、上、去。

附三

顾亭林《音论·论唐宋韵谱异同》曰："此书始自宋景祐四年，

而今所传者，则衢州免解进士毛晃增注于绍兴三十二年十二月表进，与《广韵》颇有不同。《广韵》上平声二十一殷，改为二十一欣，（殷字避宣祖讳）《广韵》二十文，独用。二十一殷独用，今二十文与欣通。《广韵》二十四盐，与二十五添同用，二十六咸二十七衔同用，二十八严二十九凡同用，今升严为二十六，与盐添同用，降咸为二十七，衔为二十八，与凡同用。《广韵》以六韵通为三，今通为两，《广韵》上声十八吻独用，十九隐独用，今十九吻与隐通。《广韵》去声二十三问独用，二十四焮独用，今二十三问与焮通。《广韵》入声八物改为八勿。《广韵》八物独用，九迄独用。今八勿与迄通。《广韵》三十怗改为三十帖。《广韵》二十九叶三十怗同用，三十一洽三十二狎同用，三十三叶三十四乏同用。今升业为三十一与叶帖同用，降洽为三十二，狎为三十三，与乏同用。《广韵》以六韵通为三韵，今通为两韵。"

戴东原《声韵考》曰：按景祐中以贾昌朝请韵窄者凡十三处。许令附近通用，于是合欣于文，合隐于吻，合焮于问，合迄于物，合废于队代，合严于盐添，合俨于琰忝，合酽于艳㮇，合业于叶帖，合凡于咸衔，合范于豏槛，合梵于陷鑑，合乏于洽狎。顾氏考《唐宋韵谱异同》，举其八而遗其五。当为之补曰：《广韵》五十琰五十一忝同用，五十二豏五十三槛同用，五十四俨五十五范同用，今升广为五十二（《音论》云：《广韵》五十二俨，改为五十二广。今按当云五十四俨，改为五十二广），与琰忝通。降豏为五十三，槛为五十四，与范通。《广韵》以六韵通为三韵，今通为两韵。《广韵》十八队十九代同用。二十废独用，今十八队与代废通。《广韵》五十五艳五十六㮇同用。五十七陷五十八鑑同用。五十九酽六十梵同用，今升酽为五十七，与艳㮇通，降陷为五十八，鑑为五十九，与梵通，《广韵》以六韵通为三韵，今通为两韵。

附四

顾亭林《音论·论唐宋韵谱异同》曰：《广韵》平声五十七韵，

上声五十五韵，去声六十韵，入声三十四韵，此唐与宋初人遵用之书，意所谓一东二冬三钟者，乃隋唐以前相传之谱。本于沈氏之作，而小字注云独用同用，则唐人之功令也。书凡五卷，平声以多，字分为上下二卷，又按宋魏了翁曰：《唐韵》二十八删二十九山之后，继以三十先，三十一仙。今平声分上下，以一先二仙为下平之首。不知先字盖自真字而来。"据此似唐人无上下平之分；或虽分上下，而不别起一二之序。然皆不可知矣。其曰平声上平声下，不过以卷帙繁重而分之，犹《孟子·梁惠王上》《梁惠王下》《汉书·五行志上之上》《五行志上之中》《五行志上之下》也。昔人以上平为宫下平为商，窃恐未然，至以上平始东终山取日生于东没于山，下平抬先终凡，取先辈传与后辈者，尤穿凿可笑。

第三节　辨　体

一、古　诗

（一）四言

一言二言三言的古诗，自然绝不是没有。我们从四言讲起者：（一）依语言的组成说，要有主词、动词、受词，才能成一句话。一二言不能成为语句，三言也还有点勉强，四言大体已具，这是一种自然的支配。（二）中国古代之诗的形式，是以四言为主体。（附一）

现存的四言诗之最古而可信者，人人都说莫先于《尚书·益稷篇》的舜与皋陶的赓歌了，现在不避重复，把它写在下面：

股肱喜哉，元首起哉，百工熙哉！——帝舜

元首明哉，股肱良哉，庶事康哉！——皋陶

元首丛脞哉，股肱惰哉，万事堕哉！——皋陶

这本是唱答诗的萌芽。三章虽然是作者不同，但意义却是一贯的。就形式上说，与《诗经》的体裁简直是无大差异。譬如三章同

用一种主词，只是动词、形容词有变化，与《诗经》的"南有樛木，葛藟累之，乐只君子，福履绥之。南有樛木，葛藟荒之，乐只君子，福履将之。南有樛木，葛藟萦之，乐只君子，福履成之"（《周南·樛木》）有什么分别呢？不过它的用韵是每句都有，三句用了三个韵。二字之下，又赘一个语助词，与《诗经》中的兮字之字思字，是一样的用法。这种诗恐要算周以前诗式之最整齐者，《三百篇》便是这个系统。至其辞句的简古、声韵的铿锵、意思的厚重，真真是把上古氏人的气质性情，逼真地表现出来了。比之于我们前面所举过的《卿云歌》《舜载歌》《南风歌》《击壤歌》等等，只要留心一读，便觉得那些东西，都不足征信。至于后来的"大禹成功，九序惟歌"（《文心雕龙》）的《九歌》是怎样，我们不得见了。《墨子·非乐篇》引汤之官刑曰：其恒舞于宫，是谓巫风，其刑君子出丝二卫，小人否，似二伯黄经乃言曰："呜呼，舞佯佯，黄言九章，上帝弗常，九有以亡。上帝不顺，降之百殃，其家必坏丧。"又于武观曰：启乃淫溢康乐。野于饮食，将将铭苋磬以力，湛浊于酒，渝食于野，万舞翼翼，章闻于天，天用弗式。将将句，孙氏《墨子问诂》以为当作"将将钟钟，管磬以方"，其说可通。

  这两首诗，常可信是真的。你看它一种惶剧的感情、怆天悯人的态度，是如何的率真。就诗的式法来说，却与《皋陶·赓歌》有许多不同的地方，句尾无语助，通篇是一贯的，态度非常庄严，这大概是经过修饰的歌辞，带了许多铭诫的色彩。与那爽率而自然的《皋陶·赓歌》，大概是古代诗歌的两个派别罢。这颇与《左传》上所载的"惟彼陶唐，帅维天常，有此冀方，令失其行，乱其纪纲，乃灭而亡"的态度相似。同那"四始彪炳，六义环深"的《诗经》相较，大概要在颂里才寻得出这类文章。《史记》载的箕子《麦秀歌》，大概与《诗经》的《黍离》的情绪差不多，言简而情深，也类古作，大概不是假货。春秋战国以后，四言的形式，尚流行不衰。但成篇的东西，比较不多见。大概是戎马倥偬、弦歌久绝的原因罢。

譬如《左传》郑庄公与母姜氏的《大隧》之赋（此赋字犹歌也，后人以为赋之始，未必甚当）：大隧之中，其乐（也）融融——庄公；大隧之外，其乐（也）泄泄——姜氏。士荐之赋《孤裘》：孤裘尨茸，一国三公，吾谁适从！

至于《说苑》所载的柳下惠妻的诔辞，《左传》晋围上阳时的童谣《庄子·接舆凤兮歌》（又见《论语》）从形式来说，也都是四言诗式。而《左传》《史记》诸书所载的当时歌谣，也是以四言为多。你看：

宋城者讴 《左传》讥华元兵败，为郑所囚，又逐归也。

睅其目，皤其腹，弃甲而复，于思于思，弃甲复来！

骖乘答歌，华元使答之也。

牛则有皮，犀兕尚多，弃甲则那！

役人又歌：从其其皮，丹漆若何。

鸲鹆谣 《左传》二十五年，鹦鹆来巢，师己引童谣云：

鸲之鹆之，公出辱之，鸲鹆之羽，公在外野，往馈之马，鸲鹆跦跦。公在干侯，征褰与襦。鸲鹆之巢，远哉遥遥！稠父丧劳！宋父以骄。鸲鹆鸲鹆，往歌来哭！

宋筑台者讴 《左传》宋皇国父为太宰，为平公筑台，妨于农功，子罕请俟农功之毕，公弗许。筑者讴曰："泽门之皙，实兴我役。邑中之黔，实慰我心！"

《左传》士为引谚：心苟无瑕，何恤乎无家！

《国语》卫彪傒引谚：从善如登，从恶如崩！

《战国策》张仪说秦引：削株掘根，无与祸邻，祸刀不存！

《史记》：瓯窭满篝，污邪满车，五谷蕃熟，穰穰满家！

倘若有时间的话，我们可以引更多谣谚，来证明四言诗式，在此时还是很盛行的体裁。有秦一代的四言诗，除了几首石刻文而外，不可考见。泰山刻石文已见第一编引，是长篇四言、三句一韵的颂辞。此外还有会稽之罘诸刻石，体式也差不多，琅琊台刻石是二句一韵，不过这些都不能视作表情的诗歌。可惜始皇命博士所作的仙真诗，今已不传，无从考见。

（按《古今乐录》曰："秦始皇祠洛水，有黑头公从河中出，呼始皇曰：'来受天宝！'乃与群臣作歌曰：洛阳之水，其色苍苍，祠祭大泽，倏忽南临，洛滨醊祷，色连三光。"此不知所本，不足信也。）到汉已后，四言的体式似已因《楚辞》的兴起而渐渐地有衰遏的样子。但是我们续：

　　鸿鹄高飞，一举千里，羽翼已就，横绝四海。横绝四海，又可奈何。虽有缯缴，将安所族！

——汉高祖《鸿鹄歌》

我们觉得气势磅礴，活画一个得意英雄的情态。后来魏武帝的《短歌行》，也是此派的作品，（附二）豪气十足，都可以表现他们各人的性格气态。不过一个是英雄得意，一个却是失意。高祖唐山夫人的《安世房中歌》、东方朔的《戒子诗》，也是四言的形式。至韦孟的《讽谏诗》（附三）叙事布词，一切规模都齐备了，真是前无古人，而后开来者。四言诗在他手里，算是极尽所长。《文心雕龙》所谓"汉初四言，韦孟首唱"，《文章缘起》也说："四言诗始于韦孟"，大概便是说至韦孟而四言诗体完全成立罢。不过接着是五言兴起，它也不能再发展了，它便自然地衰下去。韦氏可是算集四言诗的大成者，也是四言诗的收场锣鼓。在我看来，后世只有嵇叔夜的《幽愤诗》，差可继轨。（附四）其他的流行，只在乐府里，还可多见一点。

　　附一　中国古代诗式以四言为主

　　按《尚书》《老子》《墨子》诸书所载古诗，皆四言也。即古初五言，亦多以一字为语助，盖便于歌唱之停顿。如昆曲之有截扳，西乐之有休息一拍子，此亦自然之势也。盖四言之为体，语义已足，古人朴质，不繁文饰，其后人智渐启，情思丰彤，短言促语，莫能宣写，而五言乃兴。夏商以前，载籍残缺，莫可征信。（禹《岣嵝碑》乃明人之伪，不足信。然殷虚卜辞中亦多四言。此为旁证。）周人继轨，四言大盛，蔚荟滂沛，故三百篇仍为四言也。（两周金石文中，亦多四言。此为旁证。）此如五言兴于西汉而盛于魏晋六朝。七言兴于东京，而大于开元天宝也。

附二　魏武帝《短歌行》

对酒当歌，人生几何！譬如朝露，去日苦多。慨当以慷，忧思难忘。何以解忧？惟有杜康。青青子衿，悠悠我心！但为君故，沉咏至今。呦呦鹿鸣，食野之苹。我有嘉宾，鼓瑟吹笙。明明如月，何时可掇。夏从中来，不可断绝。越陌度阡，枉用相存。契阔谈䜩，心念旧恩。月明星稀，乌鹊南飞。绕树三匝，何枝可依。山不厌高，海不厌深。周公吐哺，天下归心。

附三　韦孟《讽谏诗》

肃肃我祖，国自豕韦。黼衣朱绂，四牡龙旗。彤弓斯征，抚宁遐荒。总齐群邦，以翼大商。迭彼大彭，勋绩惟光，至于有周，历世会同。王赧听谮，实绝我邦。我邦既绝，厥政斯逸。赏刑之行，匪繇王室。庶尹群后，靡扶靡卫。五服崩离。宗周以队。我祖斯微。迁于彭城，在予小子，勤诶厥生。阽此慢秦，未耜以耕，悠悠嫚秦，上天不宁。乃眷南顾，授汉于京，于赫有汉，四方是征，靡适不怀，万国适平。乃今厥弟，建侯于楚，俾我小臣，是传是辅，兢兢元王，恭俭净壹，惠此黎民，纳彼辅弼。飨国渐世，垂烈于后。乃及夷王，克奉厥绪。咨命不永，唯王统祀。左右陪臣，此唯皇士。如何我王，不思永保！不惟履冰，以继祖考。那是废事，逸游是娱。犬马悠悠，是放是驱。务维鸟兽，忽此稼苗，蒸民以匮，我王以愉。所弘非德，非亲非俊。惟囿是恢，惟谀是信，输输谄夫。咢咢黄发，如何我王，曾不是察？既藐下臣，追欲从逸。嫚彼显祖，轻兹削黜，嗟嗟我王，漠之睦亲！曾不夙夜，以休令闻！穆穆天子，临尔下土。明明群司，执宪靡顾。正遐由近，殆其怙兹，嗟嗟我王，曷不此思。非思此鉴，嗣其罔则。致冰匪霜，致队靡慢。瞻惟我王，昔靡不练。兴国救颠，孰为悔过。追思黄发，秦缪以霸。岁月其徂，年其逮耇。于昔君子，庶显于后。我王如何？曾不斯览？黄发不近，胡不时监？

——《汉书》本传

附四　嵇叔夜《幽愤诗》

嗟予薄祜，少遭不造。哀茕靡识，越在襁褓。母兄鞠育，有慈无威。恃爱肆姐，不顺不饰。爰及冠带，凭宠自放。抗心希古，任其所尚。讬好老庄，贱物贵身。志在守朴，养素全真。曰余不敏，好善闇人。子玉之败，屡增惟尘。大人含弘，藏垢怀耻，民之多僻，政不由己。惟此褊心，显明臧否。感悟思愆，怛若创痏。欲寡其过，谤议沸腾。性不伤物，频致怨憎。昔惭柳惠，今愧孙登。内负宿心，外恧良朋。仰慕严郑，乐道闲居。与世无营，神气晏和。咨予不淑，婴累多虞。匪降自天，实由顽疏。理弊患结，卒致囹圄。对答鄙讯，挚此幽咀。实耻讼冤，时不我与。虽曰义直，神辱志沮。澡身沧浪，岂曰能补。嗈嗈鸣雁，奋翼北游。顺时而动，得意忘忧。嗟我愤叹，曾莫能俦。事与愿违，遘兹淹留。穷达有命，亦又何求。古人有言，善莫近名。奉时恭默，咎悔不生。万石周慎，安亲保荣。世务纷纭，只搅予情。安乐必诫，乃终利贞。煌煌灵芝，一年三秀。予独何为，有志不就。惩难思复，心焉内疚。庶勖将来，无馨无臭。采薇山阿，散发岩岫。永啸长咏，颐性养寿。

（二）五言

《文章缘起》说："五言诗，创于汉骑都尉李陵《与苏武诗》。"钟嵘《诗品》也以"逮汉李陵，始著五言之目"。但是《文心雕龙》却说："至帝品录，三百余篇，朝章国采，亦云周备。而辞人遗翰，莫见五言。是以李陵、班婕妤见疑于后代也。"是五言诗起苏李之说。六朝时已有人疑了。但是《玉台新咏》取《古诗十九首》中之"西北有高楼"等八首，为枚乘所作。倘若这个话是可相信的，则五言诗更早在李班之前。（按枚乘卒于武帝建元二年，李诗之作，使其可信，亦当在昭帝元始以后。）

近来讨论五言诗的起源的人，也都承认《十九首》为五言的初

· 229 ·

祖。不过他们却否认《十九首》是西汉的作品，都以为是东汉而后之作。其实，倘若单就《古诗十九首》的时代问题来解决五言诗发生时代的问题，则《十九首》中的"时令"（如玉衡指孟冬等）事物等等，（有阎百诗的话，已经够了）却绝不是西汉的产品。这是在事实上谁也不能再认五言诗起于西汉的，但是一种文体的发生，也有它的流变推衍，绝不是突然而来的。《古诗十九首》有这样的成熟，绝不是初祖所当有的现象。不说别的，便是比之于班孟坚一首吟史的诗，也可以看出时代先后的情形。所以在事实上虽然我们只寻得到东汉以后的《十九首》作根据，但在理论上，我们不能不求其祖神，也即是不能不求其所以然的缘故。现在我们来精细地考查一下，汉以前五言之作，大概都是歌谣。

按《孟子·离娄》章有《孺子歌》曰："沧浪之水清兮，可以濯我缨；沧浪之水浊兮，可以濯我足。"《国语·晋语》优族饮里客，酒中饮，优族起舞曰："暇豫之吾吾，不如乌乌。人皆集于菀，我独集于枯。"

皆汉前五言之歌谣也。李延年《佳人歌》亦五言。此皆脱口而唱，孺子妇人之作，非文士之为也。

在楚声的《九歌》中的《礼魂》，其辞是："成礼兮会鼓，传芭兮代舞。妇女倡兮容与，春兰兮秋菊。长无绝兮终古。"

在这一篇里把每句中的语助兮字去了，也都是完整的五言诗。这是就外形来看，这是比较更纯粹一点的五言。高祖起自丰沛，当时的王公大臣，都不过是些贩夫走卒屠狗之辈，充满汉家的声歌，自然是楚声了。在帝制下面文人的思想举动，自然是与帝王一致。所以在汉初的歌谣还有许多五言形式，就是不是五言，也是三言七言，而很少四言。我们从上面的几点关系，很可以看出："五言诗是南方诗歌的正宗。"或者折中一点说："五言诗是北派南派（《诗经》《楚辞》）调和而生的诗式。"本来中国南北两派的思想、风气，及人的性质，都各有不同，四言诗是以两个音步集成，（上二下二）非常整齐，颇合于北人厚重庄严、实事求是的精神。但是变化少，没有什么风致。同气质较流宕的南人，颇不相合。而五言诗，则有三个音步（上二中二下一）变化的分量来得大，易于描写复杂的思想情感。自然才能合得上南人的口味。（附一）高祖以南人为天下主，自然风气也要顺着南方转。则我们把五言诗的发生，放在这样的理论上，似乎也不太附会，还讲得过去。从此以后，渐渐儿被人注意，渐渐儿被人采取，渐渐儿升入文人学士之堂，缓缓地经过了二三百年后，至东汉过去（附二）才一切成立。这也是事实上流衍的现象。这个问题在近代诸贤已有不少的人在那儿从事研究。普通杂志上面，也时时登载着，诸君可以随便看看好了，我不想再来凑热闹。我们现在就来看看普通人所承认的历史上的材料，即是所谓《文选》上的《古诗十九首》，与《玉台新咏》上的枚乘诸诗，以及苏李班姬之作罢。权且不管它是不是真品，抑是赝品。——但至小限定它是东汉之作，大概不太相远罢。虽然与上面的陈叙，是个矛盾。

按钟嵘《诗品》谓古诗"其体源出国风，'去者日已疏'十四五首，疑其建安中陈王所制"云云，则《文选》所录十九首想即在锺氏五篇之数矣。

  行行重行行，与君生别离。相去万余里，各在天一涯。道路阻且长，会面安可知。胡马依北风，越鸟巢南枝，相去日已远，衣带日已缓。浮云蔽白日，游子不顾返，思君令人老，岁月忽已晚。弃捐勿复道，努力加餐饭。

  ——《玉台》以为枚乘作，《汉书》无说

现在只举一首作例，其余诸君可以自己去看。这类的诗，真是"文温以丽，意悲而远"。

  结发为夫妻，恩爱两不疑。欢娱在今夕，燕婉及良时。征夫怀远路，起视夜何其。参辰皆已没，去去此从辞。行役在战场，相见未有期。握手一长叹，泪为生别滋。努力爱春华，莫忘欢乐时。生当复来归，死当长相思。

——《文选》以为苏武诗，《玉台》以为苏武《别妻诗》，《汉书》本传无说

良时不再至，离别在须臾，屏营衢路侧，执手野踟蹰，仰视浮云驰，奄忽互相逾。风波一失所，各在天一隅。长当从此别，且复立斯须。欲因晨风发，送子以贱躯。

——《文选》以为李陵《与苏武诗》，《汉书》本传无说

"词意简远""长于高妙"而"文多凄怆，怨者之流"，这是所谓苏李这一流的五言。

新制齐纨素，皎洁如霜雪，裁为合欢扇，团团似明月。出入君怀袖，动摇微风发，常恐秋节至，凉风夺炎热，弃捐笥箧中，恩情中道绝。

——《文选》以为班姬《怨歌行》

"词旨清捷，怨深文绮，得匹妇之致"这是所谓班姬这一流的五言，恐怕同什么"上山采蘼芜"诸诗差不多罢。我们很可以看出吃人礼教下的妇人婉转哀怨的呼声。

自东汉以后，五言诗渐渐完成，直至隋唐以前，这个期间可说是蔚为大观的时候，现在把品藻今古，论定五言诗的《诗品》抄一段在下面，以观其概：

"……东京二百载中，惟有班固《咏史》，质木无文。降隋及建安，曹公父子，笃好斯文；平原兄弟，（按陆机、陆云也）郁为文栋，刘桢、王粲为其羽翼。次有攀龙托凤，自致于属车者，盖将百计，彬彬之盛，大备于时矣。尔后陵迟衰微，迄于有晋，太康中，三张（按张载及弟协亢，并号三张）二陆（按即陆机、云兄弟）两潘（按即潘岳及其从子尼也）一左（按左思也）勃尔复兴。踵武前王，风流未沫，亦文章之中兴也。永嘉时，贵黄老。稍尚虚谈，于时篇什，理过其辞，淡乎寡味。爰及江表，微波尚传。孙绰、许询、桓庾诸公，诗皆平典似《道德论》，建安风力尽矣。先是郭景纯用俊上之才，变创其体，刘越石杖清刚之气，赞成厥美。然彼众我寡，未能动俗。逮义熙中，谢益寿斐然继作。（按谢昆小字也）元嘉中，

有谢灵运，才高词盛，富艳难踪。固已含跨刘郭，凌轹潘左。故知陈思为建安之杰，公干、仲宣为辅，（按公干、刘桢也，仲宣、王粲也）陆机为太康之英，安仁、景阳为辅，谢客为元嘉之雄，颜延年为辅。斯皆五言之冠冕，文词之命世也……"

列举名家，论其得失，可谓很明白的了。而《文心雕龙·明诗篇》把它的流变的情形及原因，说得更明了。

古诗佳丽，何称枚叔，其《孤竹》一篇，则傅毅之辞。比类而推，两汉之作乎？观其结体散文，直而不野，婉转附物，怊怅切情。实五言之冠冕也！至于张衡《怨篇》，清典可味。《仙诗》缓歌，雅有新声。暨建安之初，五言腾踊，文帝、陈思，纵辔以聘节。王徐应刘望路而争驱，并怜风月，狎池苑，述恩荣，叙酣宴。慷慨以任气，磊落以使才。造怀指事，不求纤密之巧，驱辞逐貌，唯取昭晰之能。此其所同也。乃正始明道，诗杂仙心。何晏之徒，率多浮浅。唯嵇志清峻，阮旨遥深。故能标焉。若乃应璩《百一》，独立不惧。辞谲义贞，亦魏之遗直也。晋世群才，稍入轻绮。张潘左陆，比肩诗衢。采缛于正始，力柔于建安。或相文以为妙，或流靡以自妍，此其大略也。江左篇制，溺乎玄风。嗤笑绚务之志，崇盛亡机之谈，袁孙已下，虽各有雕采，而辞趣一揆，莫与争雄。所以景纯仙篇，挺拔而为俊矣，宋初文咏，体有因革，庄老告退，而山水方滋，俪采百字之偶，争价一字之奇。情必极貌以写物，辞必穷力而追新。此近世之所竞也，故铺观前代，而情变之数可监，撮举同异，而纲领之要可明矣。

除了这些有主名的作品而外，魏晋六朝还有许多无主名的作品，更觉可贵得很。翻开《乐府诗集》《玉台新咏》，便觉得琳琅满目，美不胜收，不说别的，只要有《孔雀东南飞》一首，已足照耀千古，其他《木兰词》《陌上桑》等等，权且不算，《孔雀东南飞》的词是这样的：

孔雀东南飞，五里一徘徊。

"十三能织素，十四学裁衣，十五弹箜篌，十六诵诗书，十七为君妇,心中常苦悲。君既为府吏,守节情不移,贱妾留空房,相见常日稀。鸡鸣入机织,夜夜不得息,三日断五匹,大人故嫌迟。——非为作织迟,君家妇难为。妾不堪驱使,徒留无所施,便可白公姥,及时相遣归。"

府吏得闻之,堂上启阿母:"儿已薄禄相,幸复得此妇,结发同枕席,黄泉共为友。共事二三年,始尔未为久,女行无偏斜,何意致不厚?"阿母谓府吏:"何乃太区区?此妇无礼节,举动自专由,吾意久怀忿,汝岂得自由!东家有贤女,自名秦罗敷。可怜体无比,阿母为汝求,便可速遣之,遣去慎莫留。"府吏长跪告,伏惟启阿母:"今若遣此妇,终老不复取。"阿母得闻之,槌床便大怒:"小子无所畏,何敢助妇语!吾已失恩义,会不相从许。"

府吏默无声,再拜还入户,举言谓新妇,哽咽不能语:"我自不驱卿,逼迫有阿母!卿但暂还家;吾今且报府;不久当归还,还必相迎取。以此下心意。慎勿违吾语!"新妇谓府吏:"勿复重纷纭!往昔初阳岁,谢家来贵门,奉事循公姥,进止敢自专!昼夜勤作息,伶俜萦苦辛,谓言无罪过,供养卒大恩,仍更被驱遣,何言复来还!妾有绣腰襦,葳蕤自生光;红罗复斗帐,四角垂香囊;箱帘六七十,绿碧青丝绳。物物各自异,种种在其中,人贱物亦鄙,不足迎后人。留待作遗施,于今无会因!时时为安慰,久久莫相忘。"

鸡鸣外欲曙,新妇起严妆,着我绣夹裙,事事四五通。足下蹑丝履,头上玳瑁光。腰若流纨素,耳著明月珰。指如削葱根,口如含朱丹,纤纤作细步,精妙世无双。

上堂拜阿母,阿母怒不止。"昔作女儿时,生小出野里,本自无教训,兼愧贵家子,受母钱帛多,不堪母驱使,今日还家去,念母劳家里!"却与小姑别,泪落连珠子。"新妇初来时,小姑始扶床;今日被驱遣,(坩四)小姑如我长,勤心养公姥,好自相扶将,初七及下九,嬉戏莫相忘!"出门登车去,涕落百余行。

府吏马在前，新妇车在后，隐隐何甸甸，俱会大道口。下马入车中，低头共耳语："誓不相隔卿，且暂还家去。吾今且赴府；不久当还归。誓天不相负！"新妇谓府吏；"感君区区怀。君既若见录，不久望君来。君当作磐石，妾当作蒲苇。蒲苇纫如丝，磐石无转移。我有亲父兄，性行暴如雷，恐不任我意，逆以煎我怀。"举手长劳劳，二情同依依。

入门上家堂，进退无颜仪。阿母大拊掌："不图子自归！十三教汝织，十四能裁衣，十五弹箜篌，十六知礼仪，十七遣汝嫁，谓言无誓违。汝今何罪过，不迎而自归？"兰芝惭阿母："儿实无罪过。"阿母大悲摧。

还家十余日，县令遣媒来，云有第三郎，窈窕世无双，年始十八九，便言多令才。阿母谓阿女："汝可去应之。"阿女含泪答："兰芝初还时，府吏见丁宁，结誓不别离。今日违情义，恐此事非奇。自可断来信，徐徐更谓之。"阿母白媒人："贫贱有此女，始适还家门，不堪吏人妇，岂合令郎君？幸可广问讯，不得便相许。"媒人去数日，寻遣丞请还，说有兰家女，承籍有宦官。云有第五郎，娇逸未有婚。遣丞为媒人，主簿通语言，直说太守家，有此令郎君。既欲结大义，故遣来贵门。阿母谢媒人："女子先有誓，老姥岂敢言。"阿兄得闻之，怅然心中烦，举言谓阿妹："作计何不量！先嫁得府吏，后嫁得郎君，否泰如天地，足以荣汝身，不嫁义郎体，其往欲何云？"兰芝仰头答："理实如兄言。谢家事夫婿，中道还兄门，处分适兄意，那得自任专。虽与府吏要，渠会永无缘，登即相许和，便可作婚姻。"媒人下床去，诺诺复尔尔，还部白府君："下官奉使命，言谈大有缘。"府君得闻之，心中大欢喜，视历复开书，便利此月内，六合正相应，良吉三十日。"今已二十七，卿可去成婚。"交语速装束，络绎如浮云。青雀白鹄舫，四角龙子幡，婀娜随风转，金车玉作轮；踯躅青骢马，流苏金镂鞍；赍钱三百万，皆用青丝穿；杂彩三百匹，交广市鲑珍；从人四五百，郁郁登郡门。阿母谓阿女："适得府君书，明日来迎汝，何不作衣裳？莫令事不举。"阿女默无声，手巾掩口啼，泪落便如泻。移我琉璃榻，出置前窗下。左手持刀尺，右手执绫罗；朝成绣夹裙，晚成单罗衫；晻晻日欲暝，愁思出门啼。

府吏闻此变，因求假暂归，未至二三里，摧藏马悲哀，新妇识马声，蹑履相逢迎。怅然遥相望，知是故人来，举手拍马鞍，嗟叹使心伤。"自君别我后，人事不可量，果不如先愿，又非君所详。我有亲父母，逼迫兼弟兄，以我应他人，君还何所望？"府吏谓新妇："贺卿得高迁！磐石方且厚，可以卒千年；蒲苇一时纫，便作旦夕间；卿当日胜贵，吾独向黄泉。"新妇谓府吏："何意出此言！同是被逼迫，君尔妾亦然。黄泉下相见，勿违今日言。"执手分道去，各各还家门，生人作死别，恨恨那可论，念与世间辞，千万不复全。

府吏还家去，上堂拜阿母："今日大风寒，寒风摧树木，严霜结庭兰。儿今日冥冥，令母在后单，故作不良计，勿复怨鬼神。命如南山石，四体康且直。"阿母得闻之，零泪应声落："汝是大家子，仕宦于台阁，慎勿为妇死，贵贱情何薄？东家有贤女，窈窕艳城郭；阿母为汝求，便复在旦夕。"府吏再拜还，长叹空房中，作计乃尔立，转头向户里，渐见愁煎迫。其日牛马嘶，新妇入青庐。奄奄黄昏后，寂寂人定初。"我命绝今日，魂去尸长留。"揽裙脱丝履，举身赴青池。府吏闻此事，心知长别离，徘徊顾树下，自挂东南枝。两家求合葬，合葬华山傍。东西植松柏，左右种梧桐，枝枝相覆盖，叶叶交相通。中有双飞鸟，自名为鸳鸯，仰头相向鸣，夜夜达五更。行人驻足听，寡妇起彷徨，多谢后世人，戒之慎勿忘！

——《乐府诗集》

这不仅是千古第一首长诗，也是千古第一首叙事的好诗！

《文心雕龙》亦曰："若夫四言正体，则雅润为本。五言流调，清丽居宗。华实异用，惟才所安。"其意不与挚说同，而无挚说之透彻。

按《诗品》言各家源流，于汉都尉李陵则曰："其源出于《楚词》。"于班婕妤则曰："其原出于李陵。"此说可以余言参考。

《玉台新咏》："汉末建安中庐江小吏焦仲卿妻刘氏，为仲卿母所遣，自誓不嫁，其家逼之，乃投水而死。仲卿闻之，亦自缢于庭树。时人伤之，为诗云尔。"

按宋本《玉台新咏》无"小姑始扶床，今日被驱遣"两句。《乐府诗集》左克明《乐府》亦然，冯默庵曰："此四句是顾况《弃妇诗》。"按此诗前云："共事二三年，始尔未为久。"则二三年期间，必无初始扶床之小姑，而至比于成年之嫂。此二句必为后人添入无疑。

(三) 七言

我们读《楚辞》，把它句尾的兮字除了，大概都可以说是七言诗。而四字句的《招魂》《大招》两首。若把这些的语去了，合两句读之，便是很完整的七言诗。荆轲的《送别》，也是七言诗，大概七言诗也是楚声之余罢。刘彦和谓"七言出自《诗》《骚》"，这话是不错的。不过整篇之作，我们从事实上的发现，大概要秦汉以后才多，譬如项羽的《垓下歌》、高祖的《大风歌》、武帝的《秋风辞》《瓠子歌》都是。至于柏梁《联句》之作，虽是被《文章缘起》认为七言之始，但它的真伪，颇难令人相信。倘若武帝时真真能有这种诗体，则《拾遗记》所载的昭帝的《淋池歌》、《西京杂记》所载昭帝的《黄鹄歌》、《陔余丛考》所引汉初的《鸡鸣歌》更为可信了（附一）。

按若以单词片言定为某体之始，则七言当远溯至《击壤》《南风》。至荆轲《易水》之歌只有两句，百里《陇廖》之曲，不过一语，孔子《临河》、宁戚《饭牛》、渔父《日月》之歌、扈子《穷劫》之曲、杞妻《琴歌》、越人《祝辞》，盖皆假书膺说，不足征也。

我们现在还是看看那比较可信的东西罢。

  力拔山兮气盖世！时不利兮骓不逝；骓不逝兮可奈何！虞兮虞兮奈若何？

——项羽《垓下歌》

  大风起兮云飞扬，威加海内兮归故乡，安得猛士兮守四方？

——高祖《大风歌》

  秋风起兮白云飞，草木黄落兮雁南归，兰有秀兮菊有芳，怀佳人兮不能忘。泛楼船兮济汾河，横中流兮扬素波。箫鼓鸣兮发棹歌，欢乐极兮哀情多，少壮几时兮奈老何？

——武帝《秋风辞》

这四首诗的形式，以《垓下歌》为整齐，《秋风辞》为最解放。这都是普通随意歌唱的诗篇，而非文人写定的东西。你看《垓下歌》的慷慨激烈，有千载不平之气。《大风歌》的壮丽奇伟，岂是他人所能及？而安不忘危的霸心，也灵活的表出。武帝是踌躇满志的明君，所以其辞淡而健。稍后的江都王建女细君的《悲愁歌》，更是整齐的七言诗。

  吾家嫁我兮天一方，远托异国兮乌孙王，穹庐为室兮旃为墙，以肉为食兮酪为浆。居常土思兮心内伤，愿为黄鹄兮归故乡。

——《汉书·西域传》

把每句中的兮字去了，便是很整齐的一首七言六句诗。这种因了最不人道的婚姻而生出的痛声，自然不是文人所能修饰得出的。至张衡《四愁诗》，连缀四首，而七言之体益著。（附二）

  我所思兮在太山，欲往从之梁父艰，侧身东望涕沾翰。美人赠我金错刀，何以报之英琼瑶，路远莫致倚逍遥，何为怀忧心烦劳！

——张衡《四愁》凡四录其一

按马援《武溪深行》曰："滔滔武溪一何深，鸟飞不渡，兽不能临。嗟哉武溪何毒淫！"篇中有二四言句，故不载。李尤《九曲歌》："年岁晚暮时已斜，安得力士翻日车。"亦非全诗，亦不录。

王逸的《琴思楚歌》，好似颂数一般，音节修辞，都不甚好。大概是诗体初初解放时的情形。但是很有楚辞的韵味。

盛阴修夜何难晓，思念纠戾肠摧绕。时节晚莫年齿老，冬夏更运去若颓。寒来暑往难逐追，形容减少颜色亏。时忽晻晻若骛驰，意中私喜施用为。内无所恃失本义，志愿不得心肝涕。忧怀感结重叹噫，岁月已尽去奄忽，亡官失禄去家室。思想君命幸复位，久处无成卒放弃。

从此以后，渐渐地流衍到了陈琳的《饮马长城窟》：

饮马长城窟，水寒伤马骨。往谓长城吏，慎莫稽留太原卒！官作自有程，举筑谐汝声。男儿宁当格斗死，何能怫郁筑长城！长城何连连，连连三千里，边城多健少，内舍多寡妇。作书与内舍，"便嫁莫留住，善事新姑章，时时念我故夫子。"报书往边地："君今出语一何鄙。身在祸难中，何为稽留他家子。生男慎莫举，生女哺用脯。君独不见长城下，死人骸骨相撑柱！结发行事君，慊慊心意关，明知边地苦，贱妾何能久自全！"

魏文帝的《燕歌行》（二首录一）：

秋风萧瑟天气凉，草木摇落露为霜。群燕辞归鹄南翔，念君客游多思肠。慊慊思归恋故乡。君何淹留寄他方，贱妾茕茕守空房。忧来思君不可忘，不觉泪下沾衣裳。援琴鸣弦发清商，短歌微吟不能长。明月皎皎照我床，星汉西流夜未央。牵牛织女遥相望，尔独何辜限河梁！

诸作从容滂沛，酣畅淋漓，允称杰构，而七言的体式，到此可算是完全成立了。魏晋六朝以后，如傅玄的《车遥遥》、无名氏的《白纻舞歌诗》《陇上歌》、鲍明远的《行路难》、谢道韫的《咏雪》、梁武帝的《河中之水》《东飞伯劳燕》，都是很好的作品。到了唐代，五言诗的体态风格已无再前进的希望，于是七言诗渐渐代之而兴，有了长足的进步，而大出其风头。这也是自然的趋势，如王勃之《滕王阁》、骆宾王之《帝京篇》、刘希夷之《代悲白头翁》、张若虚之《春江花月夜》，俱推妙品，对仗工丽，上下蝉联。上沿六朝，下开沈宋律体之先；虽然少了六朝以前作品的苍劲浑厚之气；而杜工部以为"劣于汉魏近风骚"者可谓得之。余独爱卢照邻的《长安古意歌》：

长安大道连狭斜，青牛白马七香车。玉辇纵横过主第，金鞭络绎向侯家。龙衔宝盖承朝日，凤吐流苏带晚霞。百丈游丝争绕树，一群娇鸟共啼花。游蜂戏蝶千门侧，碧树银台万种色。复道前窗作合欢，双阙连甍垂凤翼。梁家画阁天中起，汉帝金茎云外直。楼前相望不相知，陌上相逢讵相识。借问吹箫向紫烟，曾经学舞度芳年。得成比目何辞死，愿作鸳鸯不羡仙。比目鸳鸯真可羡，双去双来君不见。生憎帐额绣孤鸾，好取门帘帖双燕。双燕双飞绕画梁，罗帏翠被郁金香。片片行云著蝉鬓，纤纤初月上鸦黄。鸦黄粉白车中出，含娇含态情非一，妖童宝马铁连钱，娼妇盘龙金屈膝，御史府中乌夜啼，廷尉门前雀欲栖。隐隐朱城临玉道，遥遥翠幰没金隄。挟弹飞鹰杜陵北，探丸借客渭桥西。俱游侠客芙蓉剑，共宿娼家桃李蹊。娼家日暮紫罗裙，清歌一啭口氛氲。北堂夜夜人如月，南陌朝朝骑似云。南陌北堂连北里，五剧三条控三市。弱柳青槐拂地垂，佳气红尘暗天起。汉代金吾千骑来，翡翠屠苏鹦鹉杯。罗襦宝带为君解，燕歌赵舞为君开。别有豪华称将相，转日回天不相让。意气由来排灌夫，专权判不容萧相。专权意气本高雄，青虬紫燕坐春风。自言歌舞长千载，自谓骄奢凌五公。节物风光不相待，桑田碧海须臾改。昔时金阶白玉堂，即今惟见青松在。寂寂寥寥扬子居，年年岁岁一床书。独有南山桂花发，飞来飞去袭人裾。

这首诗的清丽婉转，与后来白居易的《长恨歌》、元稹的《连昌宫词》绝对是两种东西。要吴梅村的《鸳湖曲》、王静安先生的《圆明园》才是这一派的冢嗣。依它的体裁来说，共总换了十四次韵，并且平仄混用，有的是八句一韵，有的是四句一韵，但是每句都是七言，既不似魏文帝《燕歌行》的一韵到底，也不似《饮马长城窟》的用长短参差的句子。并且对仗工丽，已是唐代律体的先锋队。到盛唐的李杜出来后，七言古诗，算是登峰造极了。它们都是自为畛域，既不是齐梁以前的诗，也不是后人依违之作，可算是独视今古的作家。李杜名篇甚多，举不胜举。他们二人，又各有不同的地方。从内心——或说思想更当——上说，李白是个矛盾诗人，所以他的诗出世处像庄老，入世则最为欲炽。老杜则始终只在儒家，所以他的诗处处只在"关心君国"。从气质上说，李白豪迈，所以读"君不见黄河之水天上来"升天乘云，无所不之，其个性是率直的，作品是爽快的。工部谨严，所以他的诗有"吐弃到人间所不能吐弃的高，涵茹到人间所不能涵茹的大，曲折到人间所不能曲折的深"（约本《艺概》）。其个性是温雅、思致精深、气态庞大，作品是厚重眇邈、雍容适当。以两人对于七言诗的成就来说，太白只是"驰骋笔力，自成一家"，工部则是集古今之大成，七言诗至工部，大概一切都完备了。前无古人，也可以说后无来者。后来韩昌黎、白居易虽也是号为学杜，其实韩昌黎的七古，其仃佪的地方，比曾国藩的仃佪，高不了好多。虽然其豪迈俊爽的地方，也不失为一大家。白居易与其说是似杜，毋宁说是似太白，而无太白气质，内心里又不能忘情富贵，是个贪婪最盛的人，所以虽然是情词放达，而往往有言不由衷、虚情假意的地方。从香山而后，七言诗渐渐衰颓下去，差不多无可述说者了。沈归愚《古诗别裁》、王渔洋《古诗选》，有两段话，说七言古的体派，说得很好，沈氏说："初唐风调可歌。气格未上，至王李高岑，驰骋有余，安详合度，为一体。李供奉鞭挞海岳，驱走风霆，非人力所可及，为一体。工部沉雄激壮，奔放险幻，如万实杂陈，千军竞逐，天地浑奥之气，至此尽泄，为一体。钱刘以降，渐趋薄弱。韩文公踔厉风发，又别为一体。……"王氏说："开元大历，七言始盛，太白驰骋笔力，自成一家。工部集古今之大成，七言篇，尤为前所未有，后所莫及，盖天地元气之奥，至杜而始发之，其能步趋者，贞元元和间，韩愈一人而已。……"

总括上文来说，七言诗本也是一种自然的诗式，不过其成因却来自楚辞，其成立则在后汉，而大成于六朝，极尽于唐之李杜韩白诸人。它同五言不同的地方，自然很容易知道的是"多了两个字"。在五言是三个音步，七言多了一个，可是每句中的"小句"，则五七言都只有二。五言是上二下三，如：

　　行行——重行行，

　　与君——生别离，

　　相去——万余里，

　　各在——天一隅。

七言是上四下三，如：

　　长安大道——连狭斜，

　　青牛白马——七香车，

　　玉辇纵横——过主第，

　　金边络绎——向侯家。

七言明明是在五言上增了两字，在修辞上自然得了许多便宜。因之两句五言，可以变成一句七言，一句七言，也可以变为五言，如："明月何皎皎，照我罗床帏。"可以变为"明月皎皎照我床"。

这实在是五言诗作穷了以后的聪明办法呢！

五七言古又与后来的五七言律不同，这很容易明白的。而律诗兴起后的五七言古，也与律诗兴起前的五七言古不同，大约唐的五七古是要避免律诗的形式，所以它与律诗便有这样的异点：

唐时五七言古（此指对律诗言），唐以前五七言古（此指封唐七古言）。

（1）句数不定　　　　　仝

（2）避去律格　　　　　不一定避不避

（3）押韵法多式　　　　不一定通体一韵也可已

（4）允许换韵　　　　　仝

（5）允许通韵　　　　　仝

其详可参考赵执信《声调谱》、王渔洋《古诗平仄论》诸书。

附一

昭帝《淋池歌》

《拾遗记》："时穿淋池，中植芰荷，帝时命水嬉，毕景忘归，使宫人歌曰：秋素景兮泛红波，挥纤手兮折芰荷，凉风凄凄扬棹歌，云先开曙月低河，万岁为乐岂云多。"

汉初《鸡鸣歌》

东方欲明星烂烂，汝南晨鸡登坛唤，曲终漏尽严具陈，月没星稀天下旦。

附二

按《汉书·东方朔传》："朔之文辞，此二篇最善。（指《客难》与《非有先生》二文）其余有《封泰山》《责和氏璧》及《皇太子禖屏风殿上》《柏桂平》《乐观赋》《猎》《七言八言上下》"是。七言在景武之世，已登文坛，东京而后，作者益重。范书所可考者除张衡外，尚有崔瑗、马融、杜笃、崔琦诸家。

（四）杂言

杂言的意思当有二：一是长短不齐的诗，一是指三言六言八言九言等体，不在五七言例而外者言。但长短不齐的杂言，这本来是更自然的一种诗体，不论是五言也好，七言也好，三六八言也好，都可以有杂言掺进去。在前面两项中，所举的各诗，也可以供我们做大概的参考，后来在诗里便另成了一体。到隋唐而后与律诗结合，而成为唐以后的词，这在词一章里去讲。本章之所谓杂言是单指整篇三六八九言时而言。（附一）

1. 三言

三言诗式之最早者，大概要算《礼记》中所载的《汤盘铭》，较为可靠。

苟日新，日日新，又日新。

《荀子》上所载的《汤大旱祝辞》，去其邪也诸字，也是三言诗式。但是《汤铭》短韵，《旱祝》不全，不能算作三言体的标准。

《文章缘起》以为起自夏侯湛，未免太近；《文章流别》以为起自《毛诗》，未免太远。我们考下来，说是起于安氏《房中歌》的"丰草葽""雷震"诸诗。较为可靠。而《郊祀歌》的《练时日》《太乙贶》《天马徕》等（附二）实为斯体之秀出者。后来的《薤上露》《平陵东》《淮南王》《上金殿》《一尺布》《城上乌》《举秀才》《千里草》《黄金车》等等歌谣，更是不胜枚举了。但这种都是歌谣。（附三）苏伯玉妻的《盘中诗》大概是杰出之作罢。

  山树高，鸟鸣悲，泉水深，鲤鱼肥，空仓雀，常苦饥，吏人妇，会夫稀，出门望，见白衣。谓当是，而更非。还入门，中心悲。北上堂，西入阶。急机绞，杼声催，长叹息，当语谁。君有行，妾念之。出有日，还无期，结中带，长相思。君忘妾，未知之。妾忘君，罪当治。妾有行，宜知之。黄者金，白者玉，高者山，下者谷。姓为苏，字伯玉，人才多，智谋足，家居长安身在蜀。何惜马蹄归不数。羊肉千斤酒百斛。令君马肥麦与粟。今时人，智不足。与其书，不能读。当从中央周四角。

后世为三言诗的人，也还有如刘伯温集的《思美人》（《陔余丛考》）。但是作者总不多，大概是因为三言句子太短，实在不容易写得好，所以《盘中诗》也不能不用"家居长安身在蜀"诸七言句以调其情与气。倘若这首诗没有这几句，不论从音调、从气势上来讲，总觉局促得很呢。

  2. 六言

任昉以为起于汉司农谷永，可惜我们看不到了。（刘勰以为"杂出《诗》《骚》"，只不过能说《诗》《骚》中有六言罢了。）不过在汉代的六言作者，实在也不少。到了汉末，孔融特长于六言诗。现在所传的"汉家中叶道微"诸诗，尚可考见。其诗曰：

  汉家中叶道微，董卓作乱乘衰。僭上虐下专威，万官惶布莫违，百姓惨惨心悲。

  郭李纷争为非，迁都长安思归。瞻望关东可哀，梦想曹公归来。

从洛到许巍巍，曹公忧国无私。减去厨膳百肥，群僚率从祈祈。虽得俸禄常饥，念我苦寒心悲。

按《后汉书·班固传》："固所著典引宾戏应讥诗赋铭诔颂书文记论议六言，在者凡四十一篇。"是六言已甚于东汉初，则西汉时不容不有也。

后来如魏文帝的《黎阳作答群臣劝进时自述》：

奉辞讨罪遐征，晨过黎山巉峥。东济黄河金营，北观故宅瑞倾。中有高楼亭亭，荆棘绕蕃丛生，南望果园青青，霜露惨凄屑零。彼桑梓兮伤情。丧乱悠悠过犯，白骨从横万里。哀哀下民靡恃。吾将以时整理，复子明辟致仕。

嵇叔夜的《惟上古尧舜》十首，陆士衡的《董逃》《上留田》《饮酒乐》、夏侯湛的《苦寒谣》、《唐书》的《李景伯歌》，都是名章俊句，为六言之冠冕。《北史·綦连猛传》童谣云：七言刈禾太早，九月瞰羔未好，本欲寻山射虎，激箭旁中赵老。

声韵铿锵自然，虽非出文人作家之手，却是六言不可多得之作。予最爱傅休弈之《历九秋篇·董逃行》云：

历九秋兮三春，遗贵客兮远宾。顾多君心所亲，乃命妙伎才人，炳若日月星辰。（其一）

序金罍兮玉觞，宾主递起雁行。杯若飞电绝光，交觞接卮结裳，慷慨欢笑万方。（其二）

奏新诗兮夫君，烂然虎变龙文。浑如天地未分，齐讴楚舞纷纷，歌声上激青云。（其三）

穷八音兮异伦，奇声靡靡每新。微笑素齿丹唇，逸响飞薄梁尘，精爽眇眇入神。（其四）

坐咸醉兮沾欢，引樽促席临轩。进爵献寿翩翩，千秋要君一言，愿爱不移若山。（其五）

君恩爱兮不竭，譬如朝日夕月。此景万里不绝，长保初醮结发，何忧坐生胡越。（其六）

携弱手兮金环，上游飞阁云间。穆若鸳凤双鸾，还幸兰房

自安，娱心极意难原。（其七）

　　乐既极兮多怀，盛时忽逝若颓。寒暑革御景回，春荣随风飘摧，感物动心增哀。（其八）

　　妾受命兮孤虚，男儿堕地称姝。女弱虽存若无，骨肉至亲更疏，奉事他人托躯。（其九）

　　君如影兮随形，贱妾如水浮萍。明月不能常盈，谁能无根保荣，良时冉冉代征。（其十）

　　顾绣领兮含辉，皎日回光侧微。朱华忽尔渐衰，影欲舍形高飞，谁言往恩可追。（其十一）

　　荠与麦兮夏零，兰桂践霜逾馨。禄命悬天难明，妾心结意丹青，何忧君心中倾。（其十二）

　　这真是"仿佛欢戚，如在目前。经纬情感，若探衷曲"的文字呢。在六言诗中，实是不可多得之作。

　　六言在中国诗坛上，分量来得少。文人不过把它当作余墨，实在六言本身却有许多不好的地方。譬如它共有三个音步，但是每个音步都是两个音数合成，太为整齐。四言虽少是两个音数，可是少了一个音步，转换的地方还不要多大的气力。至六言以这样多的音步，又这样整齐的音数，读着听着，都嫌费力。这种外形又影响到了作者布词的拘束。要用他表情，上不如七言之流利，下不逮五言的绵渺。这大概是不发达的原因。

　　3. 八言九言

　　八言诗也起于汉罢。前面引用的《汉书·东方朔传》可以看得出来。可惜后来失传，无从考见了。赵鸥北引《旧唐书》卢群在吴少诚席上作歌曰：

　　祥瑞不在凤凰麒麟，太平须得边将忠臣，但得百寮师长肝胆。不用三军罗绮金银。

　　以为是八言整篇之作。不过作八言诗的人，实在找不出几个。大概是它的语句既长，每个音步的音数也太整齐的缘故罢。

　　昭明太子《文选序》说："少则三言，多则九言。各体互异，分镳并驱。"诗的句子，大概到九言已无可再多了，至其起源，挚虞《文章流别》以为"洞酌彼行潦，挹彼注兹"，这实在大错，因为这本来不是以九言为一语的。要如李白的"上有六龙回日之高标"，才像个九言呢。但是九言诗是"声度阐缓，不协金石"，所以如鲍明远的"洛阳名工铸为金博山""男儿生世撼轲欲何道"、杜工部的"炯如一段清水出万壑""置在迎风露寒之玉壶"这些单句而外，最早的要算谢庄的《歌白帝》，及后来谢朓仿作的《雩祭明堂辞》了罢。

谢庄《歌白帝》（《通典》曰："孝武建元元年，使谢庄造郊庙舞乐，明堂诸乐歌诗。"）：

  百川如镜，天地爽且明。云冲气举，德盛在素精。木叶初下，洞庭始扬波，夜光彻地，翻霜照悬河。庶类收成，岁功行欲宁，沃地奉渥，馨宇承秋灵。

谢朓《雩祭明堂辞》（《南齐书·乐志》："建武二年，雩祭明堂，谢六辞，一依谢庄。"）：

  帝说于兑，执矩固司藏。百川收潦，精景应金方。
  嘉树离披，榆关命宾鸟。夜月如霜，金风方袅袅。
  商阴肃杀，万宝咸已遒。劳哉望岁，场功冀可收。

但是我觉，得这等诗都可以读作"四、五"或"五、四"句。不及天目山僧的《梅花诗》（见赵鸥北《陔余丛考》）来得通爽而清妙，要算九言中的绝调了罢。

  昨夜西风吹折千林梢，渡口小艇滚入沙滩坳。野树古梅独卧寒屋角，疏影横斜暗上书窗敲。半枯半活几个撅蓓蕾，欲开未开数点含香苞。纵使画工善画也缩手，我爱清香故把新诗嘲。

赵氏又谓杨升庵有《梅花诗》，也抄在下面。（手边没有《升庵全集》）

  元冬小春十月微阳回，绿萼梅蕊早傍南枝开。折赠未寄陆凯陇头去，相思忽到卢仝窗下来。歌残《水调》沉珠明月浦，舞破山香碎玉凌风台。错认高楼三弄叫云笛，无奈二十四番花信催。

你看他这样平仄调对，对仗工整，又成了新创的九言律诗了。

附一

按二言诗如《吴越春秋·黄竹歌》："断竹，续竹，飞土，逐肉。"二字为叶，亦可谓二言之始。

《耕缀录》载虞伯生《咏蜀汉事》曰：

鸾舆，三顾，茅庐，汉祚，难扶，日暮，桑榆，深渡，南泸。长驱，西蜀。力拒，东吴。美乎，周瑜，妙术，悲夫，关羽，云殂。天数，盈虚，造物，乘除，问汝，何如？早赋，归与？

此皆通首两字为韵，然不多见。

附二

《练时日》（《汉·郊祀歌》十九首之一下《天马》二歌同。）：

练时日，候有望，炳膋萧，延四方，九重开，灵之斿。垂惠恩，鸿祐休。灵之车，结玄云，驾飞龙，羽旄纷，灵之下，若风马。左苍龙，右白虎。灵之来，神哉沛，先以雨，般裔裔。灵之至，庆阴阴，相放恶，震澹心，灵已坐，五音饰，虞至旦，承灵亿。牲茧粟，粢盛香。尊桂酒，宾八卿。灵安留，吟青黄。徧观此，眺瑶堂。众嫭并，绰奇丽，颜如荼，兆逐靡。被华文，厕雾縠，曳阿锡，佩珠玉。侠嘉夜，茝兰芳，澹容与，献嘉觞。

《天马歌》（《汉书·武帝纪》：元鼎日年，秋，马生渥洼水中，作《天马歌》，大初四年，春，贰师将军李广利斩大宛土首，获血马汗来，作西极大马之歌。）：

太一职，天马下，沾赤汗，沫流赭，志俶傥，精权奇，腎浮云，晻上驰。体容与，迣万里。今安匹，龙为友。

天马徕，从西极。涉流沙，九夷服。天马徕，出泉水。虎脊两，化若鬼。天马徕，历无早。经千里，循东道。天马徕，执徐时。将梁举，谁与期。天马徕，开远门。辣予身，逝昆仑。天马徕，龙之媒。游阊阖，觐玉台。

二、近 体

（一）通说

汉魏的诗，只求"内"的真美。到六朝，则外的辞华，渐渐地注意到了。陆机、潘岳诸人，修辞的工夫，更加讲究，我们读诵：

> 轻条象云构，密叶成翠幄。
>
> ——陆机《招隐诗》

> 和风飞清响，鲜云垂薄阴。
>
> ——陆机《悲哉行》

> 归雁映兰畤，游鱼动圆波。鸣蝉厉寒音，时菊耀秋华。
>
> ——潘岳《河阳县作》

如用飞字、垂字、映、动、厉、耀诸字，都是汉魏里所找不到。到了谢灵运的"池塘生春草，园柳变鸣禽"（《登池上楼》）、颜延年的"夜蝉当夏急，阴虫先秋闻"（《夏夜呈从兄》）以及谢朓的《入朝曲新亭渚别》《范零陵》诸诗，差不多是最为工整的俪语佳篇，真有"俪采百字之偶，争价一句之奇，情必极貌以写物，辞必穷力而追新"的情态。从此以后，更加推衍，到唐而成为振古铄今的律诗，我们追考它的成因，大概是这样：

印度思想之继老而兴 自李充、王坦、范宁诸人，排斥老学，而后清谈的风气渐渐衰落。于印度佛图之教，也在此时成空前之极盛。当时的文人学士莫不与僧人往来。习凿齿之与释道安，陶渊明之与释惠远都是。这使文人的思想方面，成了更玄远的解放，而鸠摩罗什、佛陀跋陀、昙无谶诸人之译《法华经》，成《唯实论》《华严经》诸书，在修辞上，也新生不少的方法。所谓田园诗、山水诗，以及想象丰富的游仙述梦诗，都是受佛教思想的原因。而修辞的更觉幽默（humor）、清丽，也是受了译书的影响。文人如谢灵运、颜延年、沈约、庾信诸人，差不多都是耽好内典、著有篇什，要成了佛教的信徒。梁世君臣，尤为皈依。所给予文学改革的影响，不待言是很大的了。

文学观念之自觉　中国的文学观念，要到六朝才算觉悟，才知道从一切包围中打出来。文学家都知道离开一切打算，专从文学本身来讲。我们在第一编第三章第三节里面，已得其要。请大家翻看一下。

四声八病的影响　因佛学的影响及文学内质的醒觉，影响到文学外形的声律。当沈约、王斌诸人的四声八病说出来以后，而诗之所谓"律"，从此建了很大的一个基础。唐人律的诗，可以说是沈约诸人四声八病说之最后结果。这不仅是唐以后律诗成因，而在此自觉期以后的文学，也因了声律的完备，益能使它的表现更为有力。

因了上面诸种理由，"律诗"便不能不在六朝时酝酿起了。范云的《巫山高》说：

巫山高不极，白日隐光辉。霭霭朝云去，冥冥暮雨归。岩悬兽无迹，林暗鸟疑飞。枕席竟谁荐，相望空依依。

中间四句相对，已是五律的滥觞。梁简文帝《尘诗》：

依惟蒙重翠，带日聚轻红，定为歌声起，非关团扇风。

已是五绝的开始。庾丹的《秋闺有望》：

耿耿横天汉，飘飘出岫云。月斜树倒影，风至水回文。已泣机中妇，复悲堂上君。罗襦晓长襞，翠被夜徒薰。空汲银床井，谁缝金缕裙。所思竟不至，持酒清夜兮。

已是五言排律的开始。后来庾信的《拟咏怀》是五律之更工者。薛道衡之《昔昔盐》，是五排律的更精者。七言的律绝两体，在梁简文帝集子已寻得到雏形。如：

别观葡萄带实垂，江南豆蔻生连枝。无情无意犹如此，有心有恨徒别离。

——梁简文《春别诗》

是七绝的先河。如：

蝶黄花紫燕相追，杨低柳合路尘飞。已见垂钩挂绿树，诚如淇水沾罗衣。两童夹车问不已，五马城南犹未归。莺啼春欲驶，无为空掩扉。

——梁简文《春情曲》

已有七律的样子。到庾信的《乌夜啼》，则属对工整，浸浸乎七律矣。

> 促柱繁弦非《子夜》，歌声舞态异《前溪》。御史府中何处宿？洛阳城头那得栖！弹琴蜀郡卓家女，织锦秦川窦氏妻。讵不自惊长落泪，谁道啼乌恒夜啼。

至沈攸之为《薄暮动弦歌》，则已居然七言排律。

> 柳谷向晚沉余日，蕙楼临暝徒斜光。金户半入丛林影，兰径时移落蕊香。丝绳玉壶传绮席，秦筝赵瑟响高堂。舞裙拂履喧珠佩，歌音出扇绕尘梁。云边雪飞弦柱促，留宾但须罗袖长。日暮邀欢恒不倦，处处行乐为时康。

从上面的情势看来，则近体诗已大备于六朝，至唐而声律对偶之法，益加严密。沈佺期、宋之问辈出，愈努力精练，稳顺声势。遂定五七言八句之式，号为律诗，于是平仄之格遂定。

（二）律诗

自沈宋定五七言律诗而后，律诗的体式以成。兹先列五七言律的格式于后，而加以说明：

仄起式　　　　　　　　　　　　**杜甫《宿昔》**

仄仄平平仄	}起联	宿昔青门里，
平平仄仄平 韵		蓬莱仗数移。
平平平仄仄	}颔联	花娇迎杂树，
仄仄仄平平 韵		龙喜出平池。
仄仄平平仄	}颈联	落日留王母，
平平仄仄平 韵		微风倚少儿。
平平平仄仄	}尾联	宫中行乐秘，
仄仄仄平平 韵		少有外人知。

平起式

平平平仄仄	⎫
仄仄仄平平　韵	⎬ 起联
仄仄平平仄	⎫
平平仄仄平　韵	⎬ 颔联
平平平仄仄	⎫
仄仄仄平平　韵	⎬ 颈联
仄仄平平仄	⎫
平平仄仄平　韵	⎬ 尾联

杜甫《野望》

清秋望不及，
迢递起曾阴。
远水兼天净，
孤城隐雾深。
叶稀风更落，
山迥日初沉。
独鹤归何晚，
昏鸦已满林。

在上面所列两图，第一图第一句第二字用仄声，故曰仄起式。在五言律谓之正格。（七言仄起为偏格）第二图第一句第二字用平声，故谓之平起式，谓之偏格。（七言平起为正格）但是在唐人诗里，多用仄起式的正格，如杜工部的诗用平起式的偏格者十无一二。

七言平起式

平平仄仄仄平平　韵	⎫
仄仄平平仄仄平　韵	⎬ 起联
仄仄平平平仄仄	⎫
平平仄仄仄平平　韵	⎬ 颔联
平平仄仄平仄仄	⎫
仄仄平平仄仄平　韵	⎬ 颈联
仄仄平平千仄仄	⎫
平平仄仄仄平平　韵	⎬ 尾联

杜甫《秋兴》八首之三

千家山郭静朝晖，
日日江头坐翠微。
信宿渔人还泛泛，
清秋燕子故飞飞。
匡衡抗疏功名薄，
刘向传经心事违；
同学少年多不贱，
五陵裘马自轻肥。

仄起

仄仄平平仄仄平　韵	⎫
平平仄仄仄平平　韵	⎬ 起联
平平仄仄平平仄	⎫
仄仄平平仄仄仄　韵	⎬ 颔联

杜甫《秋兴》八首之一

玉露凋伤枫树林，
巫山巫峡气萧森。
江间波浪兼天涌，
塞上风云接地阴。

仄仄平平平仄仄	⎫	丛菊两开他日泪，
平平仄仄仄平平	⎬颔联 韵	孤舟一系故园心。
平平仄仄平平仄	⎫	寒衣处处催刀尺，
仄仄平平仄仄平	⎬尾联 韵	白帝城高急暮砧。

七言的正偏两格，恰与五言相反，它是以第一句第二平声为正格，仄为偏格。五律的第一句都不押韵，七律则都押韵。

在上面所列的五七言律的正式的规则，我们可以看出：（一）在每句诗里，它把每个不同长短高低强弱的字音，用很规则的方法排列起来，音质相同的字之连用至多不过三个。五言，则是三个平仄同的字，是五字中之上三字；七言则是七字中的中三字。（二）在一韵内的两句，（即一联）相对的字（如第一字与第一字，第二三四字与二三四字）的平仄，都不相同。这里边不仅是如一般人所谓的调对而已，另外也有一种自然作用在；因为第二四六字所在的地方，便是音步所在的地方。所以我们观察一下：在一联的六个或八个音步里，（五言六个，七言八个）其平仄是整然的相间配置。相连的地方多不出三。分而二之，则以句言成为二句，以平仄言恰成了平仄相对的两句。（如五言正格音步的平仄，是仄仄平平仄、平平仄仄平。简写是仄平仄平仄平。上三个为一句，下三个为一句，其平仄相对）这种相对，虽是人为，却也是一种很自然的音调配置呢。（三）在上联的第二句与下联的首句的二四六各字，（五言只二四）字的平仄，一定相同。这好像是把上句的音调，反复一下，缓缓地转出第二个声调，好似音乐里的"反复一次"，是一种很自然舒适的转换。后韵开始的地方，用前韵为一反复，是一种声音的"绸缪的转换"，来得更自然而幽默（humor），颇合于音调的修饰。所以这虽也是人为，却另有其自然的成因在呢。

历世相传，对于律诗，有许多规则，兹择要如下：

1. 押韵

五言的二四六八句用韵，在七言则第一句用韵。所谓韵者，又是平声韵，不用仄韵。但是也有五言的第一句也用韵，七言的第一句也不用韵，这是变调，此种变调，老杜最多。至于仄韵，则律诗里却没有。

2. 平仄的分配

一三五不论，二四六分明。五言有三个音步，其拍子在二四五三字。七言有四个音步，在第二、四六七四字。五言的第三个音步，七言的第四个音步上，或是韵，或是韵的对字。因有韵的调对，其平仄有一定不易的规矩。其他那两个或三个音步，步的拍子所在的字，其平仄也不得错乱。这便是古人所谓二四六分明的意义。至于一三五字呢，不在音步的步调上，所以可容许它"不论"。但七言的第五字，却又有点规则。在有韵的句子里，则以仄声为原则。如"玉露凋伤枫树林"的枫字。用平声的例外，若在无韵句，其形式本来是"平仄仄"，可以转为"仄平仄"，如"宫女如花满春殿"便是。但是倘若它本来的形式是"平平仄"，转为"仄平仄"，便是违例。

孤平与下三连。这是诗所最忌的。但也有许多违例，所谓孤平者，是上下两个仄声中，夹一字平声，是诗所忌的。下三连者，一句中下三字，连用平声或仄声，都是禁忌的。譬如"黄鹤一去不复返，白云千载空悠悠"，"不复返"都是仄声，"空悠悠"都是平声，这便是所谓拗体诗。

粘法。第一句的第二字，若为平，则第二句的第二字，必为仄，第三句第二字，仍用仄。第四句第二字则用平来承接，其式如：

1〇平

2〇仄

3〇仄

4〇平

这是粘。倘若成了这样：

1〇平（仄）

2〇平（仄）

或：

　　1○平
　　2○仄
　　3○平
　　4○仄

都谓之失粘，是正式律体诗所不许的，普日通都把它叫作拗体。

3. 忌一字两用

在五律四十字、七律五十六字里，不得用两相同的字。但倘若在一句中，"两用"的叠字，如"白云千载空悠悠"的悠悠等，则不忌。又如"巫山巫峡气萧森"，也是。其实只要用得恰当，一篇中也不妨数用。如"凤凰台上凤凰游，凤去台空江自流"的凤字三用，凤字台字两用。崔颢的《黄鹤楼》诗："昔人已乘黄鹤去，此地空余黄鹤楼。黄鹤一去不复返，白云千载空悠悠。"

用了这样多的相同字，却也无妨其为好诗。所以这种相同字的禁忌，不定是律诗的要则。

4. 四联的组织

八句诗里，以每二句为一联，如前面所示。但起联或称起句，颔联或称前联，颈联或称后联，尾联或称结句。从它的组织上说，前后两联要"抽黄对白"。要很整齐地排列，动词对动词、名词对名词、状词对状词，自然不必说了。其更工致的，更要在各词性中显它义意相类的字为等。如花木对花木、人名对人名、方向对方向。但是律诗里对的方法很多，我们不能详细地说，其实也用不着详细说。倘若要真真不放松地研究，随便播开本讲律诗的书，告诉我们的一定很多，现在抄几首对仗工稳的句子作例。

　　金阙晓钟开万户，玉阶仙仗拥千官。
　　花迎剑珮星初落，柳拂旌旗露未干。

——崔颢《早朝》

　　水落鱼龙夜，山空鸟鼠秋。（鱼龙、鸟鼠，皆地名）

——杜甫

花间燕子栖鹍鹊，竹下鹓雏绕凤凰。

——苏颋《寓直》

这样的好句子，实在多不胜举。

除了前后两联外，首尾两联不必对。但你若高兴对的话，也不是不容许，如宗楚客（叔敖）的《奉和幸安乐公主山庄应制》云：

玉楼银榜枕严城，翠盖红旗列禁营。日映层岩图画色，风摇杂树管弦声。水边重阁含飞动，云里孤峰类削成。幸睹八龙游阆苑，无劳万力访蓬瀛。

世称为宗楚客格，彻首彻尾皆对。诗圣杜甫的集子里，此体也最多。如：

风急天高猿啸哀，渚青沙白鸟飞回。无边落木萧萧下，不尽长江滚滚来。万里悲秋常作客，百年多病独登台。艰难苦恨繁霜鬓，潦倒新停浊酒杯。

——杜甫《登高》

本来这类人为的规律，你说只要中四句对，他偏偏要首尾都对。既然有彻首彻尾都对的诗，自然也可以有彻首彻尾不对的诗。如孟浩然诗道：

挂席东南望，青山水国遥。舳舻争利涉，来往接风潮。问我今何适，天台访石桥。坐看霞色晓，疑是赤城标。

又李太白《夜泊牛渚诗》说：

牛渚西江夜，青天无片云。登舟望秋月，空忆谢将军。余亦能高咏，斯人不可闻。明朝挂帆席，枫叶落纷纷。

皆文从字顺，音韵铿锵，八句皆无对。你们大家读过《红楼梦》罢，你看黛玉与香菱论诗律一节，是多么通畅的话哟。

用律诗的方法，整对偶，粘平仄，可以排至百韵以上，这叫作排律。排律中的五言，本是唐人取士的制度，所以作者尚不少。其于七言律排，作者却很少。现在举一首比较更长的排律在下面，以供研究。

迁谪独熙熙，襟怀自坦夷。孤寒明主信，清直上天知。

第二编 中国文学各论之部

消息还依道，生涯只在诗。惟尚谕山水，讵敢咏江蓠。
偶叹劳生事，因思志学时。读书方睹奥，下笔便搜奇。
赋格欺鹦鹉，儒冠薄鲛鲡。耕桑都不事，园井未曾窥。
必欲缣缃富，宁教杼轴绐。光阴常忔忔，交友尽偲偲。
步骤依班马，根源法孔姬。收萤秋不倦，刻鹄夜忘疲。
流辈多相许，时贤亦见推。叨荣偕计吏，滥吹谒春司。
仆瘦途中病，驴寒雪里骑。空拳入场屋，拭目看京师。
技痒初调箭，锋铦欲试锥。甲科登汉制，内殿识尧眉。
数刻愁晡矣，三场亦勉之。先鸣输俊彦，上第遂参差。
罢举身何托？还家命自奇。惟惭亲倚户，敢望嫂停炊。
竭力求甘旨，终朝走路歧。贫希仲由米，多费董生帷。
丹桂何时折？孤蓬逐吹移。知怜无国士，志气自男儿。
季子貂裘敝，狂生刺字隳。广场重考覆，蹇步载驱驰。
明代宁甘退，青云暗有期。礼闱冠多士，御试拜丹墀。
泽雾宁惭豹，抟风肯伏雌。重瞳念孤迹，一第忝鸿私。
得告还乡贵，除官佐邑卑。折腰称小吏，矩步慎初资。
枳棘心何恨，松筠操自持。及亲家有养，事长礼无亏。
铜墨官常改，烟霄雨露垂。县花聊主管，寺棘且羁縻。
吴郡包山侧，长洲巨海湄。万家呼父母，百里抚茕嫠。
敢起徒劳叹，长忧窃禄嗤。宦途甘碌碌，官业亦孜孜。
政事还多暇，优游甚不羁。村寻鲁望宅，寺认馆娃基。
西子留香径，吴王有剑池。狂歌殊不厌，酒兴最相宜。
草组登山履，蒲纫挽舫絁。果酸尝橄榄，花好插蔷薇。
震浑柑包火，松江鲙缕丝。三年无异政，一箧有新词。
多恋南园卧，俄徒北阙追。呈材真朴樕，召对立茅茨。
载笔居三馆，登朝忝拾遗。紫泥天上降，朱绂御前披。
侍从殊为贵，图书颇自怡。史才媿班固，谏笔谢辛毗。
拟把徽躯杀，惭将厚禄尸。安边上章疏，端拱献箴规。

精鉴逢英主，知怜是首夔。《赓歌》才不称，掌诰笔鞋摛。
制历无多人事，词头每怯迟。繁阴温室树，清吹万年枝。
青琐霞光透，苍苔露片萎。御香飘砚席，宫叶落缨緌。
看浴池心凤，闲扪殿角螭。上林花掩映，仙掌露淋漓。
对近瞻旒冕，班清辟虎貔。宫帘垂翡翠，御水动涟漪。
纪号年淳化，朝元月建寅。摄官捧宝册，祝寿执樽彝。
表案行低折，宫县听肃祗。德音王泽润，谦柄斗杓抴。
贵接皋夔步，深窥龙凤姿。策勤何烜赫，赐紫更葳蕤。
蚊力山难负，鹅梁翼易滋。论功惭八柱，受服欲三襹。
只虑殃将至，曾无事可裨。趋朝空俯伛，退食自逶迤。
更直当春好，横行隔宿咨。内朝长得对，驾幸每教随。
琼院观云稼，金明阅水嬉。赏花临凤沼，侍钩立鱼坻。
拂面黄金柳，酡颜白玉卮。分题宣险韵，翻势得仙棋。
竟举窥天管，争燃爇豆萁。恨无才应副，空有表虔祈。
睿鉴偏称赏，天颜极抚绥。中官赐大字，院吏捧巾綦。
遭遇诚堪惜，功名窃自思。请缨无壮志，视草亦胡为。
未献东封颂，空镌北岳碑。深惭专俎豆，长欲议边陲。
但可怀骄子，何须斩谷蠡。胸中贮兵甲，堂上有熊罴。
成败观千古，施张在四维。兼磨断佞剑，拟补直言旗。
遇事难缄默，平居疾喔咿。无权逐鸟雀，侥首任狐狸。
廷尉专刑煞，词臣益等衰。五花仪久废，三尺法聊施。
书命就无谄，评刑肯有欺。厚诬凌近侍，内乱疾妖尼。
丹笔当无赦，金科了不疑。拜章期悟主，引法更防谁。
萋斐终不已，雷霆遂赫斯。如弦伤讦直，投杼觅瑕疵。
众铄金须化，群排柱不支。佞权迴北斗，谗舌簸南箕。
阙下羊肠险，朝端虎尾危。道孤贻众怒，责薄赖宸慈。
西掖除三字，南山佐一麾。苍黄尘满面，挥洒涕交颐。
目断九重阙，魂销八达逵。尊亲远扶侍，兄弟尽流离。
秦岭偏巉绝，商于更崄巇。吾庐何处是，我马忽长辞。

六里山苍翠，丹河浪渺弥。分封思卫鞅，割地忆张仪。
懒读三闾传，空寻四皓祠。畲烟浓似瘴，松雪白如梨。
坏舍床铺月，寒窗砚结澌。振书衫作拂，解带竹为椸。
呼仆泥茶灶，从僧借药筛。钟愁上寺起，角怨水门吹。
旧友谁青眼，新秋有白髭。烟岚晴郁郁，风雨夜飓飓。
我过往三省，吾生自百罹。初来闻旅雁，不觉见黄鹂。
市井采山菜，房廊盖木皮。野花红烂漫，山草碧褵褷。
副使官资冷，商州酒味醨。尾因求食掉，角为触藩羸。
有梦思红药，无心采紫芝。瘦妻容惨戚，稚子泪涟洏。
暖怯蛇穿壁，昏忧虎入篱。松根燃夜烛，山蕨助朝饥。
岂独堂亏养，还忧地乏医。迹漂萍渤海，亲老日崦嵫。
阁下辞巢凤，山中伴野麋。风欺秀林木，云隔向阳葵。
屈产遭驽马，丹山困吓鸱。悔须分黑白，本合混妍媸。
自此韬余刃，终当学钝锤。穷通皆有数，得丧又奚悲。
自顾才何者，定怜道在兹。宣尼称削伐，大禹亦胼胝。
用去当如虎，投来且御魑。避风聊戢翼，得水会扬鬐。
琴酒图三乐，诗章效四谁。鱼须从典卖，貂尾任倾欹。
冗兀拖肠鼠，悠悠曳尾龟。北窗寻蛱蝶，南屏看鸬鹚。
山翠楼频上，云生杖独擡。簟闲留晓魄，檐煖负冬曦。
松柏寒仍翠，琼瑶涅不缁。望谁分曲直，只自仰神祇。
吾道宁穷矣，斯文未已而。狂吟何所益，孤愤曳黄陂。

——王禹偁《谪居感事诗》

这样一百六十韵的长律不是说他作得怎样的好，不过举个例罢了。本来在规矩非常严整的律诗里，要写得好是不容易。但是如杜工部的《秋日夔府咏怀》一百韵，却是自然宣鬯，毫无雕凿痕迹，这实在是不易得的。

（三）绝句

绝句释义——

我们粗略地看："绝句是四句的五七言诗之有格律者。"但是专从这等形式来看，绝不足以了解它。还得看看它的内容、它的特征。

我觉着"绝句"这体诗，在中国的一切文体里，再也没有比它更"死像""固定"的了。（律诗还有排律，词还有漫、近、引诸变，惟绝句一成不变）但是在中国的一切文体里，也没有比它表情来得更能幽默（humor），来得更能迷人（charming）的了；并且它又是上承乐府、下开词曲的过渡体裁。所以我想特别说详细一点。但是手边还没有更多的书可参考，恐怕免不了许多错误。现在把前人说绝句的话引点在下面，作吾说的张本。

《文体明辨》说："唐初稳顺声势，定为绝句。绝之为言截也，即律诗而截之也。故凡两句对者是截前四句，前二句对者是截后四句，全篇皆对者截中四句，皆不对者是截首尾四句。故唐人绝句，皆称律诗。观李汉编《昌黎集》，绝句皆入律诗，盖可见矣！"

《诗法流源》（范梈）说："绝句者截句也，……总是截律诗之半！"

杨升庵则以为："绝句者一句一绝，起于《四时韵》：'春水满四泽，夏云多奇峰，秋月扬明辉，冬岭秀孤松。'或以为陶潜诗，非杜诗'两个黄鹂'实祖之。《乐府》'打起黄莺儿'，一首，词连意转，当参此义，便见神怪工巧！"

但是赵秋容则以为："两句为联，四句为绝，始于六朝，原非近体，后人误以为绝律诗。"

《诗薮》也说："绝句之义，迄无定说，谓截近体首尾或中二联者，恐不足凭！"

这样分歧的解释，究竟何从何去呢？

自然我们要解决这个问题，与其空加议论，不如看它事实上的表现如何，较为可信，虽然不必能得到它的究竟。据我的考察下来：（一）"绝句的体式"大概是承袭六朝以前的南方民歌，衍变为六朝人的"回文""戏赠""离合""隐语""谐语"诸体游戏滑稽诗。后来又以之为"咏物""咏事"的短诗。到了唐以后，因它的形式上与"律诗"成比例，遂以为"律"诗的一种。（二）至于这个名词的来源，也是假之于六朝的"五言四句式"的绝句诗。——不过"绝句"这个名词只是历史上所表现于事实是如此。而其命名的意思，不敢强为附会，只好阙疑。——至于七言绝句，其事实与五言同，而名称之成立，则大概是五绝成之以后连类而推之者。所以六朝但有称五言四句为绝句者，而绝无称七言四句为绝句的情事。

现在把上面的假设，以事实证明之：

我们一定要强勉用"山川而能语"（《山经》引《相冢书》）"将飞者翼伏"（古谚古语）诸古歌谚以为五绝形式上的远祖，自然也未使不可。不过，不必说得这样的远罢。这样体式的民间歌辞，在汉已经成立，是事实上不可欺人的事。《古今注》所载《上留田》"里中有啼儿"，《太平御览》四百六所引《古歌辞》"结交在相知"，其他如《古诗》的"枯鱼过江泣"一首、"采葵莫伤根"二首，也都是这种形式的民歌之流传于今者。

这种民歌的流传，到三国之末仍然不衰，如晋初孙皓、孙亮的民谣，天纪中的童谣，都是。但是在东汉之末，这种体式已被作家采取，所以曹孟德父子以及建安诸人，已有此等体式的诗。

魏武之《谣俗词》、子建之《艳歌》《乐府芙蓉池》，应璩之《百一诗》皆是，又孔融《失题》一首云：归家酒债多，问客粲成行。高谈满四座，一日倾千觞！

居然格律韵整，除首句第五字当仄而用平外，几无讹误。然此不足为绝句定谳，盖于诗格进化上不可通也。又李白《赠刘都使》诗，亦有此四句。故此诗是否文举之作，颇难断定；惟太白诗固往往有用古人成句者，故兹但附言之而已。

而孙皓的《尔汝歌》，尤见其为当时流传之体式的情形。

　　昔与汝为邻，今与汝为臣。
　　上汝一杯酒，今汝寿万春。

不过这还是偶一为之的性质，并不成为一种形式。到晋而后，此等歌谣，才大大地发达，在《乐府诗集》的《清商曲辞》里《吴声歌曲》《西曲歌》两类中，所收的歌词，都是五言四句的体式，

《吴声歌曲》与《西曲歌》是荆楚吴越之音，都是南方的民歌，其分量有这样的多（共八卷），体式有这样的固定，则其已往的历史过程已非一朝一夕之故，从可知了。而梁《鼓角横吹曲》里的《企喻歌》《琅琊王歌》《紫骝马》《黄淡思》《慕客垂》《淳于王》《折杨柳枝》等，皆五言四句诗。《鼓角横吹曲》乃胡乐入中国后北方所生的民间乐府。这样多而且固定的形式，其足以给与当时文学上的影响，自然不小。况且东晋而后，中国的文化，由北而南，自然地调和，则文人采取此等民歌作他的诗体，是很自然而又是当然的事。所以我说："绝句是由南方民歌里蜕化而来的。"在事实上有根据，绝不是期必之言了。在当时最有名而又通行的，恐怕要算《子夜歌》。（晋宋齐《子夜歌》四十二首。晋宋齐《子夜四时歌》七十五首。）

  春林花多媚，春鸟意多哀。
  春风复多情，吹我罗裳开！ （春歌）
  青荷蓝绿水，芙蓉发红鲜。
  下有并根藕，上生同生莲。 （夏歌）
  怜欢好情怀，移居作乡里。
  桐树生门前，出入见梧子。 （秋歌）
  渊冰厚三尺，素雪覆千里。
  我心如松柏，群情复何似？ （冬歌）

上面是随便举的《子夜四时歌》四首，其缠绵悱恻，煞是很好的恋歌。文人学士之模仿者其数甚多，此处不想多举。它如《上声歌》《欢闻歌》《前溪歌》《阿子歌》《团扇郎》《碧玉歌》《桃叶歌》《懊侬歌》《读曲歌》，以及《西城乐》中的《石城乐》《乌夜啼》《莫愁乐》《襄阳乐》《江陵乐》《西乌夜飞》等等，都是。这一类的歌曲，大半是写男女的怨思艳情。委曲的地方，是绸缪不解、质实的地方，是坦白无隐。不怪有吸引文人的魔力，譬如我们读孙绰的《情人碧玉歌》（从《玉台新咏》说）：

　　碧玉破瓜时，郎为情颠倒，

　　感郎不羞郎，回身就郎抱！

读王子敬的《桃叶歌》：

　　桃叶复桃叶，渡江不用楫！

　　但渡无所苦；我自迎接汝。

是如何的挚热呵！当时文人作者，如鲍照的《吴歌》三首、《采莲歌》七首、王融的《少年子江皋曲》、谢朓的《玉阶怨》、梁武帝的《邯郸歌》、简文帝的《当垆》《蜀道难》《夜夜曲》等等，都是用这种体式。王融、谢朓的《永明乐》也是五言四句，而梁武帝、简文帝所为尤多，不必多述了。

自后五言四句的南方歌谣，为文人采取后，他们除了仍遵用这等小乐府的题义拟作，如上面所述的各调而外，也将此种体裁采入他们之所谓的"诗"里。不过，在初用时多半带点游戏性质，譬如双声诗。

按王融有《双声诗》一首、庾信《示封中录》二首，亦双声诗也。而赵瓯北引史绳祖《学齐咕哗》以为"唐人已有此体"，不知魏晋时已大有其人矣。庾信又有《问疾封中录》一诗，亦双声诗，共八句。

1. 离合诗

何长瑜、谢惠连、贺道庆、石道慧、王融、梁元帝、庾信诸人皆有。凡离合一字者，用五言四句，二字者八句，四字者十六句，如萧巡之《赠尚书令》、陈沈礼明（炯）之《离合赠江藻闲居有乐》等是也。

2. 回文诗

梁元帝《后园作回文》、庾信、萧祗《和湘东王后园回文》以及戏赠、戏作。

陆平原《赠顾彦光》、宋武帝调侃王玄模的《四时诗》、陆凯

《赠范晔诗》、释宝月的《估客乐》四首,梁武《戏题刘儒子板》、简文帝《咏雪》、(颠倒使韵)王僧孺《为徐仆射赠妓》,陈后主《戏赠沈后》。而何长瑜《嘲府僚诗》,后两句已属对工整。

3. 杂作

如子建《动志》、傅玄《失题古诗》、陆平原《失题》、张载《失题》、刘孝威《古体》《杂意》、王融《拟古》。又如王羲之《集兰亭》,所为诗,多是长篇,而诸子弟所为,如玄之、凝之、涣之、肃之、徽之、彬之,以及孙绰之子孙嗣及其他不甚箸诸人所作,皆五言四句。可见绝句在当时尚"不登大雅之堂"呢。

以上种种,都是因为这种体裁在当时尚不为文人所重。所以除了这等游戏文字而外,只用以咏物咏事。如张华的《橘诗》、陆机的《春咏》《老咏》、陆云的《芙蕖》、王融的《咏池上梨花》《咏梧桐》《咏女萝》、许询的《竹扇》、习凿齿的《灯》、袁山松的《菊》等等。至梁以后,这等咏事咏物的短诗更多,如梁武帝的《咏舞》《咏烛》《咏笔》《咏笛》等,在简文帝集里,五言四句共五十余首,其中咏物的占三分之二还多。梁元帝的集里五言四句诗有二十一首,沈约集里有二十二首,刘孝绰有十余首,庾肩吾共十余首,吴均共十二首,陈后主十余首,庾信五十余首。在这些人的集子里的这样多的首数诗里,其咏物之作,都在十分之七八以上。则五言四句诗式之在文人心里,可想而知了。

除咏事咏物而外,还有一种比较不十分庄严、而也带点游戏性质的"联句诗",也是用这种体式。

六朝以前用联句的形式,只有两个,一个是"仿柏梁体",即每人做一句的七言诗,其名皆用"效柏梁"三字为之限制。如谢庄集的《华林都亭曲本联句效柏梁体》、任昉的《清暑殿联句柏梁体》(梁武帝同)都是。此外的那一个,便是每人联做四句的五言诗式。如陶渊明有一首联句是:

鸣鹰乘风飞,去去当何极?
念彼穷居士,如何不叹息! (渊明)

虽欲腾九万，扶摇竟无力？
远招王子乔，云驾庶可饬！　　　（憘之）
顾侣正徘徊，离离翔天侧。
霜落不切肌，徒爱双飞翼。　　　（循之）
高柯擢条干，远眺同天色。
思绝庆未看，徒使生迷惑。　　　（渊明）

这种每人联做四句的"联句"，在体式上绝无其他变更，其起于何时，虽不可明。而魏晋以前，绝未出现，则其不能远过乐府中的《清商曲辞》，不辩而明。

按晋贾充有《与妻李夫人联句》一诗，每人二句，比恐是后人因充复娶郭配女感而为之者。又北魏节闵帝，有《与薛李通联句》一诗，人皆两句，乃嘲戏之作，不足以定体式，且远在宋后，亦不足论。

自然我们很容易推得这样的一个结论："它一定是仿民间的那种小乐府而为之者。"

这种联句既与《清商曲辞》的小乐府有关，所以它也跟着《清商曲辞》之发达而发达，如宋鲍照的《在荆州与张使君李居士联句》《月下登楼联句》、齐王融的《阻雪连句遥赠和》、谢朓的《还涂临诸记曹中园闲坐传筵西堂落日望乡》《侍敬亭路中》、梁武帝的《联句诗》、沈约的《阻雪联句》、庾肩吾的《曲水联句》《八关斋夜赋四城门更作四首》、庾信的集《周公处连句》，而何逊所为尤多，凡十余次：《送褚郭裴联句》《送司马只五城联句》《往晋陵联句》《范庆川宅联句》《相送联句三首》《至大雷联句》《赋永联句》《临川联句》《关占三首联句》等。

按《拟古三首新句》，作者凡三人，是联句乃各自成一首。故其他联句诗，皆但有可作，而无他作也，又庾信《有冬狩行四均联句应联一首》，凡韵八句，而特题曰四韵连句者，当与当时二韵连句之式列平也。

大概到梁时，此种诗已"形成"而普遍，大为文人所采，所以刘孝绰之徒，甚有"拟古联句"者矣。

五言四句诗，既是如此放发，所以齐梁而后，大为文人所采，而抒情写志之作，也日益加多。推移至唐，正是它由少而壮的红颜时期，更遇到沈宋诸公子，加以培补修饰，于是这位绝世的美人，遂由村姑一变而为"闹市之花"。后世的哥儿小姐，已忘了它的出处，被宋沈以后诸公子所赐的佳名"绝句"所袭。于是变为"天上仙人"，早离去尘埃粃糠的生活，哈哈！殊不知它还是我们田夫俗子的口呀舌弄的工具呢。

废话少说，现在来看看"绝句"这个名词的"史实"是怎样。

《玉台新咏》第十卷里，全卷都是五言四句诗。其中差不多全是小乐府，而卷首乃以"古绝句"四首为之冠，其诗曰：

藁砧今何在？山上复有山。
何当大刀头，破镜飞上天！

又　日暮秋云阴，江水清且深。
何用通音信，莲花玳瑁簪。

又　菟丝从长风，根茎无断绝。
无情尚不离，有情安可别！

又　南山一桂树，上有双鸳鸯。
千年长交颈，欢爱不相忘。

我们很要注意，在这种冠首的地位，而居然这样随便地用了"古绝句"三字。则"绝句"的名称之不始于梁，从可知了。但是在梁以前，除了南方的小乐府用这体形式而外，比较像点的，只有"连句"的形式可说与它相同。但是事实上的引证，联句的"史实"却又在它之后，所以这种"绝句"的名称，不仅是六朝以前找不出影响，便是从它的实质上来断定它是从联句出来的，也不见周到。（近人有以为绝句乃截联句一人作而成者，实未当。）所以这个"绝句"名称的意义，究当何解，浅学如我，实在不敢妄断。但是古人的说法，我也不敢妄信。不过我知道这个名词在六朝时已通行得很了。譬如梁简文帝的《夜望浮图上相轮绝句》《咏笼灯绝句》、吴均

《杂绝句四首》、王僧孺的《春思绝句》、庾信的《和侃法师三范听歌一绝》、沈炯的《和蔡黄门口字咏绝句》、释玄达的《戏拟四愁聊题两绝》等等都是五言四句而被绝句之名者。

但或者又名断句，《甬史》："刘昶兵败，奔魏，弃母妻，惟携妾一人，骑马自随，在道慷慨为断句。"其诗文四句。

事实上已告诉我们"绝句"这个名称在六朝时已有这样多的人用它，则其成立，必不自六朝始。则徐陵之题"古绝句"，必不是以当时流行的名词而加以追题者了。——其实便是追题，亦已足证"绝句"名称之不始于梁。

到了唐人律体诗已成立后，遂袭用六朝人"绝句"之名名其律诗。后人又因四句与八句的数目上的比例相合，遂以为绝句是从律诗截来。于是解说者纷纷然曰"律截诗之半"云云，实在是大错特错。不过一切"名辞"的成立，都只是约定俗成的规矩。我们考它的源流是如此，正不必因为与源流不合而遂否认，或者还要闹点什么"必也正名乎"的玩意，便都要变了刻舟求剑之傻子。不过我们却要知道这一点：

四句为绝，始于六朝，原非近体。后人误以绝句为绝律诗。

——赵秋容语

五言绝句，始于汉魏乐府。……六代述作渐繁，入唐尤盛。

——茅一相语

我们很容易看出上面所辩说的，都是关于五言绝句。至于七言，我以为七言绝句之名称，又不过是推衍"五绝"而成。"绝"的名称既成立后，则由五绝以推得七绝，本是很自然而又是必然的情势。五绝既明，则七绝也不难而知，现在做个简单的叙述，以表明七五绝的相关的情事。

七言诗式在东汉的歌谣，似乎已有相当的成熟影像。光武的《执金吾歌》、范史《云歌》、桓帝时谣，"小麦青青大麦黄""游平卖印自有平""茅田一顷中有井"等等都是。在袁山松《后汉书》记载得有太学学子牓天下士，称三君、八俊、八顾、八及、八厨的事，其《太学谣》已是整然的七言全篇。以太学诸生而为此，则当时此等民歌的势力已不小了。而七言四句的形式，在当时也已出现，如《后汉书》所载的"汝南太守范孟博"的《二郡谣》是。

按《孔丛子》载《鲁国孔氏语》曰："鲁国孔氏好读经，兄弟讲诵皆可听，学士来者有声名，不过孔氏那得成！"亦七言四句式也。此诗颇拙劣，绝非七言诗既兴盛后之作。以《孔丛子》乃伪书，不敢援为依据。

但这只能算是偶合，不是必然的情事。他如王子年《拾遗记》所载"清槐夹道尘埃"的《行者歌》、《南史》所载《元嘉中魏地童谣》"韬车北来如穿雉"一首、《晋书》所载熊甫的《别歌》等等，都只能说是偶然的符合，而苏若兰《璇玑图》诗，虽然也可以读出许多七言四句的诗，但也不能说便是定形。所以七绝诗的形式，求之于宋齐以前而不得，只好在往下看罢。

在梁武帝的集里有《白纻辞》二首是七言四句体式，这两首诗却不容我们忽视了。

按《白纻》与《子夜歌》，盖同为南方民歌。《白纻》盖吴地舞曲，故梁武帝令沈约改其辞为《四时白纻歌》。而武帝所自造者，则固七言四句也，是当时已视七言四句，为一种比较确定之体式矣。

又按《乐府诗集》所载晋《白纻歌辞》三首，"轻躯徐起何洋洋"一首凡十六句，转两韵。"双袂齐鸾凤羯"一首，亦十六句，凡四句为一韵，是已稳有四句为组之意象。而沈约所为《四时白纻歌》，皆八句两换韵，隋炀、虞茂诸人，亦遵而不废。此中消息，盖有不能遁逃者在。

《白纻》本来是南方吴地的舞曲，其起源在晋。《乐府诗集》里所载的《白纻歌》，都有与四句式相关联的情事。——即或为四句或为四句之倍数——则武帝采为乐府，而居然定为四句式，又命沈约改其辞为《四时白纻》等情事，其与四句式的翕翕相通之气，更为明白。是四句式的七言诗，在当时已被文人所取择了。

不过这四句式的本身，是不是这样简单，光由《白纻歌》可以说明，我觉着虽不能说明其真情，却由它而给了我们一个"七言四句诗或许也同五绝一样是南方歌谣"的暗示。等我细加考际以后，我觉着我假立的这个暗示，大概不至于太无理由。我权且用事实来说明罢。

《白纻歌》是南歌，其足以为说明七绝原始的材料，已见上，此处不多再说了。

在《乐府诗集·清商曲辞》里的《西曲歌》中，梁简文帝的《栖乌曲》四首，陈后主的《栖乌曲》四首，以及梁元帝、萧子显、徐陵诸人的《栖乌曲》共九首。江总的《栖乌曲》一首，不论原作后作，都是一样的体式。与其他在《乐府诗集》里所载的乐府，无一定体式者，大不相同。则我们不能不承认它在常时已有定式，并且在《吴声歌辞》里所收的都是五绝式的歌，而《西曲歌》本与《吴声歌》同属南方的歌曲，则在《西曲歌》里收这等有定形的诗歌，也是事理上定有的现象。《乐府诗集》里有这样一段话："按《西曲歌》出于荆郢樊邓之间，而其声节送和，与《吴歌》亦异，故因其方俗而谓之西曲。"

所谓"与《吴歌》亦异"者，见得不仅与他歌异，便是与《吴歌》也不同，可见它（《西曲歌》）与吴声本是相同的，只不过是"声节送和"与《吴歌》有差别罢了。自然声节送和的差别，五言变成七言在事实上绝不有所矛盾。所以梁武帝才命沈约仿吴声的《子夜四时歌》，而为《四时白纻歌》呢。（见《通志》）

按盖采荆楚声节，以改吴声也。《通志》以为在晋为《白纻》，在吴为《子夜》，后之为此者，曰《白纻》则一曲，曰《子夜》则四曲云云，亦可作本处旁证。

上面所陈的七言四句的形式，虽然有这么的固定，但其用韵，却还与七绝不相似。如简文的《栖乌曲》第二首云：

浮云似帐月如钩，那能夜夜南陌头。
宜城投泊今行熟，停鞍系马暂栖宿。

这是两句换韵，很不整齐。其他元帝六首、萧子显一首、徐陵二首、陈后主三首、江总一首，都是二句换韵的。但是也有句句用韵的，如武帝《白纻辞》：

> 纤腰袅袅不任衣，娇怨独立特为谁。
> 赴曲君前未忍归，上声急调中心飞。

后来如简文帝的《和萧侍中子显春别》四首、元帝的《春别应令》四首《别诗》二首、萧子显的《春别》四首也是每句都有韵，这大概是当时的一种规则。但是在第一二四三句上用同者一韵者，在当时亦已有。如简文帝的《夜望单飞雁》云：

> 天霜河白夜星稀，一雁声嘶何处归？
> 早知半路应相失，不如从来本独飞。

而元帝的《送西归内人》一首，不仅与七绝的用韵全同，并且还有了对偶之句，已开江总怨诗之先矣：

> 秋气苍茫结孟津，复送巫山荐枕神！
> 昔时慊慊愁应去，今日劳劳长别人！

陈时江总的《怨诗》云：

> 采桑归路河流深，忆昔相期柏树林。
> 奈许新缣伤妾意，无由故剑动君心。
> 其二　新梅嫩柳未障羞，情去恩移那可留。
> 团扇箧中言不分，纤腰掌上讵胜愁。

这不是很工隐的七绝诗了吗？而北周庾子山的《代人伤往》二首，则简直是唐人韵味。

> 青田松上一黄鹤，相思树下两鸳鸯。
> 无事交渠更相失，不及从来莫作双。
> 又　杂树本唯金谷苑，诸花旧满洛阳城。
> 正是古来歌舞处，今日看时无地行。

至隋末有无名氏的"杨柳青青着地垂"一诗，更是平仄粘法都非常的整齐了。

> 杨柳青青着垂地，杨花漫漫搅天飞。
> 柳条折尽花飞尽，借问行人归不归。

但是七言绝句名称，不像五言之称绝在六朝以前寻得出证据。我想七言绝句的名称，大概是因缘于五言四句的绝句，类推而得者，实在是受五言的余荫呢。

总括一句，七绝的体式，源于南方民歌——尤其是荆楚之歌，经过了六朝的衍化，至隋而体式完备，到唐之沈宋诸人乃一变而为律器谨严、句格稳顺的诗体。因了形式上与五言绝句相同，五言既有绝句之名，遂类推而及之，于是七绝的名词与体式一概成立了。

不过七绝自成立后，又广被当时的新体乐府所采取，差不多成了普通管弦里诗歌的体式。其势力却比五绝来得更大，所以在唐人的集子里，不论谁人，都是七绝比五绝多，而同时也是七绝比五绝来得更能幽默（humor）、动情（charming）——或许说神韵更好。其中作家，自来都说以李太白、王昌龄、王建、杜牧诸人为最。唐诗在中国文学里占很高的地位，而七绝又可称为唐诗中的精华，所以唐诗里的七绝，可算得唐人的旷代之业，也是中国文学中一个娇美多情的仙人呢。

4. 绝句格式

自绝句被唐人认为律体诗之一体后，才有格式之可言。大概唐人便是因它与律诗在句法的数量上成一比例，遂由律诗的格式，变为绝诗的格式。所以绝句的格式，只是律诗的缩小——干脆地说，便是一半。——所以我们只要将律诗的前四句，或后四句，或中四句，或前一联与后一联之和的四句，分开来，便是绝句的体式。——后人便因了这种可分的情势，于四句诗为六朝以前的小乐府，不加深考，于是遂有截取律诗的话，实在是因果颠倒，绝不可从。——现在先把五言绝句的格式，写在下面：

正格（仄起式）   **杜甫《即事》**

仄仄平平仄   百宝装腰带，

平平仄仄平　韵   真珠络臂鞲。

平平平仄仄   笑时花近眼，

仄仄仄平平　韵　　　　　　舞罢锦缠头。

偏格（平起式）　　　　**白居易《凉夜有怀》**
平平平仄仄　　　　　　　清风吹枕席，
仄仄仄平平　韵　　　　　白露湿衣裳。
仄仄平平仄　　　　　　　好是相亲夜，
平平仄仄平　韵　　　　　漏迟天气凉！

其格式已如上陈，但因作者或于某联用对语，而说者遂又有许多分别，如第二联用对语，则以为是截律诗的前半，第一联用对语者，则以为是截诗的后半。这都不过是务为分析的杂说，其实前半也好，后半也好，都不出这两式的范围。

除了上面所列的正格外，也有句首用韵的，或用仄韵的，这都为变格，称曰拗体，譬如我们童而习之的孟浩然《春晓》一诗云：

春眠不觉晓，处处闻啼鸟。
夜来风雨声，花落知多少。

这便是用仄韵的诗。又如白居易的《寄书相公诗》：

渐老只谋欢，虽贫不要官！
唯求造化力，试为驻春看！

这便是首句也用韵的造体诗。

至于七绝的体式也分正格与偏格二种，兹图如下：

正格（平起式）　　　　　**杜甫《江南逢李龟年》**
平平仄仄仄平平　韵　　　　岐王宅里寻常见。
仄仄平平仄仄平　韵　　　　崔九堂前几度闻。
仄仄平平平仄仄　　　　　　正是江南好风景，
平平仄仄仄平平　韵　　　　落花时节又逢君！

偏格（仄起式）　　　　　**杜甫《戏为六绝》（录一）**
仄仄平平仄仄平　韵　　　　不薄今人爱古人，

干平仄仄仄平平　韵	清词丽句必为邻！
平平仄仄平平仄	窃攀屈宋宜方驾，
仄仄平平仄仄平　韵	恐与齐梁作后尘！

但是杜甫《漫兴》九有一首云：

手种桃李非无主，野老墙低还似家，

恰似春风相欺得，夜来吹折数枝花。

他第一句不用韵，这叫作"蹈落"，其他规矩，与五言同，此处不多说了。

第四节　概　说

本节的意思，是想把历代的诗及诗人，约略地介绍一二。但是殷周以前的诗，存者甚少，所存的又真伪不分，以其费些无用的时间来叙述，不如快刀斩乱麻，让它给历史家考古家去说罢。至于有周一代的大成绩的《诗经》，我想另立一章去研究它，而战国至于汉初的赋，也另有专章讲述。所以本节便干脆地从汉人说起。

汉的杂诗歌　汉高祖虽是流氓出身，但是《大风》《鸿鹄》二歌，谁也承认是千古名作。武帝也不愧为高皇子孙，《瓠子》《秋风》诸歌，自然苍劲。而短短的《李夫人歌》，尤令人动感生情。《戚夫人歌》、《乌孙公主歌》、李陵的《歌一首》（即径万里一歌）扬恽的《拊缶》、梁鸿的《五噫》，都是多么的慷慨悲凉热情挚意。几千年的中国实在少此等热情之作呢。这本是因于南北文体第一度调和而生的效果。

五言诗的初期　《诗经》以四言为基本形式，到了汉来，事实情势上已不能不变，所以有汉一代的四言诗，除了韦孟祖孙而外，便是班固、张衡诸人，也无所取。但是韦氏的四言诗，也不过是诵说的赋诗，而大非真真寄情之作了。所以汉人的诗，毕竟还当推五言。苏李《酬唱》之诗，现在虽有人以为是后人伪作，但是有了《古诗十九首》"上山采蘼芜"一首、"孔雀东南飞"一首，及乐府里的《孤儿行》《陌上桑》《箜篌引》《相逢行》《艳歌行》《陇西行》诸诗，已是发其无上的光荣了。况且还有张衡的《同声歌》，秦嘉、徐淑一对诗夫妇，蔡邕、蔡琰两个诗父子诸人呢。至于《郊庙房》中诸歌，都是歌功颂德之作，在古典文学里，也有它最高的位置，可惜现在已不"郊庙"，更用不到"房中之祀"了。很抱歉地请它在墙角里立立。

五言诗之自极量放发而至于衰敝　汉人的五言诗，最初只不过是发轫时期，渐渐衍化，到了魏晋，才大大地尽量发展。曹孟德父子，及建安诸人，谁都知道是此时代表作家。曹孟德是个有作为、有气态的人，所以他的诗非常豪迈。读《短歌行》《蒿里行》二诗，是如何地引人壮感，可为其代表之作。至于曹子桓，虽然也是生于戎马之间，总免不了带点纨绔气。他的诗只有《燕歌行》还比较苍劲，有点他父亲的气概，但是子桓根本是个奸诈柔媚之人，胸中不干净，所以诗也不干净。曹子建虽是荏弱不堪，但却无纨绔气，而有真感情，《怨诗行》、《名都》《美女》《白马》三篇、《赠白马王彪》七首、《寻》六首、《七哀诗》，是他的代表作，都是上逸之品呢。五言诗到了子建，才包罗万象，于是大成，故不愧为七子之宗主。王仲宣不仅在七子中是目无"余子"，其意境的深长、音节的冲融，很有汉人的风态，——尤似《古诗十九首》——便是子建也不能高过于他。读读他的《杂诗》五首、《七哀诗》三首，便知道不是我说白话了。——并且仲宣还长于四言诗——堪与仲宣伯仲的是刘公干，文帝称为绝妙之诗。实在，他的诗清新高古得很。我们读读《赠五官中郎将》三首、《赠从弟》三首，便知端的了。至于陈琳、阮瑀、应玚诸人，都没有一首诗好，大概是"文非一体，鲜能兼善"的缘故罢。

在竹林七贤里，大概要推阮步兵籍、嵇中散康两人了罢。他们都是有清上之才，身在尘世之外，游心自然之地，任性任情，安得不有好诗。两人中尤以阮嗣宗为最。我们读《咏怀诗》八十二首，词旨安雅，高不可攀，直追汉人。便是子建、仲宣诸公，也没有他那清上之气呢。至于嵇叔夜虽次于阮公，但我们读他的《与阮德如》一诗，真是清峻挚切，又岂是那浮薄诗人所能及的吗？况且他又是仲宣而后能作四言诗的一人，读读《幽愤诗》，真是不减韦孟《述志》呢。六言七言，也颇来得一手。

在阮籍而后的第一个诗人，我觉着要推傅玄了罢。情致的富厚、笔姿的俊逸、格调的高远，我们只消读他的《豫章行苦相篇》《秋兰篇》便可以知道。你看他许许多方面的感情，在他手里，都不费力地表达出来，在技术方面是如何的高妙呢。

大概五言诗发轫于汉，到子建诸人，已一切完成，从此从直至阮嵇傅玄诸人，已是尽量放发之期。所有五言诗的一切自然姿态，都自然地表暴无余。到了太康而后的所谓二陆三张诸人，已不在"自然的意境"上做工夫，渐渐地在字句里来酌之斟之。所以五言诗到了陆机诸人而后，气象已绝然与汉魏人不同了。在陆机的集里，便是那比较更近于自然而可以随便一点的乐府里，如《苦寒行》《猛虎行》诸作，总觉着有华丽之色，而无风骨。而《为人夫妇相赠》之作，更是他以前寻不出来的清丽，实已开六朝人的风气了。至于潘安仁、左太冲的诗，虽然有人以为古今无比，（谢康乐语）我却觉着没有什么了不得。都不过是这一鼻孔出气的人物，左太冲还有点清壮之气。但在他们稍后却有两个能自拔的诗人还未被这种风气所染，一个是郭璞，一个便是人人称诵的陶渊明。你看郭璞的《客傲游仙》诸作，是何等的清上自然。而《题墓》四言一诗，更是精凝镗鞳，高迈得了不得呢。至于陶渊明本以高旷之姿、耿介之怀，值季世之乱，所以把许多热情，安放在东篱南山之间，绝无一点点烟火气味，你叫他的诗境如何不高呢。阮嗣宗是"出人间"的高，其高不免与人相离；而陶渊明的高，是处处不离人环。所以阮诗不易懂，而陶诗更能动人呢。我从前读书的笔记上有两句话，觉得现在还有用："阮诗既高洁而难踪，陶诗亦婉挚而难效，皆中国有数之大诗人。"现在研究陶诗的专家很多，我不再在此唠叨，请诸君去自己找书看罢。我觉着可以为陶诗的代表作的，在四言诗如《归鸟》四章、《命子》十章，其思想、寄怀、人生观，都在此中了。五言诗除《归田园居》为人人所乐道而外，如《怀古》《田舍》二首之高旷、《阻风》之纵逸、《乞食》之悲凉、《移居》之清上，皆是佳作。至于当时的刘越石、卢堪诸人，虽然是"善为凄戾之词，自有清拔之气"，亦不过"善为""自有"而已。要是称为一时代的大家，我却不愿破费我一两句话同二一点滴墨水。

到了有宋之元嘉，虽然有"谢客为元嘉之雄，而颜延年为之辅"的三五诸人，后之论者，虽然置谢与陶同位——如像现在一般称他两为山水诗人一样。——但是陶诗的自然清婉，处处有他自己的情感、他自己的真在，而与颜延年同具偏激性的谢灵运，却只是对于自然的描绘，而少了一个"我自己"。在技术上，虽然比陶更进步，但是诗的本身并不是技术装点得出呢。所以以文学的表现来说，谢不如陶。不过写山水之作，在魏晋以前，都不过篇一二句，到谢氏则连章叠奏，蔚为大观，为后世山水诗人之祖，靡是可贵。这大概也是所谓的气数罢。

> 诗至是而一变，气变而韶，色变而丽，体变而整，句变而琢，古之终而律之始也……

——丁福保《诗编》

谢灵运虽是雕凿，但是还不及颜延年来得更甚，所以当时鲍照对颜延年的批评是"谢诗自然可爱，君诗雕绘满眼"呢。

鲍照虽然批评人家"雕绘满眼"，其实他自己的诗还不是一样地喜好雕绘。不过明远却有一点好处，便是"矫健"。譬如我们读"霜高落塞鸿""物色延莫思，霜露逼朝荣"所用"落""延""迫"诸字，都不是前人所能有。而其气态也校颜谢为冲上。《发黄鹤矶》一诗，可为代表作。他的乐府却很好。《宋书》称为"文辞遒丽"，批评得很好。《代挽歌》《代放歌》两行，可为代表。而《行路难》十八首，其气势伟劲，意不为词所拘，尤足为有宋一代的殿军。我从前读书笔记里有两句话。现在觉得还不大差：

明远有俊逸之才，而无高洁之思，故有俊句而无俊意。其声华迈颜而过于谢，然不能望陶阮诸公！到永明而后，四声八病之说起，诗的技术方面，自然是有长足的进步，但是诗人的"情性"方面，也受了许多拘束而不得开发。古体诗到此时，已是三十岁以后的艳妻，而不是三十以前的娇妻了。即以竟陵八友——谢朓、任昉、沈约、陆倕、范云、萧琛、王融、萧衍——中以诗鸣的谢朓来说罢，虽然有称三日不读则口臭的人，——梁武帝——也有说"二百年来无此作"的人——沈约——而唐代大诗人李白也"一生低首谢宣城"。自然他这种清绮绝伦、幽艳而韵的气态，实在令人神往，读读《赠西府同僚》一诗，便也可见。但是钟嵘批评："……微伤细密，颇在不伦，一章之中，自有玉石，……善自发端，而末篇多踬，此意锐而才弱也！……"

实在说得一点不差。自梁而后的诗，更是妖艳靡丽，武帝简文以君上之尊，而为硕艳之诗。所谓宫体，成当时的"创发"，也即成了当时流行的体诗。

古体诗到了梁以后，差不多无可诵读的了。从此以至于隋，声华最远，可为代表的人，大概仅有何逊、庾信两人，以外吴均也还好，现在随便说：

杜甫说：清新庾开府。又说：庾信文章老更成！

内行话，丝毫也不错。我觉得在梁而后，真是没有再比庾信"近于性情"的了。因为此时正是凿字雕句最盛的时候，而信的诗还保存着几分清老的气味，并且他的声望又非常的大：

"……由是朝廷之人，间阎之士，莫不忘味于遗韵，眩精于末光，犹丘陵之仰嵩、岱，川流之宗溟、渤也……"

——《周书·庾信传论》

其影响及于人者，自然也不小。

至于何逊呢，意境清雅，善于叙述衷怀。杜甫称他是："能诗何水部"！我们读《赠鱼司马》一诗，也可见其体要。与他同名的还有个为李白所"颇学阴何苦用心"的阴铿。

至于吴均于诗，我觉着俊上得很，我们读：

　　春从何处来？拂水复惊梅。
　　云障青琐闼，风吹承露台。
　　美人隔千里，罗帏闭不开。
　　无由得共语，空对相思杯。

是多么情趣哟！

我们把上面的材料，总结一句。大概自建安以后的诗，在技术方面，日趋工整；在情性方面，日趋堕落。而以齐梁时为一枢纽，齐梁以前的人，是篇章的追求，是在"写"诗。只要思致气格，不管字句。故其气清上，而句法自然，好样靓装的少女，令人爱敬，读起来是满口清冷。齐梁以后，是字句的追求。——或许是刻字匠，——是在"作"诗，只要句子道得好，不管思致气格，故其句法修炼，而气格渐卑，好像是艳装少妇，令人爱慕，读起是满口馥郁。而各短时间的变迁，也不十分相同。大概魏人的诗是艳而丰，晋人的诗是艳而繁，宋诗艳而丽，齐诗艳而纤，陈诗艳而浮。"此其大校也！"

七言古体诗及五七言近体诗之成立放发以至于衰微　近体诗之兆魄，远在六朝，到唐初而一切成立这在上面已说过一个大概。但在初唐时，只是开创时期，堂途尚不恢潢。如虞（世南）、魏（征）王（勃）、杨（炯）、卢（照邻）、骆（宾王）、陈（子昂）、杜（审言）、沈（佺期）、宋（之问）诸人，都是"此时"的大家，但确不能说"此体"的大家。所以我不想讓谀多言，我只想举堂奥已大以后的几个可以代表一派的人物说说：我想在极盛的时候，举李（白）、杜（甫）、王（维）三人；在渐衰的时候，举白居易一人；在已衰的时候，举李商隐一人。大概这五人可算是千古今体厂作家的准绳。后来不论什么派什么体，都必定从这五家出。五家都各能代表一派。

苍劲深严的杜工部　因为他有"为人性僻耽佳句"的性格，又有"窃攀屈宋宜方驾,恐与齐梁作后尘""李陵苏武是吾师""别裁伪体亲风雅"这样的思想,所以他便作那"陶冶性灵在底物"的修养,而为"语不惊人死不休"地奋斗,一直到那"老去渐于诗律细"的地步。我们这位诗翁,便在他的一生穷苦之中而成功了。我们现在读他那古体三百九十首、近体千〇六首的诗集,真觉得有琳琅满目,到处清苍的情态。人家只能说七八分的,他要说到十一二分,句句深入,绝不作泛浮浅语。这在赵翼的《瓯北诗话》卷二论之最详,诸君可以翻检翻检。总之,其才气之大,直是元稹说的:"至于子美,所谓上薄《风》《骚》,下该沈宋,言夺苏李,气吞曹刘,掩颜谢之孤高,杂徐庾之流丽。尽得古今之体势,而兼人人之所独专矣。"

这只是泛论工部古诗。但是在近体里,自然也适用,因为他毫不被格律所拘泥。而七言律尤曲尽其妙,沉郁顿挫,句法字法章法无样不美。《登楼》一首、《诸将》五首、《秋兴》八首,足为代表之作。五言律诗,也是苍雅得很。读《牛头山亭子》《禹庙》《王台观兖州城》楼诸作,可为代表。至于五言排律中的《江陵望幸》、七言排律中的《洗兵马》,都可为代表作。《唐诗别裁》的批评是:

杜七言律有不可及者四:学之博也,才之大也,气之盛也,格之变也。五色藻绩,八音和鸣,后人如何仿佛!

又曰:杜诗近体,气局阔大,使事典切。而人所不及处,尤在错综任意,寓变化于严整之中。斯是凌轹千古……

后来学工部的人,在孙仅的《杜诗序》里说还好,其言曰:"公之诗支为六家。孟郊得其气焰,张籍得其简丽,姚合得其清雅,贾岛得其奇僻,杜牧得其豪健,陆龟蒙得其赡博,皆出公之奇偏尔。"

清新俊逸的李太白以"大雅久不作,吾衰竟谁陈"自负的李太白,是如何的飘逸呵!他的知友杜甫的"清新庾开府,俊逸鲍参军"两句,便成了他伟作的评。实在呵,以一个有"奇特天才,喜纵横术,击剑为任侠,轻财重施"的豪爽慷慨热情的人,终身潦倒穷困之中，锻炼他的天才，而成功了。但是他有这样的天才，那里肯去走那"借问别来太瘦生，总为从前作诗苦"的饭颗山头的故人老杜所走的行径呢。这便他绝然与老杜不同的地方，也是李白之所以成功的地方。在赵翼《瓯北诗话》有一段话："李诗之不可及处，在乎神识超迈，飘然而来，忽然而去，不屑屑于雕章琢句，亦不劳劳于镂心刻骨，有天马行空，不可羁勒之势！"

实在是非常恰当的话，管世铭更分析地说："太白乐府，《咏古》诸题。合节应弦……"又云："《赠江夏太守》，八百三十字，生平略具，纵横恣肆，激岩淋漓，真《少林北征》劲敌。……歌行长句，纵横开阖，不可端倪。高下长短，唯变所适！'昂昂若千里之驹，汛汛若水中之凫'，太白斯近之矣！其五律如听钧天广乐，心开目明；如望海上仙山，云起水湧。或通篇不着对偶，而兴趣天然，不可凑泊！"

太白虽然不以近体诗见长，在全集里的五律不过七十余首，七律不过十首，但是姚鼐却说："盛唐人禅也，太白则仙也。于律体中以飞动票挑之势，运旷远奇逸之思，此独成一境者也！"

我觉得七律实在没有好处可说。大概《鹦鹉洲》便算绝作罢。但是五律则真真是清新俊逸，法度从容，兴趣天成，不可凑泊。《塞下曲》之俊上、《宫中行乐》之清雅，以及《赠孟浩然渡荆门》，都是他的代表作。而五七言绝句，也是窅然入微，书中神品呢。沈德潜以为"七言绝龙标供奉"，王元美也说："五七言绝太白神矣！"在赵翼的《瓯北诗话》里，有这样一段话："盖开元天宝之间，七律尚未盛行，至德以后，贾至等《早朝大明宫》诸作，互相琢磨，始觉尽善，而青莲早已出都，故所作不多也！"

从这点可以看出绝句在当时的艳发之象，及太白之能拔天立地的原因。本来绝句这种短劲的诗，是以最经济的方法，写顷刻的玄感，更须得要这样才情不受拘束的诗人。其代表作如《玉阶怨》《独坐青溪夜半闻笛》《静夜思》《下江陵》《古长门怨》《黄鹤楼送孟浩然之广陵》等作。

在他的一切古诗里，我赞成沈德潜以古风二卷为代表作。其言曰：

> 太白之诗，纵横驰独，《古风》二卷，不矜才，不使气。原本阮公。风格俊上，伯玉《感遇诗》后，有嗣音矣！

——《唐诗别裁》

因为太白的诗，实在时时有使气、矜才的地方，只有这二卷真真便说得上清新俊逸而自然天成。至于说"张白玉《感遇》"云云，我不赞成。

李杜优劣　至于"读书破万卷，下笔如有神"的杜甫，与"大雅久不作，吾哀竟何陈"的太白，孰优孰劣，也是自唐宋以后聚颂的一件事。我以为以两个绝不相同的作家，而加以比较地评骘，是非常危险的事。因为他们是根本不相同的呀。我觉王世贞《艺苑卮言》单从他们作风兴趣不同的地方加以说明，这种办法最为得宜，我不想缕数多言，把他的话，抄节在下面：

> 李杜光焰千古，人人知之。沧浪并极推尊，而不能致辨。元微之独重子美，宋人以为谈柄，近时杨用休为李左袒，轻俊之士，往往傅耳！要其所得，俱影响之间，五言古，选体，七言歌行，太白以气为主，以自然为宗，以俊逸高畅为贵，子美以意为主，以独造为宗，以奇拔沉雄为贵。其歌行之妙，咏之使人飘扬欲仙者，太白也。使人慷慨激烈欷歔欲绝者，子美也。选体太白多露语率语，子美多稚语累语。……五言律七言歌行，子美神矣，七言律圣矣。五七言绝太白神矣，七言歌行圣矣，五言次之。太白之七言律，子美之七言绝，皆变体，间为之可耳，不是多法也！

——王世贞《艺苑卮言》

词秀意雅、风致闲适的王摩诘、李白的诗是飘逸如仙的，杜甫的诗是沉郁顿挫、苦口婆心的。但是他们两人都是在气态上、言语中显现他们的天才与学识。而摩诘的诗，乃是在神韵兴会上做工夫。

有言外趣、事外韵、物外景。以其清上之才，与李杜大异，亦为百世名家。其意境与陶渊明同，幽静朴茂，一片天机，纯任自然的气态，在唐以后的作家，实无出其右者！严沧浪所谓的：

> 空中之音，相中之色，水中之月，镜中之象，言有尽而意无穷。

——《沧浪诗话》

实在批评得一点也不差。峨山苏氏也以为摩诘"诗中有画"，其实岂仅画而已哉！《诗人玉霄》引《后湖集》云："观其诗，知其蝉蜕尘埃之中，浮万物之表者也！"

这两句话，可算说到摩诘内心的深处了。总之，摩诘在近体诗中，是以清上幽默战胜他家的人物，是后来神韵一派的开山祖。后来的大历诸贤，都是刻意以摩诘为宗，得其一偏，也足争鸣一时，实在是这一派的大纛。他的五言律，以《入山寄城中故人》一首《山居秋暝》一首，及《酬虞部苏员外过蓝田别业不见留之作》一首，可为代作。而《送刘司直赴西安》之雄壮、《观猎》之雄浑、《齐州送祖三》之清上，亦不可多得。五言排律以《和幸玉真公主山庄题石十韵之作应制》一首，可为代表作。七言律以《过乘如禅师萧居士嵩丘兰若》一首，可为代表作。而《和韦主簿五郎温汤寓自之作》一首之清壮。《出塞作》一首之劲上：居延城外猎天骄，白草连山野火烧。暮云空碛时驱马，秋日平原好射雕。护羌校尉朝乘障，破虏将军夜渡辽。玉靶角弓珠勒马，汉家将赐霍嫖姚。

按桐城姚氏评此诗曰："此作声出金石，有麾斥八极之概！"实为的评。大抵摩诘五律，多安适清上之作，而七律则豪爽不减工部，自然则如太白。乃朱晦翁以为"诗清而少气骨"（见《诗人玉屑》引），误也。况诗之壮美者固是为贵，如李杜是，而优美者，又何尝非一种境略。中国评论者流，道学之气太深，往往以实用、进德诸观点论诗。宜其陋也，详《通论之部·论文学特质》一章。

也是千古有数之作呢。大概在摩诘的诗的意境，什么都有。高华、富厚、雄浑，无不备。不过在高华、富厚、雄浑中都带点清逸的韵味。这便是作家的个性,也便是所以能自成一派的理由。

与他同派的人,如孟浩然、储光羲,及后来的韦应物、柳宗元等等都是。

温厚和平、利流安详的白香山　"浔阳江头"这位江州司马的诗,不仅是在妓女口中"我诵得白学士《长恨歌》",而鸡林的宰相也百金换取一篇,其声名在当时之盛,可想而知。而后世规模之者,亦复不少。他的诗的长处,自然是在老妪都解这点上。差不多一部四千首的《长庆集》,并没有难解的地方,但是因为他作诗既多,——唐人作诗之多无出其右者,——而又是个乐天任性的人,自然也免不了"白俗"的批评。他究竟的好处何在?我觉着赵翼的话最为持平:

> 中唐诗,以韩孟元白为最,韩孟尚奇警,务言人所不敢言。元白向坦易,务言人所共欲言。试平心论之,诗本性情,当以性情为主。奇警者犹第在辞句间争难斗险,使人荡心骇目,不敢逼视。而意味或少焉!坦易者,多触景生情,因事起意,眼前境,口头语,自能沁人心脾,耐人咀嚼!此元白胜于韩孟,世徒以轻俗訾之。此不知诗者也!白元二人,才力本相敌,然香山自归洛后,益觉老干无枝,称心能出;随笔抒写,并无求工见好之意,而风趣横生,一喷一醒,视少年时与微之各以才情工力竞胜者,更进一筹矣!故白自成大家,而元稍次。

虽然这是比较中唐诸人的评语,却可作白香山的批辞。但是因为他是一任自然的诗人,所以在古体方面成功的作品较多。在律体方面,有人称他的百十韵以上的五言排律,"皆研练精切,语工而辞赡,气劲而神完"。这话或者也不错。其他七律五律,虽然也不少,都没有他的古体来得动人。

在他这偌大的集子里,要选他的代表作,实在是个难事。他的特长在近体诗里既是五言排律,则我觉着《微之以梦游春七十韵见寄广为一百韵报之》《代书诗寄微之一百韵》《东游五十韵》三诗,可为代表作。至于乐府古体诸作,非本节所宜论,不便加入。不过我个人总觉香山的诗,虽然也冲淡宜人,但是太无含蓄,好像没得什么深趣,这或者是个人的嗜好。

典丽遒皇艳才绮骨的玉溪生 白香山尚且欣仰到"死得为尔子足矣"的李义山,不仅是因为他是西昆体的始祖,而在诗坛有个地位。实在他不要依靠他那扶疏的枝叶,也自有其深固的根基在。管世铭说是:"意理完足,神韵悠长!"还是确当的批评。不过他的诗组织太工,所以为人所指扯。更遭后来注家的务求深解、穿凿附会,于是遂装点成个神秘的金窟了。平心而论,近体诗的技术,到了商隐,算是集修饰的大成。不过,他的修饰又与温庭筠的纤巧不同。他乃是在不忘自然、不忘了自我而修饰的。所以有人说他学杜甫而得者。实在他们的行径是很相似的。他长于七律,而五律却只有杜公的神韵,并无多大的创获。五律的代表作可举《北楼》《访秋》《春游》《银河吹笙》《落花》诸诗——他在五律中,有种特别的造句法,是"兜转来的叠句"。譬如"回肠九回后,犹有剩回肠""共笑鸳鸯绮,鸳鸯两白头"等句都是。——七律的代表作,可举《赠司户送崔珏往西川》《送裴十四归华川》《杜工部蜀中离席》等作。五言排律最长的要算《送千牛李将军赴阙五十韵》,但此诗并不好。其可为代表作者,在我看,要推《西溪》一首、《橙》一首、《自桂林奉使江陵途中感怀寄献尚书》一首了。

参考书

丁福保　《全汉三国晋南北朝诗》
《全唐诗》
《宋诗钞》
郭茂倩　《乐府诗集》
徐　陵　《玉台新咏》
昭明太子　《文选》
魏　源　《诗古微》

阎若璩　《尚书古文疏证》
《楚辞》
朱彝尊　《经义考》
《史记》
《汉书》
《后汉书》
《三国志》
刘　勰　《文心雕龙》
任　昉　《文章缘起》
徐师曾　《文体明辨》
《古今乐录》
范　梈　《诗法流源》
胡　仔　《苕溪渔隐丛话》
《瓯北诗话》
严　羽　《沧浪诗话》
魏庆之　《诗人玉屑》
刘熙载　《艺概》
《历代诗话》
钟　嵘　《诗品》
王世贞　《艺苑卮言》
张　庚　《古诗十九首解》（艺海珠尘中）
徐　昆　《古诗十九首》（啸园丛书）
《学海类编》
章炳麟　《章氏丛书》
《国粹学报》
《吴越春秋》
《二十二子》
《浙江图书馆刊本》
《尚书大传》

王国维　《观堂集林》
顾亭林　《日知录》
顾亭林　《音学五书》
《八史经籍志》
戴　震　《声韵考》
钱大昕　《养新录》
陈　澧　《东塾读书记》
《高元国音学》
《隋书·音乐志》
《旧唐书·律历志》
《旧唐书·音乐志》

第六章　词

第一节　词总说

学学考据家的玩艺，把词字考释一下：

在"六经"里找不出一个词字。现在已经知道是讹误百出的许叔重的《说文》里，解说词字是"意内而言外"。它好似与"诗之言志"是有分别的（诗志也，心之所之谓之志，是从情感活动的方向说，词训意内言外，是从"意"字着手），我们很明白；就后来的体式上说，诚然有大大的差异。但是我们也很明白，这种放弃它那奠基深固的"情感"而专论外式，是错误的。所以要这样的解释词字，不是许叔重错，而是我们错。这种照字义的解释，既解不通；而我的才力，又很薄弱，实在又找不出确当的训诂解说。无已！我们只好消极也比较它与其他姊妹行中的"诗""曲""长短句"诸体，然后来定它的性相。这不至于太不负责罢。至于"词"的名称，只好把它当作一种约定俗成的东西看待。至于张惠言的解释说：

> 词者盖出于唐之诗人，采乐府之音，以制新律因系其词，故曰词。
>
> ——张惠言《词选序》

这也是许多人所主张，我虽是无词反对，但只能服我之口，而不能服我之心。

词与诗余　在唐人的集子里，往往称词为诗余。是表示"诗之附从"轻贱它的意思，宋以后的道学气重的人，也用这名称。这不过是对他父母的媳妇表示不爱他的爱人的假惺惺罢了。词而命之以诗余，实在是件不白的冤案。——因为词并不是诗之余，详后。——不过这名称虽错而内容却只是一个"词"，所以我们可以粗略地说：所谓"词"所谓"诗余"只是一物而有两种名称罢了——我们借此还可以看出在当时还无"词"这称谓的情势。这儿的结论是"词就是诗余"。

按况夔笙《蕙风词话》以为："词之情文节奏，并皆有余于诗，故曰诗余，此徒为强饰之辞矣。"

词与长短句 以长短句三字的实体来说，我们可以推到《诗经》以前去，因为在古歌辞里，实在有许多长短相间的例子。但是从它的名称成立的历史来说，在唐人律诗未成立以前，尚还没有，在所谓"词"这个名称正式成立以后，它也便湮没了，从此间的消息看来，它乃是上通于律诗，下通于"词"的一种文体，绝不是诗，也不即是词。从它命名的意义来看，曰"长短句"者，一定是那个最高概念的"词"还未成立时，很朴实地从形态上与近体诗相对而言的；别于近体诗之五言七言，则曰"长短"，别于诗之律句绝句，则曰"长短句"，表明它与近体诗有甚大的关系，而又甚不相同的意思。《全唐诗》后附的《词》之下有一段与我所说消息相通的话：唐人乐府，原用律绝等诗，杂和声歌之。其并和声起歌作实字，长短其句以就曲拍者，为填词。这虽是我个人的臆说，我觉着尚不至于附会。所以在秦七的《淮海长短句》中还收存得有诗。

大概在中唐以后的绝句，已渐渐不能入乐，于是所谓的新乐府起。这种新乐府是：

篇无定句，句无定字，系于意不系于文！……其辞质而径，欲见之者易谕也！……其体顺而律，可以播于乐章歌曲也。……

——白居易《新乐府序》

所谓"无定句""无定字""顺而律"，都是长短句与诗关联的好解释。

但是它也不即是词，因为词不定都是长短，而长短的诗又不都能承认是词，所以从它的命名上看来，长短句是与律诗相对的一种文体，从它的实质上来看，长短句只是词的雏形，而不能即认为词。——详后《词史》一节。此处的结论是：长短句是未立形的词——词的雏形。

但是后来的人，所以以词为长短句者，则有两个解释，一是根本不辨其义，随便乱用的，如《淮海长短句》《鹤山长短句》等等，一种是因为词在当时尚不为人所重，用长短句三字，稍稍加高他的爱人的地位，把来同不长短的律诗相提并论，这是道学派的欧阳修诸人的玩艺，此与称词为诗余者的用意相同。

按《老学庵笔记》："诗至晚唐五季，气格卑陋，千人一律，而长短句独精巧高丽，后世莫及，此事之不可晓者！"云云。晚唐五季，词之堂途尚不大，此言长短句，为其的称，然曰不可晓者，尤有轻蔑之意也。

词与诗之别　自然这个差别只是就它俩的外形来讲：（一）古诗的篇章无一定的长短，与词无一定的长短者同。但古诗句有定字，而词无之；古诗字无定律，而词有之。（二）近体诗是篇有定句，句有定字？是词所绝不同的。近体诗字有定律，词虽然也是字分四声阴阳，但这只是就一这调子说，而不是就所有的调子比其同异，所以也无定字。

这是就整个的词与诗的比较，倘若单以一个调与诗比，它的每篇的章数、每章的句数、每句的字数、每字的规律，又比诗还要严格一点！词中也有许多调子与诗同的，但这很容易知道。只是一部分的事，不是整个的比较说。

词与曲之别　曲本来就是由词推演出去的，但是它比词更解放得多。就外形来说，曲可以用衬字，而词不能。词是各调独立的，而曲则需合若干调乃成。在音律上也有许多差别，待到讲曲的时候再为分析。再就用字用语上来看，曲可以用俗话，而词则必须清雅等等都是。

第二节 词 史

源始 在历史上说词之起源者,略可分为两派:一是"词由诗变来",二是"词与诗相并而行"。主张由诗变来的这派,朱熹说得最明白:

> 古乐府只是诗,中间却添了许多泛声,后来人怕失了那泛声,逐一声添个实字,遂成长短句,今曲子便是。
>
> ——《朱子语类》

这是说词由诗来,后来因为唐人多半以绝句为乐府,所以遂由普通的"诗"而变为"律诗"。如:

> 唐人乐府,原用律绝等诗。杂和声歌之,其并和声作实字,长短其句,以就曲拍者,为填词。
>
> ——《全唐诗》

这种从"诗"字衍变成"律绝"的渐层的屡积,到方成培更说得准切:

> 唐人所歌,多五七言绝句,必杂以散声,然后可被之管弦,其后遂谱其散声,以字句实之,而长短句兴焉!故词者,所以继迎体之穷,而上承乐府之变者也!
>
> ——《啸园丛书·香研居词尘》

这是明言五七言绝变来,这种渐层式的变迁,是否可信,到后来再说:

至于主张"词"与非由诗衍变而来的人,宋以前的张子野、王柏厚已有这样的意思:

> 粤自隋唐以来,声诗间为长短句,……
>
> ——张炎《乐府指迷》

> 古乐府者,诗之旁行也。词曲者,古乐府之末造也。
>
> ——《困学纪闻》

后来的汪森、成肇麟、张惠言、郑叔问、刘师培诸人，更有许多精到的解说：

自有诗而长短句即寓焉。《南风之操》《五子之歌》是已。《周颂》三二篇，长短句居十八，汉《郊祀歌》十九篇，长短句居其五。至《短箫铙歌》十八篇，篇皆长短句，谓非词与源乎？至于六代，《江南采莲》诸曲，去倚声不远，其不即变为调者，四声未谐畅也。自古诗变为近体，而五七言绝句传于伶官乐部，长短句无所依，则不得不更为词。当开元盛日，王之涣、高适、王昌龄诗句，流播旗亭，而李白《菩萨蛮》等词，亦被之歌曲，古诗之于乐府，近体之于词，分镳并骋，非有先后。谓诗降为词，以词为诗之余，殆非通论矣！

——汪森《词综序》

十五国风息，而乐府兴，乐府微而歌词作。其始也皆非有一成之律，以为范也，抑扬抗队之音，短修之节，运转于不自己，以蕲适歌者之吻。而终乃上跻于雅颂，下衍为文章之流别、诗余之名，盖非七朔也。唐人之诗未能胥被管弦，而词无不可歌者。

——成肇麟《七家词选序》

古之乐章皆歌诗，歌诗之外又有和声，所谓曲也。隋唐以来，声诗间为长短句，至唐贞元元和间，新奏竞作，乃以词填入曲中。不复用和声，是为歌词之始。

——郑叔问《瘦碧词自序》

按郑说本张子野，然词义稍晦。

上古之时，六艺之中，《诗》《乐》并列；而诗有入乐不入乐之分，……降及秦汉，《乐经》遂亡；然汉设乐府之官，而依永和声，独不失前王之旨。及乐府之官废，而乐教尽沦。夫民谣里谚，皆有抑扬缓促之音，声有抑扬，则句有长短，乐教既废，而文人墨客无复永言咏叹，以寄其思。乃创为词调，以绍乐府之遗。

——刘师培《论文杂记》

按张氏言已见前引。

我觉着这两种说法，也都"是"，也都"不是"，因为以词生于诗的那种人，他们的观点跑不了从词的"质"上说。那种以词与诗并行的人，他们的观点跑不了从"形"上说。各都得了一偏。但是从质上立说的人，他们根本不知道诗中的"绝句"，乃是六朝以前的南方民谣，而被唐人割取为律诗之一体的事实。既已把"绝句"的系统生编进入了律诗去，而"词"也附带被绑，在文体的衍变里，算是一个大错（参看《通论之部》《中国文学流变交流表》），所以说他"不是"。至于从形上着手的人，虽然他们有"长短句是自然的抑扬"的精微的解说，并且又从历史上寻出根据，——如刘师培举《殷其雷》为三五言调，《鱼丽》为二四言调，《还》为六七言调，《东山》为换韵调，《行露》为换头调。——这在原理上虽也可以成说，但一切事项的因子，虽只一个，而其成立，绝不仅是这个因子自身的完成。至小限他们是忘记了个最重要的六朝以后的声律，与至于帮助他（词）成立的音乐。所以他也只得一偏，而不能说全"是"。总上两说看来，一个知其成因而不知其源始。一个是知其源始而不知其成因。我以为词的源流是：

六朝以前长短句的自然歌诗，到了唐初，感染了那快要过去的那入乐的、修饰的、绝句的声律，——即是被文人采取而稍修饰的意思，——而渐与声诗相近。到了中唐以后，因它的声调的缓急更能使文人与乐工自然地得以控制，遂替代绝句而成为当时的新乐府。

自然，我这节话除了对于上面二种说法加以调和外，还有不少的新义，现在想更为详细地说明。

一、自然诗歌与修饰诗歌

欧西是屈折语系（inffectional language）便是想要如何地修饰，也不能成为音节整齐的歌诗。咱们中国本是单音系（monasyllabic）的文字，虽然照文字本身的理论上说，易于整齐。但是理论上的易于整齐，乃是修辞者的事，而我们人间自然的音、调，是事实上——或说自然的情势上——绝不容许你语语同调的。况且在"击壤"而歌、"投足"而吟的时候，还要"五言""七言"闹个整齐的句法，除非咱们中国古人都是天生的诗人！——其实所谓真真的宝贝诗人宁可不要。——所以在古代一切尚未经过十分修改的诗歌，如《帝王世纪》的《击壤歌》、《史记》箕子的《麦秀歌》、夷齐的《采薇歌》、《淮南子》宁戚的《饭牛歌》，都是长短其句，以抒其情的。即以一部被孔子所删修（？）的《诗经》来说罢，在十五国风是自然的民歌，所以自然长短的诗篇较多。颂这一体是文人加以修饰的东西，便不免有很整齐的现象。而雅也不免有点"正"气。（《诗序》"雅者正也"！）这也是个好例。头等流氓的汉高祖，自然地歌出"大风起兮"的长短句；头等粗犷的楚霸王，自然地叫出"拔山盖世"的长短歌。这些长短不齐的诗歌，都是三古以来的自然之音呢。

从上面看来，他们只是高兴了便自然地唱，痛苦了便自然地哭、他们并不是诗人，更不是学者，绝不会一定想把句子弄得整齐规矩。可见这种长短句是自然的诗歌。到了汉代，才有以诗歌来找饭吃的人——便是我们所说的文丐。

按此从会稽章实斋之义，实则文丐之起，至迟当在吕不韦纂《吕氏春秋》时。详奉书第三篇第十二章第二十三节《中国文学者的经济背景研究》一节。

所以从古未有的整齐方块的诗，到汉才出现。这种整齐方块的诗，乃是修饰的诗歌，也即是文人之诗，而不是自然之诗了。这种装点雕砌的诗歌，绝不是我们那只有丰富内情而无华美装的自然诗人所能梦想得到的。自然他们还是耕耘他们自己的园地。可是历史本只是为资本家而搬演的，所以贫寒的自然诗人的作品，除了留下很大的遗痕给汉人的所谓乐府而外，流传者甚少，不能详考。不过油腻了，也想点清淡的吃。锦衣玉食的诗人，也不免有时光顾到菽水藿羹的自然之味、山间水涯的自然之景。阿弥陀佛！我们后人便借了他们这点点儿的消遣，窥见了流传的隐秘。

总括上面的意思是：长短句的诗歌，是自生民以来的自然诗歌。更可以断定它是万世不朽的"真实"。整齐方块的"诗"，是汉以后的文丐弄的玄虚，也即是随世而移的"价格"！

二、自然的长短诗为词的正宗

万世不朽的长短句，自与汉世的"诗"并世而驰以后，于是俨然分为两派。翠袖红裙的美人，在有闲阶级的锦簇里流行着。村姑娘自然也只伴着积柴黄日中的健壮者挣扎。到了六朝时，这个早熟的翠袖红裙的美人，被过暖过饱所袭，已无能保持她少女的风态，不能不承时趋利，而更加以描眉添鬓的装点，尽量放发其少妇的妖艳，而成为唐诗。少妇是最能知道"恋爱"这件事的一个对手，自然她也可以睥睨一时。不过终尽不能制服她家老爷的情念，最初他只觉得村姑之自然可爱，从自由适情的消遣而渐至与村姑恋爱。这时的村姑受了时髦的移化，已渐改装。——即六朝时南方吴楚民谣，有与绝句相同之形式者。

按文学演进，先受自民间，及其由文人固定其形式而更恢潢之后，俗文学又反而效尤。此几成一种通例。又按《宋书》谓："吴歌雅曲，始皆徒歌。既而被之管弦，又因金石作歌以被之。"唐人以绝句入乐之情事，益可概见。

渐至于私与人通而生子——即唐人绝句。详《绝句》一节——不幸她随即被弃。而她的爱子，又已受了贵人的胎气，而为适夫人所攘夺——即唐人以绝句为"截律诗"之义——待到爱子成人以后，因为"子贵"的关系，她那自然的身上，也依据着得穿戴些锦绣之饰。——这便是后世词源于绝句的颠倒之说所由生——但这个时候名分上仍在偏房，备妾媵之位。她的爱人对他的适妇，称她为"诗余"。到后来她日渐得宠，遂攘适夫人——即律诗！——之位而代之。于是这位村姑变成了锦簇里的美人。虽然她"村"的体态始终未脱,可是已渐被脂粉之毒而渐向死的路去了。此是后话,表过不提。

总括起来说,后来成为锦衣玉食的这个人,依然是从前的那个村姑的本身。即后世之词,乃前世自然诗体的长短句之被以声律者。我们现在便征实述叙如下,看看她历世变迁的情形。至于绝句本身前后的问题,请参《绝句探源》一节。

三、六朝长短诗歌的演进与绝句的并行

因为自然长短句存流者少,许多材料都在文人的集子里。东汉时的《东门行》《西门行》《孤儿行》,以及"悲歌可以常泣"的《悲歌》、"失我焉支山"的《匈奴歌》、"秋风萧萧愁煞人"的《古歌》,都可以作长短句自然诗歌的实例。这种自然歌诗,不仅适于民情之自然,亦且合于音乐之调节。所以这便是那最讲修饰的廊庙乐府也不能不屈就三分。西汉的乐府如《郊祀房中》等不必说,东汉与曹魏的乐府也长短不齐。其理盖可想见。在张华《上寿食举歌诗表》中说:

> 按魏《上寿食举诗》,及汉氏所施用,其文句长短不齐,未皆合古。盖以依咏弦节,本有因循。而识乐知音。足以制声度曲,法用率非凡近所能改。二代三京,袭而不变。虽诗章词异,兴废随时,至其韵逗曲折,皆系于旧。有繇然也!是以一皆因就,不敢有所改易!

——《汉魏百三名家集·张司空集》

因为要求合于旧有的韵逗曲折,而"一皆因就,不敢改易"。这可见诗歌之自然长短,是音乐之自然节奏的匹配。而依声填词的风气,在聪明的唐代诗人以前,早有人了。

这种自然诗体,一方面在它的本家——民间——流行着,一方面已选入禁苑——乐府——于是诗人的仿作,一天天加多,而都赐予乐府的嘉名。我现在便从这两方面——民间自然诗歌与乐府——

随顺着时代述叙如下：

近来好奇一点的朋友，有举左延年的《秦女休行》为词体之始的。其实倘若要这样说，则在魏时我们还可以举出曹子建的《来日大难行》《当墙欲高行》等早已具备长短自然之式了呢。但毛奇龄以为鲍照的《梅花落》，可名为古词，似乎也不妥当。

> 按此为五七言杂诗，照另有《夜坐吟》一首，乃七言三言组成者，更与词体近。因为我们读读晋人的"绣幕围香风，耳节朱丝桐"。不知理何事？浅立经营中！爱惜加穷袴，防闲托守宫。今日牛羊上丘陇，当年近前面发红！
>
> ——《晋人乐辞》

已是很与词近的作品了。而《绵州巴歌》及荀勖的《王公上酒》等篇，更是居然词格风味。而晋时《西曲歌》中的《月节折杨柳歌》十三首，每首中用"折杨柳"三字为一种调儿，每首字数，每句字数，都有定形。以及《寿阳乐》九曲，每曲三句，首尾五言，中一句三言，也都像是按诸填词一般。还有无名氏的《休洗红》二首、《女儿子》二首，也都可算是后来的词的雏形。

按《古今乐录》曰："儿女子，侬歌也。"又冯舒《诗纪匡缪》以《休洗红》二首为新都杨氏慎所讹，然赵则古《学范》已引之矣。杨氏固善造膺者，然此二诗，清上爽切，不似杨氏繁弦促节者所能拟，故不用冯说。

这些都是萧梁以前的材料，但是这些在宋以前的东西，我实在不愿意承认它有这么一回事，我只想说它只有这么一个景象，经过宋齐的流衍，如谢灵运《上留田》、陆厥《临江王节士歌》、刘漕《饯谢文学离夜》、东昏时《白性唱》。

到了梁以后，至于初唐，这个时期，因了南北的接触，胡乐的输入，而时有新声。

《旧唐书·音乐志》云："宋梁之间，南朝文物，号为最盛，人谣国俗亦世有新声。……"又曰："自周隋以来，管弦杂曲，将数百曲，多用西凉乐，鼓舞曲多用龟兹乐，其度曲皆时俗之所知也。……"歌声既有变迁，歌词也不能不变。又因为这次的变迁，乃民族间的大相参合，不比张骞入西域得胡角的事实；只于国家的廊庙的歌诗发生有影响，于民间无甚关系者可比。既已是"俗之所知"又得在上位者的提倡。——如北齐后主的制《无愁曲》，胡乐歌人有至开府封王的，及隋炀帝的御史大夫裴蕴的杂取西凉、龟兹、天竺、康国、疏勒、同丽……等曲，以合于清乐皆是。——不仅民间一般的无名作家的作品日益加多。即是文人的仿作，亦日益进步。梁武帝的《江南弄》七首的调子是七、七、七、三、三、三，字句的组合。简文帝、沈约诸人之作，亦完全相同，沈约《六忆》六首，也好似照谱填就的六首词。而简文的哥哥昭明太子的《拟古》一首，更是情辞并茂，居然唐人小令矣，其词曰："窥红对镜敛双眉，含愁拭泪坐相思，念人一时许多时。眼语笑靥近来情，心怀心想甚分明。忆人不忍语，衔恨独吞声！"

按此诗《玉台》作简文，兹从宋本《昭明集》。

你看他起首三句，句句用韵，后来换了韵，做四句。而在后两句上，换七言为五言。俨然具备词的双调的情势了。同时的张士简的《长相思》二首，也为后来拟作诸家的体式，他的调子是三、三、七、三、三（此二句第一首合作一个七字句）、五、五、五、五。后来如陈后主、徐陵、陆琼、江总诸人之作，都完全相同。并且都是以"长相思久离别"二句为首的。

按昭明又有《长相思》一首，则纯五言诗也。

这些都是在梁时已隐具牌调的身份，已足以说明词之来源。另外还有许多与词体相近的东西，如陶弘景的《寒夜怨》、徐勉的《迎客》《送客》两曲、王筠的《楚妃吟》、北魏胡太后的《杨白花》，及庆平李波《小妹歌》等，以及同后来陈后主《听筝》诗相同的简文帝的《春情》，都是俨然词的体态。而陈陆珍的《赋得离言咏栗》一首，句法是六、六、六、六、三、三、三、三，而在题上又用了"杂言"二字，这可见词体之渐渐昌明的事实。而我尤爱苍茫的《敕勒歌》，这是一首翻译鲜卑语为齐语的长短歌。

敕勒川，阴山下，天似穹庐，笼盖四野。天苍苍，野茫茫，风吹草低见牛羊！

我也爱清凉凄婉的《咸阳王歌》，因为它是情词情真的。

可怜咸阳王，奈何作事误！金杯玉几不能眠，夜踏霜与露。洛阳湛湛弥长岸，行人那得渡！

我更爱庐士深妻崔氏的《醮面辞》，因为它是母爱的"摇篮曲"：

取红花，取白雪，与儿洗面作光悦。取白雪，取红花，与儿洗面作妍华！取花红，取雪白，与儿洗面作光泽。取雪白，取花红，与儿洗面作华容！

按此诗本为一首，余以为前后两次反复，俨然是一词调，与蜀王衍《醉妆词》"这边走那边走，只见寻花柳"调相同。——至少限亦与《休洗红》相比，故妄为分写。

到了隋时，因为国祚的短促，事实上所表现者甚少。毛奇龄以为炀帝的《夜饮朝眠曲》可为隋词（又《题效刘孝绰杂忆诗》二首），这是沈约《六忆》的嫡长子。至于毛氏又举炀帝《望江南》这首诗完全与后世的词体词名都等相同，词家也都以为是词之视。但这是见于唐韩偓的《山海记》里的。据段安节《乐府离录》、徐轨《词苑丛谈》等书所言，则这诗是中唐以后的作品。大概必不是隋时的东西了。至于杨慎《词品》所载的《回纥曲》、韩偓《迷楼记》所载的侯夫人《一点春》，都在可信不可信之间，我也不以为例。但在当时有首奇怪的诗，想是游戏之作罢，但颇能考见词的消息，便是释慧英的《一三五七九言诗》：

游！愁！

赤县远，丹思抽，

鹫岭寒风驶，龙河激水流。

既喜朝闻日复日，不觉颓年秋更秋！

已毕耆山本愿诚难往，终望持经振锡往神州！

你看这样和谐的声音、这样参差的排调，以及这样清壮的词句，那里还能不算词的雏体吗？

按此为白居易《一七令》词所本。其词曰："诗。倚美，怀奇，明月夜，落花时。能助欢笑，亦伤别离，调清金石怨，吟苦鬼神悲。天下只么我爱，世间惟有君知。自从都尉别苏句，便到司空送白辞。"初"唐古曲之灭亡，胡夷里巷之杂样"，"新乐府之放发"，"绝句之入乐"。三事，为词之所胎袭。

唐人的长短句，不仅是形式与词体近，而神韵风格，绝不能说于词无关了。简单地写点在下面，譬如长孙无忌的《新曲》：

家住朝歌下，早传名，结伴来游淇水上，旧长情，玉佩金钿随步远，云罗雾縠逐风轻。转目机心悬自许，何须更待听琴声！

回雪凌波游洛浦，遇陈王。婉约娉婷工笑语，侍兰房。芙蓉绮帐还开掩，翡翠珠被烂齐光。长愿今宵奉颜色，不爱吹箫逐凤凰！

太白的《长相思》：

长相思，在长安，络纬秋啼金井阑，微霜凄凄簟色寒，孤灯不明思欲绝，卷帷望月空长叹。美人如花隔云端！上有清冥之高天，下有绿水之波澜。天长路远魂飞苦，梦魂不到关山难，长相思，摧心肝！

以及顾况的《长安道公子行》、孟东野的《湘弦怨》，而白居易、元微之所作尤多。在这许许多多的唐人新乐府里，虽也只是一些自然的长短句，但它的风态情趣，可绝然与六朝以前不同，自然这是作家都不免受点声律的影响，所以长短句也有点"诗"的胎气。因这样的长短而要生出拘于声律的"词"自然是较易的事。它第一次正式与诗结婚的事，便是绝句之入乐。所以能给合的原因，是"古曲之亡佚"。介绍人，却又是四夷乐器之输入。我现在先从它们结合的原因与介绍人说起，再说它们结合的实情。

《唐书·音乐志》里有这里的一段话："宋梁之间，南朝文物，号为极盛，人谣国俗，亦世有新声，后魏孝文宣武，用师淮汉，今其所获南音，谓之《清商乐》。……遭梁陈亡乱，所存盖鲜。……武太后时，犹有六十三曲。今其辞存者，惟有《白雪》《公莫舞》《巴渝》《明君》……《子夜》《吴声四时歌》，及《欢闻》《团扇》《懊侬》……《乌夜啼》《石城》《莫愁》《栖乌夜飞》……《采桑》《春江花月夜》……等三十二曲，《明之君》《雅歌》各二首，《四时歌》四首，合三十七首。又七曲有声无辞，《上林》《凤雏》《平调》《清调》《瑟调》《平折》《命啸》通前为四十四曲存焉。……自长安以后，朝庭不重古曲，工伎转缺，能合于管弦者，唯《明君》《杨伴》《骁壶》《春歌》《秋歌》《白雪》《堂堂》《春江花月》等八曲，旧乐章多或数百言，武太后时《明君》尚能四十言，今所传二十六言，就之讹失，与吴音转远。……"

古曲这样的陵替，正为它那相依为命的乐器凭虚而入的散亡。乐器的散亡，也即是曲调标准的散亡。本来在北朝的各国，多半是北方的鲜卑种，根本不晓得什么是古曲，自然他们是自己带着音乐而来的。于是乎"下武之声，岂姬人之唱，登歌之奏，叶鲜卑之音"，"制氏全于胡人，迎神犹带边曲"矣。当时的南朝，虽然有一二敝帚自珍好古敏求的君主，总敌不了六朝绮靡之气，除了喜好"自我作古"而外，也采了不少的代北之音，所以到了隋的开皇七部伎，大业九部伎，便不能不是胡乐醇化的乐府。这我们只消一读《隋书》及《唐书》的《音乐志》，便会明白。

> 永嘉之后，咸洛为墟，曲章始尽，江左掇其遗散，尚有治世之音。而元魏宇文，代雄朔漠。地不传于清乐，人各习其旧风，虽得两京工胥，亦置四厢金奏。……
>
> ——《唐书·音乐志》
>
> 魏氏本目云朔，肇有诸华。乐操风土，本移其俗。至道武帝皇始元年，破慕容宝于中山，获晋乐器，不知采用，皆委弃之。……乐章既阙，杂以《簸逻》《回歌》，…至太武帝平河西，且渠蒙逊之伎，宾嘉大礼，皆杂用焉。此声所兴，盖符坚

之末，吕先出平西域，得胡戎之乐，因又改变，杂以秦声，所谓秦汉声也。……

——《隋书·音乐志》

……后主嗣位，耽荒于酒。……尤重乐道，遣宫女习北方箫鼓，谓之代北，酒酣则奏之，又于清商乐中，造《黄鹦留》及《玉树后庭花金钗臂垂》等曲，与幸臣等制其歌词。……

开皇初，定七部乐，一曰国伎，二曰清商伎，三曰高丽伎，四曰天竺伎，五曰安国伎，六曰龟兹伎，七曰文康伎，又杂有疏勒、扶南、康国、百济、突厥、新罗、绥国等伎。……大业中，炀帝乃定清乐、西凉、龟兹、天竺、康国、疏勒、安国、高丽、礼毕以为九部。……

——并见《隋书·音乐志》

一方面古乐古曲散亡，一方面胡乐势力之膨胀。所以到唐修雅乐，便不能不取"斟酌南北参以古音"（《唐书·祖孝孙奏书》语）的方法。

以国家的权力，而不能恢复古曲，仍采胡乐，则胡乐胡曲之影响于民间，影响于文人，也是自然的趋势。所以"自开元以来"的歌者，便不能不杂用胡夷里巷之曲。这便是词的启蒙。于是词的来源，我们大概可以寻出两条路子：

一条是把胡乐的调子，原样的或者加以稍许改变地填进词去；一是采取民间已有——旧有或新生——的词，谱入乐里来。

在第一条路所生的词，我们只消看看崔令钦《教坊记》、王灼《碧鸡漫志》、段安节《乐府节录》里所载的曲调，同万氏《词律》以及《钦定词谱》里所载的词调，比较一看，便可知道。譬如"《胡旋》《胡腾》《绿腰》《垂手罗回波乐》《阿辽曲》《八拍蛮》《归国遥》《忆汉月》《阿也黄》《女王国》《南天竺望月》《婆罗门》《穆护子》《赞普子》《蕃将子》《胡攒子》《穿心蛮》《龟兹乐》《胡僧破》……"等等，这明明是胡乐的曲调，而词调里也用。生在现在的我们，虽然不敢断定其必是相同，但是"必相因袭"语，总不至太冒失太唐突罢。至于那个采取民间已有的词，谱而入乐的事，在唐初所存《清商乐曲》三十二曲的《阿子》《欢闻》《懊侬》《督获》《襄阳王》《杨伴三州》诸调，不说而外。——因为他们是"其词旨浅俗，而绵世不易"。《唐书·音乐志》——单在万氏《词律》所载的六百余调里，还可以寻出《竹枝》《纥那曲》《欸乃曲》《何满子》《盐角儿》……等调。

除了这两条路外，还有自度腔的词数，却也不少。后来的变化，益加繁复。此是后话，这儿不详说了。

在上面我们已承认唐初同"曲调"所结合的词是"绝句"。这句未曾交代清楚的话，在此不能不稍加说明，虽然是这样的分析，愈说愈长，但有什么法子呢？——自然这些流传下来的词，是经过了文人修节过的，它们原始的结合，只是五七言四句诗，不过已往的历史，本来只是预备给有闲阶级用的，我们的自然之歌是不易流传下来。——本来我们在《诗》那一章里说："绝句是南方于民歌。"在本章的上面又说过："唐初的乐府，是'斟酌南北考以古音'的。"所谓斟酌南北者，便是用北方那种替代了古乐的新乐的，采南方文采校盛的"词"以补那种"绵世不易"的缺憾。因了这两种关系，得了胡乐做媒介，它们便牵起手结了婚。——我现在想把这个事实，稍稍申说一下。

在胡仔的《苕溪渔隐丛话》里有这样的一段话："唐初歌曲，多是五七言诗。以《小秦王》为最早，即七言绝句也。如《清平调》《渭城曲》《欸乃曲》《竹枝》《杨柳枝》《浪淘沙》《采莲子》《八拍蛮》则其体同，其律不同。"

这些曲现在都载在《乐府诗集》里，当时不仅这些小调是如此，便是长调也都是许多绝句组合拢来的。在《乐府诗集》七十九卷里，所载的《水调歌》《凉洲歌》《大和》《伊州歌》《陆州歌》等等，都是。譬如《凉州歌》的组织是：

第一歌"七绝"　第二歌"七绝"　第三歌"五绝"其次排遍第一"七绝"　第二"七绝"

最长的如《水调歌》，其组织是：

　　第一歌"七绝"　第二歌"七绝"　第三歌"七绝"　第四歌"七绝"　第五歌"五绝"其次入破　第一"七绝"　第二"七绝"　第三"七绝"　第四"七绝"　第五"七绝"把第六的部分叫作"彻"五绝。

其附注曰："按唐曲凡十一叠，前五叠为歌，后六叠为入破。其歌第五叠五言调，声最为切怨云云。"所谓"排遍"，所谓"入破"，所谓"彻"，这都是乐调上的一种名称。

这大概便是严绳孙《词律序》所谓"六朝或用五言八句，而唐世所传，若沈香被诏之作，旗亭画壁之诗，及江南红豆之曲，大抵其可歌者多为七言绝句"者是也。

这都是以形式上考查的。再从内容考查一下，譬如《凉州歌》的第三歌乃是采用高适的《单父梁九少府》的前四句"开箧泪霑襦，见君前日书。夜台空寂寞，犹见紫云车"。《陆州歌》的第一歌用王维《终南山》五律诗的后四句："分野中峰变，阴晴众壑殊。欲投人处宿，隔水问樵夫。"又有如《盖罗缝曲》所用的歌是王昌龄"秦时明月汉时关"《从军行》七绝诗。《昆仑子》所用的辞是王维的五言律《从岐山过杨氏别业》的前半，《戎浑曲》它所用的歌辞是王维的五言律诗《观猎》的前半。由这点看来，是把这种绝句，不问它与曲调的长短如何，直接痛快合上去，便算完事。

按论绝句入乐一节，略本铃木虎雄君。

除了这些而外，譬如《表异记》所载的高适、王昌龄、王之涣三人旗亭上听歌伎唱的词，《张说集》里的臆岁乐的《苏幕遮》，代圣升平乐的《舞马词》，都是五六七言绝句。这便是后人言词从绝句生出来的口实。其实只是初期的野合呢。

四、加减绝句的调儿成为小令为词的雏儿

这种勉强整齐的绝句，与不能整齐的曲调相配、削足适履的事，

是多么的难而不自然。于是聪明的文人，才袭取绝句的精神，——声态——以撑持它自个儿的门面。现在稍为分析一点，说之如下：

（一）变平韵为仄韵者

如杨太真《阿那曲》："罗袖动香香不已，红蕖裊裊秋烟里。轻云岭下乍摇风，嫩柳池塘初拂水。"

这在许多七绝用平韵的词调里，是个异象。又譬如李端的《拜新月》词是："开帘见新月，便即下阶拜。细语人不闻，北风吹裙带。"

杜文澜《词律补遗》曰："调见《词谱》，用仄均叶，而语气微拗，与叶平均者不同。"这大概是因声调之变而变的。

（二）平仄通叶与每句用韵者

譬如王建的《乌夜啼》："章华宫人夜上楼，君王望月西山头。夜深宫殿门不锁，白露满山山叶堕。"杨升庵以为："此商调也，《玉台新咏》徐陵《乌夜啼》凡四句。亦平仄通叶，为此体之自出。"大概这是古调，而唐人填以词者。每句用韵者，如王丽真《字字双》："床头锦衾斑复斑，架上朱衣殷复殷，空庭明月闲复闲，夜长路远山复山！"

（三）加添句子而变者

譬如有四句变为六者：

> 彩女迎金屋，仙姬出画堂，鸳鸯裁锦袖，翡翠贴花黄。歌响舞分行，艳色动流光。

——崔液《踏歌辞》

这不是明明白白，在五绝的后面加了两句吗。又如张曙的《浣溪沙》词："枕障熏炉隔绣帷，二年终日苦相思。杏花明月始应知！天上人间何处去，旧欢新梦觉来时，黄昏微雨画帘垂。"

这不是把七言绝句的第三句稍稍改变为韵句，而在第四句之后，用了两个叠句吗？（旧欢二句的平上去完全相同，拟此处的调子是个重音）或者又稍稍加添变成了八句的，如皇甫松的《怨回纥》："祖席驻征棹，开帆候信潮。隔筵桃叶泣，吹管杏花飘。船去鸥飞阁，人归尘上桥。别离惆怅泪，江路湿红蕉。"

这是五言律。至于七言八句的词,除了《瑞鹧鸪》一调用平韵外,如徐昌图《木兰花》,是用仄韵。其词曰:"沉檀烟起盘红雾,一箭霜风吹绣户。汉宫花面学梅妆,谢女雪诗裁柳絮。长垂夹幕孤鸾舞,旋炙银笙双凤语。红窗酒病嚼寒冰,冰损相思无梦处。"

(四)掺和五七言而成者

譬如无名氏的《回纥曲》:"阴山瀚海信难通,幽闺少妇罢裁缝。缅想边庭征战苦,谁能对镜冶愁容?久戍人将老,须臾变作白头翁!"

只在第五句上减少了二字。后来冯延巳的《抛球乐》全仿于此,不过平仄稍有差别。他如相传为李太白所作的《菩萨蛮》,——虽不是太白的作品,大概也是唐末人作品。——也是七五言掺和的词。又如崔液的《踏歌辞》:"庭际花微落,楼前汉已横。金壶催夜尽,罗袖舞寒轻,调笑畅欢情,未半着天明。"

这只是在五言六句的式子里,把第五句延长了二字,而减去第六句的两个字罢了。

(五)变为长短句者

上面这些整齐的诗句,其不能合于调子,是必然的情势。到后来宫调失传,遂变为长短句以求和声。譬如李德裕为谢秋娘而作的《忆江南》,是整齐的五言诗。

按《李卫公集》有《锦城春事忆江南五言三首》:"题存而诗亡。"然曰五言三首,其必非长短句明矣。而同时的白乐天、刘禹锡依曲而作的《忆江南》,便是"长短句"白词是:"江南好,风景旧曾谙。日出江花红胜火,春来江水绿如蓝,能不忆江南?"

刘禹锡"和乐天春词依《忆江南》曲拍为句"的词是:"春去也,多谢洛城人。弱柳从风疑举袂,丛兰裛露似沾巾,独坐亦含颦。"

曰"依《忆江南》曲拍"云云,是很足证明依曲填词的实例。这大概就是《全唐诗》注所谓:"唐人乐府,元是律绝等诗,杂和声歌之,……自宫调失传,遂并和声亦作实字矣。……"蔡宽夫《诗话》更说得明白而且引了小例:

大抵唐人歌曲,不随声为长短句,多是五言或七言诗,歌者取其辞与和声相叠成音耳,予家有《古凉州》《伊州辞》,与今遍数悉同,而皆绝句也。岂非当时人之辞,为一时所称者,皆为歌人窃取,播之曲调乎?

蔡氏的话,大概不是"托古"之言。因这与我们前面所说的《水调歌头》《凉州歌》《大和》等调之采唐诗,是相合无间的。

这类的变化法,大概可以分成两类:一是增加的变,即是填实字于和声之说;二是减少的变,便是在律绝里某句或某几句中减少了几个字者是。我们先说增加的例罢。譬如在唐玄宗的《好时光》里:"宝髻(偏)宜宫样,(莲)脸嫩,体红香,眉黛不须(张敞)画,天教入鬓长。莫倚倾国貌,嫁取(个)有情郎,彼此当年少,莫负好时光!"

我们把在括弧的各字去了,居然是首毫无瑕疵的五言诗。所以"以和声填实字"的话,不是毫无理由。他如皇甫松的《天仙子》:"晴野鹭鸶飞一枝,水葓花发秋江碧。刘郎此日别天仙,登绮席,泪珠滴,十二晚峰青历历。"这只是在七绝的第三句下加个三字的叠句罢了。

按上虞罗叔言所集《敦煌零拾》中《云谣集·杂曲子》三十首中,亦有《天仙子》二首,为双调,作者不知为谁。然以此词比类而载之各词考之,则可视作双调者尚有《柳青娘》《破阵子》诸调,其他如《凤归》《云偏》四首、《竹枝子》二首、《洞仙歌》二首,字句之增损皆剧。盖词之初兴,本按谱填词,声有长短,故词不能无出入。此如《竹枝子》一词,刘禹锡本四句,而皇甫松别有二句者矣。至唐末曲调既亡,词调遂由二一文人定之。后世遵从,莫敢度越,而词遂成为稳慎声律之死文学矣。

又譬如无名氏的《柳青娘》词:"青丝髻绾脸边芳,淡红衫子掩□□。出门斜拈同心弄,意恓惶。故使横波认玉郎,叵耐不知何处去?教人几度挂罗裳。待得归来须共语,情转伤,断却妆楼伴小娘!"

也是在七言四句中加个三字句,又譬如从添声的《杨柳枝》而变成《太平时》,乃是在七言绝句的每句中间添个三字句。杜文澜说:"如竹枝,渔父,有和声也。"这首虽是宋词,其理正相同。所谓和声，便是那唱完以后的余声，如皇甫松的《竹枝》是用"竹枝""儿女"，《采莲子》是用"举棹""少年"。则把这等字换成个有实义的字，也是种自然现象呢。又譬如张曙的《浣溪沙》，本只是首七言绝句之添多两句者。可是到了南唐后主变用仄韵，而南唐元宗则在每三句后，加了一个三字句。这虽然也是后来的衍变，其理与此亦同。

除了这种增加的变而外，也还有减少的变，譬如张子和的《渔歌子》是把七绝的第三句减了一字而成的。

　　西塞山前白鹭飞，桃花流水鳜鱼肥。青箬笠，绿蓑衣，斜风细雨不须归。

韩翃的《章台柳》是在把仄韵七绝的第一句减了一字的。

　　章台柳，章台柳，往日依依今在否？纵使长条依旧垂，也应攀折他人手。

刘禹锡的《潇湘神》，与韩氏此词全同，不过是用平韵，更与绝句相合。

　　斑竹枝，斑竹枝，泪痕点点寄相思。楚客欲听瑶瑟怨，潇湘深夜月明时。

元稹的《樱桃花》是仄韵七绝减去首句四字而成者。

　　樱桃花，一枝两枝千万朵，花砖曾立摘花人，窣破罗裙红似火。

郑符的《闲中好》，只是仄韵五绝减去首句二字而成者。

　　闲中好，尽日松为侣，此趣人不知，轻风度僧语。

吕俨的《梧桐影》是七言三句：

　　落日斜，秋风冷。今夜故（故或作幽）人来不来，教人立尽梧桐影！

到了刘禹锡的《春去也》，白居易的《花非花》《如梦令》，已是衍变无方的了。

　　春去也，多谢洛城人，弱柳从风疑举袂，丛兰裛露似沾巾。独坐亦含颦。

　　　　　　　　　　——刘禹锡《春去也》

花非花，雾非雾。夜半来，天明去。来如春梦不多时，去似朝云无觅处。

——白居易《花非花》

前度小花静院，不比寻常时见。见了又还休，愁却等闲分散。肠断，肠断，记取钗横鬓乱。

——白居易《如梦令》

上边所说的一段，大都是从绝句衍化而来。这便是后人所谓"小词"的初期。唐人的乐器曲调，既不传于后世，我们也只好从纸张上讨究，但在宋人留下来的一首《古阳关词》，还可以帮助我们上面所说那一大段话，不至于是武断而无依据。是这样的：本来在唐人王维的《阳关曲》是首七绝（亦名《渭城曲》）：

渭城朝雨浥轻尘，客舍青青柳色新。劝君更尽一杯酒，西出阳关无故人。

这本是一首送人的诗，大概因为很有名，后来唐人都作了送别的歌曲歌唱着，叫作《阳关三叠》。到了宋朝，大概歌曲已不全在，所以秦七的《淮海集》说："《渭城曲》绝句，近世多歌入《小秦王》。"这大概借《小秦王》调的声以歌之。《渔隐丛话》说："唐初歌舞，今止存《瑞鹧鸪》《小秦王》二阕。《瑞鹧鸪》是七言八字句，犹依字易歌。《小秦王》是七言绝句，必须杂以虚声，乃可歌。"《小秦王》既要杂以虚声才能歌，则《阳关曲》之必杂以虚声，从可知了。后来曲调既亡，所以后来的人，把那许多虚声加以实字，而成为：

渭城朝雨（一霎）浥轻尘。（更洒遍）客舍青青，（弄柔凝碧）（千缕）柳色新。（更洒遍客舍青青，千缕柳色新）。（休烦恼），劝君更尽一杯酒。（人生会少，自古富贵功名有定分，莫遣容仪瘦损，休烦恼、劝君更尽一杯酒。）（只恐怕）西出阳关（旧游如梦）（眼前）无故人。（只恐怕西出阳关，眼前无故人。）

——宋无名氏《古阳关调》

我们从这两首衍化的词，一方面可以看出唐时曲调的情形，一方可作我们上面一大段话的根据。

五、词的一切完成

上面我们所说的绝句衍化一段，大概是从盛唐中唐至于晚唐这个时期中的事。自唐末至于五代，其衍变的事实，日益繁复。但是还仍不能算大成的时期。所以足为唐末五代词的代表选本的《花间》《尊前》诸集，仍是小令占十之九，这时大概可算新婚时期罢。要到了宋朝才是婚后的艳发时期。宋南渡以后，已是"宜尔子孙绳绳兮"的时期了。这是它的"史的遗痕"。我们仍从它变迁蝉蜕的痕迹上来看。譬如《教坊记》里的《三台》一曲，我们在《韦江州集》里，可以寻出一首词来。它是与张说的《舞马词》，沈佺期、裴谈、李景伯诸人在唐中宗面前所作的《回波乐》，以及唐无名氏的《塞姑》，都同是六言绝句诗。这首曲调，大概是种游戏的歌曲，故又名《调笑》，到了冯延巳的《调笑令》则变为："明月明月，照得离人愁绝，更深影入空床。不道帏屏夜长，长夜长夜，梦到庭花荫下。"

这只是在句首同第三句后加了两个四字叠句。而毛滂的三十八字一体，则为："香歇，袂红靥，记立河桥花自折，隼旗绀幰城西阙。教妾惊鸿回雪。铜驼春梦空愁绝，云破碧江流月。"

衍变而益多了。及到了《万俟雅言》来，变成了百七十一字的长调。赵师侠的《伊州三台》，是四十八字者，后来还有什么《宫中三台》（亦名《翠华引》，一名《开元乐》）、《江南三台》、《突厥三台》等等这是一例。又譬如张志和的《渔歌子》（见前）是二十七字的小令，后来孙光宪变为五十字的双调。又后来奉调既亡之后，苏东坡遂增句用《浣溪沙》的调子歌之，黄山谷又增句字用《鹧鸪天》的调子歌之，这是二例。又譬如上面所举的白居易、刘禹锡的《忆江南》，是二十七字小调，皇甫松所作亦同，到了冯延巳已有五十九字的双调，吴梦窗裁有五十四字的双调。又如白居易、刘禹锡、温庭筠诸人的《杨柳枝》，都是二十八字的七绝诗。到顾夐有四十字的双调，朱敦儒有四十四字的双调，这是四例。其他如由白居易、刘禹锡、皇甫松与宋初诸人二十八字的《浪淘沙》转出来的变调，更为多了。除了南唐后主五十四字双调而外，迟有柳永的五十二字的《浪淘沙令》，又有柳永与周邦彦的三十三字的《浪淘沙慢》。又譬如刘禹锡的《抛毬乐》是五句六言诗，共三十字，后来有冯延巳的四十字调，柳永的百八十七字的双调。又譬如前面说过的《天仙子》本是三十四字调，后来又有六十八字调。又譬如白居易的《长相思》，是三十六字调。后来有一百字调（如杨无咎的"急雨回风"二首）有百三字调。（如柳永的"画鼓喧街"一首）又譬如张曙的《浣溪沙》是四十二字调，南唐后主的《摊破浣溪沙》便是四十八字，周邦彦的《浣溪沙慢》便是九十三字。又譬如被后人传为李太白的《忆秦娥·箫声咽》一首，是四十六字调，后来有用平韵的四十六字调。（如孙夫人《花深深》一首）又有三十七字调，（如毛滂的《夜夜》一首）三十八字调，（如冯延巳《风渐渐》一首）四十一字。（如张先《参差竹》一首）

　　上面所说这一大段，都是根据了唐人的曲调而衍变的。到宋以后，这类的衍变日益增多。我们根据万氏《词律》一加考查，则变调最多的，如《酒泉子》有二十种变调，《河传》有十七种变调，《临江仙》子十四种变调，《洞仙歌》十调，《卜算子》连同慢调共九种，《诉哀情》八种，《青玉案》《喜迁莺芳》七种，可算是衍变无方了。本来在最初的这种变化，只是因切声调而为字句间的添损，毫无一定标准可言，到后来他的子孙已繁昌，于是制礼作乐的孝子贤孙，——其实这只是乐已渐亡的表征——于是才有所谓"慢""引""令""近""偏""犯""摊破""捉拍""偷声""减字""转调"，诸等色目。《乐府余论》说："词由小令而有引词，又曰近词，谓引而近之也，又次而有慢词。"

　　这便是很简短的源流叙述。这类的事，我们要在词体一段去讲。但是词自从有了这许多规矩以后，后人都是"抠衣相从""莫敢度越"其中有一二知音晓律之士，也不妨自度几曲，譬如姜白石的《暗香》《疏影》等等，这便是为人间所推崇的"一二"人，但这已不是所谓普通人所能者了。

于是这种本来是很天真自然的长短句，因了胡乐的介绍，与律体一类的诗结合而生的所谓词。后来竟自失去了自由，成为文人的附属。

第三节　词　体

词，初原于隋唐，完成于五代，衍变于宋元。经过这三个时期的变化，一切都由萌芽而茁壮，而灿烂，而衰落。

在这若干年的过程里，从基调上不知衍变了几多体态。这些体态的分类，倘若是就外表的字数多寡而论，——如顾从敬之《类编草堂诗余》分为：五十八字以内为小令，五十九字至九十字为中调，九十一以外为长调，不仅是分不干净（详见第一编第三节《文体分类》一段），并且也太过皮相。但是我们也不能用"词调"来分体。因为这除了仍犯上面所说的太皮相的毛病而外，还有在许多调子里，有多到十几种不同的体裁的，也不胜其麻烦。我们只消看看《钦定词谱》所载的词调，有八百二十六个，而有二千三百〇六体之多，便可知道是不适于述说的了；并且有《词谱》《词律》诸书在，也用不到我们来当抄书匠。

词既然是以音乐的律格色调为基础的，我们用它在音乐上的分类情形来看，比较更为得当一点。但是词的格律，不仅演奏的谱子失传，而它所用的乐器也不能全知。我们在事实上无所证实，只好从词调上所表示出来的名称上，加以解释说明罢了。

我们从词的大体上来看，大概可以分成两类。第一类是由本词而稍加变化，不另成新调者。第二类是集许多调子采择其一部分加以组合而另成新调者。但这些都与乐律有关，我们现在所知道关于词的乐律太少，不能详细地说出。我们知道的只是个大概对。于第一类者如：

令　如《十六字令》《三台令》《如梦令》《雨中花令》《喜迁莺令》《洞仙歌令》是。

近 如《好事近》《早梅芳近》《祝英台近》《隔浦近》《扑蝴蝶近》《诉衷情近》是。

以上这几种，大概与它的本调，——即无令近之调——并无什么差别，所以有许多调名，多个"令""近"诸字，与少去诸字是一点都无差别的，譬如上面所举的"早梅芳近""祝英台近气""隔浦莲近""扑蝴蝶近"，都可以把"近"字减掉。"三台令""上林春令""雨中花令""喜迁莺令""洞仙歌令"等等的"令"字也可省掉。比较这两种稍稍不同点的有：

引 如《太常引》《明月引》《青门引》《梅花引》《东城引》《迷仙引》《迷神引》等等。

慢 如《西子妆慢》《西平乐慢》《单牌子夜飞慢》《鹊慢》《长相思慢》《长亭怨慢》《石州慢》《浣溪沙慢》等等，皆是。

这两种体裁，倘若依得我们的臆解，大概是把声调引长的词。词的本身增加与否，倒不一定。

按《乐府解论》曰："词由小令而有引词，又曰近词。谓引而近之也。又次而有慢词，慢者曼声而歌也。"所言慢词之为声曼是也。至谓引词又曰近词，则有小错误。近词之大多数，皆可省去近字。而引词则决无省"引"字者。是近词不与引同一也。又《石州慢》即《石州引》，是引词与慢词相近，而不与近词相近明矣。此其二。故令近二体，实与本调不殊。（后世乃有例外）而引慢二体，实为相近，与本词有殊矣。又按张氏《词源》有"歌曲令曲四掯匀，破近六韵慢八韵"之语。则"令与本调不殊"之语，非予私言，慢引为声之变而不关于词，亦非臆度之辞也。

所以在许多以慢名的词里，实际与不加慢字者相同。我们上面所列各慢词的调名，自《长亭怨慢》以上，都可省去"慢"字，便是这个道理。

上面所举四种，都是就一支曲调里稍有增加而原调仍不变更，并不是另生的一种新调。还有一种割裂许多调子的一部分，集合而成的，这便是所谓的犯调。犯调之意义，是："这个调子与那个调子相犯。犯数的多寡不一定，犯的方法也不一定。"《历代诗余》说：

第二编　中国文学各论之部

"犯是歌时假借别调作腔，故有侧犯、尾犯、花犯、玲珑四犯等名。"

侧犯、尾犯、花犯诸名，是就犯的方法上说，现在乐律既亡，我们已不能知其详。至于从"犯数"来说，则如《江城梅花引》一词，前半是用《江城子》的调，后半是用《梅花引》的调，可算是二犯。但宋元的作家，他们多半懂得乐律，所以"移宫换羽"的犯调，大概是很平常的事。不过我们现在不容易知道了。譬如侯真的"月破轻云天淡注"的《四犯令》，是哪四调？仇远的"沧岛云连"的《八犯玉交枝》，是哪八调？我们都不知道。但是在刘改之的《龙洲词》里，有一首《四犯剪梅花》，他把所犯的调子注了出来，还可以让我们考见一二，不至于令我们上面的话成为臆测。其词曰：

水殿风凉，赐环归、正是梦熊华旦。解连环叠雪罗轻，称云章题扇。醉蓬莱西清侍宴。望黄伞、日华龙辇。雪狮儿金券三王，玉堂四世，帝恩偏眷。醉蓬莱临安记、龙飞凤舞，信神明有后，竹梧阴满。解连环笑折花看，橐荷香红润。醉蓬莱功名岁晚。带河与、砺山长远。雪狮儿麟脯杯行，绒荐坐稳，内家宣劝。醉蓬莱

这是用《解连环》《醉蓬莱》《雪狮儿》又再来一个《醉蓬莱》四种相异的调子组成的。我们得此，已可以观矣。又在《词律拾遗》里，载了一首曹勋的《八音谐》，是用八曲合成，也是犯调，不过不用犯的名称罢了：芳草到横塘，宫柳阴低覆，新过疏雨。春草碧首句至二句望处藕花密，映烟汀沙渚。望春回四句至五句波静翠痕琉璃，茅山逢故人第六句似伫立、飘飘川上女。迎春乐第三句弄晓色，正鲜妆照影，飞雪满群山第十二句幽香潜度。水阁薰风对万姝、共泛泛红绿，闹花深处。兰陵王第十四句至十七句移棹采初开，嗅金缨留取。趁时凝赏池边，雨后约、淡云低护。孤鸾十二句至十六句未饮且凭阑，更待满、荷珠露。眉妩末句二这是用《春草碧》等八调组合而成的。在这许多犯调里，又有若干的差异。张炎《词律》说："以宫犯宫为正犯，以宫犯商为侧犯，以宫犯羽为偏犯，以宫犯角为旁犯，以角犯宫为归宫。"

这大概便是犯调意义上的解释罢。

至于还有什么《法曲》《曲破》等，全是音乐的关系——《法

曲》为唐曲,《曲破》乃宋之舞曲。——在我们上面所陈诸分类里,它们是安放不进去的。至于后来的《序子》——如《帝莺序》,大概是慢词中之最长者。又有所谓叠韵,大概是用普通双调词,本其原韵,再叠一过,成为四叠。如晁元咎《琴趣外篇》的《梁州令叠韵》是,这更是衍词中的衍词。

除此上面所列各体而外,还有集许多调词而歌吟一件事者,如王性之《蝶恋花》十二首的《莺莺曲》。

按《侯鲭录》曰:"王性之《传奇辨正》谓元稹《会真记》世以为佳话,惜不能歌。乃分原文为十章,各系一词,致语之外,先别为一词,末复缀一词,凡商调《蝶恋花》词十二首。"王安中《六花队·冬词·蝶恋花》。

按《初寮集·长春口号》曰:"露桃烟杏逐年新,回首东风迹已陈。顷刻开花公莫问,四时俱好是长春。"《冬词》凡六首,一长春,二山茶,三蜡梅,四红梅,五迎春,六小桃,各有口号一首,词一首。这类集词,或更加以专名的,有《转踏》。

曾慥《乐府雅词》所载之《转踏》,如无名氏《洛浦集句调笑》,一巫山,二桃源,三洛浦,四明妃,五班女,六文君,七吴娘,八琵琶,凡八首,有致语,有口号,有放队。又若《秦淮海集》之《调笑》,为一王昭君,二禾昌公主,三崔徽,四无双,五灼灼,六盼盼,七崔莺莺,八采莲,九烟中怨,十离魂记,凡十首。毛滂之《调笑》则为一崔徽,二泰娘,三盼盼,四美人赋,五灼灼,六莺莺,七茗子,八张好好,凡八首,有致语,有遣队,本词之后,又有《破子》二首。

一、大　曲

董颖《道宫薄媚西子词》《乐府雅词》谓之大曲。凡八分十章,一排徧第八,二排徧第九,三第十撷,四入破第一,五第二虚催,六第三衮遍，七第四催拍，八第五衮编，九第六歇拍，十第七煞衮。

二、诸宫调

上所陈转踏，大曲，皆集诸同宫之调而成者，此则集诸不同宫之调而成者。

三、杂剧词

杂集法曲，曲破，转踏，大曲诸宫调而成者。等等。这些词与其说是词调，毋宁说是词的集团。所以在讲词体时，是不可混入的。

我们总括起上面的话来，大概词体可分为三种。其中有两种是正格，一种是变格。即：一、词面的字句不可增损的一种。这是普通排调的通性，或有加"令"字者。——也时有加"近"字者，但很少。二、词面的字句因了音乐的关系而稍有增损者。这是就第一种词而加以增损者，即是第一种词的变体。多半加有"引""慢"诸字。上言一二两项，都算是正格。正格的外形是名调独立，不相连属，一曲只有一调。三、把许多词调集合起来，以吟一事一物者。这是变格。变格的外形是一曲里有许多调。

除此而外，还有所谓偷声、减字、调转、促拍等等，这都只是慢词一类的变中之变。不能再算作词的正体。

还有一件不能不在这儿附说的，便是一个调子里的分段，（旧曰调或曰叠）在小令里多半是"一调词"。由小令变出来的多半是双调。而慢词则有至四叠者，如《忆江南》一词，为二十七字单调，后扩为五十四字双调。又譬如《三台令》，本是二十四字的小令，到《万俟雅言》的"见黎花初带夜月"一调，则成为百七十一字的三叠慢词。又如二十八字单调的《浪淘沙》，后来衍变成"帘外雨潺潺"的李后主的五十四字双调，柳永的"有个人人"的五十二字《浪淘沙令》，又变为周邦彦的百三十三字《浪淘沙慢》。周氏又有

"万叶战"的百三十三字一调等等都是。但是，除了这些衍变者外，还有生来便是双个三叠四叠的。如《相见欢》是三十六字的双调，《瑞龙吟》《夜半乐》《宝鼎现》《戚氏》的三叠，《莺啼序》的四叠，都是生成如是的。大概愈是后世，它们衍变愈多，愈是前世，愈不会有双调的词。这本是自然进化的情势，非人力所能强为之者。

第四节　词　律

这一节想分成三项来说：一是音律，二是四声，三是韵。但是现在乐器词谱一切都亡佚了，恐怕就是说得好，也不过是暗中摸索。况且这种问题是非常麻烦，我又是这样的疏学而好懒，一定是"说好"都不易呢。

一、音　律

要从音律组成的原理说起，自然是更为根本一点的解决。但是乐律上的问题，在中国是异说纷纭的。它那种"絫黍吹葭，冥索律本"的不十分可靠的态度，权且不说。单就它定律的方法看看，我们可以随便举得出隔八相生法、三分损益法、上生下生等法。而要来计算它们损益相生的数量，又可分为史记律书所载的算法，郑康成氏的算法。单单要"定律"，便有这样的多的分别，再加上什么京房六十律，钱乐之三百六百六十律，蔡元定十八律，朱载堉十二平均律等等差异，那真是闹不清楚了。并且又因历代所用乐器之不同，而采用的乐律也生许多差异，要比较分析一点，恐怕把这门功课再扩充一年也讲不完，所以我在这点便把一切原理的讨求，一概不说。倘若诸君想特别研究，我可以在课外帮助。

我们现在讲的是词律，自然单从词律上说罢。

古今言词律较有系统的书，要算宋张炎《词源》了。但是《词源》所说，有的太高，有的又掺了些阴阳五行的附会之说，我们都用不着。现在我只想很平实浅显地说说。

我们把中西乐律的名称，做个比较表于下（表三）：

表三　中西乐律名称表

中律名	黄钟	大吕	太蔟	夹钟	姑洗	中吕	蕤宾	林钟	夷则	南吕	无射	应钟
西律名	C	#b C, D	D	#b D, E	E	F	#b F, G	G	#b G, A	A	#b A, B	B
中间名	宫		商		角	清	征			羽		变宫
罗马字代名	1 do		2 re		3 mi	4 fa		5 so		6 la		7 si
俗乐名	上		尺		工	凡		六		五		乙

中乐以黄钟为第一律，宫为主音，西乐以 C 为第一律，do 为第一音。至于俗乐，则律名音名不别。比较简单一点，中国的律名共有十二个，分为六律六吕。而音共有七个，它们是周而复始的，好像低音的 si 唱完了，再转高音的 do 一样的。所以它们又可以画成一个圆形（见图一）。

图一　中西乐律名称图

此图的外圈为十二律，内圈为七音，以内圈之音，以内圈之音封外圈之律为均，如宫在黄钟，即为黄钟均之宫音。其商即为黄钟均之商音，其角音即黄钟均之角音，清商征羽变宫即为黄钟均之清商征羽变宫。

我们现在把这两个圈，像日本小孩子用的《九九数表》一样的照着箭头旋转起来，譬如把宫字转在"大吕"一律上，则其宫就变成了大吕均的宫音，其商便为大吕均的商音，其角为大吕均的角音，清角征羽变宫，即为大吕均的清商征羽变宫音。由这样的变化，把七音同十二律全都配过来，便是所谓的八十四调，现在不惮烦把词律所列的八十四个调名，抄在下面：

黄钟宫 A 幺 二字同用　　案合为本律六为清声，故云同用下三韵仿此俗名

黄钟宫	俗名	正黄钟宫	A 本律合
黄钟商		大石调	7 太簇四
黄钟角		正黄钟宫角	一 姑洗一
黄钟变	（即清角）	正黄钟宫转征	乙 蕤宾勾
黄钟征		正黄钟宫正征	人 林钟尺
黄钟羽		般涉调	7 南吕工
黄钟闰	（即变宫）	大石角	几 应钟凡

大吕宫 ⊘⊘ 二字同用

大吕宫	俗名	高宫	⊘ 本律下四
大吕商		高大石角	㊀ 夹钟下一
大吕角		高宫角	㇉ 中吕上
大吕变		高宫变征	人 林钟尺
大吕征		高宫正征	㋒ 夷则下工
大吕羽		高般沙调	㊃ 无射下凡
大吕闰		高大石角	A 黄钟合

太簇宫 7 ㊉ 二字同用

| 太簇宫 | 俗名 | 中管高宫 | 7 本律四 |

太簇商	中管高大石调	ㄥ姑洗一
太簇角	中管高宫角	ㄥ蕤宾勾
太簇变	中管高宫变征	ㄟ夷则下工
太簇征	中管高宫正征	ㄱ南吕工
太簇羽	中管高般涉调	八应钟凡
太簇闰	中管高大石角	ㄨ大吕下四

夹钟宫㇐ㄢ二字同用

夹钟宫	俗名	中吕宫	一本律下一
夹钟商		双调	ㄑ中吕上
夹钟角		中吕正角	人林钟尺
夹钟变		中吕变征	ㄱ南吕工
夹钟征		中吕正征	ㄩ无射下凡
夹钟羽		中吕调	ㄙ黄钟合
夹钟闰		双角	ㄗ太簇四

姑洗宫㇐ 按清宫惟黄、大、太、夹四均有之，故自姑洗以下，止用本律煞声。

姑洗宫	俗名	中管中吕宫	ㄧ本律一
姑洗商		中管双调	ㄥ蕤宾勾
姑洗角		中管中吕角	ㄟ夷则下工
姑洗变		中管中吕变征	ㄩ无射厂凡
姑洗征		中管中吕正征	八应钟凡
姑洗羽		中管中吕调	ㄨ大吕下四
姑洗闰		中管双角	一夹钟下一

中吕宫ㄑ

中吕宫	俗名	道宫	ㄑ本律上
中吕商		小石调	人林钟尺
中吕角		道宫角	ㄱ南吕工
中吕变		道宫变征	八应钟凡
中吕征		道宫正征	ㄙ黄钟合
中吕羽		正平调	ㄗ太簇四

中吕闰		小石角	↳姑洗一
蕤宾宫乙			
蕤宾宫	俗名	中管道宫	乙本律勾
蕤宾商		中管小石调	⑦夷则下一
蕤宾角		中管道宫调	⑨无射下凡
蕤宾变		中管道宫变征	▲黄钟合
蕤宾征		中管道宫正征	⊗大吕下四
蕤宾羽		中管正平调	⊖夹钟下一
蕤宾闰		中管小石角	㇉中吕上
林钟宫人			
林钟宫	俗名	南吕宫	人本律尺
林钟商		歇指调	7南吕工
林钟角		南吕角	八应钟凡
林钟变		南吕变征	⊗大吕下四
林钟征		南吕正征	7太簇四
林钟羽		高平调	↳姑洗一
林钟闰		歇指角	乙蕤宾勾
夷则宫⑦			
夷则宫	俗名	仙吕宫	⑦本律下工
夷则商		商调	⑨无射下凡
夷则角		仙吕角	▲黄钟合
夷则变		仙吕变征	7太簇四
夷则征		仙吕正征	⊖夹钟下一
夷则羽		仙吕调	㇉中吕上
夷则闰		商角	人林钟尺
南吕宫7			
南吕宫	俗名	中管仙吕宫	7本律工
南吕商		中管商调	八应钟凡
南吕角		中管仙吕角	⊗大吕下四

南吕变	中管仙吕变征	㊁夹钟下一
南吕征	中管仙吕正征	㇐姑洗一
南吕羽	中管仙吕调	㇄蕤宾勾
南吕闰	中管商角	㊆夷则下工

无射宫㊈

无射宫	俗名	黄钟宫	㊈本律下凡
无射商		越调	Ⓐ黄钟合
无射角		黄钟角	㇏太簇四
无射变		黄钟变征	㇐姑洗一
无射征		黄钟正征	㇆中吕上
无射羽		羽调	㇏林钟尺
无射闰		越角	㇇南吕工

应钟宫八

应钟宫	俗名	中管黄钟宫	八本律凡
应钟商		中管越调	㊉太吕下四
应钟角		中管黄钟角	㊁夹钟下一
应钟变		中管黄钟变征	㇆中吕上
应钟征		中管黄钟正征	㇆蕤宾勾
应钟羽		中管羽调	㊆夷则下工
应钟闰		中管越调	㊈无射下凡

附管色应指谱

幺六　八凡　㇇工　㇏尺　㇆上　㇐一　㇏四　㇄勾　Ⓐ合

丙五　㇝小大一　㇜小大上　㇞小大尺　㇝小住　㇝小住　㇝擎　㇆折　八大凡

宫调应指谱

七宫

黄钟宫㊈　仙吕宫㊆　正宫Ⓐ　高宫㊄　南吕宫㇏　中吕宫㊁　道宫㇆

十二调

大石调㇄　小石调㇏　般涉调㇇　歇指调㇇　越调幺　仙吕调㇆　中吕调Ⓐ

正平调𠃍　高平调⏜　双调㇉　黄钟羽人　商调㊃

按上列八十四调及《应指谱》，皆据郑叔问（文焯）《大鹤山房丛书》中《词原斠律》所校者。原书为《书带草堂丛书》本，与普通《词源》稍有出入。

右所列八十四词，便是填词家所以为准绳的律吕。大概每一首词，都要入一宫或一词。看它所入的宫调以定管色的高下，字音的阴阳清浊，如姜白石《暗香》《疏影》两词，用的是仙吕宫，及夷则宫，便是用ⓑ字管色为调是也。——不过宋人的词谱，现在既已不存，我们要把它来下个确凿的解释，又不仅是事实上的麻烦，并且也是材料上供给不足的困难。所以音律这个问题，只好简略如上。

二、四声平仄

上项音律的问题，自元明以后，已无人能全了。所以元明人的词，都只不过是"长短不裁之诗"了。但是四声平仄这个问题，因了他种学问——如经学、训诂学等——及所谓正统派的文学的诗的关系罢，到现在的填词家还能谨守不渝呢。

每首词都有它一定的平仄四声，现在举数例于下，如：

南唐李后主《相见欢》

平仄平仄平平 首句平韵起　　　　无言独上西楼，

仄平平 二句平叶　　　　　　　　月如钩。

平仄平仄平平仄 三句　　　　　　寂寞梧桐深院，

仄平平 四句平叶　　　　　　　　锁清秋。

仄平平仄 起句换仄韵　　　　　　剪不断，

平仄平仄 二句叶仄　　　　　　　理还乱，

仄平平三句平叶　　　　　　　　　是离愁。

仄平仄仄平平仄四句　　　　　　别是一般滋味，
　平　仄

仄平平五句平叶　　　　　　　　在心头。

唐无名氏《菩萨蛮》

平仄平仄平平仄首句仄韵起　　　平林漠漠烟如织；
仄　仄

平仄平仄平平仄二句韵换　　　　寒山一带伤心碧。
仄　仄

平仄仄平平三句韵换　　　　　　暝色入高楼；
仄

平仄平仄平平四句平叶　　　　　有人楼上愁。
仄　仄

平平平仄仄起句仄韵三换　　　　玉阶空伫立，
仄

平平仄平仄二句三仄叶　　　　　宿鸟归飞急。
仄

平仄仄平平三句平韵四换　　　　何处是归程？
仄

平平仄平仄平四句四二叶　　　　长亭更短亭。
仄　仄

现在我再举一首词中最长的《啼莺序》的平仄于下，以观其极。

吴文英《啼莺序》

平平仄平仄仄句　　　　　　　　残寒正欺病酒，

平平平仄仄韵　　　　　　　　　掩沉香绣户。

仄平平豆　　　　　　　　　　　燕来晚，

平仄平平句　　　　　　　　　　飞入城西，

仄平平平仄叶	似说春事迟暮。说字作平
仄平仄豆	画船载，
平平仄仄句	清明过却；
平仄仄仄平平仄叶	晴烟冉冉吴宫树。
仄平平句	念羁情，
平仄平平句	游荡随风，
仄平平仄叶	化为轻絮。
平仄平平句	十载西湖，
仄仄仄仄句	傍柳系马，
仄平平仄仄句	趁娇尘软雾。
仄平仄豆	溯红渐，
平仄平平句	招入仙溪，
仄平平仄平仄句	锦儿偷寄幽素。
平平平豆	倚银屏，
平平仄仄句	春宽梦窄；
仄平仄豆	断红湿，
平平平仄叶	歌纨金缕。
平平平句	暝堤空，
平仄平平句	轻把斜阳，
仄平平仄句	总还鸥鹭。
平平仄仄句	幽兰旋老，旋字去声

仄仄平平句	杜若还生，
仄平仄仄仄叶	水乡尚寄旅。
仄仄仄豆	别后访，
仄平平仄句	六桥无信，
仄仄平仄句	事往花萎，
仄仄平平句	瘗玉埋香，
灭平平仄叶	几番风雨。
平平仄仄句	长波妒盼，
平平平仄句	遥山羞黛，
平平平仄平平仄句	渔灯分影春江宿，
仄平平豆	记当时，
仄仄平平仄叶	短楫桃根渡。
平平仄仄句	青楼仿佛，
平平仄仄平平句	临分败壁题诗，
仄仄仄仄平仄叶	泪墨惨淡尘土。
平平仄仄句	危亭望极，
仄仄平平句	草色天涯，
仄仄平仄仄叶	叹鬓侵半苎。
仄仄仄豆	暗点俭，
平平平仄句	离痕欢唾，

仄仄平平句	尚染鲛绡。
仄仄平平句	鞞凰迷蹄，
仄平平仄叶	破鸾慵舞。
平平仄仄句	殷勤待写，
平平平仄句	书中长恨，
平平平仄平平仄句	蓝霞辽海沉遇雁，
仄平平豆	谩想思，
平仄平平仄叶	弹入哀筝柱。
平平平仄平平豆	伤心千里江南，
仄平仄平句	怨曲重招，
仄平仄仄叶	断魂在否？

这在一首词，都有它一定的平仄。但是这种平仄的规律，又比律诗来得严，这便是黄九烟所谓"三仄应须分上去，雨平还要论阴阳"者是也。又有许多入声字，大可当作平声用。又有许多地方的去声字，万万不可异于他声。诸如此类的问题，实在很多。所以它的格调，与诗另成一派。现在词谱既亡，某处要用什么声的字，要我们作者自己参合许多古词去审定。我现在只想解释一下四声阴阳的意义。

四声本只是一个声音，因了高低大小长短之不同，而生的分别。这我们在第一编里已讲过大概。但在词里的四声，往往要连着喉牙舌齿唇五音来讲。这便是段安节《乐府杂录》里所列的五音二十八调之说。（见后）在张玉田《词律》里著的改《瑞鹤仙》的"粉蝶儿扑定花心不去"的扑字为守字，及改《惜花春》"锁窗深"的深为幽字，不协则改为明字乃协的两段故事里，可以窥见它两者的大概。是这样：当一个字发声时，在某个宫调里，用某个部位（即喉牙舌齿唇五部）的字，比它一个部位来得圆润自然一点，这即是五音的关系。但是最重要的还是在字腹字尾两部，平声字因为它字尾来得长的缘故，所以要把它吐得真确，便不能不多要点时间，但是它的音又不能过高，在一个音步以内还可以维持不变，倘若高到第二个音步去，便要变成上声去了。同样的道理，倘若低到下一步便成去声去了。譬如一个"东"字的平上去入，可以用下图（见图二）说明。

本图每个字所占的地位，是纵五格、横五格。纵的五格，是表声音高下的部位，以第三格为标点。横的五格，表声音长时间。譬如我们读"东"字所需要的高低是中性，它的音永远在第三格里平正地延长，而"董"字则声音的高度升到极峰。

（"动""笃"说明同）此即四声之区别也。

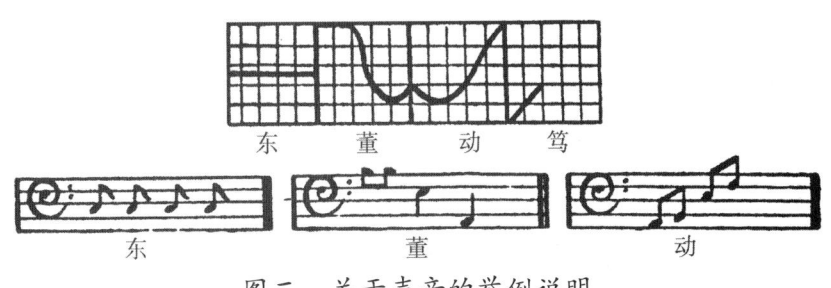

图二　关于声音的举例说明

上面这个图只是说明平上去三音发音时在音程高低长短比较的位置，而歌唱时的留声长短高下的性质，我们用乐谱，更可表出如：

东动的尾声都可以延长，不过东音的高低是始终不变，动是由低变高罢了。至于董呢，它既不延长，一出口音便向上去。收尾极短。在这样不同的音里，要唱歌时音吐得准，自然非照音阶的高低来配合不行。这大概是四声在词里所以比诗来得严密的原因罢。

至于阴阳呢，大概是这样罢：凡阴声字的音，比较清上一点，阳声字的音重浊一点。细细加以审查，大概凡读阴声的字，其音都收在鼻腔与口腔里甚至于鼻腔口腔之外。至于阳声呢，则其收音是向口腔内面跑，跑到声带以内去，读起来好像喉头要用点力，肺里也要煽动煽动。看看下列所列东动韵里五音的四声的阴阳，便可明白了。（按此处言阴阳，与声韵中言阴阳异，参拙著《中国声韵学》。）阴声字既然要清上高敞一点，所以凡遇配乐音时，阴字宜高；阳声字重浊一点，阳声字便宜低。

这个四声平仄阴阳的问题，我们从原理方面稍为解释一下，是如此。现在音乐虽然佚亡，但这三种东西，却仍保存字面子上。我们只消把几多名家的作品，比较参酌，大概也不至再生疑难了罢（见表四）。

表四 关于字的五音四声阴阳表

阴阳	五音\四声	喉部	牙部	舌部	齿部	重唇	轻唇
阴	平	烘	公	东	宗	奔	风
阴	上	哄	拱	董	总	本	捧
阴	去	闳	贡	冻	纵	○	讽
阴	入	郝	国	笃	足	北	福
阳	平	红	共	同	从	蓬	逢
阳	上	·	·	·	·	·	·
阳	去	°红	°共	洞	重	碰	缝
阳	入	或	咯	独	浊	薄	伏

奔北隆反，本
北陇反，〇
北衢反。

三、韵

韵的问题，在前面第五章诗里已把它的部目列过，这儿自然不必多说，不过词所用的韵，与诗有许多不同。除了四声通押外，它每韵相通的情形，也不十分相同，譬如诗韵中最宽的总不出平水韵的百六部。而作诗人，还往往要复古到《广韵》二百〇六部去。至于词呢，则更有大的归并。也曾被词人所采用的周德清《中原音韵》是十九部，后来称颂一时的《新增词林要韵》也分十九部。但这两书都为作北曲而设，我们权且不说，专为词而设的，如李渔《词韵》，分二十七部，许昂霄辑《词韵考略》，分平上去十七部，入声九部，这些书都是乖谬百出，不足称道。便是比较通行的吴烺、程名世的《学宋斋词韵》，仍然是疏谬百出，也不多说。现在论词韵的人，都莫不推尊戈载（戈顺卿）的《词林正韵》，此书分平上去为十四部，入声为五部，共十九部。这种分法，大概纯是根据"古今名词参酌而审定之"者。"戈氏书最晚出，亦最精核，可谓前无古人矣。"现在他的书俱在，我不想在此抄一些书，请诸君自个儿买部看看。

我上面所说的好像只是词韵的分部，其实押韵的方法，也即在分部里，一而二二而一的事，用不到多说。我现在只把它总括地写在下方，算是一个定理罢。

词韵大概是平声独押，上去通押。所以作词韵的人，都是总合三声以分部，而又明分平仄。至于入声呢，决不与平上去同押，所以入声须另立部囘，这就是与曲韵之并入声入三声者不同处。

除了押韵一事而外，还有"音的性质"诸问题。——如收音中之收鼻收闭口各韵中转收他韵之字音，以及韵之开口闭口等等。——倘若要再加讨论，那更是出乎常识范围以外的事。让那些比较这个所谓"概论"以外的工作去详讲。

第五节　概　说

　　自从自然歌词的长短句，与初唐入乐的绝句结合后，"词"东西便渐渐地发芽，开花，茁壮，结果。到温庭筠已算完成。经过五代，到北宋算得尽态极妍。但是已离弃了它生身之邦，来到"文人"阶级。她成了真真的"文人"阶级恋爱的对象。看呵，那些所谓"大道"——对词曲为小道言——的古诗律诗，在那人的心里，只不过是名分上的衰老的嫡夫人，那里还是他们的恋人呢。于是他们把花的香、鸟的语、眼的媚、唇的朱，山明水秀，偎红依绿，细语密戏，种种切切，都对着新欢尽情地吐露。这是何等自然，天真呵。不怪她的艳发是这么速而盛。——或者有十七八的女郎来歌着"杨柳岸晓风残月"，或者有关西大汉来唱着"大江东去"。都各各按照着自个儿的习性，走他们无所隐藏的路。但是"文人是矛盾的结晶"，他们一时的尽情的话说到酣畅以后，藏头露尾，涂唇画眉的妖态，又要出来。所以姜白石、吴文英诸人而后，真要成"七宝楼台，折下来不成片断"的东西。所以到南宋以后的词，又成了不好救药的已入膏肓之病。所以又要待元人起来"砭盲膏起废疾"了。至于明以后的作家，虽然在量上多过宋人，而实质方面，却都是些宝典装成脂粉袭人的花团锦簇，而很少不假修饰的天生丽质了。我现只想就几个比较重要点的人，略略述叙。——其实这也不过一些人云亦云的过场话，不过既已搬演这出剧，也不能不暂时顾到剧场里的女士们与先生们（Ladies and Gentlemen）！

　　词祖温氏　唐朝是词初生的时期，如李白（？）、白居易、刘禹锡、皇甫松、张志和诸人，都只是太庙里追封的始祖，而不能算创业的太祖高皇帝。词的太祖高皇帝是谁呢？无论如何也要算这位面目可憎的温钟馗、温八叉、温庭筠、温飞卿先生。——哈哈！美人尝伴丑夫眠——在他所创的词体，如《荷叶杯》《遐方怨》《诉哀情》《酒泉子》《女冠》《子河传》《河渎神》《南歌子》《蕃女怨》《归自谣》《思帝卿》《定西番》《玉蝴蝶》等词，都还与五七言诗句法相接近。这可看出词的途术还不大的情形，这等词，都称为小令。论小令的人，没一个不称温氏为最。在他所遗留下来的词里，几无一首不好，——他的《握兰》《金荃》两集今已不传，——词之有集，自温氏始，氏以前之作者，皆附于诗后。——真是才思艳丽，精妙绝人。我们试读读：

小山重叠金明灭，鬓云欲度香腮雪，懒起画娥眉，弄装梳洗迟。照花前后镜，花面交相映。新帖绣罗襦，双双金鹧鸪！

南园满地堆轻絮，愁闻一霎清明雨。雨后却斜阳，杏花零落香。无力匀睡脸，枕上屏山掩。时节欲黄昏，无憀独倚门。

水精帘里颇黎枕，暖香惹梦鸳鸯锦。江上柳如烟，雁飞残月天。藕丝秋色浅，入胜参差剪。双鬓隔香红，玉钗头上风。

——《菩萨蛮》

这是多么艳丽而绮靡的词句。但是我们读读《望江南》，又觉清秀得很。

梳洗罢，独倚望江楼。过尽千帆皆不是，斜晖脉脉水悠悠，肠断白蘋洲！

我们上面举的四首词，虽然不必即足代表温氏，但是他那种锦心绣口的风致，一定是绮腻风流的情怀。同他差不多一派的如稍后的韦庄、和凝及《花间集》诸人，都很相近。都是些"浓艳稳秀，蹙金结绣，而无痕迹"的。——韦庄的词比较自然一点，但也脱不了纤丽一派。——但是温氏虽为词祖，而又是小令大家，仍还免不了雕饰的习气。——这是同他的诗，有相带的关系。——所以只是艳丽，只是绮腻，而境界意象还不唐大。意境之唐大者是何人呢？那不能不数我们"垂泪对宫娥"的"玉树后庭花"的南唐后主李煜了！

小令的李后主　词到了五代，是最为艳发的时期。但是除了花间派——即《花间集》所选温韦诸人——而外，能独立堂隩，自成体态的，要算南唐二主，而后主尤为高妙。他的词的境界，不仅是温韦所不及，可以放肆的说一句："前者无继来无偶"！你看：

> 林花谢了春红，太匆匆！无奈朝来寒雨晚来风。胭脂泪，相留醉，几时重？自是人生长恨水长东。无语独上西楼，月如钩，寂寞梧桐深院锁清秋。剪不断，理还乱，是离愁。别是一般滋味在心头。
>
> ——李后主《相见欢》

> 帘外雨潺潺，春意阑珊。罗衾不耐五更寒。梦里不知身是客，一晌贪欢。独自莫凭栏，无限江山，别时容易见时难！流水落花春去也，天上人间！
>
> ——李后主《浪淘沙》

这岂是温庭筠、韦庄的词里寻得出的吗？大概是这样：一个诗人心境的大小宽窄，是同他的嗜欲繁简有关。嗜欲简的人，诗思宽大，反之，则窄小。但是嗜欲的宽窄，又视所受的社会经验大小而定。——即是保存自然的多寡——后主是养于深宫之中，长于妇人之手，所以经验少而诗思宽。其所感受，比别人来得灵敏深切。温韦呢，是经验胜过自然，所以是雕饰盛过朴素。后主是个保存天真较厚的人，所以气态是唐大得了不得。吾师王静安先生批评他是："后主……俨有释迦、基督，担荷人类罪恶之意。"我们就拿苏东坡也加以非议的《破阵子》一词来看罢：

> 四十年来家国，三千里地山河！凤阁龙楼连霄汉，玉树琼枝作烟萝，几曾识干戈。一旦归为臣虏，沉腰潘鬓销磨。最是仓皇辞庙日，教坊犹奏别离歌，挥泪对宫娥。

诚然"不挥泪于九庙，为谢其民，乃挥泪于宫娥，听教坊唱离曲"是后主为政的罪过。但是我的天，情感来了，诗人还要一一为你打算吗？诗人的感情是人类共通的感情呀！叱咤一时的楚霸王，临末也还要"虞兮虞兮"叹他一个"奈何"，况且是后主呢！什么是国家，什么是九庙，不过是高等流氓骗人的工具。诗人的心胸，不是这样的狭陋呢。况且"故国不堪回首月明中""千里江山寒色暮"诸句，又岂是卑怯狭陋的爱国主义者所能道一词的吗？又岂是只道点风月的人所有的心境吗？总之，后主的词，无一句不是由深心处发出来的。所以也无一句不真，无句不是为大众说话。他的心胸既大，所以也无一句不非常清上。不仅在词家要称绝唱，恐怕比诗家的阮陶诸人，更有过之而无不及呢。我们只要留心的体会王静安先生所谓"担荷人间罪恶"的话，真可谓是深一层的观赏。

春花秋月何时了，往事知多少？小楼昨夜又东风，故国不堪回首月明中！雕栏玉砌应犹在，只是朱颜改。问君能有几多愁？恰似一江春水向东流。

——《虞美人》

往事只堪哀，对景难排。秋风庭院藓侵阶。一桁珠帘闲不卷，终日谁来？金剑已沉埋，壮气蒿莱。晚凉天净月华开。想得玉楼瑶殿影，空照秦淮。

——《浪淘沙》

这又是何等的意态呢！

除了上面这些意境澈澄空灵的词而外，后主也还有不少佳作。例如艳丽的：

花明月黯飞轻雾，今朝好向郎边去。衩袜步香阶，手提金缕鞋。画堂南畔见，一向偎人颤。奴为出来难，教君恣意怜。

——《菩萨蛮》

你看衩袜、提鞋、教君恣意怜的神情，活画出一个满含热情、突然得遂的小女姿态。除了"感郎不羞郎，回身就郎抱"数语，差可比拟外，岂是藏头露脚的臭文人所敢道的吗？又如：

金雀钗，红粉面，花里暂时相见。知我意，感君怜，此情须问天。香作穗，蜡成泪，还似两人心意。珊枕腻，锦衾寒，觉来更漏残！

——《更漏子》

这真是"一片芳心千万绪，人间没个安排处"呢。再读一首罢：

深院静，小庭空，继续寒砧断续风！无奈夜长人不寐，数声和月到帘栊。

——《捣练子令》

这又是何等闲适。总之小令到了李后主，已无以复加了。

大概整个的五代时，是小令成熟时期。后主可以代表。其余的人，要算冯延巳，他的传为佳话的"吹皱一池春水"，其全词是：

风乍起，吹皱一池春水。闲引鸳鸯香径里，手挼红杏蕊。斗鸭阑杆独倚，碧玉搔头斜坠。终日望君君不至，举头闻鹊喜。

——《谒金门》

他的词的意境，已与后主不同，我们又读：

几日行云何处去？忘却归来，不道春将暮。百草千花寒食路，香车系在谁家树。泪眼倚楼频独语，双燕来时，陌上相逢否？撩乱春愁如柳絮，悠悠梦里无寻处。

——《鹊踏枝》

这样风态，虽然不失为五代的气象，却已是北宋的先河了。至于与延巳诸人相唱和的中主，是后主的父亲。可是他的词，却不是他令郎的敌手。不过我们读：

菡萏香销翠叶残，西风愁起绿波间。还与韶光共憔悴，不堪看。细雨梦回鸡塞远，小楼吹彻玉笙寒！多少泪珠何限恨，倚阑干。

——《山花子》

也不是宋以后人所能道的，惜所存无多。——其实有这一首已足够在文坛中占一位置了。

此外还有两首千古所依归的佳作，相传是李太白的作品，但是很不合于文学进化的程次；并且又无确证，但是从境界上看也非五代词人不能作，现在把它附在下面：

平林漠漠烟如织，寒山一带伤心碧。暝色入高楼，有人楼上愁。玉阶空伫立，宿鸟飞归急。何处是归程？长亭更短亭。

——《菩萨蛮》

箫声咽，秦娥梦断秦楼月。秦楼月，年年柳色，霸陵伤别。乐游原上清秋节，咸阳古道音尘绝。音尘绝，西风残照，汉家陵阙。

——《忆秦娥》

你看它意境是如何的唐大。"西风残照，汉家陵阙"，寥寥八字，遂关千古登临之口。后来的苏辛诸氏虽然时有豪迈之语，总不能出乎其上。不怪后人要把它附会到酒中仙人的李太白去呢。（详辩见余所著《词选笺注》）

漫词的柳永 自小令而后的词的发达，自然自漫词了。为漫词代表的人物，是柳永，这算是词体扩大的情事。

在未讲到漫词时期以前，还得回头看看小令后漫词前的过渡情形。这在文学史中可称为"北宋初期"，我们可以以晏殊父子与范仲淹、欧阳修为代表。这时期的词，从词面来看，大抵还在小令与中调之间，长调还没有。从表现上看来，仍然是五代时清隽的本色；只是清隽，而并不委婉绸缪，只是清隽，而不放逸豪迈。从内容上看来，仍是绮情艳意、偎红倚绿之材料多，而一切言事物之作都还没有。这是很显然的异处。我现在想把他们三个代表人的名词，抄几首在下面以示一例，好让诸君去观摩。

小径红稀，芳郊绿遍。高楼树色阴阴见。春风不解禁杨花，蒙蒙乱扑行人面。翠叶藏莺，珠帘隔燕。炉香静逐游丝转。一场愁梦酒醒时，斜阳却照深深院。

——晏殊《踏莎行》

红笺小字，说尽平生意。鸿雁在云鱼在水，惆怅此情难寄！斜阳独倚西楼，遥山恰对帘钩。人面不知何处，绿波依旧东流。

——晏殊《清平乐》

碧云天，黄叶地。秋色连波，波上寒烟翠。山映斜阳天接水，芳草无情，更在斜阳外。黯乡魂，追旅思。夜夜除非，好梦留人睡。明月楼高休独倚。酒入愁肠，化作相思泪。

——范仲淹《苏幕遮》

在晏范两氏的词里，除了意态很与五代接近而外，我们很能觉得，晏氏很有点温韦的余韵，写情意境都不十分透达，而范氏之作，

则气态更要澄澈显朗一点,已经是苏柳的先驱,惜乎他留下来的词太少。可与他相并的,只有一个欧阳修,譬如我们读:

> 凤髻金泥带,龙纹玉掌梳。去来窗下笑相扶,爱道画眉深浅入时无!弄笔偎人久,描花试手初。等闲妨了绣工夫,笑问鸳鸯两字怎生书?

——欧阳修《南歌子》

> 庭院深深深几许,杨柳堆烟,帘幕无重数。玉勒雕鞍游冶处,楼高不见章台路!雨横风狂三月暮。门掩黄昏,无计留春住。泪眼问花花不语,乱红飞过秋千去。

——欧阳修《蝶恋花》

> 柳外轻雷池上雨,雨声滴碎荷声。小楼西角断虹明,阑干倚处,待得月华生!燕子飞来窥画栋,玉钩垂下帘旌,凉波不动簟纹平,水精双枕,傍有堕钗横。

——欧阳修《临江仙》

这简直是以冯延巳的意境写北宋初时的"格律",温婉与晏殊同,而又较为爽朗,气态虽然不及范仲淹,表情却来得真挚缠绵,与五代更为相近。给他一句总评是"秀语有骨,澹语有味"。

此外还有一个云破月来花弄影的郎中(张先),及"红杏枝头春意闹"的尚书,也是值得称说,但我不是在讲文学史,为体制所限,不能多说。把这两词附在下面,供诸君看看:

> 水调数声持酒听,午醉醒来愁未醒。送春春去几时回?临晚镜,伤流景,往事后期空记省。沙上并禽池上暝,云破月来花弄影。重重帘幕密遮灯。风不定,人初静,明日落红应满径!

——张先《天仙子》

> 东城渐觉风光好,縠皱波纹迎客棹,绿杨烟外晓寒轻,红杏枝头春意闹。浮生长恨欢娱少,肯爱千金轻一笑。为君持酒劝斜阳,且向花间留晚照。

——宋祁《玉楼春》

现在我们要说到柳永了。

在柳永以前，无所谓漫词。漫词是因音节的关系而影响于词句的长短多寡。柳永是个能歌并且又是与伎女往来最多的人——他的词多半是为伎女作的——一方面和得上乐，一方面又写得通俗，所以凡有井水处莫不唱柳词。（详叶梦得《辟暑录话》下。又云："教坊乐工，每得新腔，必求永为辞，始行于世。"可见当时情事。）但是漫词之兴，原因也不专在柳永一个人，同当时的乐器很有关系。大概在宋仁宗时，有种风气，每当大宴，便演奏一种所谓乐语的东西。天子用的，大概有十五种门类；朝臣相宴，大概只有两三种，自然民间也不妨学点"穷开心"。这种乐语与"穷开心"所用的调子，自然是闲缓绮靡。所谓漫词，便于是乎生。柳永是个流连教坊的人，既有艳才，又恰当着这个际会，自然不能不让他出一头地。但是以词体来说，诚然是个功臣，好像诗中的杜甫，以词的表现——词旨——来说，他却不见高明，倒不是如黄叔旸诸人所批评的理俗，实在是风格很低。很可惜！倘是他每首都能像"晓风残月"，岂不是北宋一个顶顶词家吗。

寒蝉凄切，对长亭晚，骤雨初歇。都门帐饮无绪，留恋处，兰舟催发。执手相看泪眼，竟无语凝噎。念去去，千里烟波，暮霭沉沉楚天阔。多情自古伤离别，更那堪冷落清秋节。今宵酒醒何处？杨柳岸晓风残月。此去经年，应是良辰好景虚设。便纵有千种风情，更与何人说？

——柳永《雨霖铃》

但柳词的风格虽不高，却自成一派，绝不在花间牢笼范围之内。花间派有弦外的神韵。柳词不能说神韵，只是有爽快的气态。花间是含蓄奇艳的娇女步春，柳词却是极尽妖娆的荡妇思秋。五代的词是天际真人，柳永的词是红楼玉人，五代的词是月照花枝，柳永的词是初日芙蓉。在词里不能不算是一派的代表作家。

同他敌对的人，是苏东坡。因为东坡也是个善作漫词的人，他的豪放之气，不仅是五代以来所未有，便是他以后也见不到第二个。

最足为代表的作品,自然是宜于关西大汉所唱的"大江东去"。

　　大江东去!浪淘尽,千古风流人物。故垒西边,人道是、三国周郎赤壁。乱石穿空,惊涛拍岸,卷起千堆雪。江山如画,一时多少豪杰。遥想公瑾当年,小乔初嫁了,雄姿英发。羽扇纶巾,谈笑间,樯橹灰飞烟灭。故国神游,多情应笑我早生华发,人间如梦,一樽还酹江月!

——苏轼《念奴娇》

其实"明月几时"的《水调歌头》,更足以见其才情的"纵逸而不党"呢。

　　明月几时有?把酒问青天。不知天上宫阙,今夕是何年?我欲乘风归去,又恐琼楼玉宇,高处不胜寒。起舞弄清影,何似在人间!转朱阁,低绮户,照无眠。不应有恨,何事长向别时圆。人有悲欢离合,月有阴晴圆缺,此事古难全。但愿人长久,千里共婵娟!

这样豪纵而自然高妙的气态,是壮语有韵,不食人间烟火无半点尘俗气,且是那故作豪语以惊人的陋士所可比拟的吗?实在,词的体裁,到柳耆卿然后才放大,而词旨的阔大无边,要到东坡才算得是能者。这样镗鎝而清隽的作品,可以说前无古人,后无来者!

经过了上面所陈的这三个时期的变迁,到苏柳以后,词的一切都完成了。由形式来说,到漫词已算尽头。以词的内容来说,自苏柳而后,词不仅是有情绮靡之作,也可以有事有物,无所而不可了。但这是后来的推衍,而其源头,大概都略俱于上矣。

第六节　乐府说

在这一章里,我不想多谈,我只想照下面三件事说说:
一、乐府的史的述叙
二、乐府体制的分类

三、中国音乐的几个时期

一、乐府的史的叙述

谈乐府的人，都把它推到三代以后的诗章，这因为三代以后的诗都入乐，都可歌，诗与乐不分。汉以后诗与乐分，然后才有所谓乐府。所以就其本根来讲，诗无不可歌，则统谓之乐府。自其末流来说，则惟有被管弦者，才谓之乐府。那种并未经过伶工的合弦者，譬如曹孟德、陆机等人的拟乐府，白居易的新乐府，都只得谓之为诗。

乐府本来是汉的官名，后来把属于乐府之官所奏的诗，命之曰乐府。这很显明诗与乐的分开，是汉以后的事情。所以《三百篇》都合于《韶武》，孔子皆弦歌之。吴季札听了，要说"周礼尽在鲁"呢。

三代以后的歌诗，详情已不可考。《文心雕龙·乐府篇》有一段话还说得精透。其言曰："乐府者，声依永，律和声也，《钧天》九奏，既其上帝。（见《史记·扁鹊传》）葛天《八阕》，爰乃皇时，（见《吕氏春秋·古乐篇》）自《咸》《英》以降，（黄帝作《咸池》，帝喾作《六英》）无得而论矣。至于涂山歌于《候人》，始为南音，有娀谣乎《飞燕》，始为北，声夏甲叹于东阳，东音以发，殷整思于西河，西音以兴（详《吕氏春秋·音初篇》），音声推移，亦不一概矣！匹夫庶妇，讴吟土风。诗官采言，乐盲被律。志感丝篁，气变金石。……"

其篇名之俱载者，莫详于《庄子·天下篇》："黄帝有《咸池》，尧有《大章》，舜有《大韶》，禹有《大夏》，汤有《大濩》，文王有《辟雍》之乐，武王周公作《武》。"

但是这些事实，都在虚无缥缈间，不敢妄为解说。皇然完具的《诗经》，也只知道它与乐有关系，但是究竟关系怎样，也不十分明白。所以我们只从汉来讲起。

六籍经秦皇、项羽之火而后，《乐》已佚亡，到得汉时，仅仅有个鲁人制氏，世在乐官，但能记其铿锵鼓舞，而不能言其义。到武帝立乐府，乃采诗诵于掖庭。后来虽然经过宣帝时的大求遗书，而乐理终不复能明。我们现在单只能从篇章文字上看得见一点儿。

西汉的乐府大概可以分成四类：一是郊庙歌辞，二是鼓吹曲辞，三是横吹曲辞，四是相和歌辞。

郊庙歌辞　这是用于郊天祭地、奉祀山川、祭享祖庙的乐章。这种制度，并不是从汉起的，在《礼记》《尚书大传》有这样的两段话。

《祭统》："夫大尝禘升歌《清庙》，下管"象"。朱干玉戚，以舞《大武》，八佾以舞《大夏》，此天子之乐也。"

《明堂位》："成王命鲁公世世祀周公以天之礼乐，季夏六月，以禘礼祀周公于大庙，升歌《清庙》。"

《尚书大传》："古者帝王歌《清庙》之乐。"

《清庙》《大武》《大夏》——《大武》《大夏》是舞曲——都是歌辞的篇名，但是郊天祭祖是否都同用这种乐，我们还不敢确断。汉时的乐府，则是把这两事分开的，武帝诏司马相如造《郊祀歌》十九章，这是用于天地山川的乐。高祖唐山夫人作《房中歌》十七章，孝惠时，夏侯宽更为《安世乐》，这是用于宗庙的。

鼓吹曲辞　这是军乐，又名《短箫铙歌》，其中又分为两部。一部是用于殿庭者，仍用鼓吹之名或又作黄门鼓吹。其辞便是传世的《短箫》十八歌。另一部是骑吹，便是已亡的《务成》《玄云》《黄爵》等篇。

横吹曲辞　横吹曲也是军乐，在起初的时候，本即是鼓吹。后来才分为二部，有箫笳的为鼓吹，用之朝会道路，有鼓角的谓之横吹，用之车中马上所奏。这两种乐曲，都是用北方的乐器。汉人横吹曲的辞，现已不传，而李延年的《新声二十八解》，魏晋以来，也只传十曲了。（详《乐府诗集》）

相和歌辞　是汉的旧曲，丝竹等乐。声更相和，执节者歌，故名。本是混合周代的平调、清调、瑟调及楚国的楚调，侧调流传而来的。其歌辞都是街陌讴谣，不过现在已无有流传下来的篇章了。《乐府诗集》所载的《江南蒿里鸡鸣》《陌上桑》《乌生平陵东》《君子行》《豫章行》《相逢行》《长安有狭斜行》《善哉行》《陇西行》《步出夏门行》《折杨柳行》《东门行》《饮马长城窟行》《雁门太守行》《艳歌何尝行》《白头吟怨诗行》《怨歌行》等等古辞，都是后汉的作品。

到了后汉明帝分乐为四品：一、大予乐，用于郊庙上陵；二、雅颂乐，用于辟雍飨宴；三、黄门鼓吹，用于天子宴群臣；四、短箫铙歌，用于军中。

它的一二两品，本是从郊庙乐里分成的，三四两品从鼓吹里分出的。除了这些而外，还有舞曲。舞曲又分两种：一是雅舞，用于郊庙飨；一是杂舞，用之宴会。本来这也是"自古有之"的乐曲，但是前汉以前的辞，都无从考见，故从后汉说起。

按《宋书·乐志》曰："汉高祖四年，造《武德舞》，……六年，改舜《韶舞》曰《文始》，……文帝又造《四时舞》，……孝景采《武德舞》作《昭德舞》，荐之太宗之庙。孝宣采《昭德舞》为《盛德舞》，荐之世宗之庙。"《汉书·礼乐志》：曰"高庙奏《武德文始五行》之舞，孝文庙奏《昭德文始四时五行》之舞，孝武庙奏《盛德文始四时五行》之舞。"是舞曲亦汉世祀庙重典，惜其辞不传也。

现在所传的后汉雅舞，有东平王苍《武德舞歌诗》。至于杂舞，后汉亦无传者。到汉魏间，然后才有杂曲歌辞。《乐府诗集》有云：

杂曲者，历代有之，或心志之所存，或情思之所感，或宴游欢乐之所发，或忧愁愤怨之所兴，或叙离别悲伤之怀，或言征战行役之苦，或缘于佛老，或出自夷虏，兼收并载，故总谓之杂曲。自秦汉以来，数千百岁文人才士，作者不一，干戈之后，丧乱之余，亡失既多，声辞不具，故有名存义亡，不见所起；而有古辞可考者，则若《优歌行》，……复有不见古辞，而后人继有拟述，可以概见其义者,则若《出自蓟北门》……

我们可以看出,这也不是后汉才有的体裁。不过在所有著录的篇章,都不出汉末的范围。到了魏晋间,有所谓清商曲辞。这本来是从汉人的相和歌辞里产生出来的,不过因为"自晋朝播迁,其音分散",要到"苻坚灭凉得之",才传于前后二秦。宋武定关中,因而入南,不复存于内地。自是而后,南朝文物,号为最盛。民谣国俗,亦世有新声。……后魏孝文,讨淮汉,宣武定寿春。收其声伎,得江左所传中原旧曲明君圣主公莫白鸠之属,及江南吴歌,荆楚西声,总谓之清商乐,至于殿庭,飨宴,则兼奏之。到了晋时又有燕射歌辞燕射乐,在周代已可详考。它的性质,是天子诸侯卿大夫燕享宾客,以及大夫士的乡射,诸侯天子的大射用的。其乐章都在《诗经》里。大概大大诸侯的乐章是《风》《雅》,如大夫乡饮酒礼,诸侯燕礼,用的是《鹿鸣》《南陔》《由庚》《关雎》等诗。天子大射大飨用的是《清庙》等诗,是也。我的老师海宁王静安先生有篇《释乐次》,说得最详,诸君可以参考。到汉来,大概仍然有一部分存在。汉人的《大乐食举》十三曲中第一便是《鹿鸣》。到魏以后,才渐渐有修改的事,《宋书·乐志》说:"魏雅乐四曲:一曰《鹿鸣》,后改曰《于赫》,咏武帝;二曰《驺虞》,后改曰《巍巍》,咏文帝;三曰《伐檀》,后省除;四曰《文王》,后改曰《洋洋》,咏明帝。"《晋书·乐志》也说"杜夔传旧雅乐四曲。一曰《鹿鸣》,二曰《驺虞》,三曰《伐檀》,四曰《文王》,皆古声辞。及太和中,左延年改夔《驺虞》《伐檀》《文五》三曲,更自作声节,其名虽存,而声实异。惟因夔《鹿鸣》,全不改易。"到了晋荀勖"以《鹿鸣》燕宾嘉,无取于朝,乃除《鹿鸣》旧歌,更作行礼诗四篇"已是连仅仅杜夔所传的四篇也都亡了。后来虽然为陈颀所讥,但是《四行礼歌》竟是"终宋齐已来,相承用之"矣。

到六朝以后,因为受了外来乐器的影响,又有所谓近代曲词,这便是唐以后的"词"的远祖。至唐以后的新乐府,则不能算为真真的乐府。因为都不能歌,都只是长短不齐的自然诗了。

此外还有琴曲与杂谣歌两种。这本是古代祖传下来的，不过琴曲的本身，既不用于盛大的聚会，如宴飨祭祀，也不能用于民间普遍的乐器，只是在士大夫有闲阶级作闲余消遣之用。国家既不用，人间又不懂。它的势力，非常的小，所以佚亡也非常的快。《乐府诗集》里所列的五曲九引十二操等等，我们也仅只能知其名了。至于杂谣，则本是徒歌，徒歌不一定成为曲子，并且"历史"本只是在骗局中人的作为的，我们这种纯任自然天真无所假借与依附的自然之歌，是不会被骗徒所注意。所以不能留之久远。它在乐府中的地位，只是一个附从罢了。此处也不详载。

二、乐府体制的分类

关于这个问题，我不想多讲，我想把第一项所举的重列在下面，已经够了。这是郭茂倩《乐府诗集》的十二分类法：

歌庙郊辞

燕射歌辞

鼓吹曲辞

横吹曲辞

相和歌辞

清商曲辞

舞曲歌辞

琴曲歌辞

杂曲歌辞

近代曲辞

杂谣歌词

新乐府词

比较他来得简单一点的是《文体明辨》九类：

一祭祀　用于郊庙

二五体　用于朝会

三吹鼓　用于宫中宴会及军乐

四舞乐　用于舞者

五琴曲　用于琴

六相和

七清商

八杂曲　古歌谣

九新曲　唐人新作

至于辞句用字的多寡，三、四、五、六、七言都有。唐以后也有近体、排律、绝句。在题的尾子上又多半有歌、行、曲、篇、歌辞、引、吟、叹、怨、乐、操等字。这等字不必有什么很深的意义。

三、中国音乐的几个时期

这一项本来想把中国音乐上的乐律、乐体、乐器，分成几个时期，略说明一下。譬如商周以前的音乐，与汉以后的音乐，不仅在用的乐器上面有很大的差异，便是定律、算律的方法，也有很大的差别。六朝又异于两汉，唐宋复与汉异，辽金元又别于唐宋，都是。譬如我们假定两汉是清商时期，六朝是胡乐时期，加以说明等等，对于我们研究文学的人，不无许多帮助。但是我们对于这个问题，实在一点把握也没有。并且必要的几部参考书也没有。只好暂缺，待将来补讲。

参考书

《全唐诗》

刘熙载　《艺概》

朱祖谋　《彊村丛书》

《蕙风词话》

《宋六十家诗选》

王国维　《人间词话》
张惠言　《张氏词选》
《西河词话》
戈　载　《宋四家词选》
《艺苑卮言》
《四印斋所刻词》
《词苑丛谈》
《词综》
《香研居词尘》（啸园丛书中）
任　讷　《词学研究法》
《钦定词谱》
《白氏长庆集》
万　树　《词律》
《姜白石》集
刘毓盘　《词史》
郑文焯　《大鹤山房集》
《老学庵笔记》
《国粹学报》
吴　梅　《词学讲义》
《全上古三代秦汉三国六朝文》
《困学纪闻》
《乐府诗集》
《词林正韵》
冯　舒　《诗纪匡谬》
《苕溪渔隐丛话》
《玉台新咏》
《史记》
《汉书》
《后汉书》

《三国志》

《文选》

各正史礼乐志

丁福保　《全汉三国晋六朝诗》

《说郛》

李后主词

张　炎　《词源》

《花间集》

张　炎　《乐府指迷》

《隋书》

《声律通考》

《燕乐考原》

《通考》

第二编　中国文学各论之部

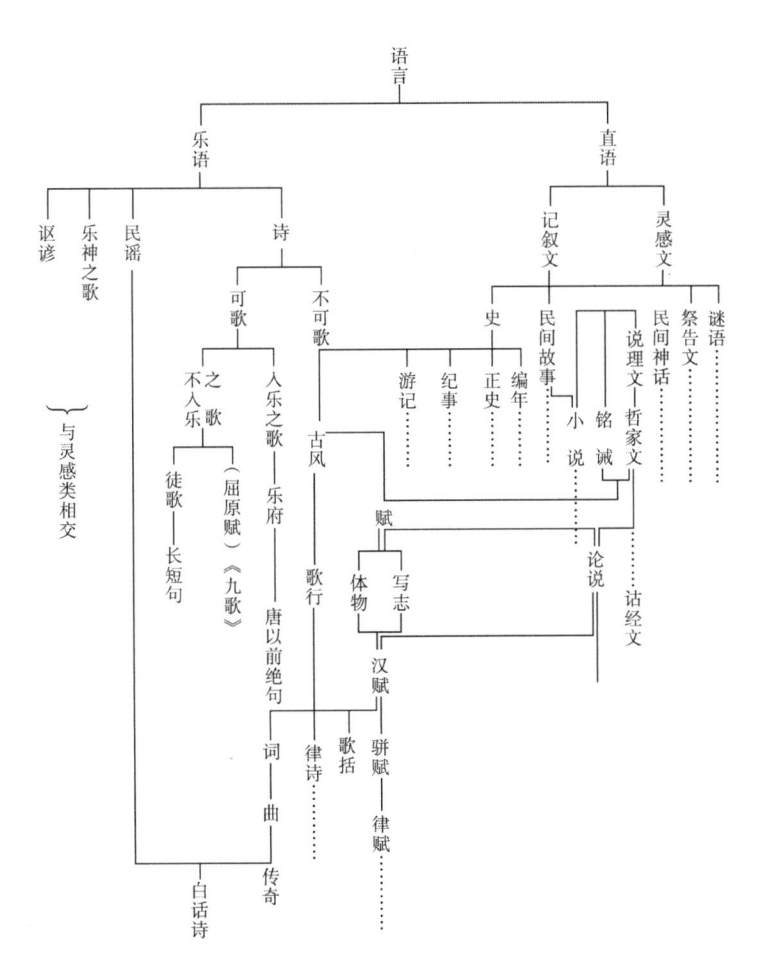

图三　中国文学流变交流组图